萍踪侠影录

上

梁羽生 著

（·广州·）

图书在版编目(CIP)数据

萍踪侠影录/梁羽生著.—广州:中山大学出版社,2014.7
(梁羽生精品集)
ISBN 978-7-306-04879-0

Ⅰ.①萍… Ⅱ.①梁… Ⅲ.①侠义小说—中国—当代 Ⅳ.①I247.5

中国版本图书馆CIP数据核字(2014)第094251号

广东省版权局版权合同登记图字:19-2012-058号

朗聲圖書

萍踪侠影录 *Ping Zong Xia Ying Lu*

封面题字:黄苗子　书名篆刻:张贻来

出 版 人　徐　劲
总 策 划　欧阳群
责任编辑　何　娴　曾育林
责任校对　林春光
内文插画　卢延光
封面设计　张　帆　广州壹品牌策划有限公司
出 版 社　中山大学出版社
电　　话　编辑部020-84111996,84111997,84113349,84110779　传真020-84036565
地　　址　广州市新港西路135号(邮政编码:510275)
网　　址　http://www.zsup.com.cn　E-mail:zdcbs@mail.sysu.edu.cn
发　　行　广州市朗声图书有限公司(电话:020-34297719)
印　　刷　广州市恒远彩印有限公司
规　　格　720mm×1020mm　1/16　35.75印张　506千字　插图25幅
版次印次　2014年7月第1版　2017年4月第2次印刷
总 定 价　98.00元(全二册)

如发现本书因印装质量影响阅读,请与出版社发行部联系调换

目　录

楔　子　牧马役胡边　孤臣血尽
扬鞭归故国　侠士心伤 …… 1

第一回　弹指断弦　强人劫军饷
飞花扑蝶　玉女显神通 …… 25

第二回　祸福难知　单身入虎穴
友仇莫测　宝剑对金刀 …… 37

第三回　陌路遇强徒　偷施妙手
风尘逢异士　暗戏佳人 …… 51

第四回　铸错本无心　擂台争胜
追踪疑有意　锦帐逃人 …… 71

第五回　名士戏人间　亦狂亦侠
奇行迈流俗　能哭能歌 …… 93

第六回　联剑惩凶　奇招启疑窦
抽丝剥茧　密室露端倪 …… 109

第七回　一片血书　深仇谁可解
十分心事　无语独思量 …… 131

第 八 回　爱恨难明　惊传绿林箭
恩仇莫辨　愁展紫罗衣 ………………… 145

第 九 回　滚滚大江流　英雄血洒
悠悠长夜梦　儿女情痴 ………………… 161

第 十 回　一局棋残　英雄惊霸气
深宵梦断　玉女动芳心 ………………… 179

第十一回　半夜袭番王　奇情叠见
中途来怪客　异事难猜 ………………… 201

第十二回　峡谷劫囚车　变生不测
荒郊驰骏马　祸弭无形 ………………… 213

第十三回　戴月披星　苦心救良友
移花接木　珍重托珊瑚 ………………… 239

第十四回　罗汉绵拳　将军遭险着
金刚大力　怪客逞奇能 ………………… 249

第十五回　奸宦弄权　沉冤谁与雪
擂台争胜　侠士暗飞针 ………………… 269

楔子　牧马役胡边　孤臣血尽
扬鞭归故国　侠士心伤

独立苍茫每怅然，恩仇一例付云烟，断鸿零雁剩残篇。
莫道萍踪随逝水，永存侠影在心田，此中心事倩谁传？
——调寄《浣溪沙》

清寒吹角，雁门关外，朔风怒卷黄昏。

这时乃是明代正统（明英宗年号）三年，距离明太祖朱元璋死后，还不到四十年。蒙古的势力，又死灰复燃，在西北兴起，其中尤以瓦剌族最为强大，逐年内侵，至正统年间，已到了雁门关外百里之地，这百里之地，遂成了明与瓦剌的缓冲地带，也是无人地带。西风肃杀，黄沙与落叶齐飞，落日昏黄，马铃与胡笳并起，在这“无人地带”之间，这时却有一辆驴车，从峡谷的山道上疾驶而过。

驴车后紧跟着一骑骏马，马上的骑客是一个身材健硕的中年汉子，背负箭囊，腰悬长剑，不时地回头顾盼。朔风越卷越烈，风中隐隐传来了胡马嘶鸣与金戈交击之声，陡然间，只听得一声凄厉的长叫，马蹄历乱之声渐远渐寂，车中一个白发苍苍的老者，卷起车帘，颤声问道：“是澄儿在叫我么？可是他遇难了？谢侠士，你不必再顾我了，你去接应他们吧，我到得这儿，死也瞑目！”

中年骑客应了一声，遥指说道：“老伯万安，你听那马蹄历乱之声，料是胡兵已退了。噢，你瞧，这不是他们来了！”一拨马头，如飞迎上。车中老者，长叹一声，潸然泪下。车中蹦地跳起一个女孩，小脸儿冻得红冬冬的，有如熟透了的苹果，揉揉眼睛，似是刚刚睡醒的样子，开声问道："爷爷，这是中国的地方了吗？"那老者勒住驴车，凝视车下的土地，声调低沉道："嗯，是中国的地方了。阿蕾，你下车去，替爷爷拿一把泥土回来！"

山谷口外，三骑负伤的战马背着衣冠破碎的乘客，狂嘶奔回，领先的是一个和尚。那姓谢的中年汉子迎上问道："潮音师兄，云澄师弟呢？"那和尚勒住马头，黯然说道："他已死了！真想不到万水千山，逃到这儿，雁门关已经在望，他却还逃不出胡人之手。不过，他也真不愧是个铁铮铮的汉子，重伤之后，还力毙数人，临死之前，还杀了那个领兵的鞑子，把那些蒙古兵吓得连忙逃命，不敢再追。人谁无死，像他这样，死也值得了。你的徒儿也不错，他也是力杀数人，和他的师叔并肩战死的。"

那中年汉子双目炯炯，怒视长空，忽而一声长啸道："雁门关已经在望，我们终算不负云澄师弟之托，将他的爹爹送回来了，云澄在九泉之下，当可瞑目。只是云大人哀痛余生，这事儿暂时且瞒着他。"纵马赶回驴车，只见车中的老者跨在车辕之上，捧着一撮泥土，神情非常奇异，那小女孩站在地上，怔怔地看着她的爷爷。

潮音和尚叫道："云大人，我们回来了。"老者问道："我的澄儿呢？"潮音和尚道："鞑子兵已被我们杀退，他受了点轻伤，和天华师弟的徒儿殿后。"声调尽管强作平静，还是抑不住那悲愤之情。那老者面色大变，潮音和尚和谢天华那样豪迈的侠客，在他迫视之下，也不觉后退几步，不敢接触他的目光，只听得他纵声笑道："父是忠臣儿孝子，忠臣孝子集于一门，我云靖尚有何憾！哈哈，哈！"笑声凄厉之中含着极度的悲愤，驴车旁的骑士都不敢作声。那女孩子仰面问道："爷爷，你笑什么？我很怕听，爷爷，你别这样笑啦。爹爹为什么还不回来？"

那老者笑声骤止，静默了好一会子，缓缓问道："明日清早，可以赶到雁门关吗？"谢天华道："是，今晚正是十月十五，晚上月光明亮，明早定可赶到。"那老者捧着那撮泥土，如捧珍宝似的，凑近鼻端，深深呼吸了好几下，泥土中散发着残枝败叶的气息。那老者深深呼吸，如嗅异香，凄然笑道："廿年了，如今始闻得着故乡泥土的气味。"谢天华道："老伯居留异国，存节全忠，比苏武留胡，

驴车后紧跟着一骑骏马，马上的骑客是一个身材健硕的中年汉子，背负箭囊，腰悬长剑，不时地回头顾盼。朔风越卷越烈，风中隐隐传来了胡马嘶鸣与金戈交击之声，陡然间……

尚多一载，如此孤臣孽子之心，人天共仰！”

那老者眉头一展，双手一伸，把那女孩子抱上车来，又缓缓说道：“阿蕾，你今年七岁了，应该开始懂事了，爷爷今晚给你说一个故事，你要紧紧记在心里。”那女孩重复说道：“嗯，要紧紧记在心里。我知道了，爷爷是说自己的故事！”那老者奇怪地看了孙女一眼，道：“你真是精灵得可以，比我小时，聪明得多了！”殊不知这女孩自出生之后，上一个月才见着她的爷爷，当时她就曾问父亲，为什么突然间来了一个爷爷，她父亲对她说道：“我给你说过许多次苏武牧羊的故事，爷爷的故事比苏武牧羊的故事还要动听，将来爷爷会自己说给你听，你要紧紧记在心中。”所以今晚爷爷一说故事，她就知道那是爷爷自己的故事。

众人环绕驴车，都像那女孩子一样，出神倾听，只见那老人拿出一根竹杖，杖头上有几根稀疏的旄毛，那老人叹道：“这使节的旄旌饰品都给北地的冰雪消融尽了。阿蕾，你知道什么叫做使节吗？我说给你听。廿年前，你爷爷是大明天子的使臣，奉遣到蒙古的瓦剌国去互通友好，这根竹杖就是皇帝所赐的，称为使节，这使节代表天子，性命可丢，节不可毁。那时蒙古分为两部，一叫瓦剌，一叫鞑靼，国力还很微弱。大明天子派使臣亲临，照理应该很受他们的尊敬，却不料在呈递国书之日，那瓦剌王起初还彬彬有礼，后来来了一个身披胡服的汉人，佩剑上朝，把瓦剌王拉过一边，悄悄说话，一边说一边眼看着我。这汉人不过廿来岁的样子，眼光中却露着无限怨毒，好像我和他有着百载深仇。”

谢天华奇道：“那人是认得老伯的吗？”云靖道：“不，我绝不认识他。我自问居官清白，平生没有仇人，更不会在胡人之地结有仇人，也不知他对我何以如此怨毒！不过，我当时见他身披胡服，也确实不屑和他交谈。他和瓦剌王谈了一阵，突然下令将我扣留，还要夺我的使节。我大怒抗议：性命可丢，这代表大明天子的使节却不可毁。可恨他身是汉人，听了之后，反哈哈大笑道：‘大明天子，大明天子！哈哈，你是准备做大明天子的忠臣来了？好！我一定叫你称心如愿，做第二个苏武，苏武牧羊，你就去牧马吧！’自此我便在极北苦寒之地，牧马了廿年！起初我还指望明朝派兵来救，年复一年，却是毫无消息。后来听说大行皇帝——明成祖朱棣——归天，仁宗继立，不到一年，又告夭折，幼主即位，国中无人，太祖、成祖开疆辟土的前代雄风，已成陈迹，我断了念头，自分必老死异国，难回汉域了，谁知也还有今日！”

谢天华与潮音和尚相对一视，默不作声，面色奇异，似是既有佩服之情却又有不以为然之意。云靖毫不在意，声调越发低沉，十指屈拗，勒勒作响，又道：“廿年来，我受了无数的苦，在沙漠之中，无水可饮，有时便喝马尿解渴，到了秋冬之季，饮冰嚼雪，更是寻常之事了！这些都还不算什么，更可恨的是，那厮还时不时派人看我，在我的面前，辱骂大明天子。廿年来，我无时不准备死难，可恨那厮却又并不杀我，只是将我折磨。”云蕾听得好不愤怒，问道：“那坏人叫什么名字？爷爷说给我听，蕾蕾大了替你报仇。”云靖续道：“不久我就知道，那厮姓张，双名宗周，名为‘宗周’，实不宗周，试想周室乃是天下的共主，既名宗周，却又辱骂大明天子，那不是自己嘲骂自己吗？”那女孩子不懂什么叫做“周室”，更不懂什么叫做“共主”，正想发问，只听得她的爷爷又道：“这些历史上的事情，你长大了念了书自然明白，爷爷不再多说了。”云靖其实不止是说给孙女听，也是说给那两位侠士听。至此顿了一顿，突然提高声调问道：“两位侠士，你说这厮该不该杀？”潮音和尚禅杖顿地与谢天华抢着说道：“该杀！”

云靖微微一笑，抚着孙女的头又道：“那张宗周原来是奸贼世家，他的父亲已在蒙古为官，至他更得重用，廿多岁，就当了瓦刺国的右丞相，与左丞相脱欢，同得瓦刺可汗脱脱不花的重用，他身子很好，想来还有二三十年的命。我在冰天雪地之中牧马日盼夜盼，只盼望他千万不要早死！”潮音和尚性情耿直，闻言怪道：“这却是为了什么？”云靖多年愤怒，久蕴心中，说至此处，冷冷一笑。云蕾打了一个寒噤，只见她的爷爷在怀中摸出一块羊皮，上面写着几行红字，隐隐闻到腥味。

谢天华骇然说道：“云老伯，这是你写的血书？”云靖淡然说道：“这已经是第二份了。我起初指望朝廷兴师问罪，将奸贼拿着，明正典刑，后来实是无望，想自己刺杀奸贼，自己却又是手无缚鸡之力的书生，想来想去，只有盼望我的儿孙争气，弃文习武，能替我报这大恨深仇。果然天从人愿，我牧马十年之后，澄儿也到了胡边，隐姓埋名，寻找我的踪迹。我出使之前，他刚刚考取秀才，是个文质彬彬的书生，在胡边再见之时，他已是个雄赳赳的武夫了。原来他知道朝廷不愿为我一人兴师问罪，于是便弃文习武，想深入胡边，单骑救父。听说他在天下第一剑客玄机逸士的门下学了七年，武功虽未大成，等闲三五十人已近他不得，他救父心急，不待满师，便赶来了。”云蕾听得出神，一双眼珠滴溜溜地转来转去，心中充满疑惑，问道：“那么，爹爹既有那么大的本领，为什么我一点也不知道？我只见他天天和妈妈一同去牧羊，有一天，有一个鞑子兵欺负他，要抢他的羊，打他，他也没有还手。”

云靖叹了口气，道：“阿蕾，你还小，有许多事情，说给你听，你也不懂。不过，将来就算我死了，不及见你长大，两位伯伯也会告诉你的。”

谢天华知道云靖今晚倾谈身世，其实是想说给他们听，其中必有含意。见云靖身躯颤抖，微微喘息，便扶着他道：“老伯，你歇歇吧，说话的时候还多着呢，到了雁门关之后再说吧。老伯他日有什么吩咐，晚辈一定依从。”

云靖咳了一声，喘着气道：“不，我一定要说下去。这些事情憋在心中太久太久了，不说出来，就不痛快。”歇了一歇，接下去道：“澄儿把事情看得太容易，以为凭他的武功便可以将我救出胡边。谁知天外有天，人上有人，蒙古地方也有许多高手，就是那张宗周的手下，也着实有几个本领非凡的人。我在雪地牧马，暗中实是有人监视。澄儿好不容易找着了我，还未来得及商议逃跑，就给人发现，不是我叫他快逃，连他都几乎给人擒住。后来他又暗中和张宗周的手下较量了几次，都讨不了便宜，这才把单骑救父的念头放下去。因此他便遵照我的叮嘱，隐姓埋名在蒙古住下来，装作一点也不懂得武功的模样，暗中寻找机会，和我偷通讯息。

“我要他在蒙古住下来，又要他娶了胡女为妻，为的就是替我传宗接代，好报此大恨深仇。我想起愚公移山的故事，这仇我的儿子若不能报，还有我的孙子来报，我的孙子不能报，还有我的曾孙，只要我云家还有后人，这仇就一定能报。而张家呢，即算张宗周死了，他也还有后人，他的后人也要替他受这报应！七年前我听说澄儿生了一个男孩，我就写下第一份血书，要我的男孙紧记，日后长大了，只要碰着了张宗周这一脉所传的人，不论男女老幼，都要替我把他们杀掉！”

谢天华只感到一阵寒意，直透心头，嘴唇掀动，却又忍着，心道：“怨毒之甚，竟至如此！这样的报复，岂不比江湖上的仇杀还要残酷？想来他在冰天雪地里牧马廿年，受尽折磨，所以失了常性。且待他回到中土之后，精神恢复，再慢慢劝解他吧。”

云靖指着血书，微微喘气，又道：“澄儿听我的嘱咐将血书缝在孩子的衣裳里，送给他的一位师兄为徒。此后我因为转移地方牧马，又失了联系，直到三个月前，他才偷偷地和我见了一面，告诉我，他已约了同门，赶来营救。那时，我自念年迈苍苍，已不再作逃生之想，对他的话，也不在意，只问他在这别后七年之中，有没有再生孩子？他说又生了一个女儿，这便是你。我立刻再写一份血书，是孙女也要替我报仇。蕾蕾，以后你要紧紧记着：若碰着张宗周一脉所传的人，不论男女老幼，都要替我把他们杀掉，化骨扬灰！”

云蕾听得定了眼神，苹果般的小脸上充满了害怕恐惧的表情，突然“哇”的一声哭起来道：“爷爷，要杀那么多人吗？蕾蕾害怕，妈妈自幼教我不要随便杀生，连初生的羊羔也要保护。哎，妈妈呢？爹爹说妈妈就要来的，为什么不见妈妈来，连爹爹也不见了？”她哪里知道，她的爹爹云澄在胡边隐姓埋名，身世来历连她的妈妈也没有告诉，一月之前，竟是瞒着妻子，弃家逃走的。

云靖白须掀动，突然怒声说道：“蕾蕾，你不听我的话吗？我告诉你，你的爹爹，你的爹爹，他已经——”神色俱厉，吓得云蕾噤不作声，眼泪也收了，云靖叹了口气，话到口边，又咽了回去，不忍把她爹爹的死讯再说出来。

谢天华暗暗叹气，摇了摇头，只见云蕾低下了头，小声说道：“我听爷爷的话！”云靖把三月前新写的血书塞到她的怀里，仰天笑道：“不想我云靖尚有逃出异域，重归故国之时。我只盼张宗周这厮，不要早死，让他亲受我孙儿的报复！谢侠士，求你瞧在澄儿的面上，把这女娃子收做徒弟吧。”

谢天华一阵迟疑，缓缓答道：“这个且慢商量。——嗯，老伯不要误会，不是我不答应，我是想替她找一个更好的师父。”

谢天华与潮音和尚乃是云澄的同门，他们的师父玄机逸士号称天下第一剑客，不止在剑术上有极精湛的造诣，其他武功，也很博杂。只是玄机逸士脾气古怪，他共有五个徒弟，每个徒弟只传一门武功。例如谢天华就只得他剑术的一半。怎么叫做一半？原来玄机逸士有两套剑法，相反相成；他又炼有雌雄双剑，雌剑名为“青冥”，雄剑名为“白云”，“白云”雄剑传给谢天华，“青冥”雌剑则传给了另一个女弟子，两人各得了他的一套剑术。

这两套剑术乃是玄机逸士毕生心血所聚，若然双剑合璧，天下无敌。所以在他门下五人之中，也以谢天华和那个女弟子武功最高，难分轩轾。至于云澄，则因尚未满师，武功最弱。那潮音和尚则是二徒弟，传了伏魔杖法，外家功夫，也到了登峰造极的地步。

谢天华与潮音和尚都是应师弟云澄的邀请，各自带了徒弟，自中土远至胡边，助他救父的。恰值瓦剌可汗生了太子，国中大庆，监视稍松，三人合力，杀了几名看守，竟然轻轻易易地逃了出来，却又想不到雁门关已经在望，才遇到追兵，云澄竟然血溅国门边境。谢天华唯一的徒弟，也力战而亡。

云靖说完那番话之后，疲累不堪，沉沉睡去。云蕾怔怔地望着她的爷爷，不说不笑。谢天华叹了口气，挥了挥手，驴车又在峡谷的山道上奔驰。这时明月已出天边，荒凉的山谷浸在月光之中，有如蒙上一层薄雾轻纱，更显得冷清清的，诡秘幽静。谢天华让云蕾吃了几片肉脯，喝了一口水，拍拍她的身子，不久也熟睡了。

在驴车颠簸中，忽听得云靖梦中叫道：“冷，冷……狼啊狼来了！”潮音和尚笑道：“这老头儿还以为是在胡边牧马呢。”又听得云蕾在梦中叫道：“妈妈，蕾蕾不杀人，蕾蕾害怕。”谢天华愕然摇首，忽听得一声响箭掠过山谷，云靖在梦中跳起，叫道：“狼来了！”张眼一瞧，只见一道蓝火，摇曳下降，潮音和尚已一掠数丈，上前迎敌，谢天华道：“老伯勿惊，来的没有几人。”

云靖这一吓睡意全消，颤声说道：“不好，这是张宗周手下的第一名勇士，复姓‘澹台’，字号‘灭明’，姓名似是胡儿，其实却是汉人。澄儿曾经和他交过手，吃过他的大亏，本事委实了得。”

谢天华笑道：“我的师兄双掌一杖，威震中原，蒙古地方的第一勇士又算得了什么。只要他来人不多，管教他来得去不得，待我们把他擒了，给老伯带上京去献功，看这厮还敢不敢‘灭明’？”谢天华行侠仗义，最恨卖国之徒，听说那人号为“灭明”，怒不可遏，拔出长剑，奔出谷口，上前助阵。

只见一员胡将，身披锁子黄金甲，手使双龙护手钩，与潮音和尚打得正烈。潮音和尚的禅杖如神龙出海，横扫直劈，呼呼风响，那胡将竟是分毫不让，双钩盘旋，纵横挥舞，将潮音和尚碗口大的禅杖迫得东倒西歪。谢天华大吃一惊，心道：“这厮本事果然了得，怪不得云澄要吃他的亏，看来师兄也不是他的对手。”立即长剑出鞘，振臂一掠，犹如巨鸟摩云，掠空而降，长剑一抖，一招“拂柳穿花”穿心直刺，这一剑是专破钩、夺之类兵器的杀手神招，正是玄机逸士苦心所创的厉害招数。

护手钩与万字夺之类，本来是可以克制刀剑的外门兵刃，但玄机逸士所创这套剑法，轻灵翔动，变化万状，可以随着钩夺之势，反制敌人。若敌人仍本着“钩夺可以锁拿刀剑”的方法进招，则轻者手指被削，重者咽喉被穿，端的厉害，而今谢天华使出杀手神招，长剑分心一刺，内藏左右双旋两个变化，不论敌人是正面迎接或是两翼偷袭，都难逃此一剑之危。不料那胡将双钩霍霍，左钩往下一沉，右钩往上一带，谢天华的长剑几乎给他引去。说时迟，那时快，但见钩光闪闪，伸缩不定，也不知是从哪里袭来，敌人竟趁着谢天华稍一顿挫之时，立刻反客为主。

谢天华暗吃一惊，骤逢劲敌，精神一振，长剑一抖，剑招倏变，一个“搂膝拗步”，剑光划了一道长弧，身随剑势，滴溜溜地转了半个圆圈，“吓”的一声，手心一登，剑尖往外疾吐。这是攻守兼备的独特招数，那胡将钩光闪闪，却递不进招，迫得双钩外封，向左侧移了一步。谢天华立刻偏锋直上，剑走连珠，那胡将叫声：“好剑法!”连挡三招，突然叫道：“住手!”谢天华哪里肯听，剑光霍霍，连环疾进，那胡将勃然作色，怒道：“你以为我怕你不成?”双钩一展，迎、送、剪、扎、吞、吐、抽、撒，恰似骇电惊霆，两道银蛇，贴着谢天华的剑光飞舞，谢天华的剑法虽然神妙，竟然奈何不了他。

潮音和尚大吼一声，挥舞禅杖，上前助战，那胡将大笑道：“看你的武功，定是中土的成名剑客，听说中土武林的成名人物，最讲究单打独斗的规矩，你们却想以多为胜吗?”潮音和尚喝道：“你这厮是不是叫做澹台灭明?”那胡将避了谢天华一剑，还了两招，侧目笑道：“你这和尚也知道我的名字。”潮音和尚喝道：“你身是汉人，却为胡将，羞也不羞?对你这样的叛国奸贼，谁和你讲中原的武林规矩?吃洒家一杖!”澹台灭明面色一沉，忽而纵声长笑道：“匹马纵横漠北，此心可对苍天!谁是叛国奸贼?我叛谁的国来了?朱元璋巧夺天下，只有你们这些不争气的人，才去对他的儿孙俯首称臣。”侧身一闪，将禅杖让过一边，双钩一个盘旋，护着身子，在钩光剑影之中，朗声说道：“说与你这莽和尚听你也不解，好吧，你既要厮斗，我就叫两个小辈接你的招。”双钩一指，将潮音和尚的禅杖迫过一边，他身后的两员小将挥动刀枪，立刻抢上前来，接着了潮音和尚的禅杖。这两员小将武功虽较潮音为低，但亦非庸手，潮音和尚半晚之间，经了两场激斗，气力不支，竟自胜他们不得。

谢天华听那澹台灭明侃侃而谈，心中一动，心道：“这厮倒不是寻常之辈。但助胡灭汉，却无论如何，也不应该。”怒气一起，挥剑强攻，澹台灭明力敌数招，忽而问道：“你莫不是玄机逸士的门下么?”

谢天华怔了一怔，只听得那澹台灭明笑声又起：“你的师父当年费尽心血也胜不了我的师父，你要胜我，哪里能够?你既然不知进退，好吧，咱们今日就各为其主，再斗个三五百招!”谢天华悚然一惊，猛然想起师父所说过的往事：在廿年前，师父曾与一个魔头互争武林盟主之座，在峨嵋之巅，斗了三日三夜，不分胜负。这魔头复姓上官双名天野，本是绿林的大盗，经此一战之后，忽然匿迹潜踪，不知躲到哪里去了。听这澹台灭明如此说法，那上官天野定然是躲到蒙古，而澹台灭明也定然是他的徒弟无疑。

谢天华本待停剑喝问，但听他说出“各为其主”的说话，怒气又生，把师父所传的剑法施展得风雨不透，恰若银光匝地，紫电飞空，攻中有守，守中有攻；那澹台灭明也好生厉害，双钩交剪，竟如两道金虹，将门户封闭得十分严密，也是攻守兼备，虚实互变，刚柔齐施，转瞬斗了百数十招，竟是不分胜负。谢天华心中想道：“可惜四妹不在这儿，若然双剑合璧，三个澹台灭明，也要死在剑下。”

澹台灭明钩光闪烁，连进三招，谢天华一步不让，还了四剑。澹台灭明忽然哈哈大笑，跳出圈子，叫道：“如何？你我用了全力，都不能取胜，不如住手了吧！”谢天华怒道：“汉贼不两立，今日之事，非死不休！”澹台灭明双钩一指，迫住了谢天华的长剑，高声喝道：“狗咬吕洞宾，不识好人心，我是救你来的！”谢天华不敢放松，长剑往外一展，将双钩荡过一边，喝道：“我们万水千山，都经过了，而今到了此地，还有什么危难，要你相救？你若真肯改邪归正，弃暗投明，快快抛下双钩，随我走吧！”澹台灭明冷冷一笑，朗声说道：“你真是不知好歹，我奉张丞相之命，劝你们回去。你们若执意要回转中原，只恐未到雁门关，就要遭受非常之祸！”谢天华怒不可遏，长剑疾进，大声斥道：“你这狗贼，胆敢将我戏耍！”澹台灭明也生了气，回骂道：“你既要自寻死路，那就休要怪俺无情。”谢天华咬紧牙根，一声不响，剑如风雨，澹台灭明也不敢说话分心，双钩挥霍，见招拆招，见式拆式，又战了百数十招，仍是不分胜负，难解难分。

斗得正酣，澹台灭明忽然一声胡哨，卖个破绽，转身便走，那两员小将，也跳出圈子，随后急逃。谢天华与潮音和尚杀得性起，哪里肯放，仗剑挺杖，纵步便追，片刻之间过了一个山坳。谢天华较为谨慎，忽然想道：“这厮丝毫未露败象，何以逃跑？莫非其中另有诡计么？云大人抛在后边，无能手防护，莫不要着了他的暗算！”正待招呼师兄回头，忽见那澹台灭明猛然纵身向谷中一跳，谢天华大吃一惊，立足处离谷底少说也有十数丈高，谷底怪石嶙峋，这一跳下，难道是想自己寻死不成？这一着真是大出意外！

谢天华念头未转，只见那澹台灭明身子在半空一个屈伸，呼的一声，抛出一条长绳，绳端系有利钩，一下子就搭住了对面的松树，身躯一荡，打秋千般荡了过去。这山谷形势绝险，乃是一山分出两峰，两峰相距十余丈，轻功多好也不能飞越，却想不到澹台灭明用这个方法跳了过去，一跳过去，再转个弯，便是云靖的驴车了。

谢天华这一惊非同小可，心知若循原路折回，赶到之时，云靖必然已遭毒手。但峡谷不能飞越，不循原路，又待如何？事已如斯，只得横了心肠，回头追赶，拼着替云靖复仇，与澹台灭明再拼个死活。

谢天华冷汗直冒，好不容易赶了回来，只见那澹台灭明已站在驴车之前，云靖则跨在车辕之上，两人面面相对。澹台灭明双钩挂在腰间，手上并无兵刃，面上露出笑容，似正在低声求恳，而云靖则声色俱厉，谢天华赶到之时，正听得云靖骂道："胡说八道！我与张宗周此仇不共戴天，你要杀便杀，我岂肯与你回去，托庇于他？"谢天华不禁大奇，只见那澹台灭明回过头来，向自己微微一笑，高声说道："你看见了？我若要取云老儿性命，易如反掌，还待你赶回来么？云老儿，我苦言相劝，生死祸福，系于你一念之间了。"云靖怒不可遏，须眉掀动，却冷笑道："你要我回去再替你的张大人在冰天雪地里牧马廿年么？"澹台灭明纵声长笑，忽然正容说道："张大人就因你牧马廿年，不屈不挠，才敬重你的为人，要你回去。"云靖骂道："张宗周叛国奸贼，卑贱小人，我云某耿耿忠心，谁要他的敬重！"澹台灭明冷冷一笑，道："张大人果然说得不差，你只是徒有愚忠，不足与谈大事。他也料你不会回来的了，可是他见你也是一条汉子，不忍见死不救，才命我万里追来，可惜你辜负了他一片苦心了。"云靖手扶车辕，气极怒极，颤巍巍地破口骂道："哼，苦心救我？我云某廿年牧马，此身尚幸得归葬故土，死亦瞑目。你追到此地，要杀便杀，此地已是中国地方，血洒故乡尚有何恨？"澹台灭明怒道："谁要杀你？要杀你的不是我们！"云靖咬牙说道："你杀了我的澄儿，还来当面气我么？"身躯颤抖，几乎跌倒。澹台灭明将他一把扶住，道："你的儿子不是我们杀的。要说给你听，你也不明白，随我回去见了张大人你就知道了。"云靖张口一口唾涎，疾吐出去，澹台灭明轻轻一闪，避过一边，只听得云靖又骂道："不是你们杀的？那些人难道还是明兵不成？"澹台灭明苦笑道："那是我们左丞相的部下。"云靖骂道："什么左丞相右丞相，都是骚狐鞑子。我已在你手中，你快快把我杀掉，休要多言。"谢天华也觉得澹台灭明岂有此理，他既然身为瓦剌国的大将，瓦剌的官兵将人杀了，他还要当面来气被杀者的父亲，何况这被杀者的父亲，又身经了廿年的苦难，悲痛余生，哪能经得这样残酷的戏弄？

两人越说越僵，只见那澹台灭明抱拳一拱，朗声说道："云大人，我言尽于此，听不听从，那就全在你了。"云靖气极吹须，猎猎作响，已说不出半个字来。谢天华大怒喝道："迫害一个手无缚鸡之力的老人，算什么行径？有种的咱们再斗三五百招。"澹台灭明毫不理会，压低声调，继续说道："既然如此，那我只好走了。张丞相说，累你牧马廿年，实在过意不去。他也料你不会回来，叫我代送你三道锦囊，依着锦囊妙计，还可救你性命。张丞相说这三道锦囊，就算你替他牧马廿年的酬报。"把手一撤，转身便走。谢天华怔了一怔，澹台灭明已从他身边走过，只听得咕咚一声，云靖倒在车上。谢天华一伸手打出五枚子午夺魂钉，分打五处穴道，澹台灭明头也不回，双钩一个盘旋，只听得叮叮叮几声连响，澹台灭明一声冷笑，人影已没入苍松怪石之间，转过山坳去了。

谢天华这一把飞钉，本就不指望能将敌人打倒，不过见他这样轻易地一举将五枚飞钉扫数打落，也不觉吃了一惊，飞步奔向驴车。只见云靖吁吁气喘，脖子通红，谢天华伸手在他胸口一揉，云靖"哇"的一声吐出一口浓痰，叫道："气死我也！"颤巍巍地坐了起来。谢天华知道他是愤火中烧，痰塞喉头，身上并无受到其他伤损，这才放下了心。正待善言开解，忽听得潮音和尚呱呱大叫，横拖禅杖，从山坳外疾跑回来。

谢天华又吃一惊，连忙问道："师兄，你怎么啦？"潮音和尚愤然说道："三弟，我丢尽师门的面子啦！我今生不把澹台灭明痛打三百禅杖，难消此恨！"谢天华知道师兄是个急性子的人，按他坐下，让他喝了口水，说道："二师兄，有话慢慢地说，凭着咱们四个兄弟，就算是上官老魔头亲自到临，这仇也可以报，何况澹台灭明?”潮音和尚骨嘟嘟地喝了一大口水，气愤愤地续道：“我只道这厮要对云大人暗施毒手，心急赶回，叵耐那两个小贼，死缠不放，若是平日，这两个小贼真还不放在我的心上。无奈我接连两场恶斗，气力不加，和他们边走边斗，进进退退，竟然赶不回来，斗了一二百招，我一急连走险招，刚刚抢了上风，不料澹台灭明这厮又回来了。我以为他已经将云大人害了，破口大骂。那厮双钩一搭，将我的禅杖拉过一边，突然劲力一松，暗施诡计，将我跌了一跤。这还不算，还打了我一个耳光，骂我是‘莽和尚’，说我‘胡说八道，乱嚼舌头，打个耳光，聊作薄惩’云云。骂完之后，便带了两个小贼，扬长而去。我们闯荡江湖几十年，几曾受过如此欺侮，你说气不气人?”停了一停，目注地上，忽然又嚷起来道：“这是怎么回事？他和你交了手没有？云大人好端端的没事，这地上却有着三个这样趣致的锦囊?”

潮音和尚一边说一边把三道锦囊拾了起来，啧啧赞赏道：“上面还绣有骆驼呢。咦，这不是蒙古人的刺绣吗？这、这是谁的?”云靖勃然怒道：“臭鞑子的臭东西，把它撕成粉碎，抛到污泥里去!”潮音愕然一望，用力便撕，忽然手腕一痛，三道锦囊都给谢天华抢去。潮音和尚诧道：“师弟，你——”谢天华道：“云大人看一看也不碍事，你便看它说的什么？若然真是胡说八道，那时再撕，也还不迟!”

谢天华心中十分疑惑：这澹台灭明武功高强之极，他既然不欲加害云靖，那么所为的又是何来？难道真是想“救人”不成？但他何以又在蒙古为官，廿年来助那张宗周折磨云靖？再说雁门关已经在望，踏入了中国地方，还有谁会加害云靖？这不是骗人的鬼话吗？但若说他万里远来，为的就是说这番鬼话，却又是绝无此理。何况他虽然傲岸，却又似乎手下留情，要不然师兄怎能逃得性命，这真是百思不得其解了!

不说谢天华心里沉吟，且说云靖接过锦囊，恨恨一瞥，只见第一道锦囊上写着“即开”二字，云靖气呼呼地一把撕开，抽出里面的信笺，上面写道：“此时速回蒙古，尚可无事，澹台将军留驻左云，可以接应。”云靖看完之后，随手一撕，抛在地上。

谢天华见他白须颤抖，面色焦黄，不敢动问。云靖看着那撕碎的纸片一片片飘落污泥，愤然说道：“什么锦囊妙计，还不是那番鬼话！”拿起第二道锦囊，只见上面写道：“离雁门关七里之地开拆。”云靖道：“偏不听你的话。”用力一撕，里面又露出一张信笺写道：“时机已迫，此际雁门关当有人接你，先行领队者若非周健总兵，你当立即快马飞逃，留谢天华与潮音断后，或许尚能保全首领。”雁门关总兵周健和云靖乃是同乡好友，一人习文，一人习武，是同科中的文武进士。云澄此次救父，得他暗助甚多，实行救父计划之前，又已派人飞骑报知周总兵，叫他转告朝廷，一路行踪，都派有人暗中联系。云靖想道：“周健见我到来，岂有不来迎接之理？我节比苏武，异域归来，大明天子即算不立像记功，也当重用。胡儿妄图离间，真真岂有此理！”随手一撕，又把信笺撕成粉碎。

谢天华旁眼偷窥，一瞥之下，见信笺上有自己的名字，怪而问道：“上面说的什么？”云靖鄙屑说道：“还不是鬼话连篇。不过奸贼也真厉害，他们好像已预知你们二人深入胡边，前来救我。不知何以又无防范？”谢天华眉头一皱，低首沉吟，疑惑更甚。云靖随手又拿起第三道锦囊，正要撕开，忽又放下，谢天华一见，不觉叫出声来。

那第三道锦囊上写着：“此函交谢天华开拆。”云靖冷冷地看了谢天华一眼，心起疑云。谢天华久历江湖，人甚精细，见此神色，微微一笑，说道：“奸贼诡计多端，云大人你拆开看看，他说什么？”云靖略一迟疑，把锦囊慢慢撕开，抽出信笺，缓缓读道：“此际云大人当已被捕，锦囊之内，尚有蜡丸一个，你密藏此丸，切不可开，急速入京，面见于谦，参劾王振，云大人性命能否保全，全在此一举矣。”云靖“哼”了一声，怒不可遏，信手一撕，又把信笺撕成粉碎，骂道：“危言耸听，胡说八道！我云某是个大大的忠臣，岂有被捕之理？”又把锦囊往地下一掷。谢天华一纵身接过锦囊，果然在其中掏出一颗蜡丸，藏在身上。云靖面色一变，谢天华道：“且藏着这玩意儿，也占不了什么地方，玩玩也好。”云靖“哼”了一声，微愠说道：“这是给你的东西，你要藏便藏着吧。我云靖与奸贼不共戴天，纵然真是碎尸万段，也不要他来相救。”

驴车趁着月色，在夜间赶路，雁门关外，边境守夜的明兵角声，已隐隐可闻。云靖精神一振，虽然奔波长路，一晚未睡，却是毫无倦意。翘首长空，纵声吟道：“喜有余生归故土，雄关分隔别华夷。我云某明日当可重整衣冠，手持使节，礼拜明君了。”谢天华道：“大人孤忠，百世不可一见，而今天子，封官叙爵，也不足言酬。”云靖微微笑道：“这是臣子分内之事，岂望朝廷酬报。”停了一停，忽然问道：“我去国之时，尚是永乐十年，而今已经历廿载，换了三朝，朝廷之事，全无所知，不知如今是谁人当政？”谢天华道：“是王振当权。”云靖想起第三道锦囊中的说话，冲口说道：“那么天佑我朝，这王振一定是个大大的忠臣，只有那于谦想必是奸臣了。”

潮音和尚正纵马上来，傍着驴车，听了云靖言语，忽然把碗口大的禅杖往地下一顿，大声说道：“大人错了，这王振是个大大的奸臣，若然撞在洒家手上，也要教他吃我一顿禅杖！”云靖愕然说道：“什么，他是奸臣？不会，不会吧！若然他是奸臣，胡儿何以又要唆使什么于谦出头，去参劾他。”谢天华道：“大人有所不知，这王振的确是个奸宦。”云靖诧道：“什么，他是个太监吗？”谢天华道：“正是。听说此人原先在故乡蔚州读过书，下过考场，做过县官，后来犯了罪，本当充军，适逢皇帝下诏‘有子者亦准净身入内’，王振遂钻进了皇宫。后来奉派侍奉太子，亦即当今皇上读书，至先帝归天，太子即位，王振遂得任司礼太监，管理内外章奏，于是遂勾结朝臣，擅作威福，巧立名目，苛征暴敛，虽然不过三年，百姓已是恨之入骨。大人此次回去，也要当心。”云靖听了，不觉愕然，亦是狐疑满腹。

谢天华续道：“那于谦官居兵部侍郎，听说倒是为官清正。”云靖听了，默然不语，心中想道：“这两人乃是江湖上的莽夫，所言不足深信，待我回朝之后，再亲自看个明白。”又想道：“兵法有云：虚者实之，实者虚之，纵然这两人所说是实，也定是张宗周布下的圈套，故意叫我相信他的话，其中必定藏有阴谋。”

驴车上云蕾睡得正酣，云靖望着她苹果般的脸儿，天真无邪，可爱之极。想到他年云蕾长大之后，也要远赴胡边，冲霜冒雪，替自己报仇，不觉叹了口气。但瞬息之间，廿年来嚼雪饮冰，挨饥抵冷种种苦难，又在心头泛起，恨火烧心，盖过了为云蕾怜惜之念。眼望夜空，心潮浪涌，过了些时，不觉迷迷糊糊地和衣睡了。

一觉醒来，已是第二日清晨，雁门关上的旌旗，已经可以清楚望见。潮音和尚道："这是七里铺，离雁门关只有七里了。前面就是雁门关外检查行旅的卫所了。"云靖跳了起来，揭开帘幕，问道："周总兵来了没有？"潮音和尚道："天华师弟已入内通报去了。不曾听说周总兵要来。"云靖怔了一怔，忽而失笑，自言自语道："我也给那个鬼锦囊弄昏了。周总兵怎会知道我今日到来？通报之后，他自然会来迎我。"便吩咐停下驴车，在卫所之前等待。卫卒们在城墙内张望，并无动静。

且说谢天华为人，胆大心细，先入雁门关通报，便是他的主意。雁门关的总兵周健，谢天华也曾见过几面，深知这位边关守将，不但是云靖的同乡旧友，而且侠骨英风，与江湖豪杰，胸襟无二。七里路程转瞬即到，雁门关上了无异状，仍是由前几次带引自己的旗牌官接待入内，谢天华心头一宽，暗笑道："澹台灭明故布疑阵，装神弄鬼，连我也受他迷惑了。只要周总兵仍镇守此关，有谁敢加害云靖？"

帐中坐定，旗牌官献上茶来，说道："总兵大人就要出来，谢侠士你歇息会儿。"谢天华喝了香茶，卸下护身袍甲，正在等待，忽觉头昏眼花，叫声"不好"，连忙拔剑，那旗牌官已抢先一步，将他宝剑夺去，帐外呼呼两声，抛进了两条绊马索，将他绊倒。

谢天华内功深湛，虽然中了暗算，尚未昏迷，挣扎欲起，却是浑身无力，而且昏昏思睡，眼皮渐渐睁不开来。谢天华默运玄功，与睡魔相抗，迷迷糊糊之中，似已被人扛起，不久又听得关门下锁之声，似是已给人关在一间黑沉沉的屋子里了。

那碗茶中溶有极厉害的蒙汗药，寻常之人，浅尝即倒，谢天华练过易筋洗髓的功夫，运气相抗，保持着心头的一片清醒。也不知过了多少时候，房门呀呀推开，一个人探头进来，谢天华定睛一瞧，正是雁门关的总兵周健。

谢天华托地跳起，使尽气力，呼的一掌横扫，向他脑门劈去。周健横肱一架，叫道："是我！"谢天华气力未复，给他一架，跄跄踉踉地倒退数步，一头撞在墙上，怒叫道："好呀，知人知面不知心，总兵大人，你用的下三流的暗算手段，用得真到家呀！"周健迈前两步，把他手腕一拿，低声叫道："事情已急，快服下解药，我与你救云大人去。你的宝剑我替你拿回来了，快呀！"谢天华惊愕之极，叫道："什么？你、你是什么用意？"黑室之中，但见周健双眸炯炯，别具威严，低声说道："我周健是何等之人，你还不知道吗？此际事机已急，有话慢说，你快随我出去。"谢天华不由得张开了嘴，吞下了周健塞来的药丸。谢天华心头本就清醒，吞下解药，睡意全消，接过周健递来的宝剑，跃出门外。

雁门关外号角长鸣，只见先前那名用蒙汗药偷施暗算的旗牌官拦上前来，高声叫道："周大人，你可得三思而行，别要自误前程！"周健一声不响，突然一跃而起，挥刀一斩，将那旗牌官斩为两截，夺了两骑快马，与谢天华奔出辕门，关外官兵，无人敢挡。

周健威风凛凛，杀气腾腾，在马背上扬鞭指道："他们正在七里铺外厮杀，你我抄小路去！"一拨马头，从山边小径驰去，大路上车马奔驰，许多人高声呼喊，叫周总兵回来。周健毫不理睬。

且说云靖在七里铺的卫所外等了许久，正自生气，忽见路上尘头大起，十几骑快马飞奔而来，不一刻卫所打开，戍守卫所的官长披挂出迎，高声请进。云靖看得清楚，那从雁门关来迎接的十几骑快马，其中并无周健在内，心中十分不快，但仍是夷然自若，手持使节，步入边关。

卫所内设好座位，只见十六名御林军分成两队，分列阶下，堂上两名钦差，冠带出迎。云靖顿时欢喜起来，心中想道："原来是圣天子特降天恩，念我廿年守节，竟然派钦差到边关迎接来了。"正说得句："云某何功，敢劳钦差远接。"堂上的钦差，面孔一端，忽然高声喝道："叛臣云靖，跪下接旨！"

云靖这一惊非同小可，手持使节，颤声辩道："云某出使异国，廿年来牧马胡边，尚存此节，自问无罪，不敢接诏！"话犹未了，已给两名御林军按倒地上。只听得其中一名钦差，展开诏书，高声读道：

"罪臣云靖，先帝寄以腹心，遣使瓦剌，而乃不感恩图报，反腼颜事仇，忘其父母之国。今日私自归来，图谋内应，罪无可恕，本应明正典刑，姑念其是前朝旧臣，恩开法外，准其仰药自裁，全尸收殓。钦此。"

云靖魂不附体，只见一名御林军捧着一只银瓶，内中药水殷红，高声叫道："罪臣云靖还不谢恩领旨么？"

云靖只觉脑门上轰的一声，又惊又气又急又怒，忽然一手抓过银瓶，尖声叫道："给诏书我看，我不信这是真的！"钦差冷笑一声，喝道："好大的胆子，诏书是你看得的吗？"话犹未了，只听得轰天价的一声巨响，两扇半掩的大门凭空飞了起来，一个莽和尚提着碗口般粗大的禅杖，泼风似的打将入来，高声喝道："管它真的假的，都打死了再说！"十六名御林军上前抵敌，哪能抵敌得住？只见他指东打西，指南打北，禅杖所到之处，有如开山裂石，只要挨着一点，便是不死即伤。

两个钦差吓得面青唇白，腿都软了。那和尚一路打到堂上，左手一伸，兀鹰抓鸡似的提起了一名钦差，骂道："云大人舍命逃回，你们还要将他弄死，是何道理？""卜"的一杖，敲在他的头上，甩手一摔，脑浆涂地，死于阶下。另一名钦差吓得神智昏乱，兀自叫道："反了，反了！冒犯钦差，该当何罪？"那和尚放声大笑，又一把将他抓了起来，骂道："兀这厮鸟，钦差值得多少钱一斤？"禅杖往地上一插，硬生生地将他撕成两片。御林军纷纷逃出，吹起号角，卫所内尸横遍地，只剩下了和尚和云靖二人。

云靖目瞪口呆，恍如在一场恶梦之中，不知目前所发生的种种事情是真是假，定了定神，见潮音和尚朝他走来，猛然叫道："把那诏书给我。"

潮音和尚咧嘴冷笑，道："还看什么鸟诏书，快随我走！"云靖盘膝一坐，一字一句，斩钉截铁地说道："把那诏书给我！"潮音和尚横他一眼，在几案上抓起诏书，摔给他道："好，快看！快看！"对他如此固执，万分不解。

云靖展开诏书，一瞥之下，面如死灰，那诏书上的印玺，与诏书的格式纸质，都是真的。云靖还记得以前成祖夺位，曾在内监手上抢夺玉玺，那内监将玉玺摔下天阶，缺了一角，后来叫巧匠重补，纹理两样，而今细辨这诏书上的印玺，正是如此，绝对假冒不来。

潮音和尚叫道："看够了没有？"云靖眼睛直视，听而不闻。这一瞬间，廿年来在胡边所受的苦难，闪电般地在脑海之中掠过。然而这一切苦难，比起而今的痛苦，简直算不了什么。须知云靖能够支撑廿年，全在忠君一念，满以为逃回之后，朝廷必定升官叙爵，表扬功绩，哪知皇帝竟是亲下诏书，将他处死。正如对一个人崇拜信仰到了极点，期望极深，忽而发现那个人就是要害死自己的人，这一种绝望的痛苦心情，世界上还有什么可以超过？

潮音和尚叫了两声，不见答应，心中大异。忽见云靖缓缓站了起来，将那根伴随他在冰天雪地里二十年的使节，用力一拗，"啪"的一声，折为两段。

在这一瞬之间，云靖脑中空空洞洞，好像神经全都麻木，一切都觉茫然，生的意义已经消失，整个世界都好像脱离了自己向杳不可知的远方飞去。他的身躯微微颤抖，脚尖突然碰着地下的银瓶，云靖一弯腰抓起银瓶，只一口就把那瓶中的毒药喝个干净。

潮音叫道："你干什么？"飞步上前，只见云靖倒在地上，七窍流血。那银瓶中的毒药，乃是最厉害的"鹤顶红"毒酒，沾了一滴便足毙命，何况喝了一瓶！

潮音和尚呆在庭中，做声不得，只听得外面人声嘈杂，刀枪声响，还夹有云蕾的哭声。原来驴车就停在卫所门外，想是来捉人的御林军已围着驴车与自己的两个徒弟打起来了。

潮音和尚大吼一声，拔起禅杖打将出去，众军士发一声喊，分出人来堵截，潮音和尚横杖一隔，刀枪乱飞，片刻之间，抢到车前，抱起云蕾，拍拍她道："别怕，别怕！"翻转身来，又杀出去。

云蕾伏在他的肩上，睁着两只圆溜溜的眼睛，却也不哭不叫。潮音和尚与两个徒弟冲杀出去，抢了马匹，上马飞驰。雁门关外追兵已到，万箭如蝗，纷纷攒射，潮音师徒三人各各舞动兵器，拨箭护身，慢了下来，追兵越来越近。

潮音和尚暗暗叫声："苦也！"凭着自己这根禅杖，在千军万马之中，虽然也能冲杀出去，但抱着云蕾，却是不无顾忌。正吃紧间，忽地嗖嗖两声，疾劲之极，潮音和尚的两个徒弟，翻了一个筋斗，跌下马背，竟给利箭穿过咽喉，死于非命。

潮音和尚狂吼一声，抡动禅杖，突然拨转马头，心中想道：“反正是死，不如杀它几个。”眼睛一瞥，忽见云蕾那对圆溜溜的眼珠，好像定住了一般，也不知是惧怕还是惶惑，潮音和尚叹了口气，忽地又是一枝冷箭飞来，碰着杖头，铿然声响，显然不是寻常庸手所射。

看看追兵已到背后，忽地官军阵形大乱，箭雨骤停，只见队中冲出两人，一个是谢天华，另一个却是雁门关的总兵周健，潮音和尚又喜又疑，几乎不敢相信自己的眼睛！

官军中一名将军挥刀堵截，谢天华手腕一翻，一招“长蛇出洞”，疾刺过去，那军官一个“镫里藏身”，居然避了开去。谢天华刷刷刷一连三剑，狠疾异常，杀得那军官手忙脚乱，忽听得周健大声喝道：“胡将军我待你不薄，今日我要向你讨情了！”那军官一声不响，突然拉转马头，官军们佯作呐喊追杀，却无一人真个拦截，周健向多年来同甘共苦的部下扫了一眼，忽然洒下几滴珠泪，冲出重围与潮音和尚会合，连骑北去。

北国寒冬，彤云布空，中午时分，太阳还未露出面来，天色阴霾之极。谢天华等三骑快马，奔入了雁门关外的无人地带。周健策马山头，茫然四顾，潸然泪下。谢天华已从师兄口中，知道了云靖折断使节，仰药自裁等等情事，知他伤心故友，泪洒山头。又想起他为了救友，不惜背叛朝廷，自毁前程，甚为感动，便低声劝道：“周总兵，事已如斯，只好徐图善后吧。只是累了你了。”周健凄然一笑，说道：“我早已不是总兵了。半月之前，我已奉令调职，只是新的总兵未到，所以我暂时留在关中而已。刚才那位胡将军才是署理总兵。”

谢天华心中塞满疑团，不觉问道：“周总兵屡建边功，何以突然调职？云大人孤忠苦守，又何以突遭赐死？”周健摇了摇头，仰天长叹道：“朝廷之事，莫问莫问。”顿了一顿，终于忍不住又道：“奸宦当权，亲信是任。我不是王振的亲信，他自然要设法把我调了。至于朝廷为何要杀云靖，这原因我也百思不得其解。不过今上年幼，大权操在王振手中，要杀云靖，想必也是王振的主意。”

谢天华默然不语，想了一想，忽然问道：“那瓦剌国的张宗周可曾和周总兵交过手么？”周健道：“你是说那个奸贼吗？十年之前，他曾率领胡兵，入寇两次，后来两边讲和，他也不再来了。”谢天华紧紧问道：“他对于我们朝廷的消息，好似了如指掌，莫非他和朝中将相，也有勾连？”周健看了谢天华一眼，道：“你怎么知道？你不说我也忘了。王振和瓦剌的左丞相脱欢，私交甚好，听说和张宗周也有往来。”谢天华心疑更甚，掏出蜡丸，一口咬破，拉出字条，与周健同看，竟是王振的字迹，写与脱欢、张宗周二人，商量以中国的铁器换取蒙古的名马的。谢天华叹道：“蒙古缺铁，若无中国良铁，他们连利箭都不能造，这不是公然资敌么？”周健道：“我还忘了一事，那两个钦差三天之前已经来了，蒙古还有使者与他们见面。我极怀疑暗害云靖之事，也是脱欢或者张宗周的主意。”谢天华道：“那么澹台灭明奉张宗周之命送来这个蜡丸，又是何意？”遂将前事说与周健知道，两人再三推测，均是不解。周健道：“张宗周这厮还会存什么好心，只凭他奴役云靖廿年这点，我就恨不得把他杀掉！”

云蕾抬起小脸，道：“爷爷呢？爷爷叫我杀人，你们也要杀人。我怕呀，我怕！”谢天华轻抚她的头发，低声说道：“杀坏人没有什么可怕的。”忽地跳下马来，对潮音和尚说道：“你将这个女娃交给四妹，我再到蒙古去。”潮音道：“去做什么？”谢天华道：“杀张宗周！”潮音一顿禅杖，说道：“正该如此，你杀了张宗周，就不必这女娃儿他日杀人了。好，咱们一个抚孤，一个报仇，十年之后，再到雁门关相见！”这一去也，有分教：

疑幕重重终揭破，奇男侠女闹江湖。

欲知后事如何？请听下文分解。

第一回　弹指断弦　强人劫军饷
飞花扑蝶　玉女显神通

时光流矢，转瞬过了十年，这一年已是明正统十三年了。

十年人事几番新。雁门关外百里之地虽仍是胡马嘶鸣，十年前镇守边关的总兵周健，已渐渐为人忘记，而那个异域归来，屈死边关的使臣云靖，更没人知道他的事迹了。

只是这几年来，在雁门关外，却有一股绿林，闹得轰轰烈烈。这一股绿林，十分特别，他们就盘踞在雁门关外那方圆百里之地的“无人地带”之间，他们既抗胡寇，又抗明兵，人数虽然不多，却隐隐然成为了明朝与瓦剌“两大”之间的一个“缓冲力量”，明朝与瓦剌都不敢进去追捕。他们的作风也很特别，并不以打家劫舍抢掠行旅为生，却是在那“无人地带”之中，开荒垦殖；他们有时也下山抢掠，所抢的却大都是贪官污吏的不义之财。这股绿林，以日月双旗为记，盗党的首领据说是一个豹头虎目的老者，但外间却无人知道他的名字。他和官军对敌之时，每次都是戴着面具，因他手使金刀，所以官军档案之中，便称他为“金刀老贼”。这“金刀老贼”还有一样奇怪之处，他虽然也与官军为敌，但却从来不劫雁门关的军饷，而且每次与官军作战，纵然打胜也从不追杀。

这一年的暮春时节，兵部又派遣官兵押解来一批军饷，押解的军官叫做方庆，武举出身，家传弓马，武技娴熟，自称“神箭方庆”，甚为自负。这一次押解的军饷是四十万两银子，军饷满是装好了银鞘的元宝，每鞘五百两，用一百匹健骡驮背。另有十匹健骡，装的是雁门关现任总兵丁大可私运的货物。押解的兵丁只有一百人，这也是因为历年来从未失过事的缘故。

暮春三月，正是江南草长，群莺乱飞的季节，在雁门关外，却还是积雪未化，春寒料峭，但虽然如此，官军们长途跋涉，也感到有些燠热。这时已是午后时分，阳光普照，方庆在马背上扬鞭指道："明日中午，便可以赶到雁门关了。这次我们只率领一百精骑，解运重饷，穿山越岭，千里迢迢，差幸无事，真真是可庆呀！"同行押运的两个副官阿谀奉承，抢着说道："方大人神箭神威，天下谁不知道？路上纵有一些毛贼，听得是大人押运，也不敢正眼相觑了！"方庆哈哈大笑，连道："好说，好说！"官军们听了，都暗暗好笑。

驿道旁边，正有一个酒肆，那是供行旅客商，歇息喝酒的。方庆一高兴便道："这次平安无事，也不全是我一人之力，大家都有功劳。雁门关已近，不必急急赶路了，大家就在路边歇歇吧。我请两位副官喝一杯酒。"跳下马背，进入酒肆，两个副官亦步亦趋。方庆喝了几杯酒后，意态更豪，滔滔不绝地夸说他的武功，说他以前在东平府当捕头的时候，怎样仗着一把神弓，就收服了群盗。

方庆滔滔不绝地自夸武艺，两位副官岂有不趁势奉承之理，有一个道："可惜大人职守在身，要不然今年的开科比试，方大人去，一定可以把武状元抢到手中。"又一个道："今日天朗气清，卑职胆敢请大人演演神箭之技，叫我们开开眼界。"方庆喝了一大杯酒，哈哈大笑，取下背上的铁胎弓，道："都随我来！"走出酒肆，拔出两枝羽箭，道："看清楚了！"嗖的一箭射上天空，就在这一枝箭掉头落下之际，第二枝箭又嗖的一声射了上去，两枝羽箭竟然在半空中撞个正着，两边飞开，一齐落地。两个副官固然是大声欢呼，众官兵看了，也都暗暗说道："果然有两下子，并不是胡乱吹牛。"

欢呼声中，只听得蹄声得得，驿道上一骑马驰来，马上人也高声赞道："好箭，好箭！"方庆一看，却是一个秀才模样的人，头戴青巾，相貌斯文，背上却也背着一把黑弓，只是那匹马既很瘦小，那把弓也比寻常的铁胎弓小得多，与方庆那把大弓，差得更远。方庆心中暗笑："这书生大约是怕道路不靖，背把弓壮壮胆子。其实这样不显眼的弓箭，你不背也还罢了。若然真有强盗行劫，一看就知你是个孱弱书生。”

那秀才模样的人将马系在路边树上，也踏入酒肆。方庆料他也是个有功名的人，便举手为礼，问道：“兄台贵姓，何以单骑行走，不怕盗贼么?”那秀才道：“小弟姓孟，单名一个玑字。雁门关的总兵乃是小弟的远亲。小弟今岁在科场落第，不甘在家乡教馆糊口，是以远来关外，希望敝亲照顾，在幕中寻个小小的差事。”方庆心道：原来是个来找差事打秋风的穷秀才。便道：“这好极了，贵亲丁总兵正是我们兵部尚书的儿女亲家，这次我押运军饷，也替丁总兵捎带了一些东西。”那自称孟玑的秀才道：“我这回可真是路遇贵人了。我听说这一带有强人为患，正自害怕，我，我……”方庆早知其意，也是有了几分酒意，便拍拍胸口，大声说道：“兄台碰着了我，何用惧怕。我仗着这把神弓，一路远来，毛贼望风而避，兄台既然是到雁门关投亲，大家都是一伙，随我同行好了!”那秀才听了，面露喜色，再三道谢，张着眼睛，不停地看他那把铁胎弓。方庆又哈哈笑道：“这把弓是特别打造，加大的铁弓，两臂非有五百斤力气，休想开得!”孟玑连道：“佩服，佩服!”

方庆兴起，又拉孟玑再喝了几大杯酒，出了酒肆，拔队起行，寒风一吹，酒意更甚。走了一程，驿道傍山而行，到了素称险峻的西留山口，山上猿啼雁飞，见大队人来，鸟飞猿走。孟玑说道：“这里地形险峻，只怕有强人出没。”方庆大笑道：“若有强人出来，那便是他们自寻死路了!”孟玑突然把背上的那把弓取在手中，面有异色。

方庆笑道：“兄台惧怕么?”孟玑笑道：“我真是有些胆寒，不知不觉取了弓箭，准备防身，这无聊之举，教大人见笑了。”方庆果然哈哈大笑，说道：“你忘记是和我们同行了。哈哈，若然真有强人，你这把弓又济得甚事?”趁着酒意，伸手说道：“把你这小玩意儿与我瞧瞧!”孟玑微微一笑，道：“教大人见笑。”却也并不推辞，将那把弓递了给他。

方庆接过那把漆得黑黝黝的弓，只觉甚为沉重，不由得吃了一惊，喃喃说道：“这是什么做的?”用力一拉，竟然拉它不动。须知方庆拉惯强弓，两臂实有五百斤力量，这一拉不动，不由得满面通红，又惊又愧，酒意也醒了几分，讷讷说道：“你、你——”孟玑顺手取回黑弓，一笑说道：“大人想是多喝了酒，所以气力用不出来。小弟斗胆，也请大人赐宝弓一观。”方庆惊疑之极，把那把特制加大的五石铁弓递了过去，只见那秀才左手如托泰山，右手如抱婴儿，只一拉就把那铁胎弓拉得弓如满月，口中赞道：“果然好弓！”手腕一沉，只听得噼啪一声，弓弦断为两段。

方庆这时酒意全消，大声喝道：“你是何人？”那书生掷弓于地，仰天大笑，突然一放缰绳，那匹瘦马竟然跑得快疾之极，绝尘而去。方庆大叫“放箭！”哪来得及。陡然间只听得吱吱连声响起呼哨，山坡乱草之中，到处窜出强人。那孟玑拨转马头，在马背上大笑道：“神弓妙技，不过如此！咱们便是要劫你银两的强人，你还要与我较量较量么？”

方庆虽已拾取铁弓，但弓弦已断，无可抵敌，兀自高声吆喝，压着阵脚，犹图顽抗。只听得狂笑声中，弓弦一响，那孟玑叫道：“叫你们知道厉害！”弓如满月，箭似流星，呼啸声中，前行的一名副将惨叫一声，被利箭穿过咽喉，倒毙马下。孟玑又是一声长啸，弓弦再响，第二名副将，又被利箭从前心穿过后心，众官兵吓得魂不附体，发一声喊，拨马便逃。只听得孟玑又叫道：“叫你也吃一箭！”方庆手提断弓，用力一拨，只听得“喀嚓”一声，利箭与铁弓相触，迸出火花，说时迟，那时快，弓弦响处，第二枝箭，又惊飙闪电般劈面射到。方庆一个筋斗，从马背上落下，那枝箭从他头顶三寸之处飞过，头皮一阵沁凉，方庆叫道：“此番性命休也！”

第三枝箭却不见射来，但听得孟玑大笑道：“你能躲过两箭，也算好汉，饶你一命！”呼哨声中，前边山坡滚下乱石，将道路阻塞，又窜出一伙强人。方庆和衣一滚，拼命滚下山坡，只听得利箭嗖嗖之声，但却没有一枝箭射到他的身上。

方庆滚下山谷，伏在山涧边芦草之中，上面马嘶人叫，闹了半个时辰，这才听得历乱蹄声，离开了驿道而去。

方庆探出头来，只见新月在天，四无人迹，虫鸣唧唧，夜寒沁人。方庆手足并用，爬到上面，在眉月寒星之下，但见两名副官的尸体横在道上，其他的人马都不见了。方庆惊恐之极，想道：“我带的兵想必都被他们俘虏去了!”极目远眺，强人影子已杳，什么也瞧不出来。

方庆惊魂稍定，悲痛继之而来，失了四十万两军饷，这事非同小可，起码也是个凌迟的罪名。方庆摸摸头皮，欲哭无泪，心中想道:“不如那强盗把我射死还好!”呆坐路上，看月亮慢慢升到天中，想来想去，实是难逃一死，叹了口气，摸到一条绊马的粗绳，在颈上打了个结，悬在树桠，企图自尽。

身子悬空，绞索渐紧，方庆只觉胸中气促，呼吸窒息，头痛欲裂，难受之极，心中想道:“早知自缢如此辛苦，不如投水还好。”其实北地春寒，投水自杀也是一样的不好受。方庆本是迫于自尽，心中实不想死。绞索更紧，血流急促，更是辛苦，这时想叫又叫不出声，眼前一团黑影渐渐扩大，看看就要气绝身亡。

忽然身上一轻，似是有人抱着自己，慢慢放下地来。方庆轻轻呼吸，过了一阵，睁开眼睛，只见一个少年，穿着粗布衣裳，站在身边，向着自己微微笑着。

方庆叹了口气，道:“你为什么救我?”少年笑道:“岂有见死不救之理?”方庆得了性命，陡然又想起了凌迟之罪，死念又萌，挣脱了少年的手，说道:“我反正是死，你救也救不了我。”少年道:“你何事自杀?说说我听。”双手一紧，方庆竟自动弹不得。方庆急得跳脚道:“你别与我歪缠了，说与你听也没有用。”少年突然松手笑道:“看你的样子，似是一位朝廷的军官。呵，我知道了，你一定是押运军饷，给贼人劫了，所以寻死觅活!”方庆跳起来道:“你怎么知道?”少年道:“你们押解军饷的每年都要经过这里两次，每次到来，都闹得鸡飞狗走，谁不知道!”方庆苦笑道:“你既然知道，就不该再拦阻我。”少年不理他说，自顾自地说道:“你们虽然闹得鸡飞狗走，到底是运军饷给边关的守兵，若没有兵守，鞑子兵说不定就会侵进来，所以还是不要寻死的好!”方庆心中大奇，反手一抓，却扑了个空，少年道:“你做什么?”方庆喝道:“你是何人?你怎么知道军饷被劫?”少年道:“我是这里种地的山民，昨晚一大队强人，押着许多骡子，还缚了一大串的官兵，经过我家门前，向山中走去，我又不是傻子，见这情形，还猜不中吗?”方庆道:“你知道强人的巢穴在哪里?”少年道:“我不是盗党,我怎么知道?”方庆怔了一怔,想道:“就算我知道强盗巢穴,也没有用。”又嚷着寻死,少年瞧了方庆一眼,忽然说道:“银子若能寻回,你就不必寻死了,是不是?寻银胜于寻死,你不如寻银子去吧!”

方庆悚然一震,蓦然醒起,心中想道:“我能开五石强弓,气力远胜常人,刚才给他轻轻一拿,竟自动弹不得,这少年定是非常之人!”方庆经过昨日之役,骄矜之气大减,知道天外有天,不到自己逞强好胜,这时福至心灵,纳头便拜,说道:“我方庆自叹技不如人,实是斗那强人不过,恳求侠士援手,救我一命。”那少年大笑道:“我哪里是什么侠士,我只是一个普通的山民。你这话若教我的乡里听了,怕不笑掉他们的大牙!”方庆好生失望,正待再求,只听得那少年又道:“瞧你这样可怜,罢,罢,我且指点你一条明路。”方庆大喜说道:“请兄台指教。”少年道:“我虽然不能救你,但离此不远,便有一位奇人,你若求得此人答应,失去的军饷定可得回。”方庆道:“这位奇人姓甚名谁?住在何处?求兄台指点。”少年说道:“这位奇人脾气古怪,你若打听他的名字,性命不保。”方庆吓了一跳,道:“既然如此,我不打听便是。烦兄台引见。”少年续道:“你当是这样易求的吗?”方庆道:“那么要如何求法?”

少年微微一笑,突然在地上拿起方庆适才自缢的粗绳,道:“你须得再寻死一次!”方庆吃了一惊,道:“什么?”少年说道:“你明日绝早,便从此地动身,走入山谷,往西方走约七八里,便可见到一带桃林,还有许多花树,那个地方叫‘蝴蝶谷’。桃林后面有一间小房子,奇人便住在里面。你不可径去求恳,桃林前面约百步之处,有一个大岩石,石色殷红,非常好认。你要在日头未出之前,到那石岩中间的裂缝之处躲藏。若见有人,不可出来,等到阳光刚刚射进岩石缝隙之时,你才可出来,随便拣一棵桃树,像刚才一样上吊,那位奇人便会来救你了。上吊之时,你千万不能作假,一定要打死结,总之要和刚才的一模一样,紧记紧记!到那位奇人问你之时,你千万不能说是有人指点的。”

方庆听了,狐疑满腹,那少年笑道:“你能不能捡回性命,就全要看你的造化了。你好好睡一刻吧,我要走了。”方庆叫道:“兄

一九八四年二月

繁花如海之中，突然多了一个少女，白色衣裙，衣袂飘飘，雅丽如仙，也不知是从哪里来的！那少女向着阳光，弯腰伸手，做了几个动作，突然绕树而跑……

台慢走!”哪里拉得他住，霎眼之间，那少年已走得无影无踪。

方庆想道：“我反正是死，这少年说话虽然怪诞，也不妨一试。”心中有事，不敢睡觉，打了个盹，看看月亮落山，便起身赶路。摸进山谷，西行数里，残星明灭，曙色隐现，方庆再行一二里路，天边已现出乳白色，忽闻扑鼻清香，精神一爽，前面果然有一带桃林，还杂着许多不知名的花树，红的白的，灿如云霞，蔚成花海。桃林前面果然有一块大岩石，石色殷红如血，约有三个人高，岩石中间有一条大裂缝，刚刚可以容身，方庆躲进里面，心中惴惴，张大眼睛，从石隙缝中偷窥出来，等待奇迹。

等了一会，不见动静。再等一会，眼睛一亮，从裂缝上端窥出，已可见着一线天光，不一刻，云中白光闪发，东方天色由朦胧逐渐变红，一轮血红的旭日突然从云雾中露了出来，彩霞满天，与花光相映，更显得美艳无俦!不知从哪里飞来了许多彩色的蝴蝶，群集在花树之上，忽而又绕树穿花，方庆虽是武夫，也觉得神怡目夺。

再过些时，阳光已射入桃林，方庆眼睛又是一亮，忽见繁花如海之中，突然多了一个少女，白色衣裙，衣袂飘飘，雅丽如仙，也不知是从哪里来的!那少女向着阳光，弯腰伸手，做了几个动作，突然绕树而跑，越跑越疾，把方庆看得眼花缭乱，虽然身子局促在石隙之中，也好似要跟着她旋转似的。方庆正自感到晕眩，那少女忽然停下步来，缓缓行了一匝，突然身形一起，跳上一棵树梢，又从这一棵跳到另一棵，真是身如飞鸟，捷似灵猿。那少女在树上奔腾跳跃，满树桃花，竟无一朵落下!方庆看得矫舌难下，心道：“难道那少年所说的奇人，竟然就是这个少女?”

再看时，那少女又从树上跳下，长袖挥舞，翩翩如仙，过了些时，只见树枝簌簌抖动，似给春风吹拂一般，树上桃花，纷纷落下。少女一声长笑，双袖一卷，把落下的花朵，又卷入袖中。悠悠闲闲地倚着桃树，美目含笑，顾盼生姿!

方庆看得呆了，心道：“天下间竟有这样美艳的少女，桃花都给她比下去了。”过了一会，那一大群蝴蝶，适才被少女在枝头惊走的，又飞了回来，游戏花间。少女突然双袖一扬，无数桃花，纷纷自衣袖之中飞出，蝴蝶吱吱怪叫，落了一地。方庆这一惊更是非同小可：用桃花来做暗器，这真是旷古未闻！又为那群美丽的彩蝶可惜，心道：“花间扑蝶乃是韵事，把蝴蝶弄死，这却未免太煞风景了！”

转瞬之间，那些落地的蝴蝶又展翅飞起，只听得那少女笑道：“蝶儿呵，累你们受惊了，我也不再打搅你们啦！”缓缓步入花树丛中，进入了桃林后面的小屋。

方庆舒了口气，忽觉阳光耀眼，已从石隙中透射进来。方庆不觉大奇，想道：“那少年竟然算得如此准确，这少女刚刚步入小屋，就是阳光透进石隙之时！”

这时方庆的求生之念与好奇之心混杂一起，急忙走出石隙，拿起粗绳，在喉头打了一个死结，将自己悬在树上。绞索渐渐收紧，呼吸窒息，难受非常，方庆两眼发直，却不见那少女出来相救。方庆想喊又喊不出声，绞索更紧，只觉眼前金星乱冒，地转天旋，桃林之中仍是渺无人影。方庆大悔，心道：“莫非是那少年故意戏弄于我，叫我再受一次绞绳之苦！”辛苦之极，双脚乱踢，踢得树上的花朵，片片落下。

越是挣扎，绞索越紧，方庆眼睛发黑，神智也渐迷糊。就在这一瞬间，忽觉有人在自己身上轻轻一拂，好像有一把利剪，给自己剪断了绞索，呼吸立刻畅通，方庆张开了口，却说不出话。原来是给绳索绞得太紧了。

过了一会，方庆气力渐渐恢复，张开眼睛，只见面前站着的正是适才林中的少女。方庆低声道谢，那少女的目光有如寒冰利剪，盯着他道：“兀你这官儿，因何寻死？”方庆拜倒地上，诉说失了四十万两军饷，若按军法处置，就要受凌迟处死。少女蹙了眉头，忽然挥袖说道：“这事情我不能管！”方庆大急，往前扯她裙角，哪扯得着？方庆哑声哭道：“我上有老母，下有孤儿。你若不理，这世上就添了三个冤鬼了！”那少女缓缓回头，道：“是真的吗？”方庆道：“若有半句虚言，教我再受一次绞索之苦！”少女面色一展，喃喃自语道：“反正我都要找他们，也好，就替你管一次闲事。”方庆大喜拜谢，少女嗔道：“我又不是死人，你拜我做甚？嗯，再受一次绞索之苦？咏，是谁人指点你来求我的？”方庆道：“没有呀，没有！”少女道：“你自缢了几次了？”方庆道：“就这一次呀。”少女沉吟一会，忽然笑道："其实你自缢几次，我也管不着你。我既然说了救你，就是有人指点，我也救你到底吧！自缢很不好玩，下次不要再试了。"嫣然一笑，头上两个丫角微微摆动。方庆瞧这少女，不过十六七岁的样子，微笑说话之时，露出一脸稚气，不觉又是暗暗担忧，只恐这孤身少女，斗不过那群强盗。

少女道："好，你随我来！"方庆跟她走进林中小屋，少女道："你一定饿了，先烤点虎肉吃吧！"方庆一瞥，只见屋角一只吊睛白额大虫，躺在地上。方庆吃了一惊，少女笑道："这是死老虎，你怕什么？你会剥虎皮吗？"方庆道："见猎户剥过。"少女道："好，那你替我弄。看你适才踢那桃树之力，这三百多斤的老虎，你还翻弄得动。"方庆又是一惊，少女打虎，已是奇闻，而只一瞧就瞧出自己气力大小，更是精晓武功的大行家了。

吃过烤老虎肉，已是中午时分，少女从墙上取下一柄宝剑，道："你随我来，咱们去找强人，讨回那四十万两银子。"从山谷中爬上，进入深山密林之间，走了一个时辰，只见两峰夹峙，峭壁陡立，峭壁之下，有一个岩洞，岩洞前却是一片平地，少女道："这里想必就是他们藏金之所。"迈步直进，忽然听得一声喊道："挡驾！"在草丛之中突然跳起两条汉子，两条棍棒，劈头打下，来势迅疾之极！

少女身形一转，两条棍棒全扑了空，只见她长袖一甩，那两条汉子，扑势太猛，收不住脚步，又给她轻轻一带，竟然双双摔倒地上，四脚朝天。少女冷笑一声，头也不回，不停步地向前跑去。

岩洞之前，乱石如狮如虎，如马如牛，奇形怪状，不计其数，围着一块平地，少女脚不停步，闯入石阵之中，猛然听得又是一声："挡驾！"在乱石丛中刀枪齐出，刀刺酥胸，枪挑膝盖，少女凌空一跃，衣袖往下一拂，冷笑道："也挡不住！"那跳起来舞刀弄枪的两条汉子，虽是刀枪搠空，却立刻收势扑追，并不像前先那两人一样摔倒。方庆心惊胆战，不敢走进，只见那少女招招手道："来呀！你是失银子的正主，你不来他们还给谁人？"

方庆鼓起勇气，走入石阵，只见那少女已和四条汉子打在一起，四条汉子，各占四方，将少女围在当中，两条棍棒，一刀一枪，狠狠攻击。少女腰悬宝剑，却并不拔出应战，只见她在刀枪棍棒之中，飘来晃去，恰如蝴蝶穿花，蜻蜓戏水，衣袂风飘，好看之极！方庆颇晓武功，但看了一阵，已觉脑袋晕眩，急忙将目光移开，歇了一歇，才敢再看。

那少女身法轻灵之极，刀枪棍棒，有如暴风骤雨，却连她的裙角都沾不着！战了一阵，那少女一声叱咤，忽地一掌向左前方的那个使棍棒的壮汉拍去。右方使刀的汉子，单刀卷地斩来，侧面使枪的汉子，也一枪挑到，那使棍棒的壮汉，只觉微风飒然，敌人手掌已拍到顶门，大骇之下，就地一滚，就在这一瞬间，刀枪齐到，少女掌心往外一登，竟在间不容发之际，自刀枪夹击缝中飞起。那使棍棒的汉子，虽然躲闪得快，肩头还是给掌锋扫了一下，滚出了数丈之遥，才收得住势，又惊又怒，一跃而起，却幸没有受伤。

这一来，四条汉子，齐都气馁，少女指东打西，指南打北，有如行云流水，更是挥洒自如。方庆目眩神摇，急又把目光移往别处，偶然一瞥，忽见岩洞之前，站有一人，张弓欲射，此人非他，正是昨日冒充秀才，将方庆铁弓拉断的孟玑。方庆大吃一惊，急忙叫道："有人暗算，小心呀！"弓弦一响，孟玑已嗖地发出一箭！

白衣少女竟似毫不在意，把手一抄，就将射来的利箭抄在手中。弓弦疾响，孟玑的第二箭又闪电般射出，方庆是射箭好手，看到这样厉害的连珠箭法，也不觉魄散魂飞。那少女在刀枪棍棒围攻之下，万难逃避，但见她双指一弹，将接到的箭卜地弹出，两枝箭在半空中撞个正着，左右分飞，一齐落下。这少女的指力竟然敌得住孟玑的弓弦之力，实是骇人。孟玑叫声："好！"说时迟，那时快，第三枝箭又破空射出，一箭奔喉，射个正着！方庆骇叫一声，忽见那少女张口一吐，将那枝利箭吐了出去。原来她用的竟是接箭法中最难练、最冒险的"啮簇法"！

白衣少女给孟玑连射三箭，面有怒容，忽然叫道："来而不往非礼也！"玉手一扬，但见五六朵梅花形的暗器，散布空中，四面飞下。正是：

飞花迎大敌，出手见神奇。

欲知后事如何？请听下回分解。

第二回　祸福难知　单身入虎穴
友仇莫测　宝剑对金刀

方庆还未看得清楚，但听得哎哟连声，除了孟玑之外，围攻白衣少女的那四条汉子，都已倒在地上。孟玑闪开了两枚梅花暗器，大声赞道："散花女侠，名不虚传！"一言甫毕，那四条汉子，也都跳了起来，各人手上拈着一枚暗器，同声说道："多谢女侠手下留情，咱们服了！"原来那四人都被少女用"天女散花"的手法，打中穴道，暗器来势极急，触体却轻，打中穴道，也只是一阵酸麻，并无碍处，这明明是白衣少女故意相让。

白衣少女微微一笑，道："原来你们去探听了我的来历，那么这位朋友的银子，可以归还了吧？"孟玑一指岩洞，说道："你来得不巧，银子今早已搬走了。"少女面色一沉，正待发话，孟玑又道："要劳你多走一趟了，我们已备下快马。方大人，你昨晚受惊了。"方庆满面通红。少女道："既然如此，我就去拜见你家寨主。好，咱们走吧！"

孟玑撮唇一啸，山岩后有人牵出几匹马来，白衣少女跳上马背，一言不发，随着他们便跑。山道崎岖，山坡倾陡，骑在马背之上，就如腾云驾雾一般，方庆虽是弓马世家，也觉惊心动魄，那几匹马都是久经训练的战马，随着孟玑那匹领头的坐骑，登山跳涧，竟然如走平地。

跑了个多时刻，红日已到中天，孟玑在马背上扬鞭指道："下面便是雁门关了，丁大总兵明天便等着要发军饷，这会儿正不知多心焦了！"方庆闻言一惊，问道："我们已过了雁门关吗？你、你们是不是日月旗金刀寨主的手下?”孟玑道:“有你的银子便是，何必多问!”方庆心如吊桶，七上八落，想道:“这金刀老贼，从来不劫军饷，不知何以今番破例?久闻金刀老贼是个天不怕地不怕的大强人，蒙古鞑子和大明官兵，都不敢捋他虎须，若是他立心要这军饷，起尽十万官军，也未必讨得回来，此一去也，只恐凶多吉少了。”

马行一刻，面前忽见一片开阔，山岗围抱之中，竟是沃野平畴，有人在田中耕作，初初看到，还疑是世外桃源，哪想得到这竟是威震胡汉的强人巢穴?马队在磨盘似的山道迂回前进，山道两旁，不时闪出人影，打着旗号，没多久，就到了山寨前面。

山上碉堡连云，依着山形，互为屏障，端的气象万千。方庆忧心忡忡，跟在孟玑与少女之后，下马进山。有人引到大寨面前，只听得钟声当当巨响，接着鼓角齐鸣，寨门开处，两队强人列阵相迎，刀枪如雪，甲胄鲜明，白衣少女面有笑容，若无其事地从刀枪剑戟丛中穿过，方庆见这阵仗，吓得矮了半截，硬着头皮，亦步亦趋地随着白衣少女走上中堂。

大堂上摆好虎皮交椅，却是无人相候，白衣少女面色微愠，问道:“你们的老寨主呢?”孟玑微微一笑，只见两个粗豪大汉，揭开虎帐，直闯入来。

前面那条大汉捧着一个大酒缸，金色灿然，想是黄铜做的，瞧那样子，怕不有五七十斤?后面那条汉子，却捧着一大盘烤熟的牛肉，热气腾腾，每块牛肉上插着一柄明晃晃的利刃。两个汉子唱了一个肥喏，朗声说道:“贵客远来，无物招待，请喝一杯水酒吧。”一言未了，前面那条汉子双臂一振，一大缸酒劈面掷了过来。白衣少女面不改容，口中谢道:“何必客气?”手臂一弯，在那酒缸旁边一带，那酒缸竟贴着她的掌心滴溜溜地转个不停，也不落下，竟如小孩子玩的陀螺一般。这一缸酒被那汉子使力一掷，威势何等惊人，没有三五百斤力气，也休想接得它住，却不料被这少女轻轻一带，把那股劈面掷来的劲力，化解于无形。少女微微一笑，俯首缸边，喝了一大口酒，说道:“好酒，好酒!”那两个汉子怔了一怔，后面的那个汉子抢上两步，喝道:“这个给你送酒!”手起处，两柄插着牛肉的匕首飞了过来，白衣少女又是微微一笑，樱桃小嘴一张，“喀嚓”一声，把两柄匕首，咬在口中，张口一吐，两柄匕首一齐飞出，端端正正地并插在大梁之上，两条大汉相顾失色。只见那少女眉毛一扬，喝道：“还敬你们一杯！”掌心往外一登，呼的一声，把大酒缸反推出去，那两条汉子岂敢相接，眼看酒缸劈面掷来，避已不及。

忽听得“噔”的一声，只见一个少年汉子从后堂飞步奔出，一掌拍出，把那大酒缸拍得飞过一边，化了来势，左足一带，那缸酒缓缓落在地上，一大缸酒，没有溢出半点。这少年显了这手功夫之后，回头斥道：“你们这两个蠢物，敬客也不懂得，还在这里丢人现眼么？”向少女抱拳一拱，道：“待慢女侠，恕罪，恕罪！”方庆一看，吓得几乎叫出声来，这少年不是别人，正是昨晚救了他的性命，又指点他去找白衣少女的那个人。只是昨晚他乃是山野樵夫打扮，而今却是轻裘缓带，俨若浊世中的翩翩公子，气度自是不同。

白衣少女还了一揖，道：“公子好俊的功夫！”听得那两个汉子出门之时，垂手叫他做“少寨主”，又笑道：“这回可找着正主了，这位朋友的四十万两银子，请少寨主赏面赐还。”那少年道：“些须银子，何足挂齿，姑娘，你且请坐。”高声叫道：“来人哪！”眼光一转，向方庆打了一个招呼，眼色之中，含着诡秘的神情，似乎是在说道：“我的指点可不错吧！”

方庆呆在一边，满腹疑云，实是百思不得其解。这少年既然是这里的少寨主，何以劫了银两，却又打救自己？还把那白衣少女也引到这儿？莫非这是陷敌之计？身在龙潭虎穴之中，帐外强人环伺，吉凶难测，祸福未知，惊疑交并，听那帐外刀环抖索之声，不禁毛骨悚然。

过了片刻，只见一队强盗，把劫去的银鞘都搬了入来，堆满阶下。白衣少女道：“少寨主果是快人，我多谢了！”那少年忽然一声长笑，张手说道：“且慢！”

白衣少女一愣，只见一名盗党在银鞘堆上插上两面旗帜，一面画着圆圆的红日，另一面却画着一钩新月，这日月双旗正是山寨的旗号。那少年微微一笑，在桌上提起一个银质的小酒壶，斟了两杯酒，自己先喝了一杯，笑道：“这四十万两银子虽是无足挂齿，但这两面日月旗却是价值连城!”白衣少女眼波流转，只见满堂盗党，神情肃然，都注望着自己，甚是不解，不由得面上露出疑惑的神色，诧然问道:“你说的是什么意思?”那少年并不答话，只是微笑，白衣少女想了一想，道:“哦，这两面旗是你们的旗号，那确乎是万金不换的东西了。但这和我们的事又有什么关系?”那少年仍然微笑不答，阶下的盗党却个个现出怒容。

方庆在旁边看得暗暗叫苦，心中想道:“这女子武功虽是高强，却原来是一个初出道的小雏儿，竟然连这点黑道上的规矩都不懂得!盗党在银鞘上插了旗号，这意思就是说，你若有本事把这两支旗拔下，银子便可拿去，要不然，你就得乖乖退出。这分明是邀斗的意思!这回真个是凶多吉少了!”

白衣少女问了两次，未见回答，微带稚气的脸上晕起一层红潮，似乎已有点愠怒了，但见她柳眉一竖，站了起来，对方庆招手道:“银子已在这儿，你还不去点点?旗子是他们的，你留下来好了。”身子一挪，刚刚跨出半步，忽听得那少年哈哈一笑，提着酒壶，身形疾起，恰恰拦在面前，朗然说道:“姑娘，你还是坐下来喝酒吧!”白衣少女怒道:“我不喝酒，谁敢强我喝酒?”脚步向前迈出。那少年将酒壶向前一推，左手举起杯子一晃，道:“这点面子都不给吗?”酒壶劈胸，酒杯照面，竟然是两记极厉害的招数，但见那少女身形一转，少年扑了个空，酒杯脱手飞出，呛啷一声，碎成几片。原来是给少女用迅雷不及掩耳的手法，撞了一下。那少年也真了得，酒壶一晃，转身一推，又挡住了少女的去路，酒壶的尖嘴，指着少女胸下的乳突穴。白衣少女猛然一矮身躯，双指一弹，掌心一带，但见壶盖飞开，一壶酒都泼了出来，溅了满地，酒香扑鼻，满堂失色!但那酒壶却还紧握在少年手中。

两人交换了这两招，显然是白衣少女技胜一筹，但运足内力，却也没能将酒壶击飞，少年武功显然亦非弱者。他竟将酒壶当成兵器，脚跟一旋，又转到了少女的面前，说道:“这杯酒无论如何请你赏面。”用的竟是流星锤中“流星赶月”的招数。白衣少女斜闪两步，柳眉直竖，杏脸含嗔，霍的一声，拔出宝剑，但见一缕寒光，脱匣射出，少年也退了两步，酒壶掩胸，封紧门户。白衣少女剑尖一指，喝道："你好无礼，咱们比划比划！"满堂盗党倏地一下退到四边，看是腾出地方让他们二人动手，实则布成了合围之阵，只要少年一个不敌，立刻就要群起围攻！

方庆吓得心惊胆战，面如死灰，心想这少女纵有天大神通，亦难闯出龙潭虎穴，等阵盗党围攻，只恐两人都要被斩成肉糜！正在提心吊胆，忽觉大堂上的气氛异乎寻常，寂静得令人骇怕，放眼看时，只见那少年封紧门户，并不进招，堂上群盗围列四周，个个垂手而立。虎帐外远远传来号角之声，忽听得有人报道："大王驾到！"

那少年倏地跳开，只见外面走进了一伙人，为首的长须飘拂，气度威严，看来年过六旬，却是精神矍铄。白衣少女看了一眼，施礼问道："来的可是老寨主么？"长须老人微微一笑，道："听说姑娘今日上山，老夫失迎了。"边说边打量那个少女，神色甚是特别。

白衣少女给他看得不好意思，按剑说道："久仰寨主威名，仁侠无双，今日有缘拜见，兼向寨主求情。"长须老人随口应道："好说，好说。"突然问道："姑娘今年贵庚？可是属羊的么？"白衣少女不提防他有此一问，不觉一怔，微愠说道："老寨主莫非说我年轻识浅，不配上山，向你求情么？"长须老人打了一个哈哈，道："姑娘言重了。"白衣少女紧迫着道："这阶下的四十万两银子，乃是雁门关的军饷，寨主你这一伸手，不但害了这位公爷的性命，雁门关的数万官兵，也要喝西北风啦！"长须老人哈哈一笑，道："这个我岂有不知？"白衣少女道："老寨主既然知道其中利害，那就该把银子发回。"

长须老人捋捋须子，笑道："姑娘，你却也有所不知。"白衣少女道："请寨主赐教。"长须老人指了指那日月双旗，说道："绿林里的规矩，既劫了来，那就不能只凭一句说话退了回去。银子事小，这旗子的威名可得保全。姑娘，你既然替这位公爷求情，也总得抖露两手给弟兄们看看。要不然我退了银两，他们也不服气。"白衣少女怒上眉梢，冷笑说道："我只道闻名不如见面，谁知道见面不似闻名。好，好！那就请寨主你划出道儿！"长须老人又是哈哈一笑，道："小姑娘，天地之间，见面不似闻名的多着呢，岂独老朽为然。你怪我不肯爽爽快快退回银子么?”白衣少女目光斜视，不接话锋，就像闹脾气的孩子一样，干脆给他个默认。长须老人哈哈大笑，道：“我就给你个痛快的办法。你既带剑上山，定然在剑术上有深湛的造诣。好吧，我就用这口金刀，领教你几路剑法。学无前后，达者为师。你可不要因我年纪老迈，就故意剑下留情。你若赢了，这四十万两银饷，我亲自给他送回，一个子儿也不缺少!”边说边斟酒来喝，话说完后，酒已喝了两杯，蓦然拿起两个空杯，向梁上一摔，厉声说道：“好好的大梁，谁人在这里插了两柄匕首?”酒杯飞处，呛啷声响，碎片纷飞，两柄匕首却也随着碎片跌了下来，酒杯是一触即碎的东西，碰着大梁，竟能将匕首震落，这老头儿内功之深厚，实是足以骇人!

白衣少女不觉一凛，她起初本想空手对敌，而今见他露了这手，不由得不把轻敌之心收敛，当下拔出剑来，跳出庭心，在下首站定，微一拱手，说道：“请寨主赐招。”长须老人瞥了一眼，赞声：“好剑!”把手一招，只见两名喽啰抬上一柄金光闪闪的大刀，长须老人接过大刀，双指一弹，纵声笑道：“金刀呵，今回你可碰到对手了。”

两人各自立好门户，白衣少女知他自居前辈，决不肯抢先发招，当下手抚剑柄，剑尖向下一点，这是后辈对前辈动手时，表示谦让的起手招式。长须老人向后一个退步，只听得刷的一声，白衣少女一招“彩蝶穿花”，剑势轻灵之极，长须老人喝声“好”，一个“凤凰夺窝”，身形反了过来，一下子就抢着占了少女先前的位置。白衣少女吃了一惊，想不到这位金刀寨主，年纪虽老，身法迅捷，可是不逊年青，这一个飞身夺位，自己的左右中三路，都已给他的刀势制住了。

盗党们轰然喝彩，可是只瞬息之间，又是全场声寂。只见那白衣少女凌空飞起，挽了一个剑花，剑光四射，就如同千万点寒星，当头洒下。剑光刀影之中，只听得一阵断金戛玉之声，震得嗡嗡耳响，众人放眼看时，只见白衣少女已在一丈开外，长须老人横刀当胸，叫道：“剑好，剑法更好!这一招彼此都不输亏，再来，再来!”

方庆武功平庸，还看不出所以然来，盗党中的高手，却是个个心惊。白衣少女刚才那招，在受敌控制之下，突然飞身而出，实是剑学之中最难练的招数，眼利的且瞥见老寨主的金刀已缺了一口，更是担心。

白衣少女微微喘气，她虽然将敌人的金刀削了一个缺口，可是自己给他的金刀一迫，倒退一丈，还几乎收势不住，论到功力的深厚，自己实不如他。

两人换了一招，各有戒惧，再斗之时，形势又是不同。只见白衣少女左穿右插，有如蝴蝶穿花，剑光闪烁不定，身形越转越疾，转得旁观的人都觉头晕眼花，金刀寨主却兀立如山，不为所动。猛听得白衣少女一声清叱，剑光暴长，攻势突发，有如长江大河，滚滚而上，但见剑花错落，剑气纵横，出手之快，无以形容！金刀寨主却缓缓挥动金刀，脚跟有如钉牢在地上一般，任她剑势雨骤风狂，竟不移动半步，刀势虽缓，那虎虎的刀风却震耳骇心，白衣少女一口气攻了五七十招，兀是攻不进去。盗党们都吁了口气，心念老寨主当能战胜。方庆虽然看不懂两人招数，见盗党们的面色由紧张而转为轻松，心中已知不妙，不由得牙关打战，如坐冰山。

酣斗之中，猛听得长须老人喝声“去!”金光一闪，白光疾退，那少女身形又已在一丈开外，盗党们轰天价的又喝起彩来!

白衣少女纵出数步，猱身又上，长须老人这一刀招猛势沉，却也没将白衣少女的宝剑劈落，心中亦自惊异。白衣少女猱身再上，剑法又变。只见她青锋斜削，俨如狂风扫叶，剑尖直刺，有如暴雨摧花，剑光缭绕之中，但见四面八方都是白衣少女的影子，剑光忽东忽西，忽聚忽散，翩若惊鸿，宛如游龙，不但把旁观的人看得眼花缭乱，金刀寨主也吃了一惊，这白衣少女剑法奇绝，看她如封似闭，却又如进似攻，实是捉摸不到。金刀寨主只得封闭门户，再和她游斗，白衣少女一口气又进了三五十招，虚虚实实，变化层出不穷，金刀寨主虽然仍是未曾移动半步，面色凝重，显是比先前吃力得多。酣斗中金刀寨主一刀斜劈，忽被对方剑尖一挂，把金刀轻轻地黏出外门。这一刀用了八成力量，忽如扑了个空，被对方轻轻地将劲力卸了，金刀寨主不由得身子前倾，扑前两步，虽然立即凝身站定，坚守之势已是被她牵动，门户再也封闭不住。

白衣少女剑势骤缓，剑尖搭着刀锋，转来转去，长须老人金刀三绞，把白衣少女迫得步步后退，但刀剑纠缠之势却未解开，两人攻守均慢，一进一退，又战了一个时辰。方庆见白衣少女不住后退，害怕之极，但听那满堂寂静，周围盗党，个个屏息以观，无一人敢发声谈论，与先前吱吱喳喳，口讲指划的情势大不相同，看来又不似金刀寨主占得上风。

盗党群豪见白衣少女剑法奇妙，有武当派达摩剑法的招数，又有太极剑的招数，飘忽之处似蹑云剑的路数，凝重之处又似三阳剑的路数，奇招妙着层出不穷，都是又惊奇又担心。但金刀寨主挥刀力斫，却也未露败象。金刀寨主小心翼翼步步进迫，白衣少女身子忽然向后一倾，宝剑一撤，盗党高手叫道：“寨主小心！”说时迟，那时快，那白衣少女身形疾起，剑光如虹，又是凌空下刺！金刀寨主忽地哈哈大笑，喝声：“撒手！”身躯一矮，待那白衣少女刚刚下刺之时，突地一刀向她拦腰劈去，这一招奇妙之极，除了摔剑撞开刀锋，然后才能立即闪避之外，实无其他招数可以抵挡。金刀寨主火候老到，经验甚丰，这一刀正是他战了半天之后，所想出来的唯一破敌招数。

盗党高手触目惊心，看见寨主使出这一神招，禁不住轰天价的又喝起好来，却不料喝彩之声未停，形势忽又大变，也不知那白衣少女用的是什么手法，只听得她也喝一声“撒手”，老寨主的金刀，竟然脱手飞出，呼的一声插在横梁之上。原来白衣少女久战不下，也知道不能力敌，因此将计就计，展出了师门中最冒险的救命神招，在金刀劈来之时，脚尖轻轻一点刀头，转锋便戳敌人手腕，这一着绝险神招，立刻变客为主。

金刀寨主万万料不到她有此一招，这时除了摔刀之外，更无他法。白衣少女娇声一笑，站在地上，转过身来，正想说道：“老寨主，承你让啦！”忽见金刀寨主惨然一笑，眼中隐有泪珠，白衣少女不觉一怔，心道：“怎么这样一个威震胡汉的老英雄，输了招也会哭呢？”心中歉疚，指他输招的话竟说不出口来。只见金刀寨主的目光注定自己，似哭似笑，手指慢慢揭开长袍一角，抽出一根竹杖，竹杖甚短，下端且有裂痕，甚不平整，似是本来甚长，后来给人拗断似的。竹杖上头还有几根稀疏的旄毛，白衣少女一见此杖，面色大变，忽然哇的一声哭了出来，跪在地上。

这一下更是令人震惊，出人意表。金刀寨主左手持杖，右手将那白衣少女缓缓拉了起来，忽而又纵声笑道："云靖有此孙女，九泉之下当可瞑目了！"少女呜呜咽咽，泪尚未收，见了此杖，想起十年前事。那时她还是只有七岁的小孩子，她爷爷云靖和她从蒙古逃回，在驴车之上，曾给她看过这根"使节"，给她说过牧马胡边的故事。而今见了此杖，恍如重见爷爷，怎不令她伤心痛哭。

金刀寨主以袖揩泪，忽而笑道："你而今不是小孩子了，你今日是上山讨镖的女英雄，可不能哭啊！快快抹干眼泪，咱们的事情还未了呢！"白衣少女一个转身，突然轻飘飘地飞身跃起，一手勾住横梁，把金刀拔了下来，走到寨主面前，扑通跪下，举刀过头，道："但凭叔祖大人处置！"此言一出，把方庆吓得魄散魂消，心道："糟了！糟了！我把这女孩子倚作靠山，却原来他们竟是一家！"

长须老人接过金刀，道："你起来，将这半截竹杖藏起来吧。这竹杖虽然令人痛恨，到底是你爷爷的遗物。"白衣少女接过竹杖，收了泪珠，只见金刀寨主招手说道："方庆，你过来呀！"

方庆身躯颤抖，脚都软了，金刀寨主一笑，叫两个人扶他过来，道："四十万两军饷都在这儿，你押回去吧。"方庆喜出望外，叩头道谢，忽想起孤身一人，如何押运？金刀寨主似乎知道他的心意，向旁边一个头目说了几句，打开寨门，过了一阵，只见一队兵丁，带着一队骡群，排在寨外，金刀寨主微微笑道："人银都发回给你，你可要点点数目么？"方庆大喜之余，忽然想起一事，大着胆子说道："四十万两军饷是都在这儿了，可是还有十匹健骡，装载的是丁总兵运的货物，敢情寨主也一并发还。"

金刀寨主哈哈大笑，道："丁总兵私运的货物么？那些正合我山寨之用，扣下来了！"方庆又是一惊，军饷虽是得回，失了总兵的巨货，也是死罪难饶，叩头讷讷说道："求寨主开恩，开恩，再高抬贵手，救我一命！"金刀寨主大笑道："丁总兵都舍得给我，你反而不舍得么？"忽在怀中摸出一个信封，抽出一张大红拜帖。

方庆放眼一瞧，只见拜帖上面写的是："敬献薄礼十驮。周老大人哂纳。职丁大可具。”方庆吃了一惊，雁门关的总兵乃是朝廷镇守边关的大将，竟会向强盗头子献礼称职，此事真是万不可解。他哪里料想得到，这位金刀寨主，正是十年前的雁门关总兵周健，在他当总兵之时，现任的总兵丁大可不过是他手下的一个副将。

周健捋须笑道：“你敢情是还不相信？好，我再叫一个人出来。”传令下去，不一会便带上一个军官，正是雁门关接收军饷并专管粮草的军官。周健笑道：“这四十万两军饷早经他点过无误，你可以放心了。”方庆与那军官本是熟识，想不到却在此相见，在此交割，倒是因祸得福，省了他不少麻烦。

周健起立送客，那军官和方庆都再三道谢，周健对那军官说道：“烦你上复你家总兵，外敌当前，咱们还是合力对付的好。昨日之约，不要忘了。”那军官连道：“是，是！”周健挥手说道：“孟玑，你替我送他们下山。那日月双旗，就让他们插到雁门关吧。”方庆知道有这日月双旗，等于金刀寨主亲身护送，此去定可无事。又再转身道谢，孟玑一笑而起，和方庆并肩走出，对他笑道：“方大人，你回去后可得再练练弓马啊！”方庆想起前日大吹牛皮被他折弓劫饷之事，不觉面红过耳。

周健待那些人去后，回过头来，对白衣少女笑道：“云蕾，你来得正好！”云蕾满腹疑团，十年之前，她与周健曾在雁门关前见过一面，那次见面，乃是在军马厮杀当中，云蕾且又年小，面貌都未看清，想不到他居然还认识自己。周健似乎知道她的心思，笑道：“今日若不是把你引上山来，迫你献出玄机逸士的独门剑法，我还真不敢认呢！”云蕾这才恍然大悟。心中想道：“他为了引我上山，和雁门关总兵开了这么大的玩笑，这位叔祖的行事，也未免太过出乎人情之常了。”她初出江湖，天真未灭，口虽不语，面上却现出不满的神情。

周健哈哈一笑，道：“好侄孙女，你可知道我为什么要劫军饷吗？”云蕾道：“你不是说要引我上山吗？其实你不引我，我也要来的。”周健道：“怎么？”云蕾道：“十年之前，潮音大师将我从雁门关救出，带我到川北小寒山交给我师父抚养。”周健插口道：“你的师父是不是外号飞天龙女的叶盈盈？”云蕾点了点头，往下说道：

“我学了十年，师父就叫我下山。她把爷爷的血书交了给我，她说我爷爷最恨的人虽然是令他牧马廿年的张宗周，但害死他的却是朝廷的王振。不过真实情形，师父也不清楚。她说你是我爷爷最好的朋友，当年就是为了我爷爷惨死，反出边关的。她听说你落草为寇，不知是真是假，因此叫我下山之后，第一个就应找你。”周健听了，摇了摇头，发出苦笑。

云蕾诧然停语，只听得周健说道：“你爷爷死了十年，此事还成悬案。”当下将当年的事详细说了，道：“张宗周和王振也有勾结，不过就当年之事看来，你的爷爷实在死得糊里糊涂，两人到底哪个是真正凶手，我也莫名其妙。”云蕾道：“我把这两人都当作仇人，在这两人之中，张宗周更是第一个仇人。”周健点了点头，道：“这仇可不易报啊！”云蕾道：“我身负两代血仇，只有尽力而为，死而后已。”周健微微叹息，云蕾往下续道：“我到了雁门关前，听得金刀寨主日月双旗的威名，就猜想到是叔祖在此开山立寨。不过还拿不准，所以在蝴蝶谷中住下，想探听清楚之后才来拜谒。”周健笑道：“这个我早知道。你可知道，你下山之后，曾用梅花暗器打败了几路强人，因此在江湖上得了散花女侠的称号？”云蕾道：“这名字倒也好听，不过我却不知。”周健道：“你在蝴蝶谷中居住，我手下早已注意到了。不过，连我在内，都未猜到是你。因此我才设计将你引上山来，试试你的武艺，看看你是何人。”云蕾道：“可是你这一引，我反而以为我先前的猜想全都错了。我以为若是叔祖，那就万万不会劫雁门关军饷，所以我才敢和叔祖相斗。”周健哈哈一笑，道：“我从来不劫雁门关军饷，这次劫了，虽说为的是你，可也不全是为你，这里面的关系可大着呢！”云蕾问道：“什么关系？”周健道：“小则关系雁门关与我这山寨的毁灭，大则关系大明九万里河山的变色！”云蕾吃了一惊，道：“什么？”周健抬头一看天色，瞿然说道：“时候已不早了，你快去睡一觉吧，养好精神，今晚我还要你帮我去干一件大事。”把手一挥，大寨上立刻鸣钟击鼓，先前与云蕾相斗的那个少年和另一个头目上前禀道：“请寨主遣将发兵。”周健点了点头，指那少年说道：“他叫周山民，是你的叔叔，比你却大不了几年。”云蕾施了个礼，道声：“得罪。”周山民笑道："巾帼出英雄，英雄在年少，你这个侄女可比我这个叔叔强多了。"叫人将云蕾带到帐后歇息。云蕾听那号角齐鸣，满山人马奔跑之声，哪里睡得着。

晚饭过后，山寨里空旷旷的，只剩下寥寥几个看守，云蕾问道："可是和官军作战么？"周健道："不是。"云蕾道："可是和鞑子作战么？"周健道："也还未可知。"云蕾满腹疑团，道："那么叔祖调兵遣将，却是为何？"周健笑道："你先别问，且和我去一个地方。"与云蕾换了夜行衣服，走出山寨，只见满天星斗，夜已三更。

周健带云蕾爬上东面山峰，一处处丛莽密菁，荆棘满道，越入越深，越行越险，云蕾满腹疑团，心想叔祖乃一寨之主，既是调兵外出，何以自己不镇守山头，却孤身夜行，实是百思莫解。静夜之中，忽听得水声潺潺，远处异声骤起，似是有人长啸，又似是胡笳急促之声，周健伸手一拉，与云蕾隐身在岩石之后。

淡月疏星之下，只见周健面色凝重异常，伏地听声，忽然"噫"了一声，自言自语说道："难道是我料想错了？"云蕾竖耳一听，异声已寂，怪而问道："叔祖听到什么？"周健往下一指，道："你看。"峭壁之下，是群山环抱的山谷，谷中开阔，田亩纵横，倚山之处，建有人工湖坝，石坝约有两层楼高，湖虽不大，占地亦有百数十亩，白茫茫一片，黑夜生光。周健道："这里山地全靠湖水灌溉，我们以农为生，所以这个湖实是我们山寨的命脉。"周健十年生聚，把荒山变为良田，谈起这个湖来，十分得意，继而叹道："可是鞑子和官兵偏不让我们在此安居，前日我接到探子密报，说是鞑子要派高手偷入，毁此湖坝。"云蕾道："这湖坝似非几人之力可毁。"周健道："你有所不知，现在已是开春时分，每年春季，这里都有山洪为患，我们在上流之地，还建有几处拦洪堤防，只要将堤防弄穿一个大洞，山洪一来，湖水立刻泛滥，那时山谷将成泽国，山中的数千亩良田，都将为水所淹了。"云蕾切齿说道："真是可恨，他们若来，我就给他们一剑。"周健道："他们恶毒之处，还不止此呢。"正说话间，忽听得异声又起，周健一听，道："奇怪！"云蕾问道："什么奇怪？"周健道："听这声音，似是十多骑马，追逐一个逃犯。刚才追向西方，现在却正对着我们这边来了。咦，这些人并不熟悉道路，他们在那里绕着圈圈，走之字路。声音又小了，你听得出么?”云蕾摇了摇头，周健笑道：“你今后闯荡江湖，这伏地听声的本事，可得练练啊。”又往下说道：“我已算定他们今夜必来破坏，但听这声音，竟是追逐逃犯，莫非他们之中亦有变么?”云蕾正想问周健何以会算定他们今夜必来，忽见周健打了一个手势，示意噤声，向外一指，只见七八丈外的一个山峰，忽然现出两条人影，以周健伏地听声的本领，也要到了临近才能发现，这两人武功之高，也就可以想见了。

月光中只见两个胡人并立山头，一人扬鞭指道：“明日午间，这方圆百余里的山寨，便要夷为平地。哈哈，这回真是天佑我国，雁门关的总兵竟会先来求助。我们灭了金刀老贼之后，再取雁门关那就易如反掌，雁门关一下，到京师之路，已无险阻，大明九万里河山，都将是我们的了！澹台将军，这回你的功劳可不小啊!”纵声大笑，声震山谷。云蕾吃了一惊，只听得另一人道：“王爷神机妙算，自是无人可及，但亦不能不小心在意。明日若雁门关的官军接应不上，咱们的四路分兵，可不都陷于险境么?若将四路缩为两路，似较稳重得多。”先头那人又大笑道：“明朝天子亟欲剿灭金刀老贼，雁门关的总兵力有不及，无法可想，这才约我们合围，我才不怕他们失约呢，这是千载一时之机，大将用兵，安能畏首畏尾?”说罢又纵声大笑。

云蕾心中一动，想道：“这澹台将军莫非就是二师伯常说的那个澹台灭明?若然是他，那他也是我的杀父仇人，今晚可不能放过他了。”只听得被唤做“澹台将军”的人又道：“王爷还是小心的好，此地正在他们四面山寨包围之中。”那胡人又大笑道：“我正怕他们不出来，我们准备毁堤放水，就是要攻他们之所必救，他们若来包围，那么我们以寥寥十数人之力，就可以吸住他们的主力，外面攻山的四路大军，就将如入无人之境了。以我们两人的武艺，哪会被他们捉住，最多不过牺牲毁堤放水的十多个小兵。”云蕾听了，心中暗骂好狠的毒计，对周健今晚的行事也就恍然大悟，想道：“原来叔祖今日调兵遣将，是去对付那四路偷袭的胡兵，而约我到此，却是为防备他们毁堤放水，叔祖真不愧是大将之才，我刚才还道他孤身犯险，原来却是必须这样对付。”

云蕾抓紧剑柄，却见周健面色紧张，摇首示意，叫自己不要轻举妄动。只听得那澹台将军“咦”了一声，说道：“怎么他们还不来呢?”那王爷在山头上往来踱步，似也颇为焦急。澹台将军忽道：“咦，他们在追逐什么人?”只听得马蹄之声自远而近，忽见一骑马在峡谷之中冲出，背后十余骑马衔尾疾追，马匹跃入田亩之中，那王爷骂声：“脓包!”拉开铁弓。澹台灭明叫道：“王爷不要杀他!”话刚出口，那王爷已嗖的一箭射出。

就在这一瞬间，周健一拍云蕾，说道：“杀那番王!”两人一跃而出，云蕾身轻似燕，一个起伏，已掠上山头，人未落地，暗器先发，六枚“梅花蝴蝶镖”分打澹台灭明与那番王的上中下三路。她恨澹台灭明是她的杀父仇人，出手快极，竟然不听周健的吩咐，将暗器分袭两个大敌。只听得澹台灭明哈哈大笑，双钩一立，三枚梅花蝴蝶镖都给激得反射回来，而那个王爷却“哎哟”一声，抛弓于地，冲前两步，脚步跄踉，似欲跌倒，忽又站定，破口骂道：“好个小贼，敢施暗算!”抽出腰刀，似欲上前，身躯一弯，却又站着。原来云蕾所用的独门暗器“梅花蝴蝶镖”，乃是飞天龙女叶盈盈所传的绝技，能打人身三十六道大穴，端的厉害非常。那番王武功本极高强，却因一来正在放箭射人，二来防不到云蕾来得如此之快，三枚飞镖，拨开一枚，避开一枚，却给第三枚打中腿弯的关节软麻穴，虽然仗着精纯的内功，不至跌翻，却是举步艰难，两腿麻软。这也是他命不该死，若然云蕾六枚飞镖全都射他，那他就万万逃避不了。

云蕾六镖齐发，两个敌人都未跌倒，不禁大吃一惊。只见那澹台灭明一声怪啸，倏地到了面前，身形之快，远在自己之上。云蕾咬紧牙关，皓腕一翻，刷的一剑刺出。正是：

吴钩划处山河碎，剑底风云变幻多。

欲知后事如何?请听下回分解。

第三回 陌路遇强徒 偷施妙手
风尘逢异士 暗戏佳人

澹台灭明双钩一立，见是一个少女，喝道："唤你家大人出来，我双钩不杀无名小辈。"云蕾运剑如风，刷刷两剑，直刺到他的面前，澹台灭明双钩一拦，运足内力，把云蕾的宝剑反弹出来，喝道："野丫头你找死么？"云蕾毫不退缩，一招"白虹贯日"，又攻过去，澹台灭明双钩一旋，倏如双龙出海，把云蕾的宝剑卷在当中，云蕾手心一翻，那柄剑突然反弹起来，刷的一下，又从双钩交锁之中递出招去。澹台灭明"噫"了一声，好生诧异，左钩一指，右钩一拉，将云蕾的宝剑带出外门，迫得她脚步不稳，连退三步。云蕾不待对方杀到，飞身又起，剑光劈面攻来，澹台灭明眉头一皱，道："谁教你这样打法？你这是不顾性命厮拼，哪能对付强敌？"云蕾道："我就是要和你拼命！"澹台灭明心想："待我把她的宝剑锁拿出去，看她逞不逞强，再问她为何要与我拼命！"双钩一个回旋，左右圈转，再把云蕾的宝剑卷在当中。哪知云蕾精灵之极，吃了次亏，这回可不上当，她貌似鲁莽，实却精细，手腕一沉，卸开来势，陡然反削上去，"当啷"一声，澹台灭明左手钩的月牙，竟给削去一齿。澹台灭明叫道："好剑法！"双钩借势一拨，云蕾只觉一股大力迫来，虎口发麻，只见钩光闪闪，指到胸前，云蕾转剑抵挡，已来不及，忽听得澹台灭明喝道："你是玄机逸士的什么人？"

云蕾趁他这一喝问，长剑一抖，反卷回来，解开了敌人攻势，怒道："凭你也配提我师祖名号？"澹台灭明哈哈大笑，双钩霍霍，把云蕾迫得跟着他双钩旋转，递不进招。云蕾越败越狠，被澹台灭明格退三步，反扑上四步。澹台灭明道：“你师父也不是我的对手，你知道么?”其实这是澹台灭明夸大之辞，他和谢天华、飞天龙女二人功力悉敌，那是真的。云蕾不理不睬，剑走连环，连进险招，澹台灭明被她缠得性起，双钩一展，银光暴长，恰如两道银蛇，将云蕾紧紧裹着，走了十余廿招，云蕾气力不支，招架也架不住，澹台灭明骤下杀手，左钩一封，右钩向她天灵盖劈下，云蕾叫道：“爹爹啊，女儿不能替你报仇了!”奋力一挡，明知敌人这一招力挟千钧，挡也挡他不住，不料钩剑相交，这一招力道却不如想像中的沉重。只听得澹台灭明喝道：“呔，你这小丫头可是云靖的孙女儿么?”云蕾反手一剑，骂道：“叛国奸贼，你还有脸提我的爷爷!”澹台灭明勃然大怒，冷笑道：“我澹台灭明反正是被你们这班男女英雄、忠臣义士骂定的了，就再把你这位忠贤之后杀掉也算不了什么!”双钩一旋，南横北转，认真厮杀起来。云蕾剑法虽精，哪挡得住？眼看就要丧在敌人双钩之下。

酣斗中，只听得山谷下田亩之间胡兵被杀得鬼哭神号，想是周健大展神威，已获全胜。云蕾心中一宽，忽听得那番王叫道：“澹台将军，不要恋战，金刀老贼来了!”

呼喝声中，周健提刀纵上，金刀一摆，出手“三羊开泰”，连环三招，当的一声，把双钩格开，右足贴地一扫，大声骂道：“今日我不把你这奸贼碎尸万段，也对不住我的金刀!”澹台灭明一进一闪，本是走势，闻言冷笑，双钩又刺过来，冷笑说道：“好，我倒要看看你的金刀有何本领?”遮、拦、勾、剪，挡了几招，纵声大笑道：“什么金刀银刀，在我看来，也不过破铜烂铁。”钩光一闪，铿锵一声，在金刀背上划了一道口子，周健大怒跳起，猛劈三刀，云蕾偏锋急上，也疾刺两剑。好个澹台灭明，竟然左钩拦刀，右钩敌剑，不慌不忙，一一拆开。任是周健力大刀沉，云蕾身轻剑疾，刀剑联攻，也自攻不进去。三个人都杀得性起，跑马灯似的团团疾转，澹台灭明那对双龙护手钩在刀光剑影之中挥舞自如，兀是攻多守少。

周健与云蕾双战不下，好不吃惊，心道：“久闻此人乃瓦剌第一勇将，果然名不虚传。如此人才，竟为胡虏所用，可惜，可惜。”

只听得那番王又叫道："澹台将军，时候已到，不必恋战了！"周健猛然醒起，心道："擒贼擒王，我和他苦斗作甚？"奋力一刀，将澹台灭明冲退三步，叫道："云蕾，你小心应付几招。"托地跳出，一刀朝那番王劈下。云蕾机灵之极，立即补进空档，伸剑疾刺，使的都是精妙杀手，澹台灭明武功虽然远胜于她，急切之间，却竟被她缠着。

那番王见周健一刀劈来，举起腰刀一斫，当的一声，两口刀一齐震开，周健吃了一惊，心道："这番土好大的力气！负伤之后，居然还能敌我。"那番王虎口流血，又不能纵跃，吃惊更甚。周健连劈三刀，一刀猛过一刀，劈到第三刀时，那番王再也抵挡不住，腰刀给震得脱手飞去，周健搂头一刀，猛力斫下，那番王大叫一声："我命休矣！"顾不得腿弯骨节疼痛，扑地便滚。周健一刀劈空，挥刀再斫，猛觉背后金刃劈风之声，反手一格，叮当一声，震得身形不稳。只见澹台灭明已越过前头，双钩一插，空了双手，一把抓起那个番王，腾身便跑。周健哪里肯放，一个虎跳，扬刀再斫，澹台灭明一手抱着番王，霍地一个"凤点头"，身躯一矮，横掌便扫，这一招用得凶险绝伦，周健招数用老，回刀不及，危急之中，也使出救命险招，一个弯刀内向，刀柄往外一撞。只听得噼啪一声，乓的一响，周健手腕给掌锋扫中，金刀掉地，澹台灭明胸口也给撞了一下，痛得眼睛发黑，却是哼也不哼，背起番王疾跑。

云蕾给他在十招之内杀退，眼看叔祖功败垂成，又羞又怒，飞身赶去，扬手又是三枚梅花蝴蝶镖。澹台灭明头也不回，反手一抄，将暗器全抄到手中，反掷过来，力道强劲，挟风呼啸，云蕾自己也不敢接，迫得闪过一边。只见那三枚蝴蝶镖一齐射到一块大石之上，溅起无数火星，却并不掉下，全都印在石上。云蕾大吃一惊，澹台灭明疾走如风，已越过一个山坳。

云蕾尚欲追赶，忽听得东边山谷一声炮响，地动山摇，周健叫道："阿蕾，穷寇莫追，不要赶了。"片刻之间，只听得东边、南边、西边、北边炮声接连而起，霎时间杀声震天，周健捡起金刀，横刀大笑道："任他鞑子使尽心机，也终是我瓮中之鳖。"云蕾正待发问，周健忽疾跑下山，招手说道："快来助我救人。"云蕾莫名其妙，随着下山。只见尸横遍地，血染山谷，都是周健金刀劈杀的胡兵，云蕾目不忍睹，掩面不敢正视。周健唤道："阿蕾，你身上带有解毒的金创药吗?"回头一瞥，笑道："阿蕾，你怎么啦?这也害怕?你将来怎么报仇啊!"云蕾道："和贼人厮杀倒没什么，看着这些肢体不全的死人，可不忍心。"周健大笑道："你倒真是侠骨柔肠的女英雄，战场之上，比这更惨的还有呢!来吧，来吧，看惯了你就不会恶心了。"云蕾走了过去，见周健抱着一个汉人打扮的武士，武士背上插着一枝长箭，看样子没入一半以上。云蕾道："还能救么?"周健道："心头还有一丝气息，好坏试他一试。"云蕾道："金创解毒之药，我身上有的是，就不知合不合用?"周健接过药散，将长箭轻轻拔出，只见瘀黑血块随箭而出，周健道："这箭好毒!"将药散敷上，又替伤者推血过宫，过了些时，只见伤者双目微微张开，但气若游丝，仍是说不出话。周健摇了摇头，云蕾问道："怎么啦?"周健道："这是蒙古见血封喉的毒箭，没有他们的解药，救治不了。但这人内功已有几成火候，所以能支撑至今。你的解药与我的推拿，大约可助他苏醒一时，但也过不了明日。"云蕾闻言惨然道："横直是死，那就不如不要救他还好，省得他多受痛楚。"周健道："此人逃出胡边，被鞑子穷追，必然有极大的秘密，若不让他临终说出，他死不瞑目。"摸出一枝高丽人参，用刀切下半截，放入此人口中，然后轻轻将他放倒地上，高丽参可作补气吊命之用，看来周健是想借药物之力，让他可以有回光返照的机会。

这时，只听得四面山谷，杀声震天，战马嘶鸣，炮声隆隆，群山回响，震耳欲聋。周健弹刀笑道："不到天明，鞑子就要全军覆没。云蕾，现在你可知道我劫雁门关军饷的用意了吧?"云蕾心思灵敏，想了一想，抚掌笑道："叔祖端的好计!你劫了军饷，雁门关的总兵自然要唯你之命是听了。鞑子约他一同出兵，你要他按兵不动，这样你在明处，敌在暗处，行军部署，又全被打乱，这个仗自然是你打赢啦!"周健甚为得意，笑道："丁大可其实也还不算很坏，只是功名心重，朝廷要他围剿山寨，他自己兵力不够，所以和鞑子勾搭上了。我劫了他的军饷，曾单身跑去会他，问他愿被饿兵乱刀斩死，还是愿与鞑子为敌。他权衡轻重，只好乖乖听我的话。"

说到此处，忽然忍不住发笑。

云蕾道：“叔祖，你笑什么？”周健道：“那丁大可平日文书往来，唤我做‘金刀老贼’，见了我面，却口口声声叫老上司啦！”云蕾也忍不住笑，问道：“他在此之前，可知道‘金刀老贼’就是他的老上司么？”周健道：“他是我一手提拔起来的人，见过我的金刀本领，猜也应该猜到是我，不过他平日故作不知罢了。我以往与官军对敌，总是戴着面具，为的就是不想官军知道是我。”云蕾道：“为什么？”周健道：“若然小兵们也都知道我是他们的老总兵，那么准有一半以上要投过来。雁门关是边疆重镇，总得有官军防守哪。所以我这里只收纳穷汉，不收容官军。”

云蕾年纪尚小，平时哪会想到这些问题，听了此话，只觉叔祖含意极深，不觉怔怔思索。忽听得周健说道：“好啦，醒过来啦。”只见那人一个转身，哑声说道：“你们是谁？快快扶我去见金刀寨主。”周健道：“我就是金刀寨主。”那人道：“你可知道云靖的孙女，云蕾的下落么？”云蕾吃了一惊，接口说道：“我就是云蕾！”那人倏地张大双眼，道：“你就是云蕾，好极，好极！那么我死可瞑目了。你哥哥尚在人间，现在上京师考武试去了，你快快前去找他。”云蕾吃了一惊，她是有一个哥哥，名叫云重，五岁之时，她的父亲云澄就将他送与一位师兄为徒。这事还是她后来听师父说起的。原来她师祖玄机逸士门下共有五人，除了自己的父亲云澄，未满师便到胡边单身救父之外，其他四人各得师祖一套武艺。潮音和尚排行第二，传了伏魔杖法和外家硬功；谢天华排行第三，飞天龙女叶盈盈排行第四，各得一门剑术。大徒弟叫做董岳，传的却是金刚手的大力鹰爪功，云重便是送给他做徒弟。董岳到了蒙古之后，又远游藏边，十多年来，不闻音讯，云重是生是死，自亦无人可知。而今云蕾突然听到这个未见过面的哥哥的消息，不禁惊喜交集，急忙问道：“你是谁？”那人道：“我是你哥哥的师兄。”云蕾道：“嗯，那你也是我的师兄。”正想问他消息，那人双眼发白，嘶声说道：“还有更紧要的事，鞑子要围攻你的山寨，断你的水源。”周健道：“这我已知道，你听见炮声么？我们已经打胜了。”那人面现笑容，断断续续说道：“他们还要出兵攻打明朝。你要设法告诉皇上。我、我、我身上有一封信，是给你的。好啦，我见了你们，可以去了。”声音越说越低，说完之后，心上已无牵挂，面带笑容，含笑而殁。周健叹了口气，抽出信笺，擦燃火石，瞧了一眼，道：“是你的大师伯写的。”字迹潦草，想见写得很是匆忙。周健展信读道：“岳山野匹夫，寄身漠外，粪土王侯，斗酒自醉。平生无所恨，所恨者唯尚未识荆耳。”周健心道：“这个董岳，却也颇有意思。”再读下去道：“先生与我虽素昧生平，然我于天华贤弟口中，亦知先生侠气豪风，江湖共仰。先生虽占山自立，拒汉抗胡，朝廷虽刻薄寡恩，然我知先生必不愿见胡人南下而牧马，中原变汉而易夷者也。”周健叹道：“悠悠苍天，这人倒是我的知己！”

周健再读下去道：“瓦剌自脱欢死后，其子也先继位，初为丞相，其后自封国师，总揽军政大权，整军经武，欲图问鼎中原，近复檄召民夫，筹集粮草，起兵之期，当不在远。外敌当前欲叩关，朝中大老犹醉梦，翘首燕云，能不慨叹！”周健读到此处，叹息说道：“朝中大老犹醉梦。若只是如醉如梦，那还算是好的了。”再读下去道：“小徒云重心切父仇，遗书归国，彼年轻识浅，岂知权臣当道，李广无功。愿先生念在故人，训彼顽劣。闻云澄尚有一女名唤云蕾，若先生知其下落，请以其兄消息相告。再者天华师弟，自十年前在胡边一面之后，即断绝音讯。道路传言，有云其已遭张贼毒手，有云其已被禁胡宫，岳孤掌难鸣，无从援救。请转告潮音约同盈妹速至胡边，诸事拜托，不敢言谢。”

周健读完之后，掩信太息。云蕾道：“既然如此，那么我先上京去找哥哥。”周健瞧她一眼，若有所思，久久始道：“也好。”云蕾望他面色，颇觉奇异。周健道：“我闻说当今天子下诏求奇才异能之士，今秋武试，特加恩榜，准没有功名的人，通过初试复试之后，也同到校场，考武状元。你的哥哥大约是想从此求得出身，借朝廷兵力，报你爷爷的大仇。朝廷特加恩榜，在边疆告急，需破格用人之际，用意虽是甚好，但恐权臣把持，亦是有名无实。”说到此处，抬头仰望寒星，忽然问道：“阿蕾，你可读过李陵答苏武书么？”云蕾因她的爷爷生前自比苏武，因此自识读书之后，便要师父传教她读这篇文章，当下点了点头。周健道：“李陵当年孤军抗胡，以五千之众，对十万之军，策疲乏之兵，对新羁之马，然犹斩将搴旗，追奔逐北。其后以众寡不敌，为敌所俘，尚思有所作为，劫持敌帅。但汉室不谅，竟把他的全家杀了，所以李陵才断了归汉之心。他给苏武的信中说道：‘上念老母，临年被戮，妻子无辜，并为鲸鲵，身负国恩，为世所悲，子归受荣，我留受辱，命也如何！’这几句话说得悲痛极了。李陵行虽可议，情实可悲！”说罢仰天长叹。云蕾道：“叔祖，你始终力抗胡兵，李陵哪能比你？”周健道：“你七岁之时，听过你爷爷的故事，现在我也把我的故事说你听听。我昔年镇守边关，大小数十仗，每仗必胜，谁料皇上听信谗言，一纸文书，就把我免了。这也算不了什么，你的爷爷，节比苏武，遭遇更惨，竟被皇上赐死，这还有天理么？因此，我当年一愤，反出边关。当时尚未有占山自立之心。后来明朝的天子也像汉朝之对李陵一样，把我满门抄斩，幸靠一个忠实老仆，才救出我的小儿子，他就是前日引你上山的人。”云蕾泪交双睫，望着周健铅一般沉重的面色，说不出话。只见周健扬刀一指，指着那山头上被寒风吹得猎猎作响的双旗说道：“可是我的旗号还是日月双旗！”

云蕾看那双旗，迎风招展，一边红日，一边眉月，合起来正是一个“明”字，心中叹道：“原来叔祖落草为寇，也还忘不了明朝。”周健道：“你若找着哥哥，叫他不要考什么劳什子的武状元了。还是回到我这儿来吧。朝廷刻薄寡恩，看到你爷爷的例子，难道还不心寒吗？”云蕾道：“叔祖说的是。”周健折起信笺，放入怀中，又道：“你的三师伯谢天华英风侠骨，亦是我所钦佩之人，想起十年之前，他和潮音大师相约，一个抚孤，一个报仇。如今潮音大师已托他的师妹将你抚养成人，天华报仇之事，却还是渺茫之极，好不令人伤感。”云蕾道：“我去通知家师，叫她和二师伯同到胡边，找寻三师伯便是。”周健道：“你只有一个人，怎能两边兼顾？这样吧，你还是专心去找你的哥哥，我替你去通知师父。”云蕾道：“那敢情好，那么，我明天就动身了。”周健笑了一笑，道：“你再耽搁几天。论武功我不如你，可是有些东西你可得向我学学。”

东方发白，炮声渐寂，周健与云蕾回转大寨，中午时分，四路伏兵都告捷回山，果然大获全胜，把蒙古兵杀得溃不成军，俘获人马无数。周健下令犒赏，忙了半天，处理完毕，这才笑对云蕾说道："你虽然武艺高强，对江湖上的路道还不熟悉，我叫山民教你。"自此一连三日，周山民将江湖上的各种切口、帮派、禁忌，以及各路成名英雄，其中门户渊源，纠纷恩怨等等，都详细说给云蕾知道。云蕾人甚聪明，记性极好，学了三日，对江湖之事，了如指掌。周健还怕她经验不够，熟人无多，又将一对日月旗送了给她说道："北五省水陆两路英雄，见此旗号，都要相让几分，你若遇到危难，可将此旗取出，不过，也不要随便用它。"云蕾心道："我闯荡江湖正要历练历练，要旗号保护，那还有什么意思?"不过碍于叔祖好意，还是接了。

周健又取出几套男子衣裳以及金银珠宝，笑道："单身少女，独上京师，惹人注目，你换了衣裳，易钗而弁吧。这点金珠，留给你在路上使用。"云蕾一想不错，便换了衣裳，接了珠宝，拜辞下山。

周健道："山民，你送她一程。"出了山寨，换上快马，中午时分，已越过雁门关，踏上前去京师的大路。云蕾道："叔叔你回去吧。"周山民深深地看她一眼，微喟说道："你可得早回来啊!"仍然与云蕾并马而行，依依不舍。云蕾道："叔叔，多谢你了。你回去吧。"周山民面上忽然现出一层红晕，笑道："其实我也比你大不了几年，咱们上辈虽是深交，却非兄弟。若论起年龄，咱们还是兄妹相称更为适合。"云蕾好生奇怪，忽想起这几日来，周山民对她十分关切，心中想道："这个叔叔为人甚好，只是说话有点不对劲儿。"云蕾年纪还轻，哪想得到他的用意，一笑说道："你嫌我叫你叔叔叫老你么？好吧，他日我回来时，禀过叔祖，改掉称呼便是。"

周山民面红过耳，云蕾一笑策马，疾驰上道，回首看时，只见周山民还在痴痴遥望。

一路无话，第三日来到阳曲，这是汾酒集散之地。入到城来，只见处处酒旗招展，云蕾腹中饥渴，心道："久闻山西汾酒的美名，今日且放怀一喝。"行到一处酒家，见门外系着一匹白马，四蹄如雪，十分神骏。云蕾行近去看，忽见墙角有江湖人物的记号，云蕾

酒
遺
風

书生服饰华贵，似乎是富家公子，他独自饮酒，一杯又复一杯，身子摇摇晃晃，颇似有了酒意，忽而高声吟道：“天生我材必有用，千金散尽还复来。……”

好奇心起，步上酒楼，只见一个书生，独据南面临窗的座头，把酒低酌。东面座头，却是两个粗豪男子，一肥一瘦，披襟迎风，箕踞猜枚，闹酒轰饮。云蕾旁观者清，只见这两人貌作闹酒，却时不时用眼角偷瞥书生。

书生服饰华贵，似乎是富家公子，他独自饮酒，一杯又复一杯，身子摇摇晃晃，颇似有了酒意，忽而高声吟道："天生我材必有用，千金散尽还复来。烹羊宰牛且为乐，会须一饮三百杯。"摇头摆脑，醉态可掬，骨嘟嘟又尽一杯。云蕾心道："这酸秀才真是不知世途艰险，强盗窥伺在旁，却还放怀喝酒。"

东面座头的瘦汉子叫道："一饮三百杯，好呀！兄弟，别人一饮三百杯，这三杯酒你还不喝？"他的同伴跳了起来，叫道："胡说，你喝一杯却要我喝三杯！"瘦汉子道："你个子比我大三倍，我喝一杯，你非喝三杯不行。"肥汉怒道："放屁放屁，我偏不喝！"瘦汉喝道："你喝不喝？"提起酒壶便灌。肥汉大怒，用力一推，给汾酒淋了一身，两人打将起来，跌跌撞撞，一下子撞到书生的身上，书生怒道："岂有此理！"忽听得"当"的一声，书生的一个绣荷包掉在地上，几个小金锭和一串珍珠滚了出来，金锭也还罢了，那珍珠光彩夺目，虽在白日晴天，也掩不着那宝气珠光。书生一脚踏着荷包，弯腰拾那珍珠金锭，大叫道："你们想抢东西吗？"那两个汉子倏然停手，喝道："谁抢你的东西？你敢赖人，老子打你！"旁观的酒客，做好做歹，上前劝解。云蕾心中暗笑道："这两个汉子分明是强盗的线人，借闹酒为名，故意撞跌荷包，查察书生的虚实。只是有我在此，可叫你们不能如愿。"

云蕾也走过去，双掌一推，道："你们闹酒怎么闹到别人的座位？"顺手一摸，把两个汉子的银两都摸了过来，云蕾身手轻灵，在喧闹之中偷窃银两，竟无一人知晓。那两个汉子给她一推，胸口发痛，吃了一惊，不敢再闹，嘀嘀咕咕地道："谁叫他赖我偷东西？"旁边的人劝道："好了，好了。你们先撞人家总是不对，回去好好喝酒吧。"那书生举起酒杯，道："老弟台，你也喝一杯。"酒气喷人，云蕾道："多谢了。"回到自己座位，看那两个汉子如何。

那两个汉子盯了云蕾一眼，叫道："掌柜的，结账！"瘦的先掏银子，一掏没有，面色发青；肥的一看不妙，伸手摸自己的荷包，银子也不见了。两人面面相觑，做声不得。

这两人确是盗党，偷鸡不着，反蚀把米，明知是云蕾所为，却恐因小失大，不敢张扬。掌柜的走来道："承惠一两三钱银子。"两人面色尴尬，手放在怀中拿不出来，掌柜的道："两位大爷赏面，承惠一两三钱。"瘦汉子嗫嚅说道："挂账成不成？"掌柜的面色一变，冷笑道："来往的客人都要挂账，我们喝西北风不成？"酒保也帮着吆喝道："你们二人是不是存心在这里闹事？闹酒、打架、撞人，现在又要白食白喝？不给也成，把衣服脱下来。"看热闹的酒客哄堂大笑，都说这两个汉子不对，这两个汉子无奈，只得脱下衣服。酒保道："这两件大褂不够。"伸手把两顶帽子也摘下来，道："算咱们倒霉，快滚，快滚！"两个汉子光着头，上身只披一件汗衣，在寒风中抱头鼠窜而去。

云蕾好不痛快，独自喝了两杯，见那书生仍在喝酒，猛然想起："这两个汉子不过是盗党中的低下之人，他们吃了这个哑亏，必然回去告诉盗首，我是不怕，这书生的珠宝却可不保。"于是也站了起来，叫道："掌柜的，结账！"打定主意，想去跟踪这两个盗徒。

掌柜的见云蕾衣着甚好，像个公子哥儿，满面堆欢，走来说道："承惠一两二钱。"云蕾伸手一摸，她把周健送给她的金银珠宝包在一条手巾之内，一摸竟不见了，不由得大吃一惊，再摸左边的衣袋，刚才偷来的几两银子也不见了。这一惊非同小可，虽然是春寒凛冽，额上的汗珠也急了出来。掌柜的好不怀疑，看云蕾衣服丽都，又不像是没钱的样子，疑惑问道："你老可是没有散银？元宝金锭都成，小店替你找换，不会骗你的成色。"云蕾更是着急，生怕也被脱下衣服，那就要当堂出丑！

掌柜的见她左摸右摸，面色渐渐不对，冷笑道："大爷，你怎么啦？"那书生忽然摇摇摆摆走了出来，吟道："四海之内皆朋友，千金散尽还复来。这位小哥的账我会了。"摸出一锭银子，足有十两，抛给掌柜道："多下的给你！"掌柜的喜出望外，连连多谢。

云蕾面红过耳，低声道谢，书生道："谢什么？我教你一个秘诀，你下一次喝酒时多穿两件衣裳，结账时就不怕了。"酒气扑人，摇摇晃晃，不理云蕾，下楼自去。云蕾好生着恼，心道："好个不知礼貌的狂生，刚才若不是我去救你，只怕你的东西早已被人抢去了。"

云蕾四面一望，满堂酒客之中，看不出谁是可疑之人，心中纳闷，想不到在这里会碰见如斯妙手，盗徒之事，无心再理，出了酒楼，跨上马背，继续赶路。走出城外，忽见书生那匹白马，也在前面。云蕾心中一动，道："莫非是这书生不成，可又不像呀！"把马一催，赶上前去，刷的一鞭，佯作赶马，鞭梢却打到书生胁下穴道要害之处。

云蕾这一鞭实是试那书生武功深浅，她鞭梢所指，恰是要命所在，若然书生乃是会家，必定一下闪开；若然是武功更高的，那就可能出手相格。岂料一鞭打去，那书生叫了一声，竟然闪避不开，鞭梢挂上衣裳，好在云蕾暗中收劲，鞭势虽猛，沾衣之时却已无力。饶是如此，那书生也晃了几晃，在马背上踏足不稳，几乎跌下。云蕾好生过意不去，道："失手打了你了，我这里给你赔罪！"书生抬眼一望，骇叫道："吃白食的又来了！你不要以为我有几个钱就来缠我，我的钱是交好朋友的，像你这样喝了人家的又打人家，我可不敢领教呀！"云蕾又好气又好笑，道："你的酒还未醒吗？"那书生吟道："抽刀断水水更流，举杯消愁愁更愁。人生在世不称意，明朝散发弄扁舟。呀，呀！我不和你喝酒，不和你喝酒！"醉态可掬。云蕾给他弄得不知应付，正想扶他，忽见他双腿一夹，那匹白马飞一般地奔跑。云蕾的马是山寨中挑选出来的蒙古战马，竟然追他不上。云蕾心道："此人不通武艺，这匹马可是非凡佳品！"失了银两，闷闷不乐，催马续行。

走了半日，抬头一望，只见夕阳落山，炊烟四起，想投农家仵宿，袋中却又无钱，忽听得马嘶之声，只见前面是一座丛林，林中有一寺观，寺观外有一匹白马正在低头吃草。云蕾道："咦，原来他也在这里。寺观中的和尚好相与，我不如在这里住宿一宵。"在寺观外系好马匹，推门入去，只见那书生在廊下生了堆火，正在那里煨芋头，一见云蕾入来，又吟哦道："人生无处不逢君。呀，呀！又碰着你了。"云蕾瞧他一眼，道："你的酒醒了？"那书生道："我儿时喝醉？我认得出你是食白食的人。”云蕾生气道：“你知道什么？有强人要劫你的珠宝！”那书生跳起来道：“什么？有强人？这个寺观里和尚也没有一个，强人来了，连壮胆的都没有。好，我不住这里了。”云蕾又好气又好笑，说道：“你去哪里？你一到外面，强盗劫你，更是无人打救。有我在这里，百十个强盗也还不在心上。”书生张大眼睛，忽然“噗嗤”一笑，道：“你有这样大的本事，为何还要白吃人家的？”云蕾道：“我的银子给小偷偷去了。”那书生笑得上气不接下气，指着云蕾道：“百十个强盗不放在心上，银子却给小偷偷去。哈哈，你说谎的本事可没有你骗食的本事好！”本似欲走，反又坐了下来，道：“再不听你的谎话，清平世界，哪有这么多强盗小偷？”懒洋洋的又煨芋头。

云蕾赌气道：“你不信就不信，不要你信！”煨焦的芋头，香气一阵阵直扑鼻观，云蕾跑马半日，肚子饥饿，吞了吞口水，却不好意思向那书生要。这寺观是个荒刹，果是没有和尚，哪能找到充饥之物。

那书生咬了一口芋头，摇头摆脑，自言自语地说道：“黄酒可醉，汾酒亦醉；鱼肉固佳，芋头亦妙。好香呀，好香！”云蕾怒看他一眼，别过头去。那书生叫道：“喂，吃白食的，给你一个芋头。”扑地将一个烤熟的山芋抛了过来，云蕾怒道：“谁吃你的！”吞了吞口水，盘膝坐在地上，眼观鼻，鼻观心，静静地做起吐纳功夫，好不容易把饥火压下。云蕾的内功乃是玄门正宗，做了功课，只觉通体舒泰，睁开眼睛，只见那书生呼呼熟睡，烤熟的芋头，滚了满地。云蕾伸伸舌头，想伸出手去，忽见那书生转了个身，却又睡去。云蕾赌气道：“我就饿他一晚，也算不了什么！”那书生鼾声如雷，云蕾想睡也睡不着，忽而想道：“这书生衣服华贵，身怀重宝，何以出门不带保镖？又敢在荒山古寺住宿，吃这不值钱的烤芋头？难道他是装作不懂武艺的么？可是又不像是装的呀！”悄悄站起，想搜他身子，那书生又转了个身，云蕾想道：“他若惊醒，岂不以为我偷他东西？”好生踌躇，上前三步，退后两步。忽听得外面有怪啸之声，云蕾看了书生一眼，见他熟睡如猪，冷笑道：“本来不该理你，瞧你又觉可怜，好，算你好造化，姑娘替你去挡强人。”走出寺门，一纵身藏在树上。

淡月寒星之下，只见两个蒙面强人直走过来，一个说道：“你看这匹白马，想必是在此了。”一个道：“他若不肯依从，又怎么办?”一个道：“说不定只好取他首级了。”先头那一个道：“这怎么使得?给他挂点彩那还可以。”云蕾听得怒从心起，心道：“好狠的强盗，劫财还想害命!”忽听得其中一人叫道：“树上有人!”云蕾两枚蝴蝶镖已从树上射下，两个蒙面人身手矫捷之极，一闪闪开。云蕾挽了一个剑花，一招“鹏搏九霄”，凌空击下，分刺两人，两个蒙面人，一个手使铁拐，一个手使双钩，照着长剑便砸，剑锋过处，火花飞溅，铁拐给截了一个切口，双钩却把宝剑带过一边。云蕾心道：“这两个强盗手底倒硬!”那两个蒙面人更是吃惊，欲待喝问，云蕾的宝剑已如疾风暴雨一般杀来。云蕾这柄宝剑乃是玄机逸士所炼的雌雄双剑之一，名为“青冥”，寻常兵刃，一截即断，使铁拐的兵器虽然沉重，却也不敢和它相碰，倒是那使双钩的身手非凡，遮拦勾挡，亦守亦攻，云蕾的宝剑竟然碰不着他的兵器。

云蕾使出飞花扑蝶的身法，在双钩一拐的交击缝中，盘旋疾进，剑光有如一团电光，滚来滚去，使到疾处，真似水银泻地，花雨缤纷，那两个人被她杀得步步后退。可是铁拐力沉，双钩灵活，首尾相应，云蕾却也无法奈何。激斗酣时，云蕾突然咬紧牙根，一剑斜削，向那使双钩的蒙面强盗痛下杀手。这一剑又狠又疾，无论前扑后闪，都难躲开，正是飞天龙女所传的夺命神招。云蕾本来还不想取那两个蒙面强人的性命，可是若非刺杀一人，却是无法得胜，所以迫得出此绝招。

岂料一剑削去，那使双钩的强盗左钩往下一沉，右钩往上一带，云蕾的“青冥”剑几乎给他引得脱手飞去。云蕾大吃一惊，这一招竟是澹台灭明的家数，急忙一个转身，剑锋一转迫开使铁拐的强盗，身形倒纵，又闪开双钩的偷袭，扬剑喝道：“兀你这厮可是澹台灭明的弟子么?”那使双钩的猛跳起来，沉声喝道：“你既识破我的来历，明年今日便是你的周年忌日了!”双钩霍霍，勇猛无比，竟然全是拼命的招数。云蕾也红了眼睛，骂道：“大胆胡儿，居然敢偷入边关，你当中国无人么?”一口剑指东打西，指南打北，也是绝不留情，招招狠疾。若论本身武艺，云蕾要比澹台灭明的徒弟稍胜一筹，但一来敌方有使铁拐的相帮，二来云蕾饿了半天半夜，气力不加，斗了一百余招，香汗淋漓，渐渐只有招架之力。双钩一拐，越攻越紧，云蕾被困在垓心，危急非常。使铁拐的道："这小子的剑倒很不错，等会你让我要这口剑成不成?"使双钩的道："好，让你，让你。但等会捉人之时，你可要听我的话。"两人一问一答，似乎云蕾之死，已是毫无疑问。云蕾大怒，一招"飞瀑流泉"向那使铁拐的迎面便刺，那蒙面贼单拐往上一迎，拐方撩起，忽然哎哟一声，手垂下来。云蕾这一剑何等快疾，一剑穿喉，将他刺毙，使双钩的吓得呆了，云蕾反手一剑，喀嚓一声，将他左手的护手钩截成两段。使双钩的飞身疾跑，云蕾一扬手，三枚"梅花蝴蝶镖"奔他后心，看来定可打中，忽听得叮叮连响，蝴蝶镖竟然不知被什么东西碰着打了下来，转瞬之间，敌人已跑得无影无踪。

云蕾一片茫然，十分不解！自己刚才那一剑虽凶狠，但料想那使铁拐的敌人还能抵挡，却不料在最紧急之时，对方的铁拐竟然会垂下来，竟似神差鬼使一般，丧命在自己三尺青锋之下。云蕾越想越奇，心道："莫非是有人暗助不成？但自己那三枚蝴蝶镖何以也突然落地，难道是暗中出手的高人，既助自己，又助敌人？想起来又实是无此道理。"

云蕾俯首看那死在地上的强盗，一剑将他的面具撩开，果然是一个胡人。云蕾惊疑不定，这显然不是普通想劫财物的强人了。云蕾大着胆子，搜他的身，除了几两碎银和一包干粮之外，别无所有。云蕾笑道："这正合我用。"嚼下干粮，将银子纳入怀中。

忽听得林中异声又起，只见又是两个蒙面强人飞奔而来，扬声喝道："合子上的朋友，一碗水端来大家喝。"意思是说，彼此都是同道，你劫到的财物可不能独吞，拿出来大家分吧。云蕾大怒，喝道："好呀，你们还有多少人来，都吃！"本想说："都吃姑娘一剑。"猛醒起自己已是易钗而弁，"姑娘"二字，说到口边又吞了回去。那两个强盗大笑道："哈哈，这才是好朋友，大家都有得吃。"走过来伸手就要。

云蕾冷笑一声，反手就是一剑。那两个强盗，一个手使单刀，一个却空着双手，云蕾一剑刺去，只觉微风飒然，空手的贼人身子一翻，竟然直抢过来，右掌一拂，似切似截，使的居然是大擒拿手的招数。云蕾吃了一惊，不敢大意，剑尖一点，斜锋疾扫，使单刀的叫道：“点子好硬！”一刀劈来，势子也颇凶猛，云蕾使出穿花绕树的步法，一剑捌空，身形疾闪，既避开了左边敌人的擒拿手，又避开了右边敌人的单刀。

这两个强人虽非庸手，但云蕾剑法精妙之极，身形既快，剑光又是飘瞥不定，两个强人都似觉得对方专门攻击自己。斗了三五十招，徒手的贼人叫道：“好，让你独吞好啦，留下万儿（名号）来，咱们交个朋友！”云蕾怒道：“劫夺财物之罪可恕，通番卖国之罪难饶。谁和你交朋友！”倏地一招“分花拂柳”，剑势向左，又似向右，一招分刺二人，使单刀的“哎哟”一声，手腕先中了一剑，单刀脱手飞出。空手的贼人较为溜滑，身子一缩，避了开去。云蕾使的是连环招数，一剑刺出，跟着续上，势如抽丝，绵绵不断。云蕾只以为这两人和先前那两个番贼同是一伙，所以下手绝不留情，这一剑疾如骇电，剑尖已触及敌人后心，忽然“嗤”的一响，手腕上似给大蚂蚁叮了一口，突然失了准头，剑尖滑过一边，两个蒙面贼人拼命奔逃，跑入了丛林草莽之间。

云蕾怒道：“施暗算的小贼滚出来！”四周静悄悄的空无一人，云蕾等了一阵，不见有人接声，看自己的手腕，红肿起黄豆般大的一粒小块，想来是中了极微细的暗器，在地上寻找，也找不出来。云蕾这两仗虽是大获全胜，可是暗中受人戏弄，心中实是不甘，没精打采地回到寺内，但见那个书生仍是熟睡如泥，鼾声不断。

云蕾叫道：“喂，你这死人，你倒睡得快活！”那书生翻了个身，咿咿唔唔地呻了两声，云蕾叫道：“强盗来啦！”那书生睡眼惺忪，懒洋洋地坐起来，吟道：“大梦谁先觉，平生我自知。”云蕾冷笑道：“你知什么？强盗来过啦！”书生揉揉睡眼，道：“半夜三更，扰人清梦！你这小哥儿怎么专和我捣乱？”一点也不信云蕾的话，非但不多谢，反而怪责。云蕾气道：“你不信你就到外面去看，强盗已来过啦！”书生伸了伸懒腰，忽而笑道：“既然来过了，那不是没事了，你还叫醒我做什么？”云蕾又气又恼，冷冷说道：“是我把他们杀退的。”那书生道：“真的吗？好极，好极！你吃一个芋头。这回你不是无功受禄，我不说你白吃了！”“卜”的把一个芋头抛来，云蕾大怒，一掌将芋头拍飞，道：“谁和你开玩笑，喂，我问你，你姓甚名谁，从哪里来的？”那书生一瞪眼睛，忽然学足云蕾的神气，戟指喝道：“喂，我来问你，你姓甚名谁，从哪里来的？”云蕾怒道：“什么？”书生冷笑道：“你能审问我，难道我就不能审问你？你是法官，生来审问别人的不成？”

云蕾窒了一窒，这书生强词夺理，可也真的给他问住，心中想道：“我的来历，如何能说你知？”见那书生斜着眼睛，看着自己，一副神气，令人哭笑不得。云蕾转念一想：“我的来历，不能说给他知，也许他的来历，一样不能说给我知。己所不欲，何必强施于人？那两个胡人，万里追踪，莫非他也像我爷爷一样，是从蒙古那边，闯关逃出来的汉人？”这样一想，不觉对书生有了敬意，但瞅他那副懒洋洋似笑非笑斜眼看人的神气，又觉讨厌。想了一想，从怀中取出周健送给她的那对日月双旗，抛过去道：“这个给你，我不和你同走啦。”书生瞥了一眼，道：“我又不是戏子，要你这两面旗做什么？”云蕾道：“你孤身上路，危险得很，有了这两面旗子，强盗就不敢打劫你了。”书生道：“什么，这旗子是圣旨吗？”云蕾笑道：“只怕比圣旨还有力量呢！这是金刀寨主的日月双旗，你从北边来，难道没听说过吗？金刀寨主等于是北边强盗的盟主，绿林豪杰，谁都敬他几分。”云蕾送他日月双旗，实是一番好意，不料那书生面色一变，拿起日月双旗，忽而冷笑道：“大丈夫立身处世，岂能托庇匪人？你读过孔孟之书吗？”双手一撕，竟把威震胡汉的日月双旗撕成四片！

云蕾面色发青，这一气可是非同小可，大怒喝道：“金刀寨主威震胡汉，是个顶天立地的英雄，岂容你这酸丁侮辱！”举起手掌，劈面打他耳光，忽见他羊脂白玉般的脸蛋，吹弹得破，想道：“这一掌打去，岂不在他脸上留下五个指印，那多难看！”手掌拍到了中途，又收了回来，怒道：“我不与你这腐儒酸丁一般见识，罢罢，饶你一次。以后你被强人劫杀，也是你自己讨死，我不再管你啦！”倏地转身，旋风般冲出门外，她一番好意，弄成这样，心中极不舒服，再也不愿多瞧那书生一眼。那书生双目闪光，看云蕾冲出门去，缓缓站了起来，心想出声呼唤，忽又冷笑一声，忍着不叫。

云蕾策马出林，在丛林中忽听得“呜”的一声，掠过头顶，云蕾勒着马缰，叫道：“施暗算的小贼，有种的滚出来！”忽然头上啪的一响，云蕾一拉马头，避了开去，只见一枝树枝跌下地来，树枝上缚着一个小小的绣花巾扎成的包裹。云蕾吃了一惊，这正是自己的东西，急忙解开来看，只见周健送给她的金银珠宝，全在其中，连自己偷来的那几两银子也在其内。云蕾急在马背上腾身飞起，掠上树梢，纵目四望，但见残星明灭，风吹草动，四野无人。

云蕾叹了口气道：“罢罢，真是天外有天，想不到在这小地方，也碰到如斯高手。”纵马出林，林子外边，已是曙光欲现。

云蕾趁着清晨，跨马上路，续向西行。但见一路上人马不绝，个个都是雄赳赳的武夫，一看就知是三山五岳的好汉。

云蕾想起周山民给她讲解的“江湖常识”，心道：“似此情景，若非什么帮会大典，就是武林会盟了。”那些人策马赶过云蕾，也不理她。云蕾走了一程，腹中饥渴，走进路边一个兼卖粥饭的茶亭，胡乱吃了个饱，见那茶亭正烧着两大缸茶，遂和那茶亭主人搭讪道：“今儿好生意啊，一路上赶路的人可真不少。”那茶亭主人笑道：“客官，你不是到黑石庄去的吧？”云蕾道：“什么黑石庄？”那茶亭主人道：“客官想必是从外路来的了，黑石庄的石大爷今天做大寿，许多朋友都赶来给他拜寿。”云蕾心中一动，问道：“你说的是轰天雷石英石老英雄么？”茶亭主人肃然起敬，道：“原来你也是石大爷的朋友。”云蕾道：“石老英雄谁人不知，我虽是外省人，也听过他的名字。”茶亭主人道：“是呀，石大爷交游广阔，各路人物，不论识与不识，投到他的庄中，无不招待。”云蕾听周山民说过，那石英以蹑云剑与飞蝗石威震武林，那手蹑云剑固是武林一绝，那手飞蝗石暗器也极足惊人，中人有如炮弹，所以外号叫做轰天雷。这石英不但武艺高强，而且豪侠仗义，只是脾气有点古怪。云蕾想道：“原来此人就住在阳曲城外，我不如也去拜寿。三山五岳的英雄既然大批来到，那戏弄我的高手可能也在其中，我岂可错过机会。”主意打定，向茶亭主人讨了纸笔，写了一张贺帖，笑道：

“我不知他老人家今日做寿，真是碰巧碰上了。”问明了去黑石庄的路，结了茶钱，跨上马背，径到黑石庄去。

黑石庄贺客如云，收贺礼的看了贺贴，问也不问，就让知客的带入宴客的大花园，云蕾来得正是时候，园中筵开百席，恰是入席之时。云蕾被招呼坐在一个角落，同席的都不相识。听得他们叽叽喳喳地谈论，有一个说：“石老英雄今儿不但做大寿，听说还要选女婿呢。”另一个道：“老头儿可头痛啦，沙寨主，韩岛主，林庄主，三家一同来求婚，这可怎么对付?”又一个道：“轰天雷自有法儿，何必你来替他担忧。”伸手一指，道：“你看!”云蕾跟着看去，只见园中搭起一个大擂台，高可二丈有余。那人笑道：“听说轰天雷倒是豪爽之极，干脆来个比武招亲，谁打得赢他的女儿谁就是他的女婿，至亲友好，毫不例外，三家都没话说。”其他的人笑道：“这可有热闹看了。”云蕾心中暗笑：“天下间竟有这样选女婿的办法，万一选了个大麻子，岂不委屈了女儿!”

夕阳慢慢西移，忽听得一片恭贺之声，满场起立，云蕾踮高脚看，只见一个红面老人，携着一个女子走了出来，排开贺客，跳上擂台。那女子生得甚为秀丽，脸似芙蓉，眉长入鬓，云蕾挤上前看，只见她落落大方，眉宇之间，隐有英气，对着一众宾客，居然并不羞惧。正是：

筵前腾剑气，侠女会奇男。

欲知后事如何？请听下回分解。

第四回　铸错本无心　擂台争胜
　　　　追踪疑有意　锦帐逃人

云蕾听得旁人谈论，知道这红面老人正是黑石庄的庄主“轰天雷”石英，那女的便是他的女儿石翠凤了。云蕾暗暗喝彩，暗自笑道：“这老头儿红脸尖嘴，果然像画上的雷公，生下的女儿却这样俊秀。”

只见石英抱拳向台下一拱，朗声说道：“小老儿的贱日生辰，承各位大哥赏面，不惜屈驾到这小庄子来，俺先敬大家三杯!”台下贺客轰然道好，各自把酒干了。石英拈须笑道：“黑石庄穷乡僻壤，无以娱宾，叫各位见笑了。俺这女儿还粗会拳脚，就叫她练儿路笨拳，给各位叔伯陪酒如何?”众人更是大声叫好。石英又笑道：“只是一人练拳，亦无趣味，敢烦沙寨主、韩岛主和林庄主的三位令郎，给她赐教几招。看谁练的最好，俺也有点小小的彩物，三位世兄意下如何?”他虽没有明言比武招亲，席上群豪却都知道他的用意，韩岛主和林庄主先自叫道：“好极，好极!”带了儿子，在人丛中便飞上台来，矫捷之极。那沙寨主略一迟疑，也带了儿子纵上台来，那擂台高达二丈有多，沙寨主一跃即上，他的儿子脚尖在台边一勾，却险险跌了下来。台下群众，大为惊诧，这沙寨主在黑道上是顶儿尖儿的人物，武功精纯，人所共知，他的儿子家学渊源，尽得他的所传，心狠手辣，又兼人在壮年，在黑道上的威名，已赶上了他的父亲。知道底细的人，都料他今日必操胜算，谁知他一上擂台，就先给韩岛主和林庄主的儿子比了下去，而这一纵一跃，也大不如他平日的功夫，这可真真出人意外。

沙寨主眉头一皱，讷讷欲言，韩岛主的儿子韩大海已先跃到台心，一揖说道：“石老伯爽快之极，我也不客气了，就让我先请教世妹几招吧，世妹可要手下留情啊！”石英笑道：“好说，好说！我就欢喜爽快的人。大家都不必客套了，有多少本事尽管拿出来，打伤了我有药医。”韩大海应了一声，双掌一揖，劈面就是一招“童子拜观音”，双掌齐出，既是敬礼的家数，又是雄劲的招数，石英道了声“好！”沙寨主父子相对苦笑，把想说的话又吞了回去。

石翠凤身子滴溜溜一转，倏然转到韩大海的背后，韩大海连发数招，左右搏击，却连她的裙角都捞不着。云蕾心道：“原来她练的和我同一家数，都是从八卦游身掌化出来的。”云蕾在桃林中所练的“穿花绕树”身法乃是八卦游身掌的最上乘功夫，虽是在八卦游身掌中变化出来，实已在正宗的八卦游身掌之上，所以这时看石翠凤在台上绕来绕去，一招一式都看得十分清楚。台上的韩大海却已眼花缭乱，但觉四面八方都是石翠凤俏生生的影子。云蕾看了一阵，心中暗笑，只见韩大海跟着石翠凤团团乱转，越打越糟，却尽自支撑，不肯停手。韩岛主皱眉喝道：“笨小子，你不是石姑娘对手，还不退下来么？”

韩岛主这么一嚷，石翠凤的身形略略迟缓下来，韩大海突然跃起，扑腾腾三拳连发。云蕾暗笑道：“真是个不知进退的鲁莽笨虫，别人让他他还不知道。”只见石翠凤微微一闪，左肘一撞，韩大海水牛般的身躯，扑通跌倒。石英赶忙扶起，道：“凤儿，你还不上来赔罪么？”韩大海道：“没伤着，石姑娘你真好功夫，我、我……”他是个愣小子，“我可不敢娶你做老婆啦！”几乎说了出来。他的父亲双眼一瞪，把他吓得不敢作声。

林庄主的儿子林道安轻摇折扇，缓缓走出，阴声怪气地道：“我也领教几招，世妹你可得让着点啊！”他生得温文尔雅，说话也似女子，点穴的功夫却是又准又狠。只见他折扇一合，扇头一指，便径奔石翠凤胁下的软麻穴，石翠凤又使出八卦游身掌的身法，绕着他转，林道安守着门户，并不随她移动，冷不防就是一招，扇头所指，全是人身上的麻穴和晕穴。一双色迷迷的眼睛盯实石翠凤的身形。

石翠凤心头烦躁，暗中想道：“看这家伙的模样，不是个正经的人儿，这双眼睛就叫人讨厌。可不要给他得了手去。”石翠凤实是不愿嫁他，掌法越来越紧，可是林道安武功委实不弱，点穴的功夫也须小心防备，打了五七十招，石翠凤毫无办法。林道安十拿九稳，心道：“看你这女流之辈有多少气力和我对耗？”折扇一缩，只待她疲倦无神，便要将她点倒。

酣斗中石翠凤欺身直进，忽然樱唇一启，向他微微一笑，齿如编贝，梨窝隐现，林道安心神一荡，想道：“我这样的人品武功，自然是教她心折的了。”满心以为她一笑之后，便要认输，折扇一封，也报了一笑，不料石翠凤突然笑道：“得罪啦！”拢指一拂，在他太阳穴上轻轻一按，林道安大叫一声，眼前金星乱冒，竟然晕倒台上。

林庄主看着儿子功败垂成，好生恼怒，却是不敢发作出来。石英在林道安脑后一捏，道：“没事，没事！凤儿，你怎么出手不知轻重，专打人家的要害！”林道安醒了过来，冷冷一笑，道：“石姑娘，领教啦！”和父亲并肩纵起，一跃跳下擂台。

石英摇了摇头，又拈须笑道：“小女侥幸连胜两场，这回可要请无忌世兄教训教训她了，可别让她太得意啊！”无忌乃是沙寨主儿子的名字，在三人之中，石英对他最为赏识，就是嫌他手底太过狠辣，在绿林之中，有威名而无德望。但石英心想，世上难求十全十美之人，有这样一个女婿，也算是不错的了。

石英深知沙无忌武功在自己女儿之上，以为他必欣然动手，不料他眉头一皱，忽然苦笑说道：“不必比了，若然今日要比，那小侄就干脆认输便了！”

此言一出，座上群豪，无不愕然。石英怫然不悦，说道：“沙贤侄此话怎说，莫非小女不堪承教么？”沙无忌又是一声苦笑，缓缓将衣袖卷起，只见右臂上一道伤痕，直到手腕，伤痕深处，骨头都露了出来。石英吃了一惊，道：“贤侄是怎么挂彩的？”沙无忌向台下扫了一眼，道：“昨日在阴沟里翻了船啦，哼，哼，着了一个小贼的道儿。”他的父亲沙寨主沙涛接口说道：“昨日我叫胡老二和他去追一个从北边来的羊牯（盗党术语，即打劫的对象），却不料他暗中请了一个保镖，十分扎手，无忌给他伤了。”石英更是吃惊，那胡老二乃是沙涛的副寨主，武功尚在沙无忌之上，以二人之力，竟然给一个保镖的杀败，实是难以思议。沙涛忽地冷森森说道：“大哥，你看该怎么办？”

石英怔了一怔，忽地哈哈笑道：“这么说来，那保镖的倒也是个能人。只不知他是何来历？现在何方？我亦想会一会他，与你们两家和解和解。”沙无忌面色一变，道：“小侄出道以来，从未如此受辱，此事和解不了。”忽地向台下一指，道：“这厮吃了狼心豹胆，胆子可大着哩，他就在这儿。”沙涛大叫一声，喝道：“我沙家父子还要会会你这位能人，往哪里走！”

擂台上两条人影倏地扑下，贺寿的客人一阵大乱，纷纷叫道：“点子在哪里？”贺客中几有一半是沙寨主的朋友，见此情形，争来相助。说时迟，那时快，只见沙涛一个箭步，奔到云蕾面前，五指如钩，扑地当头便抓。云蕾身法何等快捷，一闪闪开，沙无忌也跟踪追到，左手一抬，一柄匕首直插过来。云蕾脚跟一旋，反手一拂，笑道：“哈，原来你就是昨晚的蒙面小贼！”只听得当啷一声，沙无忌的匕首已给拂落。

云蕾一个转身，肘撞脚踢，打翻两个奔来助拳的人，一跃跳过一张八仙桌子，沙涛拔出腰刀，追过去便斫，云蕾叫道：“不要脸，要倚多为胜么？”将桌子一掀，碗碟纷飞，乒乒乓乓，一阵乱响，沙涛闪身不迭，给酒饭菜汁溅了一身，身上汤水淋漓，血脉偾张，嗖嗖两刀，刀法敏捷之极，云蕾急忙拔出宝剑，迎面一架，沙涛一个矮身斩马刀势，向下截斩云蕾双足。云蕾怒道：“好狠的强盗！”身形一起，一个“燕子斜飞”之势，在刀光闪闪之中掠身飞过，青锋一指，当胸便戳，剑势比刀势更狠更疾，沙涛吓得急忙低头，猛听得又是当啷一响，腰刀竟被云蕾的宝剑削为两段。

这还是云蕾不想伤人，所以仅仅将他的兵器削断。沙涛却不承情，腾空扑起，伸手又抓，云蕾剑锋一转，一招“斗转星横”横削过去，沙涛已知她的兵刃乃是宝剑，早有防备，东挪西展，霎时间换了数招，迫切之间，云蕾竟未能将他迫退。又有几人上前助拳，云蕾剑法施展不开，沙涛大喝一声，手掌一翻，当头劈下！

云蕾眼睛一瞥，只见沙涛的手掌，掌心殷红如血，知他练有毒砂掌的功夫，这一掌万万不能给他打中，急忙间伸手一拉，硬将一个助拳的拉了过来，向前一挡，沙涛慌忙缩手，云蕾扑地又从缺口跳出，跃过一张桌子，拿起碗碟，迎头乱扔，将助拳的打得面青唇肿，汤水淋漓。正自闹得不可开交，只听得知客的纷纷叫道："不成话，不成话啦!"

沙无忌拿起一张椅子，又抢上前来，狠狠砸下，云蕾霍地一个"凤点头"，一剑劈去，将椅子也劈成两边。沙涛双手一错，呼呼劈来，云蕾更不换招，剑柄一抖，趁势刺出，忽地人影扑面而来，当中一立，双掌斜分，云蕾、沙涛各自倒跃三步，只听得石英大叫道："沙大哥给小弟一点薄面，这位小哥也请住手。"

沙涛道："大哥，你替我作主。咱们父子的面子也全靠你一句话啦。"石英看了云蕾一眼，心道："天下间竟有如此美貌的男子，若非亲眼见他本领，可真不敢相信他能把沙家父子打得一败涂地。"心下好生踌躇。云蕾道："石庄主，我得罪你的贵客啦，今日我登门拜寿，可不敢和你动手，要杀要剐，随你处置。"按江湖上的规矩，云蕾到此拜寿，也便是石英的客人，有天大的事情，石英也该担待。沙涛听了，暗暗骂声好个伶俐的小贼。双眼一翻，忽地问道："石大哥，敢问这位小哥高姓大名，师父是哪一位?"石英一愕，道："我怎么知道?"沙涛哈哈一笑，道："原来石大哥并不与他认识。在座的各位大哥，可有谁认识他吗?"这时满园贺客都围住云蕾，没一人与他相识。沙涛冷笑道："大哥可清楚了，这小子是冒充贺客，名为拜寿，实是避难。让他白食事小，说出去可不损了咱们山西黑道上的颜面么?"

石英好生不悦，道："依大哥之意如何?"沙涛道："把他所保的那个主儿的照夜狮子马与珠宝交出来，再让无忌照样在他手臂上拉上一刀，那就万事作了。"云蕾听他说出"照夜狮子马"的名号，心道："久闻照夜狮子马是蒙古最罕见的名马，以前乃是贡物，纵出千两黄金，也难求得。想不到那书生的白马，竟然就是照夜狮子。"脑海中不觉泛出那书生似笑非笑、一副懒洋洋的神气来，想起日前种种之事，对那书生的身份更是怀疑。

石英见云蕾一副出神的样子，只道他吓得呆了，朝他肩膀轻轻一拍，道：“这位小哥，你又有何话说？”云蕾道：“他劫人，我救人，这有什么好说的？他们若不服气，就请上来好了，只要他们父子胜了，莫说只是在臂上拉上一刀，就是三刀六洞，我也逃跑不了。”石英面色一沉，心道：“原来这小子还是初出道的雏儿，岂不知到了这儿，我就是事主，我既说明要把事情搁到肩上，你向他们挑战，可不就是向我挑战么？”果然沙涛听了，哈哈大笑。

云蕾眼睛一瞪，道：“你狂什么？你父子尽管上来，看俺可曾怕你？”云蕾记住周山民所教过她的江湖规矩，若遇上对方人多，而又是成名人物的话，那就得把话拿住，邀他们单打独斗。云蕾心想，沙家父子二人也不是她的对手，所以乐得一邀就邀斗他们父子二人。岂知周山民所教的“江湖常识”，只是一般情况，并不适合今日之用。只见沙涛哈哈大笑之后，朗声说道：“石大哥，你听清楚了？这小子的眼内岂止没有俺沙家父子，也没有你大哥啦！”

石英面色又是一沉，道：“俺自有分寸。喂，这位小哥，你愿比剑还是比拳？”云蕾道：“什么，和你比吗？庄主，你的蹑云剑天下闻名，小辈焉能与你动手？我只是要和他们比划比划！”石英陡然一喝，道：“住口！谁要在我这儿动拳动刀，就得朝着我来！”双眼一扫，此话明里是说云蕾，暗中却也说着沙家父子。

云蕾一怔，一时间不知如何应付。只听得石英又道：“你既然怕我的蹑云剑法，那就比拳好了。”云蕾道：“晚辈不敢。”石英面色一端，道：“不比不成！不过念你乃是小辈，老夫也不屑与你动手。翠儿，你与我接他几招！小子，快快上擂台去！”

石英这一番话，大出众人意外。沙家父子，更是恼怒，面色青里泛红。要知石英今日让女儿摆下擂台，虽未明说用意，众人却无不知道他乃是借此选择佳婿。石英瞥了沙家父子一眼，并不理睬他们，仍是不住价地催促云蕾：“好小子，你既有胆敢混进黑石庄来，就该有胆上擂台去显显身手，咄！你不上去，难道要老夫把你抛上去么？”声色俱厉，咄咄迫人，周围贺客，却都暗暗偷笑，这样做作，分明是看中云蕾了。

云蕾抬头一望，只见翠凤杏脸泛红，眼光也正射下台来，和她接个正着。云蕾心念一动，忽然一整衣带，慨然说道：“恭敬不如从命，那么我就上去接小姐几招。”众人早已让开条路，云蕾从容走出，一跃上台。

石英吩咐了管家几句，傍着沙涛坐下，拈须笑道：“沙大哥，咱们多年交情，我也不能叫你吃亏。”沙涛气得说不出话，却又不能发作。石英微微一笑，又道：“不过后辈中的能人，咱们也该栽培栽培，若然定要置之死地，那就显得咱们气量窄了。”石英是山西、陕西二省的武林领袖，沙涛只得忍着气道：“大哥说的是！小弟承教，告辞了！”石英将他一按，道：“看了这场，也还未迟。你看，他们打得多热闹呀！”

只见擂台上两条人影，此来彼往，穿来插去，眩目欲花。大家都是差不多的身法，滴溜溜的绕着擂台疾转，云蕾一身白色衣裳，石翠凤则是绿袄红裙，衣袂飘扬，越转越疾，有如一片白云捧出一团红霞在碧绿的海上翻腾，令人眼花缭乱。

若依云蕾的本领，本来可以在三五十招之内，将石翠凤打倒，但云蕾有心要看石翠凤的“蹑云步”身法，所以出手并不狠辣。蹑云步法也是从八卦游身掌中变化出来的一种步法，以轻灵飘忽见长，与“迷踪拳”并称北派的两种上乘的轻身功夫，石英的“蹑云剑”威震江湖，就是以这种步法作基础的。石翠凤虽然只得父亲五六成的功夫，施展起来，已是令人神摇目夺。云蕾使出“穿花绕树”的身法，和她游斗，打了一百来招，心中暗道：“这蹑云步法果是不凡，与我的所学各有所长，只可惜她的火候还差得太远！”

石翠凤见云蕾这样的人品武功，早已倾倒，只是厮斗之下，见云蕾出手，分明是故意留情，状同儿戏，心中暗道：“我若不露出两手功夫，将来成亲之后，岂不教他轻视。”石翠凤是个好胜的姑娘，误会云蕾有意相让乃是轻视，掌法一变，竟如疾风迅雨，柔中带刚，掌劈指戳，其中竟杂着蹑云剑的路数。云蕾心中一凛，抖擞精神，一口气接了她十来招，也施展了师门绝技，以“百变玄机”剑法化到掌法上来，虚实相生，变化莫测，真是瞻之在前，忽焉在后，顿时化客为主，着着抢攻。石翠凤见她如此，心中倒反欢喜，暗道：“到底迫得你使出真实的本领了。”越发卖弄，酣斗中突出险招，身子向前一倾，竟然欺进云蕾怀中，三指一伸，来扣云蕾的脉门，云蕾武功虽比她高，这一招却也真难化解，百忙中不假思索，手腕一抬，将她手臂托高，左臂一揽，将她结结实实抱着，手指在她胁下一捏，石翠凤身子酥麻，不由自主地倒入云蕾怀中。云蕾“啊呀”一声，听得台下哄笑之声，猛然醒起自己现在的身份乃是男儿，不觉满脸通红，急忙在她胁下一按，解开已被封闭了的麻穴，将她轻轻一推，随即跃后三步，抱拳一揖，说道：“姑娘包涵，小生得罪了！”

擂台下石英拈须微笑，沙涛面色铁青，道：“恭喜大哥选得佳婿，小弟告辞了。”石英把手一招，叫管家过来，道：“沙贤弟，做大哥的替你赔罪，这里有一包珠宝，聊作赔偿之资。那照夜狮子马非凡马可比，只好请贤弟到我的马厩中挑选十匹最好的马，以为抵偿，请贤弟手下留情，放过他所保的这趟镖吧。”石英先前听得沙涛所说，还以为云蕾真个是保镖的人。

沙涛冷冷一笑，道：“谢大哥厚赐，小弟还薄有资财，不敢贪得。只是黑道上的规矩，这趟镖小弟既然一度失手，那就不能就此罢休，这个要请大哥见谅。”一揖到地，携了沙无忌排众而去。石英好生不悦，叫管家送客，自己也跃上了擂台。

擂台上石翠凤满面通红，见父亲上台，低下头来，手指轻捻衣带，云蕾面色亦甚尴尬。石英哈哈大笑，道：“长江后浪推前浪，世上新人换旧人。年少英雄，难得难得。”石英适才在台下，已向管家查到云蕾的拜帖，知道了她的名字，又笑道：“云相公，你这样的身手，何必要做保镖?”云蕾道：“我并没有做保镖呀！前日在路上偶然结识一位朋友，替他抵御劫贼，无意之中，与沙寨主父子结下梁子。”石英心中一宽，道：“原来如此。你家中尚有何人？订亲没有?”云蕾迟疑半晌，道：“只有一位哥哥，尚未订亲。”石英哈哈大笑，道：“少年人提起订亲，就害臊了。”云蕾更是尴尬，只听得石英又道：“这擂台你打胜了，我要给你一点彩物。”拿出一枚绿玉戒指，上面镶着两粒“猫儿眼”宝石，闪闪放光。石英道：“这是翠儿的母亲临终之时交与她的，现在转送你了。”云蕾道：“既是石小姐之物，晚辈不敢接受。”石英又是哈哈大笑，道：“这是

石英哈哈大笑，道：“长江后浪推前浪，世上新人换旧人。年少英雄，难得难得。”石英适才在台下，已向管家查到云蕾的拜帖，知道了她的名字，又笑道：“云相公，……”

给你们订婚的礼物，为何不能接受?”云蕾道：“晚辈不敢高攀。”石英面色一沉，低声问道：“你嫌弃我的女儿么?”云蕾道：“岂敢嫌弃小姐，只是此事万难从命。”石英怒道：“这却是为何?”云蕾眼睛一瞥，只见石翠凤轻拈裙角，涨红了面，两只又圆又大的眼睛，注视着自己，眼中泛着泪光，心念一动，暗中想道：“也好，且待我来个移花接木之计。”便假意推辞道：“尚未禀过尊长，如何好私下订亲?”石英道：“你的兄长现在何方?”云蕾道：“我兄弟自幼失散，不知他的下落。”石英眉头一皱，道：“那么你要禀告谁人?”云蕾道：“我父母双亡，有一位世交叔祖，待我有如孙儿，婚事须要禀告于他。”石英道：“你的世交叔祖姓甚名谁，是何等人物?”云蕾道：“我世叔祖的名字在这里不好说得，他是武林中有数的人物。”石英大笑道：“武林中有数的人物，提起我轰天雷石英的名字，大约也总得卖点交情，这婚事你是无须顾虑的了。”云蕾纳头便拜，叫了声“岳父大人”。在怀中取出一支珊瑚，道：“客中没带什么东西，这支珊瑚权当聘礼。”石英哈哈大笑，把珊瑚交给女儿，拉起云蕾在台中心一站，朗声说道：“此后这位云相公便是我半个儿子，他日在江湖上走动，请各位多多照顾。”台下贺客纷纷贺喜，石英又道：“拣日不如撞日，我年老怕烦，趁各位朋友都在这儿，就让寿筵与婚宴齐开了吧，省得他日再劳驾各位到来。”贺客们起哄闹酒，拍手笑道：“双喜临门，妙极妙极!”便有人来灌云蕾喝酒。

云蕾道：“我年纪尚轻，这婚事还是暂缓吧。”石英道：“我有意留你在身边，你们早日成亲，方便得多。”不由分说，便要云蕾与石翠凤在台上交拜天地，哈哈笑道：“我轰天雷做事素来爽快，擂台招亲，擂台成礼，省去多少繁文缛礼!”贺客们也都笑道：“这真是武林佳话呀!”待云蕾再拜过岳丈之后，又纷纷灌她的酒。

云蕾心中暗暗叫苦，正自盘算不得脱身之计，见众人劝酒，来者不拒，放怀喝了十来杯酒，暗运内力一迫，忽地“哇”的一声，呕了出来，酒气喷人，摇摇欲倒。耳中听得贺客们叫道：“呀，呀!云相公醉了!”云蕾酒意确实也有了几分，趁势装醉，身躯一晃，倾倒翠凤身上。石英道：“少年人不会喝酒又不知道节制，翠儿，扶他回去。”一面却又笑道：“双喜临门，我这老头儿也不知道节制了，来呀，再干一杯！”说完云蕾，自己却与贺客闹酒。

云蕾闭了眼睛，把头搁到翠凤肩上，任由她扶到房中，和衣便睡，起初本是装醉，渐渐也觉疲倦，不知不觉睡了过去。一觉醒来，只见房中红烛高烧，房外月移花影，贴上墙来，已是夜深时分了。石翠凤坐在床沿，衣不解带，小心服侍，见云蕾睁开眼睛，微微笑道：“相公你酒醒了么？”倒了一杯浓茶，道：“这是神曲茶，给你解酒消滞。你不必起来，我给你喝。”轻挪玉臂，扶着云蕾，将茶杯送到了她的口边。

云蕾呷了口茶，但觉缕缕幽香，沁人心脾，仔细看时，这房间布置得十分华丽，当中一张茶几，上面放着一个形式奇古的三足鼎，中贮檀香，发出青烟。石翠凤见她注视，笑道：“听爹爹说，这鼎乃是周鼎，是很难得的古董，我瞧也没有什么特别。那茶几听说是南海的沉香木做的。”云蕾吃了一惊，周代的古鼎，南海的沉香都是价值连城的东西，翠凤却随便便地摆在房中，毫不当作一回事。再看时，只见珊瑚、碧玉、珍珠、宝石等所做的小摆设，总有十几件之多，只是案头那支珊瑚树就高达二尺，自己所送给她当作聘礼的那支珊瑚，简直不能与之相比。云蕾好生疑惑，心中想道：“那石英虽是武林宗主，也不应豪富如斯。”

石翠凤倚在她的身边，低声问道：“云相公，你家是做什么的？”云蕾道：“我小时父母双亡，听说我爷爷曾做过朝中的大官。”石翠凤眉心一蹙，道：“云相公，你真的欢喜我么？”云蕾道：“你长得这样好看，武艺又好。不止我欢喜你，我看凡是男人，都会欢喜你的。”石翠凤道：“嗯，这是什么话？”云蕾道：“我有一个结义兄弟，人品武功，远胜于我。”石翠凤眉毛一扬，道：“你的结义兄弟干我甚事？嗯，我知道了，你今日再三推辞，原来是不想和我成婚。”云蕾一怔，道：“不是不想，你听我说，我那结义兄弟……”石翠凤“哇”的一声哭了出来，怒声问道：“你当我是什么人啦？你再说什么结义兄弟，我就死在你的面前！你不要我，干脆说出好啦！我知道你们这种官宦人家的子弟，看不起我们这样的人家。”云蕾道：“什、什么话？我也不知道你是哪样人家！”石翠凤道：

"你真个瞧不出来么？我是大强盗的独生女儿!"

云蕾微微一笑，道："那也算不了什么，我那结义兄弟，他是个更大的强盗!"石翠凤这一气非同小可，道："你尽说你的结义兄弟，这是什么意思?"云蕾见她怒成这个样子，猛然醒起，在洞房花烛之夜与她说别个男人，确实是不合时宜，心中想道：我就是想替山民叔叔订亲，也不可如此急急。只听得翠凤又道："我自幼随父亲闯荡，不知多少人家向我家求婚。我曾立誓，不是我自己看上的我绝不嫁他！若然是我看上，他又不要我嘛，那么我就唯有一死！你今日在擂台之上对我轻薄，而今既已成亲，却又不将我当成妻子，你是否存心欺负我呢?"云蕾想不到她脾气如此刚烈，心想她未见过周山民，哪知她合不合意，"移花接木"之计，代人订亲之事，更不敢提。翠凤又迫一句道："你说呀，你是否愿意把我当成妻子?"

云蕾道："谁说我不把你当成妻子呀？你别哭呀，你可要我怎样做才能称心如意呢?"石翠凤心道："那么你为什么不和我亲热?"可是这话却说不出来，闪着泪光的粉面发出羞红。云蕾拉她的手，微笑问道："姐姐，你今年几岁?"翠凤道："十八岁啦。"云蕾道："你比我长一岁，我真的要叫你姐姐啦。你的妹妹……"石翠凤诧道："你的酒没醒么？我不是对你说过，我没有姊妹么?"云蕾一怔，想起自己又忘记了男子身份，不觉失笑，道："我是糊涂了。姐姐，我做你的弟弟好吗？你的弟弟不会说话，姐姐不要见怪。"轻轻抚弄她的手背。翠凤破涕为笑，道："你真像个孩子。好，那你听姐姐的，把衣服脱了再睡。你瞧你的鞋也还没脱哩。这被褥都要换啦!"适才云蕾和衣睡倒，翠凤还有着一分新娘子的羞怯，不敢碰她。而今经过了一场谈话，渐渐厮熟，见云蕾兀是不肯起身，嗔道："难道你还要姐姐替你换衣服吗?"说完之后，噗嗤一笑，从脸上红到耳根。

云蕾好生为难，正打不定主意，忽听得门外丫环问道："姑爷酒醒了吗?"翠凤道："醒了。"丫环道："老爷请你和姑爷上去。"翠凤道："嗯，我倒忘了。"低声叫云蕾道："弟弟，那你起来，不用换衣服啦。"云蕾如释重负，揭开锦被，一跃而起。

石翠凤开了房门，吩咐丫环道：“把被褥全都换过。”丫环见锦褥上满是鞋印泥污，掩口暗笑。石翠凤一手提灯，一手携着云蕾，转过几处回廊，走上一座大楼。

楼高五层，石翠凤推着云蕾走上顶层，只见楼中摆着一张圆桌，桌上摆了无数珍宝，石英坐在当中，左右坐着四人。石英见她进来，一笑说道：“今回要多留一件啦，翠儿蕾儿，你们都拣一件，余下来的才给好朋友们。”

云蕾莫名其妙，翠凤道：“这是我们的老规矩，你听爹的话，先拣一件。”

云蕾拿了一个碧玉狮子，石翠凤也随手拿了一支玉簪。云蕾举目四顾，这房间倒很朴素，房中除了一个铁箱之外，竟是既无家具，又无摆设，只是墙上挂着一幅巨大的工笔画，画中一座大城，山环水绕，还点缀有亭台楼阁、园林人物，看来是江南的一处名城。石英笑道：“你欢喜这幅画么？明日我再和你说这幅画的故事。好，你们可以回去了。”

云蕾与翠凤走出房门，只听得房中客人说道：“真可惜，这是最后一次的交易了。”石英哈哈笑道：“世间哪有百年不谢之花，我年已老迈，这买卖不能干了。好，咱们还是照老规矩，你们估价吧。”云蕾好生奇怪，想再听下去，却给翠凤拉了下楼。

回到新房，床上被褥全已换过，猩猩毡子配上湘绣的大红被面，越发显得美艳华丽，远远听得更鼓之声，翠凤道：“嗯，已三更啦。”云蕾道：“我现在倒不想睡了，你给我说说，你爹适才是怎么一回事？”

翠凤道：“我爹是一个独脚大盗，每年出去作案一次。乡人都不知道。他每次作案回来，总要让我先拣一件珠宝，其余的才拿去发卖。”云蕾道：“偷来的东西怎好拿去发卖？”翠凤道：“自然有做这路生意的人，刚才那四个汉子就是专收买爹爹珠宝的人，听说他们神通广大，在北方劫来的拿到南方去卖，南方劫来的就拿到北方去卖，从来没失过手。我爹爹卖得的钱，一小部分置了产业，其余的全拿来救济江湖上的穷朋友。”云蕾道：“嗯，原来如此，怪不得你爹爹有赛孟尝之称。”

翠凤微微一笑，听得更鼓又“咚”的一下，美目流盼，睨着云蕾笑道：“你要和我谈个通宵么？”云蕾道：“我再问你件事，那幅画又有什么故事呢？”翠凤道：“我也不知道，爹从未和我说过。”沉吟半晌，道：“我也奇怪，爹什么事都和我说，就是从未提过那幅画。”

外面更鼓又“咚”的一下，翠凤笑道：“你还有什么要问吗？”云蕾搜索枯肠，想不出什么可拖延之计，势也不能和她谈个通宵，心中大急。翠凤低声问道：“云相公，你真的不嫌弃我么？”云蕾道：“你永远是我的好姐姐，我怎会嫌弃你呢？”翠凤柔声说道：“好，那么咱们明儿再谈吧，你也该睡啦。”

云蕾手摸衣襟纽扣，口中说道：“是啦，是啦。是该睡啦。”手却停在纽扣旁边，并不去解。正自无计可施，忽听得外面更锣急响，人声喧嚣，有人大叫道：“捉贼，捉贼！”

轰天雷石英的家中，居然有贼光顾，这可是天大的笑话！留宿的贺客，都是三山五岳的能人，闻声纷纷跳起，四处搜索。

云蕾一笑道：“睡不成啦，这贼人一定是觊觎你爹爹珠宝来的。”与翠凤双双跃出，径奔藏宝楼来。

云蕾轻功超妙，远在众人之上，霎眼之间，不但越过了家丁与贺客的前面，而且把石翠凤也甩在后边。石翠凤又喜又恼，喜者是“他”为了石家之事，如此着急；恼者是大声呼叫，“他”却不肯一停。

石家庄园广阔，那藏宝楼在后院东角，云蕾一溜烟地跑到楼下，回头一望，只见石翠凤的身形，还在外面大院的屋顶。云蕾拔剑出鞘，飞身一掠，脚勾檐角，单手一按，从第一层的檐角，飞上了第二层楼，侧耳一听，忽闻得怪声啾啾，有如鬼叫，静夜之中，令人胆寒。

云蕾骂道：“小贼装神弄鬼，想吓人么？”听得异声来自楼内，擦燃随身所带的火石，燃起火摺，便钻了进去，往上一闯，在三楼的楼梯之下，猛一抬头，忽见四条大汉，都是用着“金鸡独立”之势，挨次立在梯级之上，一足举起，似乎正欲奔跑下来，却被人用“定身法”定住似的，瞪着双眼，喉头格格作响，“呵呵”作声。尤其可怕的是，一个个的脸部肌肉，都因痉挛而扭曲变形，就像刚从地狱中闯出来的恶鬼！

云蕾惊叫一声，青冥宝剑虚刺一剑，奔上楼梯，挽了一个剑花，护着自己，只听得“呵呵”之声，叫得更是凄厉。云蕾一剑刺出，猛又缩了回来，醒起这四条大汉乃是被人点了穴道，是友是敌，尚未分明，大着胆子，举起火摺，往前一照，四人面部虽然变形，细看之下，仍分辨得出乃是适才向石英购买赃物的四个珠宝客商。这四个客商能做这种生意，武功当非泛泛，而竟在奔下楼梯的霎那之间，被人点了穴道，楼梯狭窄，而且又是以一袭四，这人武功之强，出手之快，可想而知。

云蕾心道：“这种厉害的点穴，真是见所未见，不知我用本门的解穴之法，能否有效?”察看四人形状，大约是被人点了脊椎之下的麻穴与哑穴，试用解哑穴麻穴之法施救，果然应手见效，只见四人大叫一声，突然扑倒，云蕾急急跃开，但听得金玉相撞之声，四人怀中的珠宝，滚了满地。

云蕾又是一怔，这四人所有的珠宝，价值何止十万，那么偷袭他们的贼人，显然不是为了财物而来了。云蕾喝问道：“贼人去了没有?”四人一手按着胸口，一手向上一指，气喘吁吁，竟是说不出话。原来四人本被点了哑穴，恃着内功都有火候，强自运气冲关，所以喉头发出怪声，穴道一解，劲气外冒，喉咙辣痛，身疲骨软，竟如大病了一场。

云蕾打醒精神，壮起胆子，钻出窗外，一纵身又跳上四楼的飞檐。忽听得顶楼上石英的声音说道：“我们父子两代已等了六十年了，你不肯露出真容与我相见么?”云蕾急急飞身直上。

顶楼上烛影摇红，云蕾勾着檐角，一眼瞥去，只见一个人影背着自己，沉声道：“拿来!”这声音竟在什么地方听过似的！只见石英将墙上所挂的那幅画取下，卷成一卷，那影子突然伸出双手，一手取画，一手竟似向石英当头拍下。云蕾大叫一声，长身飞起。猛听得呼的一声，暗器挟风，迎面奔到，云蕾扬剑一挡，只觉一股大力，有如奔雷压顶，火花四溅之中，暗器固然是被震得粉碎，云蕾也给震得站不着脚，突然一足踏空，从顶楼檐角倒跌下去！幸得云

云蕾拔剑出鞘，飞身一掠，脚勾檐角，单手一按，从第一层的檐角，飞上了第二层楼，侧耳一听，忽闻得怪声啾啾，有如鬼叫，静夜之中，令人胆寒。

蕾武功不弱，伸足一勾，又勾着了屋檐。

黑夜之中，呼呼风响，第二道暗器又奔了下来，发暗器之人，用的竟是连珠手法，云蕾暗用“千斤坠”的重身法，勾实屋檐，青冥剑扬空一击，火花飞溅之中，暗器裂成无数碎片。这暗器原来是一块石头。云蕾击碎暗器，向上望去，忽见石英探出头来，大声喝道：“是谁?”忽而声调一变，惊叫道：“蕾儿，是你么？不干你事，快快躲开!”

云蕾这一惊更是非同小可，看那贼人分明是要劫石英的宝物，何以石英反而助他？竟发出飞蝗石阻人援救？这时藏宝楼下，人影幢幢，已有贺寿的客人，赶了前来，云蕾还未及躲开，忽见石英跃了出来，大声叫道：“贼人已给我打跑了，没事了，大家都回去吧!”云蕾眼利，忽见那条人影从背面的窗子穿窗飞出，轻灵迅疾之极，云蕾不假思索，飞身一转，掠到屋檐的另一边，那人影已纵到外边护院的墙上。云蕾施展上乘轻功，飞身扑去，但见那人从墙头飞起，在半空之中，突然扭转头来，伸手向云蕾一招，那人面上蒙着黑巾，只露出一双眼睛，云蕾看不清楚，仍然飞身追赶。

墙外是一片树林，树林中忽听得一声马嘶，月光之下，只见一匹白马从林中跑出，云蕾一见，又是大吃一惊，这白马神骏非凡，正是前日相遇的那个书生的坐骑！云蕾吓得呆了，此事真是万分难解：前日相试，那书生分明不会武功，何以竟会到此盗宝？那蒙面之人到底是不是他？而且到底是不是盗宝，亦属难知。若说是“盗宝”，何以那四个客商的珠宝，他全不取，只取了一张画去，难道那张画比价值连城的珠宝更要值钱？尚有一点更可疑的是，那书生看来只是廿多岁的少年人，何以适才石英又说等了他六十年？

种种疑团，横塞胸臆，云蕾正在推敲，忽听得后面人声嘈杂，石英大声叫道：“穷寇莫追，蕾儿回来!”云蕾更是疑惑，看石英今晚所作之事，竟是处处护着那个贼人。云蕾年少好奇，非但不听石英之话，反而身形急起，飞出墙外，忽又听得林子里一声马嘶，云蕾举目一看，更是惊异!

从林中跑出的那匹红鬃马，正是云蕾的坐骑，云蕾记得这匹马乃是系在黑石庄前，不知怎的竟会到了林子里面？那蒙面怪客这时已跨上马背，却并不催马前行，回过头来，又向云蕾招手，这回云蕾看得较为清楚，虽然还未敢断定，但那人的身材却十分似那书生。

这一下惹得云蕾心中火起，骂道："兀你这厮，竟敢两次三番，前来戏我！"飞身上马，双腿一夹，催马便追。那匹白马四蹄一起，迅逾追风，霎眼之间，冲出林子。云蕾听后面马蹄之声，知是石英率领庄丁策马追赶，更是放马飞驰。

那匹"照夜狮子马"固然是世上罕见的白马，即云蕾这匹坐骑，也是千中选一的蒙古战马，黑石庄的马匹哪里追赶得上？不消片刻，两匹马都驰上了从阳曲西去京都的大道。

蒙面人的白马一直在云蕾半里之外，看看云蕾追赶不上，又放慢下来，云蕾又是气恼，又是好奇，急欲揭破心中之谜，也不顾前面有何危险，一股劲地往前直追！

追风踏月，骏马飞驰，一后一前，追逐了百数十里，残月西下，晓色云开，不知不觉已是清晨时分，也不知追到了什么地方，但见前面又是一片丛林，蒙面人回头叫道："失陪了！"白马四蹄翻飞，没入林中。

云蕾怒道："你跑到天边，我也要追你！"拍马飞赶，刚到林边，忽听得白马嘶鸣，林子中有人怪啸！云蕾一勒马缰，只见那匹白马闪电般飞奔出来，马背上的人已不见了。云蕾吃了一惊：那蒙面人的武功非同小可，难道竟然给人暗算，只逃出这匹马来？

林子里怪啸之后，又传来了呼喝之声，云蕾略一思索，翻身下马，施展上乘轻功，跳到一棵树上，只见林子中追出数人，叫道："可惜，可惜！给那白马跑了！咦，还有一匹红马，呀，可惜，也跑了！"云蕾的马是久经训练的战马，懂得自行躲避，但只要主人叫唤，又会回来。云蕾不用担心，在树枝上展开轻灵的身法，从这一棵跳到另一棵树，片刻之间，已到茂林深处。

林中人语嘈杂，云蕾隐了身形，偷偷窥下，只见前日所遇的那个书生箕踞在一块岩石之上，他的蒙面巾已解开了。在他周围，高高矮矮，围着了七八个人，沙涛父子也在其内，另外还有一个披发头陀，一个青衣道士，相貌奇特，最为惹人注目。

只听得沙涛冷冷笑道："饶你这厮溜滑，也终难逃我的掌心，你想要命么?”那书生摇头摆脑道:“夫蝼蚁尚且贪生,况属人乎?”沙涛道:“你既然要命,快快把你的照夜狮子马唤回来!你的珠宝我们可以不要,这匹马却是非要不可!”那书生又摇摇头道:“宝马神驹,岂能轻易易手!”沙涛冷笑道:“你的保镖已在黑石庄作娇客了,谁来替你保驾?”那书生忽然把手一指道:“竖子何知,我之保镖来矣!”忽然声调一转,大声叫道:“保镖的你还不快快下来救驾么?”正是:

波谲云诡难预测,柳暗花明又一村。

欲知后事如何?请听下回分解。

第五回　名士戏人间　亦狂亦侠
奇行迈流俗　能哭能歌

那书生把手一指，大声叫道："保镖的你还不快快下来救驾么?"云蕾冷不防给他一口喝破行藏，心中虽是气恼，却也不得不飘然落地。那披发头陀面色一变，一扬手就是三支利镖，联翩飞至，云蕾身子悬空，尚未拔剑，抵挡不得，躲闪亦难，忽听得叮叮叮三声连响，那头陀所发的三支利镖全都落在地上。头陀大吃一惊，伸手又取暗器，沙涛沉声说道："且慢，谅这小子插翼难飞!"把手一挥，七八个人四边站定，将云蕾围在垓心。

沙无忌一见云蕾，又妒又恨，眼都红了，磔磔怪笑，扬声喝道："好小子，你不在黑石庄作娇客，到这里做什么?轰天雷的手臂再长，也不能伸到这儿庇护你了!"扬刀欲上，沙涛一把拉住，问云蕾道："是石英叫你来的么?"沙涛忌惮石英，未问清楚，一时之间，尚未敢造次。那书生箕踞岩石之上，哈哈大笑，接声说道："我说的话，你们听不见么?是我叫他来的!他是我的保镖，你们要谋我的财，害我的命，他怎能够不来?保镖的，你吃我的，喝我的，我而今遇难，你怎么还不动手呀?"

沙涛喝道："果真与轰天雷无关么?"云蕾甚是气恼，可是在此情形之下，势又不能不为书生动手，青冥宝剑，拔在手中，怒声喝道："什么轰天雷，轰地雷?俺就是凭这口手中利剑，独往独来，从不藏奸弄鬼，缩在一边，叫别人出头!"这话明是骂贼，暗中实是骂那书生。那书生又是哈哈大笑，道："好呀，好呀!这个保镖请得不错，果然是个有种的!"沙涛一声怪笑，道："好小子，既然与轰天雷无关，那就是你的死期到了!”双掌一错，连环拍出，那披发头陀和青衣道士也猱身疾上，群起围攻。

云蕾一个盘龙绕步，青冥剑扬空一闪，便照沙涛肩后的“风府穴”疾刺，忽听得“当”的一声，那头陀戒刀一立，将云蕾震得虎口发麻，猛地里青光一闪，那青衣道士的长剑又堪堪刺到，云蕾急展“穿花绕树”的身法，斜里一闪，未及回眸，只听得“刷”的一声，衣袖已给剑尖撕去一块！那头陀与云蕾刀剑相交，虽把云蕾震退，戒刀却也缺了一口，大声叫道：“这小子使的乃是宝剑!”青衣道士笑道：“好极，好极！名马宝剑都已有了!”回剑一削，云蕾反剑相迎，不料那道士倏然一缩，剑到中途，突然变势下刺，喝声：“着!”道士变招已快，云蕾变招更快，一招“颠倒阴阳”，上下易位，疾刺道士小腹，随着剑势，剑诀一指，也喝声：“着!”云蕾的师祖玄机逸士当年创了两套剑法，一套名为“百变阴阳玄机剑”，一套名为“万流朝海元元剑”。“百变阴阳”剑法，顾名思义，乃是以奇诡见长，这一招“颠倒阴阳”，尤是其中妙着，本以为道士非中剑不可，不料一剑刺出，只听得“刷”的一声，搠了个空，头陀的戒刀已斜刺劈到！

饶是那道士躲闪得快，束道袍的丝带已给云蕾利剑割断，吓出一身冷汗。云蕾这一招绝妙剑法，刺不着那道士，也是吃了一惊，腾挪闪展之下，架开了头陀的戒刀，又躲开了沙涛的一抓，青衣道士又提剑冲上。沙无忌叫道：“捉不了活的，死的也行！并肩子上啊，乱刀斫这小子!”率领盗党，将云蕾围得个风雨不透。

沙家父子已非庸手，那披发头陀和青衣道士武艺更是高强，一口戒刀，一口长剑，互为呼应，叫云蕾无法施展宝剑之长。云蕾被困在垓心，圈子越缩越小，沙无忌恨他抢去石家小姐，在戒刀与长剑掩护之下，当头急攻。激战之中，头陀、道士、沙涛的刀、剑、掌同时袭到，云蕾一招“力划鸿沟”，奋力招架，沙无忌觑着破绽，鬼头刀搂头直劈，另一名盗党的勾镰枪也斜刺勾到，云蕾不是三头六臂，敌那头陀、道士、沙涛的一刀双掌一剑已是吃力万分，沙无忌的鬼头刀和盗党的勾镰枪又同时袭来，那是万万躲闪不了。

沙无忌咬牙切齿，这一刀出手极重，陡然间，手腕关节之处忽似给人用利针刺了一下，不由得大叫一声，鬼头刀脱手飞去，寒光一闪，冷气沁肌，竟从云蕾的颈侧飞过。云蕾吃了一惊，只见那使勾镰枪的也大叫一声，勾镰枪倒勾回来，伤了自己，竟然一跤跌倒地上，爬不起来。原来他也似给人用利针刺了一下，握着枪把的手因痛一缩一弯，那勾镰枪一弯即拐，因而非但伤不了云蕾，反把自己胸胁撕开了一大片皮肉。

云蕾何等机灵，趁着敌人惊慌之际，倏地从沙无忌原来占着的空档跳出，只听得那书生笑道："妙极，妙极！保镖的，你这手暗器打得真不坏呀！"云蕾给书生一语点醒，心念一动，想道："敌众我寡，是非用暗器不行！"趁着这个空隙，腾出左手，掏了一把梅花蝴蝶镖扬空一洒，遍袭敌众，云蕾出道未久，即得了"散花女侠"的美名，这蝴蝶镖的功夫自是十分了得。只听得叮叮连响，一片叫声，除了头陀、道士和沙涛能格开暗器之外，其余的盗党全都给打倒了。

那披发头陀和青衣道士乃是沙涛邀请来的黑道高手，见状惊疑不定，不知先前那暗器是不是云蕾放的。若是云蕾放的，则"他"在围攻之下，还能神不知鬼不觉地偷放暗器，这种本领实是骇人；若然不是云蕾放的，则那暗中相助的高手更是劲敌。如此一想，三个围攻云蕾的强敌都不觉胆寒。披发头陀叫道："松石道兄，你把他钉牢，沙寨主，你抢他的宝剑，我去看看！"猛然间"咝"的一声细响，头陀的手腕又似给利针刺了一下。三人之中，青衣道士武功最高，留心之下，已瞥见那个箕踞在岩石上的书生身形微动，急忙叫道："师兄，是那羊牯捣的鬼！"长剑一展，疾如鹰隼穿林，从云蕾身边飞窜而出，一剑向那书生搠去！

书生尖声叫道："救命呀，救命呀！"身躯颤抖，犹如雨打花枝。这青衣道士名叫松石道人，乃是当今武当门下的第二代弟子，武当派的七十二手连环夺命剑法天下闻名，这一剑去势何等快捷，刷的一声，却从他胁下穿过，连衣带也没沾着。松石道人的剑法是一招接着一招、绵绵不断的连环剑法，霎眼之间，连进四招，书生乱嚷乱跳，看似手忙脚乱，却是每一招都躲闪得恰到好处，任他剑光霍霍，剑影纵横，却是毫发无伤，状同戏耍！

云蕾自松石道人跳出圈子之后，虽然压力减轻，但那头陀力大刀沉，沙涛的毒砂掌亦须防备，奋力战来，不过打成平手。听得书生连叫救命，入耳惊心，心道：“难道我看错了人，这书生真的不会武艺?”激战之中，分了心神，斜眼一瞥，险险被头陀一刀劈中，气得云蕾心中火起：“这书生真真可恶，我为他与强敌性命厮拼，他却戏弄于我！这次事情过后，再也不理睬他了！”

云蕾给书生戏弄得心中火起，却不知松石道人更是给他戏弄得七窍生烟！松石道人一剑紧似一剑，总是刺那书生不着，那书生连叫了几声“救命！”忽然纵声笑道：“哈，原来你是同我玩的，好玩呀！一、二、三、四……八、九……十二、十三……十九、二十……”道人刺一剑，他就数一下，片刻之间已数到二十。沙无忌中了一针，受伤不重，这时已从地上爬了起来，捡起了鬼头刀，偷偷走近。那书生一面数一面闪，目不旁视，沙无忌从石头后面冷不防地跳了出来，一刀斫去，书生忽而反手一掌，不歪不斜，恰恰打中了沙无忌的鼻梁，顿时冒出鲜血。书生纵声骂道：“你这蠢材，我救了你的性命，你却想要我的性命，不打你一掌你也不醒，你有家教没有?沙老贼是教你恩将仇报的么?”

此言一出，沙涛、沙无忌和云蕾三人都恍然大悟。那一晚沙无忌与副寨主到古寺偷袭，本来要丧命在云蕾的青冥剑下，暗中有人相助，用暗器将云蕾刺了一下，叫云蕾的剑势失了准头，沙无忌才能逃走。事后沙无忌曾对父亲言及，二人胡乱猜测，却怎么也猜不到竟然是这个书生！

沙涛不觉一呆，云蕾正自以攻为守，剑势迅疾异常，刷的一剑，将沙涛的护头盔劈裂两边，沙涛大怒，心中想道：“我儿要劫他的珠玉宝马，他却会暗中相助?世间上无此道理！”十指屈伸，向云蕾面门又抓。那头陀也给云蕾剑锋捎带一下，险险受伤，这两人都是黑道上的高手，骄横已惯，几曾受过如此折辱?两人急怒之下，竟然不理书生说话，欺云蕾年轻力弱，狠狠急攻，意图打倒云蕾之后，再联手对那书生。云蕾给他们一轮急攻，前遮后挡，几乎透不过气来。激战之中，再也无暇瞧那书生。

耳中只听得那书生连声数道：“三十五、三十六……三十九、四十……四十三、四十四……四十八、四十九、五十！好呀，武当派的好剑法，领教了，领教了！我没工夫陪你玩啦！”声音一断，忽听得松石道人怒叫一声，原来就在一霎眼之间，松石道人的长剑竟给那书生劈手夺去！

云蕾正在吃紧，刚避过了沙涛的当胸一掌，那头陀的戒刀又劈面斫来，云蕾一招“倒卷珠帘”反削上去，那头陀刀锋斜闪，手腕一翻，刀背反磕，这一招用得甚为怪异，云蕾尚未及变招抵御，忽见青光一闪，“喀嚓”一声，火花飞溅，只听得书生叫道：“你这秃驴最为可恶，给你留下一点记号！”头陀惨叫一声，和沙涛飞身便跑。原来就在那一瞬间，书生以迅雷不及掩耳的手法，突然飞掠而来，将夺自松石道人的长剑，向戒刀一削。松石道人的长剑剑身较戒刀为薄，按说刀剑相交，长剑还要吃亏，而书生轻轻一削，竟把头陀的戒刀削断，若然这把长剑是像“青冥”剑那般的宝剑，那是不足为奇，但松石道人的剑却不过是普通的长剑！这书生内家劲力之神奇奥妙，实是足以骇人，即算书生不随手再削去头陀的一只耳朵，那头陀也要和沙涛舍命奔逃了！

书生哈哈一笑，将长剑向松石道人一掷，道：“谋财害命，乃是不仁，不自量力，乃是不智，不仁不智，岂宜惹是生非？还你的剑，回去再练十年。”武当派的剑法乃是剑学正宗，门下弟子中颇多骄狂自大的，而尤以松石道人爱管闲事。所以他虽然不是黑道上的好汉，沙涛邀他同来劫宝，却是一邀便到，不料连刺五六十剑，连书生的衫角都未沾着，这时被书生奚落，哪里还敢逞强，接过长剑，神沮气丧，沉声问道：“请你留下万儿。”书生笑道：“你想找我报仇么？”松石道人道：“不敢。”书生道：“既然不敢，何必多问，你不敢与我为敌，我不欲与你为友，非友非敌，通姓名作甚？”书生这一番歪理，把松石道人驳得无话可说，长叹一声，愤然将长剑拗为两段，反身出林，发誓从此终生不再使剑。

书生哈哈大笑，道：“好，都给我滚！”绕场一匝，脚尖乱踢，被云蕾用暗器打倒地上的那些盗党，本来都被封了穴道，动弹不得，书生每人踢了一脚，立刻便把穴道解开，云蕾的蝴蝶镖打穴本是独门手法，被书生一举手一投足，便破了去，甚是骇异。只见那书生一面解穴，一面笑道：“昨晚你破了我的独门点穴，而今我也破了你的，彼此彼此，谁也不要怪谁！”云蕾看他解穴的身手，与自己所传的却又不同，又不似是同一渊源，心中更是莫名其妙。

片刻之间，盗党的穴道全都给书生解开了，沙无忌先前吃书生打了一掌，呆在场中，尚未逃跑，见书生救起同伴，忽然行近前来，向书生当头一揖，道：“你救我一次性命，打我一掌。他日我亦要饶你一次不死，还你一掌。”

书生笑道：“我救你一命，乃是看在沙老贼面上，不必你这小贼承情，饶我一次不死，那可不必，还我一掌，我倒等你。只是你比松石道人更不如，你要回去再练廿年，快滚！”沙无忌心胸最为狭窄，向书生与云蕾狠狠盯了一眼，带领盗众，走出树林。

书生摇了摇头，忽而仰天叹道：“一掷乾坤作等闲，神州谁是真豪杰？沙家父子在黑道上也有点虚名，谁知却是如此不成气候！”意兴萧索，一派失望的神情。林外马嘶，盗党已经远去。

云蕾本来要走，听他如此叹息，瞥了书生一眼，忍不住地大声问道：“雁门关外的金刀寨主如何？难道也不算真豪杰么？”书生面色略变，却微微一笑，掩饰神情，又摇了摇头，道：“金刀寨主与沙家父子自然是不可同日而语，只是要说他就是真豪杰嘛，也还未见得！”云蕾气道：“好，普天之下，只有你才是豪杰！”一怒冲出树林，忽见眼前人影一晃，只听得书生笑道：“小兄弟，慢走，我说你才是豪杰。”云蕾左右腾挪，连使了几种身法，都被书生拦住去路。云蕾怒道：“你拦我作什么？”不理书生拦阻，腾身冲去，书生伸出一掌，向她胸前一按，意欲消解她的去势，将她拦住，云蕾瞪眼喝道：“你、你、你敢欺负……”“姑娘”二字冲到口边，忽又咽住，青冥剑猛地向前一挥，书生料不到她如此动怒，指未沾裳，愕然急退，忽听得云蕾叫了一声，向前倾倒。原来是她用力过猛，小臂脱臼。书生道：“我替你接臼。”云蕾怒道：“不要你理。”左右两手互握，用力一按，背过身去，卷起衣袖，擦了金创药，站了起来，又想奔跑，忽觉身体虚软。原来是激战半日，气力已将用尽了。书生走近前来，一揖到地，道：“我这厢向你赔罪了！小兄弟，你心地纯良，能急人之难，确是侠骨柔肠，我一路行来，所见的人物，只有你还够得上做个朋友。我生性狂放，有开罪之处，请你不要放在心上。”一对明如秋月的眼睛，注在云蕾身上，云蕾面上一红，只觉这书生别有一种丰仪，令人心折，低头问道：“那么你为什么要骂金刀寨主?”书生笑道：“你佩服的人，未必就是我佩服的，何必要强人同你一样。而且我也没有骂他，他为人也自有令人敬重之处。只是……说来话长，不说也罢了。”云蕾心中一动，道：“你是从雁门关外来的吗?”书生仰天一笑，吟道：“浮萍飘泊本无根，落拓江湖君莫问!”笑得甚是凄凉。云蕾心道：“这人想必也有一段伤心身世，与我一样。我的伤心身世也不欲人知，那又何必去盘问他?”如此一想，同情之心，油然而生，道：“好，那我不再恼你了，咱们就此分手吧!”书生忽又笑道：“小兄弟，你今日做我的保镖，我该请你喝一杯酒。这回你是有功受禄，我不说你白食了。”云蕾已听惯了他开玩笑的声调，不生气了，想了一想，眼珠一转，问道：“荒林之中，哪里有酒?”

书生撮唇一啸，只听得林外马声长嘶，遥相呼应，片刻之后，两匹马奔入林中，前面的那匹是书生的白马，后面的那匹是云蕾的红马。书生笑道：“它们倒先交上朋友了。”在马背上取下一个皮袋，从皮袋里取出一个红漆葫芦，递给云蕾道：“你打得累了，先喝一口。”云蕾喝了一口，眉头一皱，脱口说道：“啊，原来你果然是从蒙古来的!”那酒是一种蒙古独有的马奶酒，略带酸味，酒性甚烈。云蕾小时，常陪父亲喝酒，云蕾爱吃甜酒，不喜烈酒，更怕那种又酸又骚的味道，所以入口难忘。

书生双眸炯炯，道：“你也是从蒙古来的?看你温文俊秀，倒像是来自山温水软的江南。”云蕾给他一赞，也报以微微一笑。书生双指相擦，“嗒”的一声，笑道：“萍踪寄迹，何必追问来源，流水行云，本应各适其适。你不必问我，我也不必问你，这回是我问错了。”云蕾好奇心起，按捺不住，脱口又问：“那天晚上，那两个胡人是追你回去的么?”书生大口喝酒，微笑不答，云蕾自言自语道：“瓦刺与中国即将交兵，你是汉人中的豪杰，所以要逃出胡边了?”书生苦笑一声，神情甚是奇异，仍是大口喝酒，任由云蕾猜度。云蕾抬头望他，眼光中充满疑问，又道：“那两个胡人既然都是追捕你的，为何你助我杀了一人，却又救了另一人?”书生又喝了口酒，忽然笑道：“小兄弟，你真好问！你可知道我救的是什么人?”云蕾脱口说道：“是澹台灭明的徒弟。”书生看了云蕾一眼，见她冲口答出，甚是奇异，淡淡一笑，缓缓说道：“那死的是脱欢帐下的武士。”只说了此句，便闭口不言。云蕾更觉疑惑，想道：“澹台灭明是张宗周手下最得力的武士，那死的是脱欢的武士，张宗周和脱欢是瓦剌国的左右丞相，那又有什么不同？为何要杀脱欢的武士，却放走张宗周的人?”还待再问，见书生只顾喝酒，知道问也无用。那书生喝了几口，摇了一摇葫芦，失声说道：“只剩下一小半了。”惋惜之情，现于辞色。云蕾笑道：“这酒有什么好？中国处处都有佳酿，还不够你喝的吗?”书生怅然说道：“人离乡贱，物离乡贵。我就是宝贝这一种酒。”捧起葫芦，放在鼻端，闻那酒味。云蕾见他神色，忽然想起幼年事情。七岁之时，她和爷爷初回中国，在雁门关外，爷爷拾起一块泥土，恋恋不舍地闻嗅，俨然就是这副神情，不觉又脱口问道：“你不是汉人吗?”

书生诧然说道：“你看我不像汉人吗?”书生剑眉朗目，俊美异常，莫说在蒙古找不到这样的人物，即在江南士子之中也不可多见。云蕾瞧他一眼，面上又是一红，道：“你就是死了变灰，也还是汉人。”话说之后，忽感失言，那书生眼睛一亮，放声说道：“对极，对极！我死了变灰，也还是中国之人！咱们喝酒！”拔开塞子，又把那蒙古酒倾入口中。

云蕾笑道：“你鲸吞牛饮，几口喝完，岂不更为可惜?”书生醉眼流盼，酒意飞上眉梢，大笑说道：“今日是我最得意之日，理当开怀痛饮。”云蕾道：“何事得意?”书生道：“一者是交了你这个朋友，二者是我得了稀世之珍。来，来！小兄弟，我请你饮酒赏画!”在皮袋里取出那卷画来，迎风一晃，挂在枝杈之上，大声说道：“你看呀，这岂不是稀世之珍?”

云蕾书香门第，祖父是当朝一品，钦命使臣，父亲先文后武，也是个饱读诗书的秀才，云蕾幼受熏陶，也略解词章字画。这幅画正是石英藏宝楼中所挂的那幅巨画，昨晚瞧不清楚，而今临近一看，只见画中城廓山水树木人物，无一笔不是工笔细描，那自然是上上的画师所绘，但却似是只求传真，不见神韵，与古来的山水名家相比，那是远远不如，心中笑道：“这书生潇洒脱俗，赏画的眼力却是不见高明。”书生把那一葫芦烈酒全都喝完，大笑说道：“你瞧不出其中妙处么？”

只见那书生走近摩挲，看了又看，忽而高声歌道：“谁把苏杭曲子讴？荷花十里桂三秋。那知卉木无情物，牵动长江万古愁！呀，呀，牵——动——长——江——万——古——愁！”唱到最后一句，反复吟咏，摇曳生姿，真如不胜那万古之愁。云蕾心道：“古人云狂歌当哭，听他这歌声，真比哭还难受！”想不到那书生一歌既终，当真哭了起来，哭声震林，哭得树摇叶落，林鸟惊飞。云蕾手足无措，不知其悲从何来，何故痛哭如斯？

书生哭个不停，云蕾给他哭得心烦意乱，对方是个陌生男子，想上去劝解，又觉不好意思；若离开他，又似不近人情。书生越哭越哀，云蕾也觉心酸，忍不住陪他哭了。书生瞥她一眼，忽而以袖拭泪，哭声顿止。猛地又抬起头来，仰天狂笑。云蕾“呸”了一声，道：“你喝醉了么？哭哭笑笑，闹些什么？”书生向她一指，道：“你也醉了，彼此彼此。”云蕾低头一看，原来自己的衣襟也给泪珠滴湿了。无端端陪他哭了一场，真是好没来由，不觉也笑了起来。

书生纵声大笑，吟道：“亦狂亦侠真名士，能哭能歌迈俗流。当哭便哭，当笑便笑，何必矫情饰俗。你我俱是性情中人，哭哭笑笑，有何足怪？”双手把画缓缓卷起，又吟道：“长江万古向东流，立马胡山志未酬，六十年来一回顾，江南漠北几人愁？”云蕾心中一动，想道：“昨晚这书生到黑石庄取画，石英说等了他六十年；而今这书生又说出‘六十年来一回顾’的话，数目不谋而合，这里面藏的是什么哑谜？莫说这书生仅是廿余岁的少年，即石英也不过刚过六十岁生日，这六十年之话，如何解释？”百思不得其解，只听得书生又缓缓说道：“今日笑得痛快，哭也痛快，可惜酒已没有了。”卜的一声，把葫芦掷到地上，碎为四片。

书生行径虽然怪异，云蕾却觉得他别有一种强烈的感人之力。抬头一看，红日已过中天，云蕾道：“咱们该分手啦。”说出之后，自己听着，也觉得有点惋惜的味道。书生道：“你去哪儿？你还要回黑石庄吗？”云蕾道：“不要你管。”书生笑道：“你昨晚的行事，我都瞧见啦!”云蕾想起洞房情事，面红过耳。书生道：“那石家小姐，美貌非常，又通武艺，小兄弟，你为何三推四托，不愿与她成亲?”云蕾嘟嘴说道：“我愿与不愿，与你何干?”书生笑道：“若不是我昨晚那么一闹，你也逃不出黑石庄，还不多谢我呀!”云蕾给他逗得抿嘴一笑。书生道：“我辈豪杰，原不宜坠入温柔陷阱之中，你的定力，我很佩服。”云蕾面上又是一红，诚恐与书生再谈下去，露出本来面目，不再打话，便倏地飞身上马。哪知刚出林子，但听得背后马铃叮当，书生的白马已是赶上，扬声说道：“小兄弟，我有话说。”

云蕾勒马回头道：“请说。”书生催马上前，与云蕾并辔而行，一笑说道：“山西境内，都是石英与沙涛的势力，你孤身独行，不是被石英追回黑石庄去做女婿，就是被沙家父子捉去折磨，不如与我同行，由我做你的保镖。”云蕾一想，也是道理。尚未回答，书生又紧问道：“你上哪儿?”云蕾道：“我上北京。”书生道：“那巧极了，我也是上北京。咱们兄弟称呼了吧。”云蕾笑道：“我还未知道你的姓名，怎样称呼？难道整天就叫你做哥哥吗?”书生道：“我姓张，双名丹枫。丹心的丹，枫树的枫。”云蕾笑道：“好雅致的名字，只是蒙古地方，可没有枫树啊，你这名字是怎么取的?”书生道：“贤弟，你的姓名呢?”云蕾道：“我姓云，单名一个‘蕾’字，蓓蕾的‘蕾’。”书生也笑道：“好一个漂亮的名字，只是带一点女儿气味，冰雪胡边，也难看到花朵蓓蕾啊，你这名字是怎么取的?”云蕾面色一变，道：“你怎么知道我是在冰雪胡边长大的?”书生笑道：“我的酒你一入口便知来历，这岂不是也明明告诉了我你的来历吗?”云蕾一想，不觉哑然失笑。但细味书生话意，似乎他所知尚不止此，不觉又是惴惴不安。

张丹枫谈笑风生，天文地理词章武事，竟似无一不知，云蕾听得津津有味，渐渐忘了戒惧之心。一路行来，不觉又是天暮，张丹枫扬鞭一指，道：“前面有一小镇，咱们该投宿了。”两人马驰迅疾，片刻之后，便到镇上找了一间客店。张丹枫道：“给我们一间靠南的大房。”云蕾急接口道：“我们要两间靠南的房子。”掌柜的搔头说道：“究竟是要一间还是两间?”云蕾急道：“两间，两间!”掌柜的望望书生，张丹枫微微一笑，道：“好，就要两间。”掌柜的道：“就是你们两个人吗?”张丹枫道：“是呀，就是我们两个人。”

掌柜的甚为诧异，但多租出一间房子，对他自是有利，便不再问，欣然引张云二人看了房子，自去备办酒菜。张丹枫入房之后，微笑说道：“贤弟，不是我吝啬几个银子，你我二人，抵足清谈，岂不甚好？何必要两间房子?”云蕾道：“贤兄有所不知，我平生最怕与人同宿。”张丹枫一笑说道：“怪不得你在黑石庄不肯与石小姐洞房。”云蕾面上一红，急忙乱以他语，书生也不再问，二人吃过晚饭，各自入房安歇。

云蕾心甚不安，闩了门后，紧紧关上窗子，和衣而卧。细想书生的一言一笑，不敢阖眼，听得外面打了三更，客店中静悄悄地无一点声息，紧张的心情渐渐松弛，暗自笑道：“这书生虽然狂放，看来不是轻薄之徒。”云蕾两晚没有好睡，一放了心，不觉呼呼睡去。也不知睡了多久，蒙眬中忽似见那书生走近自己床边，俯身微笑，云蕾一剑捌去，那书生突然大叫一声，霎忽之间，满身都是鲜血。云蕾惊极而呼，只听得窗外砰的一声，张丹枫叫道：“贤弟，快来!”云蕾揉揉眼睛，听张丹枫的叫声，充满惊意，几疑非梦，紧接着张丹枫的叫声，又听得马匹嘶鸣之声，叫得甚是凄厉!

云蕾一跃而起，好在是和衣而卧，无须耽搁，便打开房门走出，张丹枫在屋顶招手道：“咱们的宝马已被人偷去，快追，快追!”须知张丹枫的照夜狮子马与云蕾的红鬃战马，都是久经战阵的名驹，寻常的人，哪里近得它们？尤其是张丹枫那匹马，性烈力大，除了主人，谁也使唤不得，所以张丹枫敢把奇珍异宝，都放在马上，一无顾虑。却想不到这样的两匹宝马，居然也会给人偷去，那偷马之人，若非刁钻到极的神偷妙手，就是武艺超凡入圣之人。饶是张丹枫艺高胆大，也不觉显出了慌张的神色。

云蕾一跃上屋，道：“追得上么?”张丹枫道：“咱们的马必不肯任贼人驱使，追得上!”随手摸了一锭银子，向屋下一丢，店主人这时才跳起哗叫，张丹枫叫道：“房饭钱在地上。”一句话尚未说完，身形已在十数丈外!

云蕾紧紧跟在他的后面，前面一路马嘶，两人循声追赶，不知不觉追到郊外，在淡月星光之下，但见红马在前，白马在后，跳跃嘶叫，似是不肯行走，用力挣扎。两个马贼，都是一色青色衣裳，蒙过头面，手拿着一把香火，点点火星，在黑夜中十分刺目。香火不住地捺在马的身上，马儿负痛，欲想挣扎，又被马贼双腿夹住，发不出凶性，无可奈何，被香火烧一下，就跑一阵，所以虽然远远不及平时的神速，张丹枫和云蕾施展了绝顶轻功，也还是追它不上。听得两匹宝马声声惨嘶，书生和云蕾都是心痛欲裂！

那照夜狮子马听得主人的声音，挣扎更烈，马贼用香火又烧，张丹枫大吼一声，一掠数丈，右手一扬，只见数十缕银光飞射而去，那两个马贼好像脑后长有眼睛，一个筋斗翻了下去，勾着马鞍躲到马腹下面。张丹枫痛惜名驹，只是射人，不敢射马，数十口飞针，无一打中。两匹骏马负痛狂嘶，奔上山岗，张丹枫与云蕾紧追不舍，忽听得两个马贼哈哈一笑，声甚娇媚，竟似是两个女人。云蕾一怔，只见山岗上碧绿色的磷火在乱草丛中流动明灭，山岗上荒冢垒垒，阴冷之气袭人，云蕾至此，不觉毛骨悚然。张丹枫忽而纵声笑道："岂有佳人甘作贼，深宵却与鬼为邻？把我的马还来，我不与女流之辈动手。"与云蕾跃上山岗，忽听得有人娇声说道："这偷宝贼胆子倒大！"云蕾定一看，陡见到那两匹马前面两蹄高高举起，有如人立，一先一后，立在山坡之上，既不嘶叫，亦不移动，在月光之下显得怪异非常。云蕾不禁惊叫一声，只听得张丹枫冷笑道："原来是你们捣鬼！"云蕾定了心神，再细看时，在山岗之上，还挨次立着四条汉子，各举一足，作步下楼梯之状，神情木然，有如雕塑。这四条汉子正是与石英交易的那四个珠宝商人，他们所作的形状，也正是那晚被张丹枫点穴之后的形状。

云蕾松了口气。江湖之上有种马贼，能在野马狂奔之际，突然将它某一要害之处的血流封住，就如人被点了穴道一般，同样不能动弹。这四个珠宝商人大约是因昨晚吃了苦头，所以今晚将这两匹马拿来报复。这形状虽然可怖，但云蕾已知他们不是鬼魅，反不似以前惊恐，冲着那四个汉子叫道："昨晚我替你们解了穴道，为何你们却难为我的坐骑？"那四个珠宝商人仍是木然不语，忽听得山岗之上，有声说道："客人来了吗？带他进墓！"声音竟似是从地底中发出，阴沉沉的，好像很远，却又似很近。云蕾吃了一惊，这种“传音入密”的功夫，非内功精纯，实难办到。看来今晚的敌人虽然不是鬼魅，但却要比鬼魅还更可怕！

那个声音传出之后，乱石堆中突然现出两人，一色青衣，两双碧色的眼珠露在面罩外面，顾盼之间，发出荧荧蓝光，显然不似汉族妇女。这两个妇人屈了半膝，施礼说道：“请啊！”张丹枫道：“先把我们的马救了再说。”那两个妇人道：“我们的主人自有吩咐，你们不要见怪，若非如此，也不能引你们到来。”云蕾见她们说话尚颇和气，问道：“你们的主人是什么人？”行先的妇人扭头一笑，道：“是啊，我倒忘记你们中国绿林道上的规矩了，二嫂，递拜帖给他们！”后面那个妇人一转身递上两片骷髅头骨，张丹枫一见，面色立时大变！

云蕾故作镇定，道：“这拜帖倒很特别。”两个妇人微微一笑，在前引路。张丹枫急忙在云蕾耳边说道：“你快逃走，她们的主人是黑白摩诃！”云蕾心中念道：“黑白摩诃！”猛然省起，这乃是周山民说过的，当今江湖上最可怕的两个怪人。他们的父亲乃是印度商人，进入西藏经商，落籍西藏，取藏女为妻，生下一对孪生兄弟，竟是一黑一白，十分奇怪。梵文称恶魔为“摩诃”，所以他们同族之人便称哥哥为“黑摩诃”，弟弟为“白摩诃”。黑白摩诃的父亲本是印度的武学名家，他们二人既学了印度的武功，又学了西藏、蒙古各种武技，所以武功甚为怪异。两人长到十多岁后，离开西藏，遍游中土，闻说后来都娶了定居广州的波斯富贾之女为妻，因而他们一家便通晓几种语言：印度语，汉语，波斯语，蒙藏语，都讲得甚为流利。这一家人出没无常，在许多地方都有住宅，身上常带有奇珍异宝，若有不知他们底细的绿林大盗或官府中人想夺取他们的珠宝，必然被他们折磨个够，然后处死。因此黑道、白道都把他们一家看作煞星。至于他们为什么常常带有珠宝在身，则人言人殊，有人说是偷来的，有人说他们是正当的珠宝商人，到底如何，没有人敢去探问。

其实他们一家既非大贼，亦非正当商人，原来他们是专做见不得光的珠宝买卖的。亦即是专门收买独脚大盗（没有同伴的单身劫贼，称为独脚盗）的赃物，然后卖到波斯或印度。凡是独脚大盗，武功一定超卓异常，作案十九不会失手，偷东西不难，为难的却是将珠宝出手，有黑白摩诃这样的人收买，他们自是求之不得，而且黑白摩诃将珠宝卖出海外，更不会有破案的危险。所以江湖上几个最厉害的独脚大盗，都与黑白摩诃暗中往来，轰天雷石英便是其中之一，也只有黑白摩诃才敢和他们做这种买卖。云蕾那晚所见的那四个珠宝商人，便是黑白摩诃的“买手”，此中内幕，非但云蕾不知，连张丹枫也不知道。

张丹枫一见骷髅头骨，知是黑白摩诃的标志，悄悄叫云蕾逃走，不料云蕾反而微微一笑，道：“你日间不是叫我做保镖的吗？现在我是非跟定你不可了！”张丹枫以为她不知黑白摩诃的武功和来历，想向她解说，却非三言两语说得清楚，那两个波斯妇人又不时回头探望。张丹枫心中叫苦：“呀，你还不知道这两个魔头的厉害！”

其实云蕾不是不知，而是不愿在危难之中舍他而去。两个波斯妇人在前引路，从乱石荒冢之中穿过，片刻之后，到了一座巨大无朋的古墓面前，墓中有声说道：“来的客人是两个小娃娃吗？”波斯妇人笑道：“正是，这两个小娃娃可胆大哩！”墓中的声音道：“好，塞他们进来！”

波斯妇人的手在墓门一按，墓门轧轧作响，张丹枫陡然运掌一拍，“轰”的一声，墓门塌倒，哈哈笑道：“不必你请，我自己来了。”

古墓里有厅堂房间，陈设华丽，有如地下宫殿，厅上插着十二支粗如人臂的牛油烛，燃烧得十分明亮，大约这地下宫殿，还有和外面通气的建筑，人在其中并不难受。

云蕾放眼一看，只见大厅上摆着一张大理石桌，当中坐着两个鬈发钩鼻的怪人，一黑一白，相映成趣。两旁各坐两个汉人，正就是那四个珠宝商。云蕾心道：“原来这古墓还另有入口通道。”

黑白摩诃问道：“偷宝的是这两个人吗？”珠宝商人道：“是年长的这个，年幼的这个是石英的女婿，他没有动手，还替我们解了穴道。”黑摩诃点了点头，指着云蕾道：“你站过一边！”云蕾抗声说道：“我和他是一道来的，为何要站过一边？”白摩诃皱了皱眉，道：“小娃娃不知好坏。”眉毛一动，便不再说。

黑摩诃又指着张丹枫道："你这大娃娃好大胆，居然敢到黑石庄去盗宝伤人，还打烂了我的大门，你可以为我们是好惹的吗?"张丹枫大笑道："你们到中国多久了?"黑白摩诃怒道："你这话是什么意思?"张丹枫道："你们可听过'冤有头，债有主'这两句中国俗话吗?莫说我不是盗宝，即算我到黑石庄盗宝，又与你们何干?石英不管要你们来管?"黑白摩诃变了面色，只听得张丹枫又道："你们偷我的马，又怎怪得我打烂你的大门?再说这地方也不是你的，这地方是死人住的!"黑摩诃道："好呀，你嘴好刁，倒管起我们来了。"张丹枫笑道："就只许你管人家么?我看，你们关上墓门，干脆不要到外面去了最好!"白摩诃道："什么?"张丹枫道："这个墓想必是哪个王公的?"白摩诃道："是以前晋王的，怎么?"张丹枫道："俗语说，关上大门做皇帝，你们关上了这扇大门，不是也可以称孤道寡了吗?就是做不成皇帝，最少也可以冒充晋王啦。不过，做皇帝其实也没有什么意思。"

黑白摩诃接连受他挖苦，不禁大怒，也不见他们怎样作势，陡然从座中飞身直起，两人四手，齐向张丹枫脑门抓下。云蕾叫了一声，忽见一道白光，俨如匹练，倏然横在厅间。原来张丹枫的佩剑也是宝剑，略一挥动，有如白虹。

黑白摩诃叫道："好宝贝!"只见剑光人影之中，声如裂帛，张丹枫大叫道："哈，哈!妙极，妙极!黑白摩诃合力来对付一个大娃娃!"此言一出，只见黑白摩诃陡然一个筋斗又翻回到原来的座位之上，甚是尴尬。原来他们并未将张丹枫当成对手，刚才一怒之下，各各飞起动手，并未想到武林中平辈对敌的规矩，他们都以为一下子便可将这"大娃娃"了结，哪知事情大出意外。

张丹枫拔剑快极，他们飞身下扑，陡见剑光，避已不及，结果张丹枫的长衫虽被他们撕成数片，他们头顶的丝冠也被削去，连头发也被削去一片，还落了个以大欺小，以众欺寡的罪名。

黑摩诃看了张丹枫一眼，道："好剑法，咱们倒要好好比划比划。"口吻一改，已不将他当作"娃娃"看待，而是将他当成平等的对手了。张丹枫微微一笑，道："是你们两个一齐上呢，还是一对一的单打独斗?胜了如何?败了如何?先得划出个道儿来!"黑摩诃怒道："你们二人，我们也是二人，谁也不占便宜。"以黑白摩诃这样大的威名，愿与二人一对一的交手，可见他们对张云二人已是忌惮。张丹枫抢着说道："此事与我这位兄弟无关，只是我一人与你们比划。"黑摩诃道："那么我便一人与你过招。"黑摩诃一开口，云蕾也抢着道："我们二人同来，自然是要一同与你们比划。"白摩诃道："好极，好极，你们若一齐动手，那么我也陪你们过招。"张丹枫急极，道："不，不，是我一人与你们比划！"黑摩诃叫道："怎么啰里啰唆说个不清？我和你比划，你的兄弟若不出手，我的兄弟也不出手，这不简单之极吗？"云蕾尚待说话，张丹枫急道："好兄弟，让我先试试，若要不行，你再出手也还不迟。"黑摩诃一伸手，从墙角的玉棺里取出一根玉杖，碧荧荧放出绿光，反身跃出场中，叫道："来呀，来呀！我若胜了，你的马匹珠宝，一切东西全归我有。"张丹枫道："你若败了呢？"黑摩诃气道："我若败了，这个地方就让你做主人。"须知这个古墓，乃是黑白摩诃的藏宝洞窟之一，其中珍宝，价值连城，黑摩诃以此赌赛，实是公平之极。张丹枫却大笑道："谁要做这个鬼窟的主人？"黑摩诃道："那你意欲如何？"张丹枫道："把我的马匹医好。"黑摩诃也大笑道："这个容易到极。但我做惯买卖，言出必行。咱们公平赌博，我也不想占你便宜。你的宝物与我的宝物价值难分高下，要与不要，随你的便。进招吧！"

张丹枫的长衣适才被黑摩诃裂成片片，挂在身上，碍手碍脚，且甚难看。张丹枫整了整衣衫，自顾自地笑道："我倒成了个叫花子了。"刷的一声，将长衣整件撕下，露出紧身衣褂，上身是件金丝苏绣的背心，绣有两条金龙在海上腾波争斗，在烛光映照之下，更显得华丽无伦。云蕾看出了神，心中奇道："咦，蒙古地方也有这样好的苏绣！"

张丹枫整好衣衫，抚剑一揖，道："你先请！"黑摩诃微微一笑，对他的礼貌似是甚为满意。身形微动，笑容未敛，便呼的一杖向他迎面扫来，张丹枫反手一剑，但见白光绿光互相纠结，发出一片极其清亮的金玉之声。正是：

杖影剑光撩眼乱，深宵古墓斗神魔。

欲知二人胜败如何？请听下回分解。

第六回　联剑惩凶　奇招启疑窦
抽丝剥茧　密室露端倪

黑摩诃挥动玉杖，绿光闪闪，与张丹枫的宝剑相碰，发出一片极其清亮的金玉之声，白光绿光互相纠结，云蕾看得吃了一惊，心道："原来这怪物的玉杖也是一件宝物！"二人似是各以上乘内功相持，张丹枫的宝剑似是附着在玉杖之上，移动不得，而黑摩诃的玉杖也似被剑光裹住，抽不出来。只见两人犹如钉牢在地上一般，苦苦相持，过了一盏茶时刻，两人额上都滴下汗珠。云蕾正自想道："这样下去，岂不两败俱伤？"忽听得呼的一声，黑摩诃身形飞起，宝杖仍未抽开，连人带杖，就如吊在张丹枫的宝剑之上似的，呼呼疾转。云蕾心中纳闷："这是哪门子的武功？"忽听得"当"的一声，张丹枫大叫道："乖乖！不得了！"云蕾大吃一惊，正要拔剑，但见二人已倏地分开，东西相向，又听得张丹枫大笑道："没事，没事！原来你不过是头老驴，转磨转了半天，也转不出个道理来！哈，哈！徒有虚名骇世俗，却无本事退娃娃！哈，哈，哈！"笑声未毕，只见那黑摩诃须眉怒张，大叫道："娃娃，不知死活！"身形暴起，绿光一长，疾如雷霆，向张丹枫的额角天庭，猛地戳下，来势既疾，手法又怪异之极。云蕾听完张丹枫那两句歪诗，正自想笑，嘴巴刚刚张开，这一下子，笑声似突然被人封住，却"啊"的一声叫了出来！

忽听得张丹枫又是大笑一声，叫道："娃娃打老驴头了！"脚步不动，小腹内陷，身躯陡的后移，青锋三尺，疾起而迎，这一招拿捏时候，恰到好处，眼看黑摩诃的一条长臂，就要被张丹枫的宝剑硬生生地切下。原来二人刚才各以上乘的内功相拼，争持不下，张丹枫不敢变招，而黑摩诃却以西域的“磨盘功”解脱出来。张丹枫虽没受伤，却是吃惊非小，心中想道：“我无法解开这相持之局，他却脱身出来，实是不容轻视。”无计破敌，所以故意出言相激。张丹枫初入墓门之时，黑摩诃看不起他，称他为“大娃娃”，其后见他显出本领，才改容相向。而今张丹枫故意自称“娃娃”出言藐视，实是有心激怒于他。

黑摩诃果然中计，暴怒飞起，疾使毒招。哪知高手较技，最忌动气，这一下正陷入了张丹枫以静制动的圈套，但见张丹枫一剑斜削，剑光透过绿光，已削到黑摩诃的臂上，任他武功绝顶，也难逃这断臂之灾！

哪知黑摩诃的武功，异于中土，他练有印度的瑜伽之术，全身柔若无骨，各部肌肉，都可随意扭曲屈伸。张丹枫正喜得手，忽觉剑尖一滑，黑摩诃的臂膊竟扭过背后，随即一个筋斗，倒竖地上，双眼圆睁，有如铜铃，暴怒叫道：“好小子，俺与你拼了！”倏地跳了起来，当头一杖，张丹枫还了一招，黑摩诃又一个筋斗，倒竖地上，以足作手，抡起玉杖，挑向张丹枫的丹田要穴！杖法之怪，世罕其伦！

张丹枫运剑如风，霎眼之间，还击数招，但见那黑摩诃时而飞身跃起，时而倒竖地上，手足并用，把宝杖抡得呼呼风响，招数怪绝，攻势猛极。云蕾倒吸一口凉气，定睛看时，只见张丹枫口角敛了笑容，在绿光笼罩之下，竟是凝身不动，长剑挥舞，有如白虹贯日，在绿色光圈之中，东一指，西一划，出手并不见快，但每一招都是妙到毫巅，恰恰将黑摩诃的攻势化开。看他剑锋明是东指，却忽地偏向西边，明是向右削去，却不知怎的，出手之后，却是向左戳来，而每一招都是攻敌之所必救，守敌之所必攻，黑摩诃的攻势虽如风狂雨骤，却是无法使他移动半步。黑摩诃的杖法乃是西土秘传，中土罕见的武林绝学：天魔杖法。斗了一百来招，竟寻不到敌人半点破绽，也不觉倒吸了一口凉气。白摩诃在旁虎视眈眈，但以有言在先，不便出手相助。

两人各以怪异招数搏击，相持不下，但听得墓门之外，晨鸡动野，飞鸟鸣林，不知不觉已是清晨时分。黑摩诃久战不下，焦躁异常，搏击更烈，张丹枫仍是不为所动，脚跟犹如钉牢在地上一般，剑势不疾不徐，竟似手挥五弦，目送飞鸿，凝重之极而又潇洒之极！

云蕾看得眼花缭乱，心中暗暗称奇，须知云蕾自小便随飞天龙女叶盈盈学剑，年纪虽然只有十七岁，却已学了十年。叶盈盈的剑术，在武林之中，数一数二，对各家各派的剑术无不通晓，因此云蕾虽是年轻，对于剑术一道，却称得上是个“大行家”，只要别人一伸手，一出招，就能知道他的宗派来历。偏偏今晚看了半夜，却一点也看不出张丹枫的剑术渊源，但觉他的剑术也好似自己所学的一样，包含有各家各派的成分，但出手招数，却又与自己所学的大不相同，不由得纳罕之极！

再看些时，忽又觉张丹枫此套剑法似曾相识，却又偏偏说不出名来。云蕾细细思量，这套剑法自己又明明没有见过，而且也从未听师父说过有这种怪异的剑法，自己怎的却会有如此微妙的、似曾相识的感觉？真是越想越奇，莫名所以。但觉他每一招虽然都是出乎自己意料之外，但到他出手之后，却又觉得每一招都“深合吾心”，好似自己想说一句话，还未想得好如何表达，却忽然给别人先行说了，而又说得非常之妙，令自己又是佩服，又是痛快，既出意外，又在意中。

云蕾全神贯注，忽地心头好像有一道电光闪过，蓦然感到张丹枫这套剑法虽是与自己所学的大不相同，但却又似是与自己所学的相克相生，可以互相配合，就如一对孪生兄弟，心灵交感，呼吸相通！

这时云蕾但觉得心神恍惚，浮想联翩，场中的黑摩诃与张丹枫虽然还在激战，她却好像视而不见，听而不闻，突然想起下山前夕，师父对她所说的话来。

那是一个除夕之夜，川北小寒山的山峰之上，有一间石屋，石屋内点着十二支粗如人臂的牛油巨烛，烛的式样和枝数，都和今晚所见的一样。烛光围绕之中，坐着一个中年女子和一个艳若鲜花的少女，这就是飞天龙女叶盈盈和她唯一的爱徒云蕾了。屋内摆有酒食，但却不是除夕的欢宴，而是师徒相别的离筵，原来是叶盈盈替她的徒弟饯行，云蕾武艺已成，遵奉师父之命，明天便要下山了。

云蕾早已从师父口中知道自己一家的血海深仇，无时无刻不想下山早日报仇，可是今晚师父替她饯行，却颇出她意料之外。为什么早不叫走，迟不叫走，却偏偏在除夕之夜替她饯行？云蕾一边听师父的嘱咐，一边心中暗自思疑，面上露出疑惑的颜色。叶盈盈也似觉察到了，一口一口地喝酒，连尽了三大杯，忽地喟然叹道："一年将尽夜，万里未归人。十二年前我送走了一个人，不，是赶走了一个人，今晚我又要送走你了。"

云蕾听得没头没脑，不敢置答。飞天龙女叹息之后，定神望着云蕾，忽道："你今后如到蒙古，见着一个人，你就说我叫他回来。"云蕾道："什么人呀？"飞天龙女听她一问，哑然失笑，忽而面上现出红晕，又喝了一杯，低声说道："你的三师伯谢天华。"云蕾奇道："三师伯谢天华？他不是到了蒙古，要替我的爷爷报仇，去刺杀那张宗周的吗？"叶盈盈道："是呀。他去蒙古是十年前之事，可是他离开我，却是十二年前的今晚。他武功高强，人又沉毅机智，他说替你爷爷报仇，那就一定报得了，而且一定用不了十年。"云蕾道："那么他为什么十年来一直没有信息？"叶盈盈叹气道："我猜他是不愿回来了。"云蕾道："为什么？"叶盈盈忽而转过话头，说道："天下各家各派的剑法我都通晓，就是有一家的剑法，我连见也没有见过，你说奇不奇怪？"云蕾心道："天下之大，派别之多，有一家的剑法未曾见过，也没什么奇怪。"不想她的师父，紧接着说一句话，果然令云蕾大为惊奇，她师父道："那就是我们自己本门的剑法！"

古墓里的大厅上烛影摇红，云蕾凝神思索往事，在烛光晃荡之中，似乎现出师父当时懊悔的面孔。她继续想下去："那时我也很为奇怪，便问师父。师父道：'你不知道，你现在所学的虽然亦可以自成一家，但实在说来，却只是本门中的半套剑法而已。'我再问下去，才知道原来师祖玄机逸士脾气甚怪，他所学极博，而最得意的却是他别出心裁独创的两套剑法，一套名为'万流朝海元元剑法'，一套名为'百变阴阳玄机剑法'，师父和三师伯各得一套，实是半套。师祖说：他钻研出这两套剑法乃是泄千古武学之秘，万不可同授于一人。若以人物比拟剑术，则元元剑法有如卧龙，玄机剑法有如凤雏，卧龙凤雏，不可同归一主，归必有祸。所以严禁他们二人，不许私自授受！”云蕾正在出神思想，忽听得张丹枫哈哈大笑，黑摩诃一声大叫！

云蕾思路突被打断，抬头一看，原来是张丹枫与黑摩诃交换了一招险招，黑摩诃横杖疾扫，不料一击不中，反而险被张丹枫刺中肋胁。二人换了一招之后，都不敢冒险躁进，又在那里僵持起来。

剑风虎虎，烛光摇晃，云蕾心念一动，蓦然想道：“莫非张丹枫这套剑法，就是我师父从未见过的那套本门剑法？难道他是三师伯在蒙古所收的徒弟么？但看他剑法的精妙和功力的深厚，纵是有名师传授，亦非有十年以上的磨炼不行，三师伯一志替我爷爷复仇，断无一到蒙古就立刻收徒，专心授业的道理。”她回想大师伯董岳给金刀寨主周健的信，“而且，听说三师伯已被敌人捉获，幽禁胡宫，那更断断不会在蒙古皇宫收下徒弟，就算退一万步来说，收下徒弟，也断断不会是个汉人。这是怎么回事呀？”云蕾百思不得其解。她又想道：“我师父极赞三师伯的本领，说他言出必行，既肯应承替我爷爷报仇，这仇就一定能报得了，而且用不了十年。她又哪里料想得到，张宗周这厮现在仍在蒙古发号施令，而三师伯反而是存亡莫测！呀，师父，你好可怜啊！”脑海中不觉又浮现出师父那晚替她饯行的神情。

师父酒量素豪，那晚大杯大杯地喝酒，喝到后来，也不觉醉了。忽然把衣袖高卷，只见臂上剑痕交错，竟是在臂上刻出一朵红花。师父哽咽说道：“蕾儿，一个人千万不可任性，任性而行，做错了事，那就后悔迟了。十二年前，我赶走了你的谢师伯，以后每年除夕，我就心痛如割，忍受不住，便拔出青冥宝剑，在臂上那么一划，哈，哈，这倒是个灵方，臂上痛极，心上的痛楚就减轻了。我一划就是一瓣花瓣，你看呀，这朵浸透我鲜血的大红花，美不美呀？”云蕾细心一数，正是十二瓣花瓣，不觉打了一个寒战。只听得她的师父又道：“你在我门下十年，这个故事你可还没听我说过。你知道十二年前，我就像你一样，是个年轻好事的少女，而且我比你好胜任性得多，对自己不知道的事情，总要想尽办法知道。你师祖严禁我们私相授受，连练剑时都要隔开，师祖的禁令越严，我就越发好奇，天华与我情如兄妹，偏偏在这关节上头不肯放松，一点也不肯透露。你师祖门下，共有五人，除了你的父亲云澄未满师便到蒙古之外，我们四人各得一套武艺，出师之后，各成一家，天华与我来往最密，我好几次迫他，他都不肯把所学的剑法显露，其实我也不是有心要学他的剑法，只是想开开眼界罢了。他平日对我千依百顺，就是一谈到各人所学，便闭口不言。有一年除夕之夜，他到小寒山看我，我又迫他显露剑法，他像以往一样，微笑不语。我生气了，骂道：‘原来你平日说怎样怎样喜欢我，都是假的。’他面色一下子苍白，嘴唇动了几下，却仍是欲说还休。我拔出青冥宝剑，立刻向他胸口刺去。

“我本意是想迫他拔剑抵挡，以便窥察他所学得的本门剑法，哪知他竟毫不抵挡，我一剑刺去，收招已来不及，剑锋一斜，在他臂上拉了长长的一道伤口，鲜血一点一点滴地在白皑皑的雪地上，有如在洁白无瑕的宝石上嵌上相思红豆。我料不到他会如此，提剑呆立，一时间说不出话来。他突然掩面叫了一声，也不包裹伤口，就旋风一般地跑了。过了几天，你师祖亲到小寒山上，大发雷霆，几乎要将我毙了，幸好同来的大师兄替我求情，结果命是饶了，但却罚我在小寒山面壁思过一十五年。在这十五年间，不许偷下山一步，而且要我在这十五年间做好两件事情：一件是要练成两种最难练的武艺；一件是要我调教出一个精通‘百变玄机剑法’的徒弟，这徒弟由师祖饬令本门中人代为寻觅，教好之后，就把青冥宝剑传给她。现在时间过了十二年，那两样武艺我还没有练成，精通玄机剑法的徒弟我却先调教出来了。”云蕾听了，才知道飞天龙女叶盈盈收自己为徒，原来还有这一段缘故。只听得师父又道：“大师兄董岳和我亦甚要好，在那件事发生之前三年，他奉师祖之命，到蒙藏边境去办一件事情，那时刚自西藏回来。过不多久，第二次再去，临去之前，曾特别跑来见我，叫我耐心在小寒山上修练武功，说也许因此反而因祸得福。又问我道：‘你知道师父为何如此严禁你们私相授受，对这次事情又为何如此愤怒么？’我道：‘师父行事，每出常人意外，我怎能知道他的用意？不过我有一次听他说过，他把这两套剑法比为卧龙凤雏，说是不能同归一主，归则有祸。这个好像禅机妙理的说话，我听了也不很懂。’大师兄笑了一笑，道：‘你可知道在廿多年前，师父曾与一个魔头互争武林盟主之座，在峨嵋之巅，斗了三日三夜，不分胜负的事么？’我说：‘知道。’他说：‘这魔头复姓上官，双名天野，本是绿林的大盗，经此一战之后，忽然匿迹潜踪，不知躲到哪里去了。廿多年来，师父总不放心，我到蒙藏边境，就是奉师父之命，去探听那人的消息的。’我道：‘那魔头既然如此厉害，你去探听消息，若给他知道，如何是好？’大师兄笑道：‘那魔头与我们师父同一班辈，人又极为自负，纵许知道，也不会与我们小辈为难。’我听他如此说法，这才放心，但仍然不知道这事与师父不许我们私相传授剑法又有何相关？便把这疑问问大师兄，大师兄笑了一笑，说道：‘我猜师父的用意是要你与天华师弟去对付这个大魔头，让这个大魔头在你们手下吃个大大的败仗，好叫天下英雄知道，不必他亲自动手，只是他的徒弟就有那么大的能为。’我吓了一跳，道：‘我们的武功与师父相比，犹如萤火之光比日月之辉，简直不能比拟。那大魔头，师父犹自不能胜他，叫我们去，那不是送死吗？师兄，你是不是和我说笑话？’师兄大笑道：‘师父若无十成把握，岂有让你们送死的道理，其中别有奥妙，你冰雪聪明，也猜不出来么？’

“我百思不解，便说确实是猜不透。大师兄道：‘元元剑法与玄机剑法，乃师父穷半生之力，探百家剑术之秘，有鬼神莫测之机，苦心所创。两套剑法，只得其一即可称雄江湖，若然双剑合璧，则天下无敌！更妙的是，这两套剑法，本来就是相反相成，不必预先与对方练习配合，一使开来，便自然能天衣无缝，互为呼应。所以我猜师父不许你们知道另一套剑法，其中想是有两个道理：一者是怕你们知道了另一套之后，就难免分心，偷偷去学，须知一人精力有限，这两套剑法都是复杂无比，只学一套，也要专心矢志，用上十年以上的功夫，若兼学两套，只恐难以登峰造极。而且这两套剑法，本来是要两人使用才能发挥它的绝妙之处的，所以实在也不必兼学。二者是那上官天野，本事确是超凡入圣，师父虽然想出克制他的剑法，但亦怕他预先知道。’我一听大师兄如此说法，立刻领悟，师父大约是怕我们少年好事，若然知道双剑合璧，就可无敌于天下之后，有恃无恐，可能招惹强敌，泄漏出去，那时就会被上官天野探知，预为防范了。大师兄说完这番话后，第二日便远赴蒙藏边境。过了两年，天华也去蒙古，我虽知道这双剑合璧的秘密，但却从来没有试过，天华所学的元元剑法，我也是从未见过一招半式。”

飞天龙女叶盈盈所说的故事，闪电般地在云蕾脑海之中闪过，无数疑团，横梗胸臆，蓦然想道：“若然这少年使的真是元元剑法，那么我一出手，岂非可以立刻制胜克敌？”猛听得黑摩诃又是一声大叫，张丹枫长啸一声，抬头看时，只见场中形势又变。那黑摩诃已不似先前的狂暴蛮攻，但见他如同挽着千斤重物一样，绿玉杖东指西划，显得很是吃力，张丹枫横剑当胸，面色凝重，好像全副精神都集中在对方的玉杖尖端，每隔一阵，才突然攻出一剑。两人出招都甚缓慢，看来似是在雨骤风狂之后重归平静，其实却是又各以上乘内功厮拼，每一招一式，都蕴藏着无限杀机。张丹枫的剑法虽妙，但剑光缭绕，却无法透过绿玉寒光，云蕾一看之下，便知他的内家真力，确是比对方尚逊一筹，仅能仗剑自保。

这时春日的朝阳已经升起，那墓门被张丹枫打开之后尚未关上，日光透射进来，耀眼生缬。张丹枫面向阳光，更是不利，但见那黑摩诃越迫越紧，抡圆玉杖，每招发出，隐隐夹有风雷之声。张丹枫的剑光圆卷越缩越小，慢慢地只在头顶之上盘旋，黑摩诃猛地大喝一声，杖夹风雷，向着张丹枫的头盖猛砸下去。

云蕾叫声：“不好!”不假思索，三支梅花蝴蝶镖脱手飞出。张丹枫大叫道：“贤弟快走!”但见飞镖如电，落处无声，有如泥牛入海，全无踪迹，竟是被那剑杖交荡的劲风震得粉碎。说时迟，那时快，久已蓄劲待发的白摩诃一声狂笑，身形飞起，长臂疾伸，呼的一声向云蕾当头抓下。

云蕾反手一剑，陡觉腰胁一麻，急急飞身掠出丈余之外，吸了口气，横剑回睨，只见那白摩诃手上已多了一根白玉杖，出手横扫，狠狠打来。原来两人适才换了一招，白摩诃不知云蕾所使的亦是宝剑，被青冥剑的锋芒削去肩头一片皮肉，而云蕾轻功虽妙，亦被他掌缘扫中了背后的“脊心穴”，幸得两人都已避过对方的劲力，所受的剑伤、掌伤都是强弩之末的余势，要不然都要命丧当场。

白摩诃不敢托大，抽出宝杖对付云蕾的宝剑。白摩诃的白玉杖与黑摩诃的绿玉杖都是天竺特产的宝玉所制，坚逾精钢。白摩诃的功力远胜于云蕾，这一杖扫来，有如雷霆疾发，云蕾不敢硬接，一招“玉女投梭”，避过杖峰，斜身进剑。白摩诃好不厉害，玉杖一抡，呼的一声，就把云蕾连人带剑圈在杖影之内。白玉杖长可七尺，舞动起来，一丈方圆之内，全避不开他劲力的攻击，云蕾施展一身轻灵小巧的功夫，在剑风杖影之中，窜来窜去，眼见性命已在呼吸俄顷之间。

云蕾突然出手，大出张丹枫意料之外。原来他的功力虽比黑摩诃略逊一筹，仗着精妙的剑法，尚能自保，他适才缩小圈子，正是运用宝剑之力，配以上乘的内功，取得内线抵御的优势，黑摩诃的天魔杖法虽然厉害，却是无奈他何。两人厮拚半夜，眼见将以平手之局告终，以黑白摩诃那样大的名头，能战成平手，他们已要认栽，不料云蕾突然插进，引了白摩诃加入战团，真如平地波澜，突生变化。张丹枫心中暗暗叫苦：自己以一对一，尚自处在下风，云蕾武功，逊于自己，更是远非那白摩诃的对手。眼见云蕾危急，心中大急，刷刷两剑，反守为攻，强自斜冲出去，虽然明知二人联手，亦非黑白摩诃之敌，但事已至此，不得不然，心中想道：“云蕾为我蹈险，我又焉能弃‘他’而独自逃生。”

张丹枫剑与身合，疾走如风，飞掠相救。黑摩诃哈哈大笑，叫道：“你这两个娃娃还想逃么？”他正因苦战不下，心中焦躁，忽见云蕾出手，看了一招，便知云蕾剑法虽妙，功力尚弱，以自己兄弟之力，以二敌二，那是稳操胜券，当下玉杖前指，紧蹑敌人之后，杖端直指到张丹枫的背心。

忽听得云蕾一声欢呼，双剑一合，剑光暴长，刷刷两声，白摩诃的左右脚踝，一边中了一剑，黑摩诃的绿玉杖插来，被双剑一圈，反荡出去。黑摩诃大吃一惊，叫道：“走离方，踏巽位，困住他们！”黑白摩诃的天魔杖法也是可以互相配合的杖法，两人首尾相应，踏着八卦方位，就如布下了八阵合围之图，任是多强的敌人也冲不出去。黑白摩诃乃是孪生兄弟，心意相通，战略一定，白摩诃忍着疼痛，挥杖疾绕斜圈，与黑摩诃左右合围，向张云二人狠狠攻击，连下杀手！只把那在旁观战的四个珠宝商人看得眼花缭乱。

云蕾一剑刺出，黑摩诃的绿玉杖横里一挑，正使到"天魔献酒"一招，杖端挑向敌人下颚，杖身横击敌腕，杖柄又按到敌人的丹田要穴，一招三式，端的厉害非常。云蕾的"百变玄机剑法"以奇诡善变见长，身形晃处，一招"倒转阴阳"，剑锋自下而上，反削过去，避开了玉杖的一挑，又以攻势迫得黑摩诃挪偏了杖身，按说也可以解开那杖柄按穴的招数。但黑摩诃到底是久经战阵，功力又深，见云蕾剑法精妙，料知前面两式，定然无效，突然加紧最后的一击，横转玉杖，杖柄重重一按，云蕾只觉一股劲力迫来，眼见那杖柄已按到自己丹田穴上。

忽听得"当"的一声，火花飞溅，张丹枫一剑隔开白摩诃的玉杖，余势未衰，剑锋顺手抹去，恰恰掠过黑摩诃颈项。黑摩诃忽觉剑气森森，沁入肌骨，不知是虚是实，急急反杖一击，放开了云蕾。黑白摩诃按着八卦方位出击，黑摩诃反杖一击，身形转到"乾"位，白摩诃斜走"兑"方，白玉杖亦已劈出，双杖合掠，围成一个大弧，张丹枫未及换招，叫声："不好!"云蕾忽然随手一剑，插进当中，这一剑插得恰到好处，但见双剑斜分，黑白摩诃都躲闪不迭。这几招急如电光石火，大家都是不假思索，却不料配合得妙到毫巅，云蕾眉开眼笑，大喜叫道："双剑合璧，果然无敌!"随手发出一招，但见张丹枫的宝剑亦正从相反的方向削出，双剑夭矫如龙，又把黑白摩诃迫得连连后退!

张丹枫大是惊奇，疑心陡起，瞥了云蕾一眼，云蕾笑道："你瞧，我这个保镖还不错吧？得理不饶人，并肩子上啊!"她得意忘形，把从周山民处学得的江湖切口乱搬出来。张丹枫又是惊奇，又是好笑，挥剑与她并肩疾进，黑白摩诃拼尽全力，挥杖力抗，兀是抵挡不住。张丹枫大笑道："妙极，妙极！我们二人一配起来，真是珠联璧合!"他随口掉文，云蕾听在心里，不觉面上一红，但见张丹枫在大笑声中，运剑如风，狠狠攻击，目光只注定黑白摩诃，又不似是有心向自己调笑。

张丹枫正欲询问云蕾，忽听得门外马嘶，那匹雪白的照夜狮子马和云蕾的红鬃战马相继跑入，原来是黑白摩诃践约，将两匹宝马医好放回……

双剑合璧，威力何止增加一倍，黑白摩诃的步法竟被打乱，走不成五门八卦的方位，张云二人或则并肩出剑，或则前后联招，或则左右分击，或则上下夹攻，一手接着一手，一式联着一式，双剑推动，有如龙门浪涌，大海潮生，黑白摩诃虽是见多识广，技通中西，也不禁被这种捉摸不透的怪异剑法，吓得瞠目结舌！只是再走了十余廿招，白摩诃又中了一剑，黑摩诃也被削去束发的金环。黑摩诃长叹一声，叫道："八十岁老娘倒绷孩儿，罢了，罢了！"突然扯白摩诃跳出圈子，横杖叫道："你们赢了，此地由你们作主了！"长啸一声，他们的妻子，那两个波斯妇人，和他们的买手，那四个珠宝商人，都是面如死灰，一言不发，默默地随着黑白摩诃走出墓门。

张丹枫笑道："这两兄弟果是怪人，但也算不得英雄人物。喂，小兄弟——"正欲询问云蕾，忽听得门外马嘶，那匹雪白的照夜狮子马和云蕾的红鬃战马相继跑入。原来是黑白摩诃践约，将两匹宝马医好放回，白马先到，跳跃嘶叫，挨着主人摩擦，似是无限欢欣，云蕾也上前揽着红马马头，说道："马儿啊，你给那怪物整惨了。喂，大哥——"正想询问张丹枫的剑法来历，忽觉胸口一闷，说话突被哽住，张丹枫向云蕾面上一瞧，突然惊叫道："小兄弟，你是不是被白摩诃打了一掌，嗯，不要说话……"云蕾点了点头，张丹枫道："赶快运气护着丹田，我替你治，你受了伤了。"伸手上前，云蕾突然一个转身，摇了摇头，趺坐地上，哇地吐出一口血痰，道："你不要来，我自己治。"

张丹枫怔了一怔，忽然笑道："小兄弟，这个时候你还避忌么？我早看出来了。"云蕾面红过耳，把头巾一揭，露出青丝，含羞说道："我不该瞒骗大哥，我实是一个女子。"张丹枫道："意气相投，结为知己，又何必问是男是女，是女是男。嗯，小兄弟，难道你也有世俗之见么？"云蕾见他气朗神清，潇洒脱俗，也不觉泯灭了男女之防，微微一笑，正想说道："可是咱们彼此的来历，都还是互不知道呢！"但见张丹枫嘴角含笑，摇手说道："小兄弟，我知道你胸中有无数疑团，我也是有许多疑问，但你如今伤重，实不宜多说话，多则五日，少则三日，待你伤好之后，咱们再说个痛快如何？"

云蕾颔首不语，只见张丹枫又是微微一笑，面对着云蕾说道：“小兄弟，你的伤势如何，应该如何治法，我都实在对你说了吧。”云蕾面露笑容，又点了点头，心道：“这个大哥人倒爽快得很，甚合我的心思，只是他为什么要那样笑呢?”只听得张丹枫续道：“我看你这伤势，是被白摩诃的掌力震动了背后的脊心穴，肝脏移位，你所练的内家劲气郁积不能发散，所以心头燥热，面红目赤，脉弦而劲。这种内伤，表面似乎症状轻微，实是极为厉害，若不及早医治，元气必然大损，不死也要变成残废。好在你的内功已有根底，我再以本身功力助你，把三阴（太阴、少阴、厥阴）三阳（阳明、太阳、少阳）的经脉贯通，五脏六腑之气便自然能循环不息，精神活泼了。”中国古医学的“灵枢”经脉篇载有十二经十五络的学说，看似奥妙无稽，其实甚有道理，所谓经络即是人体气血运行经过联络的道路，气血畅通，自然百病不生。（羽生按：南京中医学院编著有《中医学概论》一厚本，内有两章专论“十二经脉的循行”与“奇经八脉”的，甚为详尽，有兴趣者，可以参看。）古代凡习武之人，多少懂点中医的道理，云蕾听他滔滔不绝地谈论医理，心中暗暗笑道：“这个大哥真有意思，前两日看他哭笑无端，只道他是一个游戏人间的狂士，如今看他正襟危坐，谈论医道，却又似个博学的儒医了。”张丹枫说了医理，停了一停，忽地笑道：“可是我却要求你一事!”

云蕾低声道：“大哥请说。”张丹枫一笑说道：“小兄弟，我给你医治之时，你要忘记我是个男子，我也忘记你是个女子，你做得到么?”云蕾露出本相之后，张丹枫仍口口声声称她“兄弟”，说得甚是自然，心中实已泯灭男女之见。云蕾本是一片无邪，见他如此，更是释然无所杂念，心中想道：“他替我打通三阴三阳的经脉，那自然不免手足相接了，我与他既结拜‘兄弟’，情如手足，这也值得提出来说吗?”微微一笑，抬头一看，只见张丹枫眼如秋水横波，似笑非笑，又不觉心中一荡，脸上微微现出红晕。

张丹枫四周一顾，笑道：“这墓中世界，倒像世外桃源，正合疗伤静养。只是这两匹马儿，不宜在此。”长啸一声，手掌一拍，那照夜狮子马似是熟悉主人心意，立即跑了出去。云蕾那匹红鬃战马这两日来与照夜狮子甚是厮熟，也跟着跑出去了。

张丹枫把墓门关上，封了墓道，细细察看，这墓是倚山建筑，墓中有厅有房，乃是古代晋王之墓。张丹枫四壁摸索，敲敲打打，笑道："这里面还有密室。"在地上取起一根石条，抵着墙角一处凹入之处，左右旋转，过了一会，石壁忽然分开，现出一道暗门，原来这种帝王公侯的"地下宫殿"，都是这种建筑。石门内侧与门外相对称的地方，有凸起部分，用以承托一根特别制造的石条，名叫"自来石"，用作顶门之用。自来石两端略宽，刻有莲瓣，中间略窄，在石门关闭之时，自来石上端顶着门内凸起部分，下端嵌入门外地面上一个凹槽内，若是不明其中道理，任凭外面的人如何用力推那石门也推不开。

暗门开启，张丹枫扶云蕾入内，忽见里面宝光闪耀，有玉几石案，堆满古玩金宝。张丹枫一皱眉头，随手一扫，将金宝古玩全都拨落地上，踢到墙角，道："别让这些劳什子阻碍地方。"扶云蕾在玉几上坐下，笑道："这古玉温凉，倒是大可助你吸去身上的热毒。"轻轻拉起云蕾右手，自食指尖端，沿食指的拇指侧上缘，通过第一、第二掌骨之间，上入腕上拇指后两筋之间的凹陷处，轻轻推拿，这是阳明经脉的循行部位，走肩峰前缘，与诸阳经相会于柱骨的大椎之上，再向下入缺盆，联络肺脏。推拿了一阵，云蕾只觉微微有一股热气直透心头，再过一阵，说也奇怪，心头燥热渐减，遍体生凉。张丹枫放开了手，道："你的阳明经脉已是贯通，你自己运气行血，固本培原吧，明日我再替你打通太阳经脉。"

密室里有美酒肉脯，想是那黑白摩诃所留，张丹枫饮酒嚼肉，忽而朗声吟道："少妇城南欲断肠，征人蓟北空回首，边风飘飘那可度，绝域苍茫更何有？杀气三时作阵云，寒声一夜传刁斗。呀呀，帝王蝼蚁同尘土，世上何人能不朽！"歌声如笑如哭，似是厌恨那终古不息的干戈，故借歌词发出无穷的感慨。

云蕾正在用功，听那歌声，陡地心头一震，不觉冲口说道："战争自是悲惨之事，但若被蒙古人打了进来，那么不论男女老幼，却都该执干戈以卫社稷。为国家立大功之人，亦可算是不朽之人了。"张丹枫身子微微发抖，一杯酒泼在地上，回过头道："小兄弟，赶快用功，不要说话。我一时忘形，痛饮狂歌，惊动你了。”云蕾吐了口气，小嘴儿一撅，执拗问道：“大哥，你说，我的话到底是对与不对?”张丹枫喝了口酒，道：“对极，对极！其实想打仗的人都不是老百姓，若然豪杰之士都不想称王称帝争夺江山，岂不甚好? 嗯，小兄弟，咱们别再谈论了，你快快专心用功吧。”云蕾思潮一起，无法平伏，心中想道：“这大哥为人甚好，何以一谈到蒙古与中国之间的战事，就似甚为痛苦，这是何因? 这是何因? ……”疑问丛生，不能平息。张丹枫缓缓走到她的面前，道：“小兄弟，我本欲待你伤好之后，与你说个痛快，但看你的样子，似乎不说个明白，就不能静下心思用功。”云蕾低声道：“是呀。”张丹枫道：“但你的伤势，实在不宜分神说话。我们之间所要说的，又不是一时半刻可以说得明白，这样吧，你现在静心用功，到吃晚饭之时，我给你说一个故事，你每日都要吃一次晚饭，照我估度，你三日之后可好，那么我就每日给你说一个故事。到了第四日，你全好了，咱们再彼此将身世来历倾吐出来。小兄弟，你若然是不听话，我就连故事也不说与你听，哪，你现在不许问了，快快用功。”

张丹枫的眼光似乎含有一种强制的力量，云蕾只觉有这样一种感觉：自己还是小孩子的时候，母亲每晚在她床边唱蒙古的催眠小曲，那充满柔情的眼光，令人永不能忘。张丹枫这时的眼光就叫她想起母亲。可是两人的眼光，有相同却又有不同。她又想起爷爷每次教训她时那种严厉的眼光，张丹枫的眼光又叫她想起爷爷。这既是慈爱的又是严厉的眼光，有一种令人不可抵抗的力量，云蕾不知不觉如受催眠，心情慢慢地平静下去，不久就专心一致地用起功来。

这古墓是倚山而建，墓中密室的一边，就是石山的峭壁，光滑如镜，屋顶上端有两个石罅，恰恰可作透气通风之用，对着墓门的石壁嵌有一面小铜镜，这密室构造得甚是特别，室内的人可以透过铜镜，看到外面，外面的人却看不进来。这时阳光从石罅透进室内，看地上的日影，似乎已过午时，外面忽然传来一阵声响，似乎有人挖门，外面的墓门，在昨晚波斯妇人带张云二人进来之时，已被损坏了下面的突起的莲瓣，没有“自来石”顶住，外面的人挖松了泥土之后，一推就推开了。那铜镜的色泽和墙壁的色泽一样，云蕾仔细辨认，那影在铜镜上的模糊人影竟然似是一个熟悉的少女。云蕾心中一动，急用衣袖揩抹铜镜，一瞧清楚，险险叫出声来，这个少女不是别人，正是轰天雷石英的女儿石翠凤。

只见石翠凤摸摸索索，走了进来，边走边叫道："云相公，云相公！"云蕾心中暗笑："我们还只是半夜'夫妻'，她对我倒思念得紧。"墓中光线暗淡，石翠凤走近甬道，走上大厅，"嚓"的一声，燃起火石，见殿上插有十二枝牛油巨烛，正合心意，一一点燃，把大厅照耀得明如白昼。密室内暗嵌的铜镜，照出石翠凤的面容，令云蕾吃了一惊：数日不见，她竟然憔悴如斯！

铜镜内映出石翠凤往来察看，忽然蹲在地上，"哇"的一声哭了出来。原来她在地上发现了一摊鲜血，那本是白摩诃中剑所流的血，她却以为是云蕾的。黑白摩诃是她父亲的老主顾，她自是深知这两个魔头的厉害，心中想道："云相公被黑白摩诃所伤，只怕不死也成残废。"故此哀哀痛哭。

云蕾见她哭得伤心，十分不忍，跳了起来，想开门出去，张丹枫一把将她按住，道："不管外面如何，你都不要出声。"抵着她的掌心，又助她运气行血。

只见石翠凤哭了一阵，从怀里掏出一支珊瑚，放在案上，那正是云蕾送给她的聘物，她摩挲再四，哭了一阵，又哀哀叫道："弟弟，弟弟，我好苦命啊！"云蕾心中连声说道："姐姐，我还未死，我还未死呢！"可是石翠凤哪能听见，她又哭又叫，忽地拔出佩刀，扬空虚斫一刀，叫道："蕾弟，不管那两个魔头如何厉害，我一定要爹爹替你报仇！"反身走出，走了几步，忽然又蹲了下来，在地上拾起两片金环，那是黑摩诃头上的束发金环，早上激战之时，被张丹枫削断了的。石翠凤喃喃说道："咦，难道那两个魔头没有骗我？"将两片金环翻来覆去地看，怔怔出神。

原来那晚云蕾走后，石翠凤乘了快马追赶，在路上碰见黑白摩诃，向他们打听，有没有见过像云蕾这样年青俊俏的小伙子，黑白摩诃问了云蕾的形状，冷笑一声，问道："他是你的什么人？"石翠凤依实说了，黑摩诃"哼"了一声道："好侄女，你配的好夫婿，功夫真不错呀！"石翠凤惊道："你老如何知道？"黑摩诃冷冷说道：

“他替你赢了一大笔珠宝，我在此地所有的都输给他了。轰天雷有这样的好女婿，自乐得金盘洗手，不必干啦。”石翠凤惊道：“什么，他居然敢和你老动手了？”黑摩诃怒目相视，以为石翠凤是存心气他，不理不答，与白摩诃一怒而去。

石翠凤知道黑白摩诃秘密的藏身墓窟，慌忙赶到，她做梦也想不到云蕾居然会打败黑白摩诃，此际发现了黑摩诃被削断的金环，兀是将信将疑，心中想道：“以黑白摩诃这样大的本领，绝无输给云蕾的道理。但以黑白摩诃那样大的名头，亦似乎不会说谎，这是怎么回事，难道是另有别人伤了蕾弟么？”她还以为地上所流的是云蕾的鲜血。正在思疑不定，忽听得外面一声马嘶，只见一个少年牵着一匹红马，走入墓道，这匹马正是云蕾的红鬃战马。云蕾一见，又几乎嚷出声来！

这少年不是别人，正是金刀寨主周健的儿子周山民，他奉了父亲之命，入关来办一件事情，并探听云蕾的踪迹。经过此地，见了云蕾的红马，那红鬃战马，本是周山民的坐骑，因此把他带入墓穴。

那红马欢跃嘶鸣，似是向旧主人示意，云蕾就在里面，周山民正在暗暗称奇，陡然想起黑白摩诃爱住古墓的怪僻行径，不觉吓出一身冷汗。进了墓门，见大厅上灯火辉煌，杳无一人，更是吃惊，正想出声呼唤，忽见一个披头散发的女子，在墙角暗处突然跃出，一刀就劈过来。原来石翠凤哭了半天，已是神智昏乱，见了云蕾的红鬃战马，竟认定周山民就是暗算云蕾之人。

石翠凤这一刀来势甚猛，周山民吓了一跳，急急闪开，石翠凤第二刀又斜里劈到，周山民拔出腰刀，将她隔开，只见石翠凤状若疯狂，第三刀、第四刀连环劈至，周山民叫道：“喂，我与你无冤无仇，何故施行暗袭？”

石翠凤连劈四刀，猛然想道：“这厮本事与我相若，怎能是云蕾对手？”再劈两刀，扬声问道：“兀你这厮，快说实话，这红鬃战马，你是从何处得来？”

周山民哈哈一笑，霍地跳开，手抚红马，说道：“这红鬃战马，本来就是我的坐骑，你问它则甚？”那红马挨着周山民厮擦，状极亲热，似是证实周山民所说非假。

石翠凤“哼”了一声，钢刀一晃，劈到中途，见此情状，忽又停住，心中想道：“这红鬃战马，性烈非常，怎肯如此听他说话？”

只见周山民目光四射，忽然停在当中石案之上，一眼瞥见那支珊瑚，面色立变，倏地跳去，伸手便拿，石翠凤钢刀一晃，隔在当中，怒声斥道：“你做什么？”周山民道：“咦，你做什么？”石翠凤冷笑道：“莫非这珊瑚也是你的么？”周山民又是哈哈一笑，昂头说道：“实不相瞒，这珊瑚正是在下的！”声调一变，厉声问道：“兀你这婆娘，快说实话，你这珊瑚是偷来的还是劫来的？”须知这支珊瑚实是周健送与云蕾，云蕾再送与翠凤的，周山民见了珊瑚，不由得心生疑虑。

石翠凤大怒跳起，霍的一刀又劈过去，周山民还了一刀，绝不客气，劲力奇大，石翠凤的刀儿给震飞，急用蹑云步法，身形一转，绕到周山民背后，周山民反手一刀，没有扫中，两人登时又打起来。

云蕾在密室中见两人打斗甚烈，极为着急，竟不能安心运气吐纳，张丹枫双掌抵着云蕾掌心，低声说道：“别急，他们二人谁也胜不了谁。那男子是你熟识的么？”云蕾点了点头，忽想起张丹枫撕毁日月双旗之事，瞪他一眼，弄得张丹枫莫名其妙。

周山民与石翠凤斗了三五十招，一个胜在刀沉力劲，一个胜在身灵步捷，果是不分胜负，石翠凤斫了一刀，忽然扬声喝道：“你说珊瑚是你的，你有什么记号？”

周山民哈哈一笑，说道：“谅你这劫贼也不知道，你看那珊瑚的第三叶叶底，是不是刻有一个周字？”石翠凤日来睹物思人，把玩那支珊瑚，何止数十百遍，那“周”字她早已发现，心中一直怀疑，何以云蕾送给她的聘礼，却刻上别人的姓氏，见周山民如此一说，忽地恍然大悟，抽刀跳出圈子，问道：“喂，你是不是云蕾的义兄？”周山民不觉一怔，也抽刀跃过一边，道：“你既知我是云蕾义兄，何以不知这珊瑚乃是我送与她的？”

石翠凤想起那晚洞房情事，云蕾老是把“他”的“义兄”说个不休，不觉盯了山民一眼，只觉山民虽不及云蕾清秀，刚健威武，却更有男子气概。这时他也正眼光光地盯着自己，不觉脸上一红，“呸”了一声，她想到那晚情事，心中实是恼怒云蕾。周山民却是不知，怒道："我是云蕾义兄，你待怎样？快把珊瑚给我！"石翠凤怒道："不给！"周山民道："凭你这个女贼，就想强占我的东西么？"石翠凤大怒说道："什么你的东西？这珊瑚是云蕾送我的聘礼，不看你是云蕾义兄的面上，我就一刀把你劈了！"

周山民顿时愕在当场，片刻说道："什么聘礼？云蕾是你何人？"石翠凤道："他是我的丈夫，我也不怕说与你听。"周山民突然哈哈大笑，忽而想道："云蕾乔装打扮，单身上京，身世之秘，实是不能给人知道，所以连这个女子也给她瞒过，我不应揭穿她的面目。"笑声倏地停住，问道："姑娘，你姓甚名谁？是几时与云蕾成的亲？"

石翠凤这一气非同小可，手按刀柄，瞋目说道："轰天雷石英是我父亲，三日之前我们成亲，怎么样？石英的女儿配不上你的义弟么？"

周山民颇出意外，手抚刀柄，施了一礼，道："弟嫂休怒，我实无轻视之意。石老英雄可好？"石翠凤气呼呼地道："好！"周山民道："你们成亲三日，他都在黑石庄么？"周山民不好意思问及洞房情状，故此旁敲侧击，石翠凤道："他当晚追一白马贼人，至今不知消息。"

周山民大吃一惊，他正是为那"白马贼人"而来，便道："是不是一个书生模样的白马少年？"石翠凤道："我未见过他的面貌。"周山民道："他的白马神骏非常，是也不是？"石翠凤道："不错，我们黑石庄最好的马都追它不上。"周山民道："你快领我去见石老英雄，传绿林箭捉捕这厮。哎哟，云蕾只恐被这奸贼害了！"

密室内外，云蕾与石翠凤同吃一惊，只听得石翠凤道："什么奸贼？我只以为他是一个黑吃黑的劫宝贼人，但我爹爹却说他不是，我问过爹爹他是谁人，爹爹又不肯说，言谈之间，爹爹反而好像对他甚为尊敬，这究竟是怎么一回事？"

周山民冷冷一笑，道："他吗——"墓门外影子一晃，忽然又走进一人，顿时把周山民的说话打断。

云蕾一见，又吃一惊，这人乃是那晚在古寺外与她动过手的胡贼，澹台灭明的徒弟！只见周山民一跃而起，挥刀便斩，大声骂道：

“大胆胡儿，偷入中国，意欲何为！”原来澹台灭明与他的徒弟都曾领兵打过周健，周山民曾与他交过手。

澹台灭明的徒弟名叫哈达莱，一进墓门，便大声叫道：“张相公！”蓦见周山民一刀劈到，急拔双钩抵挡，叮当一声，把周山民的金刀格过一边，喝道：“是你把张相公害了么？”周山民道：“连你也要碎尸万段！”挥刀力斫，哈达莱双钩一立，纵横挥舞，招数变化无穷，将周山民杀得只有招架之功，毫无还刀之力。

石翠凤眼见周山民就要落败，心道：“这个大伯虽是无礼，我却定要助他。”抽出佩刀，上前夹攻。石翠凤身法轻灵，在哈达莱之上，气力虽然不胜，但有周山民挡住，两人长短互补，两柄单刀夭矫如龙，立刻将哈达莱的凶焰压住，着着反击。

哈达莱发一声啸，双钩斜飞，将两口单刀迫开，明是进攻，实是败走，只见他奋力一击，立刻抽身急走，周山民哪里肯舍，与石翠凤急急跟踪追击，片刻之后，三人的声音都去得远了。

密室之中，云蕾思疑不定，抬头一看，只见张丹枫含笑望着自己，似乎是在说道：“你瞧我是个奸贼么？”云蕾对周健父子本是十分相信，若非这几日与张丹枫同行，听到周山民那一声“奸贼”，只怕就要拔剑刺他。这时心中好生矛盾，周山民断断不会胡乱诬人，而张丹枫又绝对不似一个“奸贼”，同行几日，她对张丹枫已是由憎厌而变为喜欢，甚至于可以说是有几分崇拜他了，心中想道：“他从蒙古回来，只怕是像我爷爷那样逃出来的汉族志士，所以蒙古要捕他回去，而周山民也误会他是个奸细了。”自猜自想，心中释然，忽然微微一笑，低声说道：“大哥，我相信你！”

张丹枫脸色舒展，现出无限欣悦之情，低声说道：“贤弟，你是我生平第一知己。好好用功吧，今晚我给你说第一个故事。”开了密室，走出外面将墓门重又关上，又搬过两根石条顶住，非有千斤气力，再也难开。

云蕾专心用功，导气运行，甚觉舒服。过了许久，屋顶石隙，已无阳光射进，知是黄昏，黑白摩诃在密室之中留有食粮，张丹枫生火煮了一锅稀粥，把肉脯、腌鸡之类煮熟，服侍云蕾食粥，云蕾甚是感激。只见张丹枫温柔一笑，道：“你好些了，但还不宜多说话，你只听我，不要多问，我现在就给你说第一个故事。三个故事说完之后，然后我再详细将我的来历说与你知。”正是：

身世离奇难以说，花明柳暗费疑猜。

欲知后事如何？请听下回分解。

第七回　一片血书　深仇谁可解
十分心事　无语独思量

云蕾抬头一望，只听得张丹枫说道："从前有两个苦人，本来都是替地主种田的，后因天灾人祸，无以为生，一个做了叫花子，一个做了运私盐的'盐枭'，叫花子和私盐贩子意气相投，结为兄弟。那时中国被异族统治，草泽英雄，都想起来反抗，这两兄弟都是胸怀大志，好像古时的陈胜、吴广图谋反秦一样，击掌立誓：苟得富贵，互不相忘！另外还有一个和尚，年纪比这两人大得多，曾教过这两兄弟武艺，两兄弟尊称他做师父。历朝历代食盐都是由官家专卖的，贩私盐的人，一被捉到，就要被官家处死。私盐贩子是义兄，叫花子是义弟。叫花子不敢冒险，入了一间寺院做小和尚，后来那间寺院也因灾荒，无人施舍，寺中和尚十死七八，私盐贩子用性命博得一点钱财，都周济了他的义弟。后来那寺院遣散，叫花子做了游方僧人，仍然到处乞食。

"后来那两兄弟的师父先举义旗，叫花子义弟随他起兵，在一次大战之后，那老和尚不知下落，有人说他战死，有人说他失踪后仍然当了和尚，到底如何，无人知道。

"那私盐贩子这时贩盐远走江北，自己纠集数百盐丁，也起兵称王。过了好几年，那私盐贩子势力渐大，在苏州称帝，长江几省，都是他的。四处觅那义弟，却觅不见。这时天下群雄纷起，其中有一路以红巾为号，势力最大，那红巾军的领袖前两年死了，由一个少年英雄继任领袖，攻城掠地，势力伸展到长江以南。私盐贩子一打听，这少年领袖原来是做和尚的，再仔细打听，竟然就是自己以前那个叫花子义弟。还有人说，这叫花子随老和尚兴兵，老和尚战败之后，他暗中将老和尚卖给官家，自己却装作好人，统率了老和尚的部属，改投红巾军，所以一入红巾军就做了头目，得到红巾军主帅的看重，一路升迁，因此其后才能替代他的位置。称了皇帝的义兄不相信这个传说，不过派人联络的结果，却证实了这个红巾军的新主帅果然是自己的义弟。

"这时义兄义弟的势力已在长江接触，义兄派使者过江，致书义弟，说：你我二人谁做皇帝都是一样，请你过江相见，先叙兄弟之情，后定联盟之计，共同对抗异族。不料那义弟却将书信撕毁，不允过江，还割了使者的耳朵，遣他回来报道：天无二日，民无二主，你我都是当世英雄，不是你死，便是我亡！

"义兄接书大怒，两兄弟竟然自相残杀，混战几年，互有胜败，最后一次在长江决战，义弟大胜，将义兄捉住，要义兄俯首称臣，义兄不肯，哈哈大笑道：'小叫花，你下得手便杀了我吧。'义弟一声不发，立刻叫人用乱棍把义兄打死，沉尸长江！灭了义兄之后，立刻自称皇帝。而且不过几年，还把异族逐出中国，削平群雄，统一天下，真个成了一代开国的君皇。小兄弟，你说这皇帝坏不坏？"

云蕾道："这义弟不顾手足之情，当然很坏。不过他能驱除异族，还我河山，却也算得是个英雄豪杰。"张丹枫面色微变，淡淡说道："贤弟，你也如此说吗？那小叫花做了皇帝之后，大杀功臣，对义兄的后人更是不肯放过，侦骑四出，必要杀尽方休，所以那义兄的后人和一些忠臣后代，都远远逃走，流散四方。呀，你吃完粥啦，好得很，这故事也恰巧完了。"

云蕾忽然抬头说道："大哥，你说的这个故事我猜到了，你说的是我朝开国之事，那叫花子义弟就是明太祖朱元璋，那私盐贩子义兄就是自称大周皇帝的张士诚！不过我可未听说他们二人结拜过兄弟。史书上都不是这样写的。书上还说张士诚本来是个无赖小人，太祖杀他，是为民讨贼。"张丹枫冷笑道："成者为王，败者为寇，千古皆然。不要说他们结拜之事史书上不敢写，那朱元璋是小叫花、游方僧的出身，官修的史书上也不是连提都不敢提么！其实做叫花子，做穷和尚，也不见有什么辱没先人之处。哼，哼！"明太

朱元璋
張士誠

朱元璋、张士诚像

祖朱元璋做过乞丐，又在皇觉寺做过和尚之事，天下无人不知，到他称帝之后，却引为忌讳。有一个府学上贺表，用“睿智生知”四字被杀，罪名就是因“生”字与“僧”字同音，朱元璋疑心那府学是借来骂他做过和尚。又有一个教谕上贺表用“取法象魏”一语，朱元璋说是“取法”与“剃发”同音，也是骂他曾做过和尚，也把那拍马屁拍到马脚上的教谕杀了。此等“笑话”暗中流传，官场的人谁都知道。云蕾也听爷爷说过，听张丹枫说了这个故事，又想起自己爷爷的惨遭杀害，心中想道：“反正做皇帝的都不是好人，不管朱元璋和张士诚都是一样。但大哥说这故事有什么意思？为什么他那样恨开国的太祖皇帝？”张丹枫不许她多说话，又替她轻轻推拿，云蕾做了半天功夫，元气尚未恢复，也就不费神细想，过了片刻，沉沉睡去。

第二日一早醒来，只见张丹枫坐在身边，衣不解带，双眼微肿，似是昨晚曾经哭过，云蕾心甚感激，又甚可怜，心道：“待他倾诉身世之后，我定要好好给他安慰。”

张丹枫见她醒来，含笑问道：“好一点吗？”云蕾道：“好许多了。大哥你昨晚没好睡啊！”张丹枫笑道：“我数日不睡或一睡数日都是常事，你不必管我，伸出你的脚来。”云蕾伸出左脚，张丹枫道：“不，是右脚。”脱了她的鞋子，手指按着她的右足的大趾趾尖端，沿大趾内侧，过大趾本节后的半圆骨，轻轻推拿，这是足部太阳经脉的循行部位，上行足内踝前方，再上腿肚，沿胫骨内侧后方，直抵腹内，入属脾脏。云蕾足趾被他轻轻推拿，有一种微微痕痒的感觉，连连噫气，过了一阵，只觉遍体轻松，心境空明。张丹枫道：“行了，明日我替你打通三阴经脉，你的伤就全好了，你今日好好用功吧。”离开云蕾趺坐地上，又从怀中取出那幅画来。

只见他拿着烛台，凝神细看画面，看了许久许久，似乎是要在画中寻觅什么。云蕾做了半日功课，他也看了半日，忽听得外面又有脚步之声，张丹枫叹了口气，这才把画卷起，道：“为什么有人偏偏爱入这个鬼域？”摇手示意，叫云蕾不管看到什么都不要出声。

墓门外似乎不止一人，在那里合力挖土，过了一阵，只听得“轰”的一声，石门已被推开，虽说泥土已被挖松，门外之人，气力确是不小。

门外共是五人，手持火把，鱼贯走入，云蕾一看，只见那四个珠宝商人，两个在前，两个在后，黑石庄的庄主，轰天雷石英则夹在中间。云蕾好不惊慌，心道："这四个珠宝商人，定知密室所在，若石英叫我回去，这该怎办?"

只听得走在前面的珠宝商人道："他们二人定然还在此地，石老庄主，你替我们作主。"原来黑白摩诃，一怒走回西藏，却遣这四个买手，到南方去结束生意，他们输了古墓中所有的宝藏，已无本钱再做这种黑道偏门的珠宝生意了。这四个珠宝商人心有不甘，恰巧在路上碰到追赶女儿的石英，便央求石英替他们出头，他们犹自以为张丹枫那晚是到石英家中盗取宝物，石英的本领虽然不能超过黑白摩诃，但山西、陕西的绿林好汉全都听他号令，只要激怒了石英，传下绿林令箭，那么张丹枫本事再大，也插翼难飞。

岂知石英正想见张丹枫一面，更何况云蕾的下落，也须见了张丹枫才能得知，便假意答允，叫四个珠宝商人领他到此。

那四个珠宝商人绕着大厅行了一周，大声叫道："胆敢在太岁头上动土的好小子，滚出来!"石英急忙止住，向空中作了一揖，道："张公子，请出来，老夫渴念一见，有老夫在此，替你们解了两家的冤仇吧!"四个珠宝商人见他如此恭敬，大为错愕，为首的悄悄在石英耳边说道："石老庄主，不必担心，若然他们二人都无伤损，双剑合璧，那我们五人自然不是他们对手，只是令婿已被白摩诃所伤，他一人不是我们对手。哎，石老英雄，令婿的伤，我们包能治好，只要那白马小子将珠宝交回。"这四个珠宝商人先前怕石英见怪，不敢将云蕾受伤之事说知；此际见石英那副神气，又以为他是害怕敌手太强，不敢与张丹枫放对，所以迫得将真相说出。

石英听说云蕾受伤，心中大急，叫道："张公子，请出来吧，小婿日前无知冒犯，请你不要见怪。"密室中张丹枫仍不作声，四个商人道："好，你不出来，咱们就进去把你揪出来!"在地上取了石条，抵着密室外墙凹处，用力转动，张丹枫不待门开，吩咐了云蕾两句，倏地取开了"自来石"，把门一开，飞身跳出，随手又把密室之门掩上。

那四个珠宝商人正在用力旋转石条，骤然失了重心，齐都跌倒，站起来时，只见张丹枫轻摇描金扇子，身上披的，就是那晚和黑摩诃打斗时穿的那件绣有双龙在海上腾波争斗的紧身马褂。四个珠宝商人慌忙跳到四边站定，采取了合围之势，只待他和石英一个动手，就立刻将他围在垓心。

烛光照耀下，只见张丹枫神态潇洒自如，扇子一晃，微微笑道："石庄主，数十年恩情，我替先人拜谢了。"石英看得真切，忽然哭出声来，扑地跪倒，在地上磕了四个响头，道："少，少——"张丹枫摇了摇手，似是示意叫他不要说出自己身份。待他磕了四个响头，立刻将他扶起，躬身还了一礼，态度虽然恭敬，但不跪下还礼，显然是上司对下属的礼仪。

轰天雷石英这一番举动，密室内外，都是吃惊非小。室内的云蕾，一惊之后，却是芳心大慰，心道："大哥果然不是坏人，看石老英雄对他如此尊敬！只是大哥也未免太无礼了，年纪青青，岂应受石老英雄跪拜？"

那四个珠宝商人却是越来越惊，想不到所倚的靠山竟与敌人一路，一个张丹枫已够他们好受，更何况还有石英帮他。

只见张丹枫微微一笑，说道："石庄主在此，你们问问他，我是不是贪财盗宝之人？"四个珠宝商慌忙打躬作揖，连声说道："不敢，不敢！"张丹枫又是哈哈一笑，道："你们等着，黑白摩诃那点点家当，俺还不曾放在心上。"轻轻拉开密室石门，仅容身子通过，走了进去，密室甚大，云蕾坐在墙角，外面的人瞧不见她。

珠宝商人与石英都不敢伸颈张望，只见张丹枫手持扫帚，将堆在墙角的一大堆古玩珠宝，犹如扫垃圾一般地都扫了出来，昂头大笑道："世人偏爱宝，我意独怜才。来，来，你们点点，看可有缺少什么？"

四个珠宝商人喜出望外，把古玩珠宝一一拾起放入背囊。张丹枫喝道："滚吧，告与黑白摩诃知道，叫他们好好地做生意，可不许恃强买卖。"四个珠宝商人连道："是，是！"又讨好道："令友伤势如何？我们能治。"张丹枫道："就只你们能治么？我早已将他治好了，不必多话，快滚！"四个珠宝商人又连道："是，是！"一路鞠躬，走出门外。

张丹枫大笑道：“把这些阿堵物扫除干净，心中好不痛快也！不义之财，亦不怕用，不过要用得其当，石老英雄，你说可是?”石英躬身道：“少主教训的是。”张丹枫道：“好啦，你见着了我，也可以走啦。”石英道：“求少主将小婿放回。”张丹枫道：“你女儿的好姻缘包在云蕾和我的身上，你不必担心，一定给你个好女婿便是，我不想你多在此地耽留，你快走吧！”说到“走”字，犹如下命令一般。

石英又躬身道：“那么小人走了，少主，你还有何吩咐?”云蕾听得甚为惊异，心道：“石英好坏也是晋陕二省的武林盟主，武功不在张丹枫之下，何故对他恭敬若是，害怕如斯？他口口声声称呼少主，难道他曾是大哥家中的下人么?”只听得张丹枫道：“没什么啦！”石英道：“少主若有所需，小人传下绿林箭，两省黑道上的朋友，好坏也要给点面子。”张丹枫哈哈一笑，道：“世事每多出人意外，只恐有事之时，谁也帮不了我！”石英面色一变，甚是尴尬，道：“小人虽是无能，少主吩咐下来，我赴汤蹈火，亦在所不辞。”张丹枫挥了挥手，颓然说道：“你的好意我心领了，你走吧！”石英施了一礼，反身走出。

云蕾心中动荡不安，待张丹枫走进密室，劈头问道：“大哥，石英问你有何吩咐之时，你何不乘机求他一事?”张丹枫道：“何事?”云蕾讷讷说道：“昨日与石翠凤同来的那个少年，不是说起什么绿林箭吗?”张丹枫大笑道：“你是说雁门关外的那位周少寨主么？他们父子也还算得是个人物。他要会合石英传下绿林令箭，不利于我，此事亦早已在我意中。我生来不惯求人，而且借势力压服下来，我面上亦无光彩。再说实话，我若怕他们传什么绿林箭，适才我一出去，就可以结果你的义兄，我偏要让他们试一试。嗯，石翠凤配给周山民倒是很好，怪不得你洞房之夜，老是提你这位义兄。”说得十分自负，却又是十分旷达。云蕾想道：“原来他早已知道了周山民的身份，周山民骂他之时，也亏他忍得住。”心中暗暗担忧，却又不知道他与周健之间，有过什么误会。张丹枫向她瞧了一眼，微笑说道：“你气色更好了，还是专心用功。待晚饭之时，我再给你说第二个故事。”

云蕾内功甚有根底，到了晚饭之时，病势已去了七八，可以进干饭了。张丹枫一边服侍她食饭，一边说道：“很久很久以前，有一个国家，国中有一个大忠臣，姓甚名谁，不必提啦，反正任何朝代，都有这么样的忠臣，也许姓张，也许姓李，也许姓王，也许姓云……

“另外有一个国家与这个国家相邻，两个国家时常打仗，有时，是那一个国家侵入了这一个国家，有时又是这一个国家侵入了那一个国家，但不论哪一个国家得胜，受苦的都是老百姓。

“故事发生的时候，是大忠臣那个国家得势，要那个相邻的国家年年进贡，岁岁来朝。那一个国家不服，便礼贤下士，招揽人才，渐渐国势也强起来了。大忠臣那个国家一看不对，就派遣大忠臣做使臣，出使那个国家，一面施行笼络的手段，一面暗中打听虚实。不料这大忠臣一去就去了廿年。喂，小兄弟，你怎么啦？你道他怎么一去就去了廿年？原来是……喂，蕾弟，蕾弟！”张丹枫一路说，一路见云蕾的面色渐渐不对，说到“廿年”之时，只见云蕾面色惨白，摇摇欲倒。

张丹枫惊异之极，急忙伸手扶她，只听得云蕾接着他的故事道：“你道他怎么一去就去了廿年？原来是给人扣留了在冰天雪地里牧马！大哥，不要说啦，这个故事我不要听！”

张丹枫的面色也一下子变得苍白，双眉深锁，似是久已疑虑的事情忽然得到了证实，他似突然从一个恶梦中惊醒过来，深沉地看了云蕾一眼，道：“小兄弟，原来这故事你早知道啦！那么我明晚再说第三个故事，你就什么都明白啦。小兄弟，你定一定神，现在什么也不要问，什么也不要说，你还有三阴脉络需要打通，不可动念劳神，功亏一篑，小兄弟，我助你用功。”双掌抵住云蕾的掌心，只觉她的掌心火热，目光如醉，张丹枫道：“小兄弟，你心里烦闷，那就暂时不要做吐纳功夫。”移开手掌，在室中走来走去，不住地绕着圈子，须知云蕾的运气疗伤，正到了最紧要的关头，若然无法使她心情平静，那么病势又要严重起来。

云蕾见他绕室彷徨，心知他正为自己忧虑，想问他的许多疑问，都压下来不问，举手轻掠云鬓，微微笑道："大哥，你早些睡吧，我耐心等你明天给我说故事。"心情显已平静许多。

张丹枫微微一笑，在玉几上捡起一把胡琴，校好弦索，边弹边唱道：

"东南形胜，江吴都会，钱塘自古繁华。烟柳画桥，风帘翠幕，参差十万人家。云树绕堤沙。怒涛卷霜雪，天堑无涯。市列珠玑，户盈罗绮，竞豪奢。　　重湖叠巘巘清嘉。有三秋桂子，十里荷花。羌管弄晴，菱歌泛夜，嬉嬉钓叟莲娃。千骑拥高牙。乘醉听箫鼓，吟赏烟霞。异日图将好景，归去凤池夸。"

这是宋代大词人柳永咏叹杭州风貌的名词，弹奏起来，如见荷艳桂香，妆点湖山清丽；如听莺声燕语，唱出春日风光。一派欢乐的情调，似春风吹拂，扫去了心上的阴霾，云蕾渐渐忘记忧愁。只见张丹枫放下胡琴，走近前来，抚着她的头发，轻轻说道："睡吧，睡吧！"云蕾如受催眠，果然不久就沉沉睡去。

第二日一早醒来，因睡眠得好，精神甚见饱满，张丹枫笑道："小兄弟，你今日再静坐一日，那就完全好了，功力不但不会减退，而且还要胜于从前。"每隔一个时辰，助她行功一次，过了正午，已接连把她的"太阴""少阴""厥阴"三阴经脉打通。云蕾面色渐转红润，张丹枫喜道："小兄弟，你的进境真快，再过两个时辰，就完全好啦。"

云蕾静坐用功，张丹枫又独自坐在一旁看画，过了半过时辰，忽听得门外又有人声，张丹枫皱眉说道："怎么又有人来骚扰！"话声未了，只听得那匹照夜狮子马一声长嘶，接着是"轰"的一声巨响，石门飞开，尘沙滚滚之中，一匹白马驮着一个黑衣骑士飞奔入来，声势极是骇人！

墓门外的泥土昨日虽是已被挖松，但以一人之力，即能破门而入，这人的武功，亦已实是足以骇人。更令人惊奇的是：那匹照夜狮子马何等神骏，除了主人之外，谁都不肯听从，竟又居然给那人制服。密室之中，张云二人全都变了面色。只见那白马一声长嘶，奔过甬道，跃上大厅，黑衣骑士跳下马来，大声叫道："丹枫，丹枫！"镜中现影，这黑衣骑士竟然不是别人，而是瓦剌国的第一员勇将——澹台灭明。云蕾这一惊非同小可，一声尖叫，便欲跃起，忽觉腰胁一麻，动弹不得，原来已被张丹枫点了穴道。只听得张丹枫在耳边说道："小兄弟，不可妄动，好好用功。我去去就来，你等着我替你说第三个故事。"

外面澹台灭明又叫道："丹枫，你和谁在里面?"点起牛油巨烛，云蕾虽然口不能言，眼睛却还能清清楚楚地瞧见，那匹白马正挨在澹台灭明的身边，似是和他甚是厮熟。

张丹枫开了室门，一跃而出，"嘘"了一声，只听得澹台灭明说道："丹枫，相爷——"张丹枫又"嘘"了一声，澹台灭明改口说道："你爹叫你回去!"张丹枫道："澹台将军，烦你回复他老人家，我既离蒙古，此生永是中国之人，不回去了!"澹台灭明道："你不为你爹着想，也要为你自己着想。你单骑入关，中原豪杰，谁能知你之心，谁能谅你?"张丹枫沉声说道："我纵是碎尸万段，也终是葬身故土，胜于埋骨异域，遗臭他邦。烦你上复他老人家，叫他好自珍重。"

云蕾惊疑不定，猛地想道："他若是蒙古地方的汉族志士，澹台灭明岂会对他如此亲热?相爷，相爷?难道他是——"忽听得澹台灭明暴喝一声，云蕾思路顿被打断，只见澹台灭明劈面就是一拳，喝道："你当真不愿随我回去么?"张丹枫连让两拳，凄然说道："澹台将军，你何必苦苦迫我!"澹台灭明出手又是一拳，横击前心，张丹枫抬臂一隔，澹台灭明出手如风，化拳为掌，向他颈脖一抹，竟是连下杀手!

云蕾此际，心乱如麻，又惊又喜又疑，惊者是澹台灭明猛如怒狮，比那黑白摩诃更为厉害；喜者是张丹枫出手相抗，显见不是澹台灭明一路之人；疑者是那"相爷"二字，好像一把尖刀，插入她的心窝，令她对张丹枫的身份，更增疑虑。

只见张丹枫奋力抵挡，人影纵横，拳风虎虎，震动墙壁，澹台灭明捷步似猿猴，出拳如猛虎，力雄势劲，变化无方，把张丹枫迫得步步后退。云蕾恨不得跃起身来，助他一臂，也不管有否效力，急忙动气冲关，希望能够自解穴道。正在焦急异常，骇目惊心之际，忽见澹台灭明伸臂一抓，喝声"去"，把张丹枫一把抓起，腾空摔出，如抛绣球！

密室中云蕾吓得闭了眼睛，忽听得“咦”的一声，张开眼时，只见张丹枫好端端的站在地上，竟似毫无伤损。原来澹台灭明那一摔，看似凶猛，实是暗使巧劲，把张丹枫摔到半空，翻了一个筋斗，恰恰头上脚下，平平安安地落在地上，这一着不但云蕾猜想不到，也大出张丹枫的意料之外。

只见澹台灭明迈前两步，微笑说道：“丹枫，不枉你师父苦心教导，你的武功果然有独到之处，居然能接我五十多招，可以独闯江湖了。你好自为之，自己小心吧。在你爹面前，有我替你说话，你不必挂心。”张丹枫这才知道澹台灭明实是对他一番好意，刚才所为，不过乃是试招。

张丹枫一揖到地，道：“澹台将军，一切拜托你了。”澹台灭明忽而问道：“室中还有何人？”张丹枫道：“是一位朋友，她不愿与你相见，求你看在我的面上，不要惊动于她。”澹台灭明道：“既不欲见，不必勉强，太师之意，十月——”张丹枫又“嘘”了一声，澹台灭明顿时缩口，笑道：“咱们也不知日后能否相会，你与我出去谈一会儿。”不由分说，将张丹枫抱上马背，疾驰出门。

云蕾吁了口气，顿又觉得如有千斤大石，压在心头，急忙凝神静思，再行运气冲开。高手点穴，各有各的独门手法，本不易自行解开，云蕾试用本门心法，运气三转，竟然奏效，也是颇出意外。

云蕾急不及待，一跃而起，心道：“待我自行揭破你身世之谜。”游目四顾，见张丹枫那把宝剑尚留在室中，拿起一看，只见剑柄刻有“白云”二字。青冥、白云乃是玄机逸士所炼的双剑，一传谢天华，一传叶盈盈，云蕾一见，心头又是“卜通”一跳，想道：“这把剑他从何处得来！难道他真是三师伯的徒弟？”再细看时，发现剑上还悬有一个剑坠，是一块和阗美玉，刻成龙形，吊在剑上用为装饰的。云蕾反复细看，只见那剑坠之上，刻有“右丞相府”四字，旁边还有一行小字，注明这块宝玉的来历，那行字是：枫儿出世，国主所赐。

云蕾手颤脚软，“当”的一声，白云宝剑跌落地上，这一下什么都明白了，一路同行，密室相伴的张丹枫，竟然是大奸贼张宗周的儿子，是云家的大仇人张宗周的儿子！

云蕾只觉一片茫然，这霎那间，好像整个世界都不复存在，脑海中空荡荡的一无所有，无意之间手触前胸，触着一小片硬物，那正是云蕾的爷爷所留下的羊皮血书，十年来云蕾无时无刻不带在身上。血书上写明：凡是云家后代，碰着了张宗周这一脉所传的人，不论男女老幼，都要把他们杀掉！虽是隔了十年，虽是隔着衣裳，云蕾还好似闻到那羊皮上的血腥味道！

云蕾只感到一阵寒意，直透心头，这太可怕了。那血书好似一片寒冰，包围着她的身体，她的心灵，又似是一道无可抗拒的命令，要她亲自动手去杀张丹枫！

门外马声嘶鸣，张丹枫又回来了。云蕾定了定神，咬实牙关，垂首低坐，看来似是正在用功，实是不欲张丹枫瞧见她惨白的面色。

张丹枫轻轻地推开室门，走了进来，笑道："第三个故事，我可要提前说了。小兄弟，你怎么啦?"走到铜镜之前，整理凌乱的头发。忽而镜中现影，只见云蕾圆睁双眼，一剑向他刺来！

当啷一声，云蕾手指颤抖，剑锋稍偏，一剑从他颈项旁边斜斜刺出，将铜镜刺碎，张丹枫倏地回过头来，道："小兄弟，小兄弟，你听我说……"云蕾闭了眼睛，刷，刷，刷，一口气连刺三剑！

张丹枫腾身跳过玉几，只听得云蕾哭道："我全都明白啦，第三个故事你不必说了！"飞身掠起，刷的又是一剑，张丹枫叹了口气，道："你是云靖的孙女儿?"云蕾叫道："你是我家仇人的儿子！"剑尖刺到前心，张丹枫身子一挺，叫道："好，小兄弟，你刺吧！我不求你饶恕！"

"嗤"的一声，剑锋一斜，掠过右方，把张丹枫的右臂拉了一道伤口，只听得张丹枫道："小兄弟，你杀了我后，不能动气，你还要静坐一个时辰，玉几上有一个小银瓶，瓶中有留给你的药，可以助你增长元气！好，小兄弟，我不求你饶恕，你刺过来吧！"

云蕾眼泪夺眶而出，手颤心痛，青冥宝剑几乎跌落地上，忽又觉得胸前那块羊皮血书，似一座大山，重重压在她的心上，强迫着她，要她复仇！

云蕾剑锋一颤，叫道："拾起剑来，我不杀手无寸铁之人！"她明知张丹枫武功比她高强，若然对手比剑，那死亡的就一定不是张丹枫而是自己。可是不知怎的，她却定要张丹枫比剑，好似若然激战之后，自己死在张丹枫剑下，也算得是对得起爷爷。

张丹枫凝立不动，脸上一片似哭似笑的神情，令云蕾不敢仰视。云蕾一咬牙关，在地上拾起白云宝剑，抛掷过去，叫道："你我两家，深仇不共戴天，不是你死，便是我亡，快快拔剑!"

张丹枫接过宝剑，凄然说道："小兄弟，我今生誓不与你动手，你要杀便杀，你若不欲动手，我便走了!"云蕾虚晃一剑，剑光闪过张丹枫面门，仍然斜掠出去，张丹枫长叹一声，跳出密室，跨上白马，大声叫道："小兄弟，你善自珍重，我去了!"门外马嘶，片刻之后，已在数里之外。云蕾呆若木鸡，长剑坠地，眼前一片昏暗。正是：

是爱是仇难自解，却教玉女独心伤。

欲知后事如何？请听下回分解。

第八回　爱恨难明　惊传绿林箭
恩仇莫辨　愁展紫罗衣

门外马嘶，渐远渐寂，张丹枫不见了，但愿张丹枫从此永远不见了，但愿人世间从来没有过这么一个张丹枫！多么古怪的念头，有血有肉的张丹枫，在密室中和自己作伴三日的张丹枫，怎么会从来没有呢？是的，张丹枫去远了，张丹枫不见了，可是他真的不见了么？不，不！你看啊，他又来了，来了，来了！他的影子轻轻地，慢慢地，潜入了云蕾的心头，这一瞬间，羊皮血书的阴影也给他的影子遮没了！

云蕾一片迷茫，是恨？是爱？是喜？是哀？都已无从分辨，恩仇交织，爱恨难明，剪不断，理还乱。霎那之间，一切思潮突然退灭，云蕾脑中空荡荡的，似乎什么也不会想，什么也不存在，迷茫中忽又似见张丹枫冉冉而来，在她耳边低语："小兄弟，小兄弟……"呀！那像爷爷一样严厉，又像妈妈一样慈爱的眼光！世界上有什么人用这样温柔的声音叫唤过自己？有什么人用这样的眼光注视过自己？除了这个自己但愿他永不存在的张丹枫！

云蕾的眼光缓缓移动，瞥见了玉几上张丹枫留下的小银瓶，瓶中是张丹枫留给她的灵药，"这是仇人的东西，不，不，我不能吃……这是张丹枫最后的一番好意，不，不，我不应拒绝于他……"两种念头在云蕾心中交战，迷茫中忽又似见张丹枫含情脉脉地凝视着自己，在耳边低声说道："小兄弟，你的伤虽已治愈，元气还未恢复，吃吧，吃吧……"那不可抗拒的眼光，那不可抗拒的声音，云蕾不知不觉地拿起了银瓶，将三粒红色的药丸倾倒手心，纳入口中。

也不知在地上坐了多久，只见敞开的墓门外日影西移，想已是黄昏时分，忽听得外面一声马嘶，云蕾心头一震，跳了起来，想道："难道是他又回来了？"

只听得一声欢呼，但见周山民疾奔而来，高声叫道："云妹妹，你果然还在这里！哎哟，你中了那厮的毒手吗？"云蕾淡淡一笑，摇了摇头。周山民挨在她身边坐下，朝她的面上看了又看，憔悴的颜容，失魂落魄的模样，令他无限担心。

云蕾定了定神，只听得周山民道："原来你和他躲在这个墓中，你没有吃他的亏吧？你知道他是谁？他是大奸贼张宗周的儿子，是你爷爷的大仇人！"周山民此言一出，以为云蕾必然吓得跳起，岂料云蕾只是低低地应了一声，说道："嗯，我知道了。"这一下，反而把周山民吓得跳了起来，大声叫道："什么？你知道了？你什么时候知道的？"云蕾身子不动，低声说道："我刚刚知道的，澹台灭明方才来过……"周山民吁了口气，道："原来如此，我道你若早知他是仇人，怎会与他作伴？你和他动了手了？可真的没受伤么？"

云蕾道："我受了白摩诃的毒手所伤，是他给我治的。"周山民道："他？他是谁？"云蕾道："我爷爷的大仇人！"周山民一怔，道："他不知道你是云靖的孙女儿？"云蕾道："我用剑刺他，他知道了！"周山民又是一怔，忽似顿然醒悟，道："哦，我知道了。这奸贼初时不知你是他仇人，这才将你笼络，想把你收为己用。后来你拔剑刺他，他不是你的对手，所以逃了。可惜你受伤刚好，气力大约还未恢复，要不然定可一剑将他刺死，我也不用费这么大的劲了。"

云蕾低首不语，任由周山民猜度。只听得周山民得意笑道："早知他武功如此稀松平常，我也不用费这么大的劲，求那轰天雷石英共同传下绿林箭了！"云蕾吃了一惊，道："什么绿林箭？"

周山民笑道："你江湖阅历尚浅，还不知道什么是绿林箭吧！绿林箭是绿林领袖传下的令箭，绿林英雄，见了令箭，赴汤蹈火，亦不敢辞。云妹妹，真是神差鬼使，张宗周的儿子居然敢一个人闯进关来，你的大仇是定能报了！"

羊皮血书的阴影又在心头扩大起来，云蕾对这消息也不知是喜是悲，爷爷的遗嘱那是万万不能违背，张家的人一个也不能饶，那么就让他给别人杀了，免得自己动手。可是一想到张丹枫要被绿林群雄乱刀斩死，那景象却是想也不敢一想。只听得周山民又在旁边说道：“云妹妹，自你离山之后，我十分挂念。”声音很是温柔，云蕾抬起了头，有气没力地道：“嗯，多谢你的记挂。”周山民见她这副没精打采的样子，甚是失望，仍往下说道：“我总想再见着你，可是山寨事忙，哪里能够？上月我们在边境的探子，探出张宗周的儿子一个人闯进关来，扮成一个秀才模样，骑着一匹白马，极是神骏。我爹和山寨中人商量，大家都说，张宗周的儿子闯进关来，还能安什么好心，一定是打图谋中国的坏主意了。我爹就叫我追踪，会同各地的绿林领袖，共传绿林令箭，定要将他擒获。此地是山西境内，晋陕两省的武林盟主乃是石英，偏偏我去寻他之时，他已不在黑石庄中。后来见了石英的女儿，才知道原来你竟然做了石英的女婿。我寻石英之时，石英也正在寻你，哈哈，云妹妹，你这恶作剧可令我暗中笑痛了肚皮，石小姐可还是真的喜欢你！”

云蕾微微一笑，道：“你看那石小姐如何？”周山民道：“武艺也还过得去。”云蕾道：“其他呢？”周山民道：“我与她相识还不到半天，怎知什么‘其他’？”云蕾又是微微一笑。本想再说，可是心中悬挂“绿林箭”之事，纳闷石英对张丹枫那么尊敬，又何以会与周山民共传下绿林箭？此一疑问，急欲知晓，便不再打岔，让他说下去。

周山民往下说道：“那日我与石姑娘追赶澹台灭明的徒弟，他的马是大宛良马，追出了三五十里，我们的马都累了，他的马还是奔走如风，追不上啦！”云蕾插口道：“石姑娘呢？”周山民一笑说道：“你这位夫人对我似是甚有成见，一路和我抬杠，听她言下之意，似乎甚不满意我是你的义兄，倒把我弄得莫名其妙，我是你的义兄，又干她什么来了？”云蕾心中好笑，想不到那晚“洞房之夜”，与石翠凤屡屡提及义兄，反而弄巧成拙。

周山民做了个受委屈的表情，耸肩说道：“追不上敌人，她和我吵了一架，说要独自回家，也不愿带我去见她的父亲，还吵着要我把那支珊瑚还给她，好像那珊瑚是她命根子似的。”云蕾不觉又是抿嘴一笑。周山民道：“我知道那珊瑚是你给她的聘礼，她对你真情一片，怪不得宝贝如斯！”云蕾笑道：“这回是你给她的聘礼，不是我给的了。”周山民面上一红，道：“你这小鬼头，乱嚼舌头，看我不撕你的嘴。”云蕾一笑避开，道：“说正经的，石姑娘既不愿带你去见她的父亲，你的绿林箭又从哪里得来？”

周山民道：“无巧不巧，石姑娘去后不久，我策马西行，不久就遇见了轰天雷石英，他还不知道他女儿曾和我一道呢。想来是他父女各走一途，所以没有见面。”云蕾道：“石英是不是和四个珠宝商人一道？”周山民道：“是呀，他行色匆匆，好像有什么急事，无暇与我多说。我问他要绿林箭，正想一一详告于他，他却摇手说道：‘金刀寨主的侠义威名，天下谁人不知！既是你们要追捕的，那就必定是万恶不赦之人，不必说了，绿林箭拿去便是！我有急事，恕不陪了。少寨主，你事情了结之后，那时请再到黑石庄一叙，详细谈谈。’他问也不问，便把绿林箭交给了我，立刻与那四个珠宝商人走了。”云蕾心道：“原来如此，若然石英多问一声，知道所要追捕的是谁，那就绝不至于有此误会。”

周山民续道：“我和石英在孟良崮附近会面，那附近便是蓝天石寨主的地头，我将绿林箭交给了他，叫他三日之内，遍传绿林同道。我在他寨中住了一天，听候消息，事情顺利得很，有石英和我爹爹联名，好几个从来不肯听人调遣，雄霸一方的绿林大豪，都愿意拔刀相助了。云妹妹，这次你家的大仇一定能报了！哎，怎么？你怎么还不欢喜呢？”云蕾面色苍白，听他一问，强笑说道：“嗯，我有点不大舒服，现在好了。我、我很高兴！”

周山民道：“绿林箭有绿林同道一手传给一手，不必我再多管。我想起那日在此遇见你的红鬃战马，便再回来找你，天可怜见，果然见着你了。”云蕾不言不语，周山民正想再吐衷曲，忽而好似听见什么似的，急急伏在地上。

云蕾问道：“是不是又有什么人来了？怎么我听不见呀？”周山民站起来道：“来人还在七八里外。”从容地把外面石门掩上。这“伏地听声”的本领，是绿林高手的绝技，亦是经验累积所成，云蕾虽然学过，火候却还差得太远。

周山民看了云蕾一眼，微微笑道："你该换衣服了吧?"云蕾自那日向张丹枫露出本相之后，便换了女儿服饰，这时被周山民提醒，不觉粉面飞霞，低头走进密室，把门关上。周山民一人留在门外，心中甚是狐疑：看云蕾这个样子，莫非在她未识破仇人面目之前，竟已到了和他熟络无拘的地步?

云蕾在密室里打开行囊，脑海中不觉又泛出张丹枫似笑非笑的样子，"小兄弟，小兄弟……"那令人心魂动荡的声音，又似在耳边响了起来。云蕾随手取出几件女装衣裳，狠狠地一件一件撕成两半。她恨什么?恨这些衣裳吗?不，她自己也不知道恨的是什么，只是心中的抑郁却好似随着这裂帛之声而消散空溟，又好似撕毁了这些衣裳，就等如撕毁了自己的记忆。她真愿意自己真是一个男儿，如果是一个男儿的话，也许会少了许多苦恼。

云蕾一件一件地撕下去，突然停下手来。她手上提起的是一件紫色的罗衣，记得露了女儿本相之后，第一晚换的就是这件衣裳，记得那时张丹枫露出异样的目光，啧啧地称赞自己的美丽。云蕾叹了口气，把罗衣一展，瞧了又瞧，这是张丹枫赞赏过的衣裳啊!她轻轻地抚摸那柔软的丝绸，又轻轻地把衣裳折了起来，小心翼翼地把它放好，不再撕下去了。

密室外传来了周山民踱来踱去的脚步声，云蕾猛然醒道："我在这里发傻，周大哥可等得不耐烦了!"随手翻出一件男装衣裳，匆匆换上，走出门来，只见周山民倚在外边的石门说道："你听那马蹄之声，来人已在一里之内。到这荒郊墓地来的，必定不是寻常之人，你精神如何，能用剑吗?"

云蕾道："还可对付。周大哥，你再给我说说绿林箭之事。"周山民想不到她在这个时候，还会和他闲聊，诧道："绿林箭这时想已传遍各地，还有什么可说的呢?"云蕾道："这山西一省，有哪些厉害的绿林英雄?"周山民笑道："哦，你是担心报不了仇吗?山西省的绿林高手可多着呢!啊，我还忘了告诉你一事，你的二师伯潮音大师新近从蒙古归来，正在此地，只怕他也知道我们传绿林箭之事了。"云蕾奇道："是吗?他几时到了蒙古?你碰见他吗?"周山民道："我没碰见，听人说的。嗯，不要响，你听，有人在外面叫你！"话声一停，果然听得有人在外面叫道："云蕾，云蕾！"这正是石翠凤的声音，云蕾怔了一怔，正想说道："不要开门！"周山民却已把她放了进来。

石翠凤旋风一般地飞跑进来，一见云蕾，喜出望外，欢声叫道："云相公，你果然还在此地！"说着说着，不觉滴下泪来，又哭又笑。周山民道："云相公伤势刚好，你不要嘈吵他了！"石翠凤这才看到周山民也在旁边，柳眉一竖，怒道："我们夫妻之事，你管得着！"上前靠近云蕾，低声问道："云相公，你着了黑白摩诃的毒手么？"云蕾道："你不用担心，现在已经全好了。"轻轻拉起石翠凤的手，道："周大哥说得不错，我是想歇一会儿，你看，天色已经晚了。"石翠凤面色涨红，心中怒道："你就是帮着你的义兄，全不把我放在心上。"可是云蕾既然如此说法，她也不好发作出来。

周山民在旁边噗嗤一笑，石翠凤横他一眼，道："你笑什么？"云蕾插口道："我肚子饿啦，石姑娘，麻烦你给我弄饭，这里有米，还有肉脯和腊羊腿。我暂时歇一歇，饭熟了你再叫我。"自顾自地走进密室，周山民也想跟着进去，刚刚走了两步，石翠凤忽然怒声叫道："喂，你来帮我倒水洗米！"周山民好不尴尬，只好退出，云蕾向他微微一笑，好像小孩子做了一件恶作剧，甚为得意。

周山民闷声不响地帮石翠凤洗米、生火、弄饭，石翠凤也闷声不响，毫不理睬于他，显然还在生气。云蕾在密室里独自思量，在想怎样将他们撮合，听外面两人毫不交谈，不觉暗笑：不是冤家不聚头，翠凤如此恨他，想必是以为我偏向义兄，故此，对他心有芥蒂，若然她知道我和她同是一样的女儿身份，岂不要哑然失笑？嘴里咀嚼着"不是冤家不聚头"这句说话，忽然想起自己和张丹枫初见之时，也是对他憎厌，又不觉轻轻叹了口气。

云蕾胡思乱想，也不知过了多少时候，听得石翠凤敲门叫道："云相公，饭熟啦！"云蕾这才如梦初醒，开门出来，一眼瞥见石翠凤和周山民互不理睬的尴尬模样，不觉又失声笑了出来。

石翠凤和周山民都抢着替云蕾盛饭，石翠凤又横了周山民一眼，云蕾微微一笑，接过了石翠凤递来的饭碗，周山民想起自己太过着迹，心怕云蕾见笑，面上又是一红。云蕾道：“翠凤，我这位周大哥乃是日月双旗金刀少寨主，见多识广，又是极好的好人，你该多多向他请教。”石翠凤“哼”了一声，道：“我知道。你的义兄自然是个了不得的英雄豪杰，要不然你怎会那样听他的说话！”

周山民尴尬苦笑，云蕾解开僵局，笑问石翠凤道：“周大哥说，你那天赶着回家，怎么又出来了？”石翠凤道：“我回到家后，不多一会，爹爹也回来了。他面色非常沉重，好似有什么极大的心事一般。我问他见着你没有，他说没有见着，但已确实知道你还在黑白摩诃的古墓之中，不过有人不许他见你。我听了非常奇怪。”

周山民也觉十分奇怪，忍不住插口说道：“你爹爹武功超卓，威震绿林，谁敢拦阻？”石翠凤听他称赞自己的父亲，对他恶感稍减，却仍是偏着头对云蕾道：“我再三问爹爹，那是谁人，爹爹总不肯说，只说他天不怕，地不怕，只是那人的说话却不能不听。又说那人说过我的婚事包在他和云相公的身上，所以叫我不要心烦。”说至此处，石翠凤两颊飞红，低头弄衣，不敢和云蕾的目光相接。云蕾心中暗笑，又是欢喜，又是悲哀。暗笑石翠凤的那片女儿羞态；欢喜石英对张丹枫的尊崇；悲哀的却是自己的遭遇。她已知道石英所说的那人乃是张丹枫，但却不愿明说出来。

石翠凤接着说道：“这十多天来，我爹爹行事十分古怪，平日他有什么事都和我说，这十多天来，却事事都瞒着我，那白马小贼的来历，那张图画的来历，以及拦阻他的人是谁，这种种怪事，都不肯向我透露半点。我生气他也不理，却要我立刻替他送信。”云蕾奇道：“送信，送与谁人？”石翠凤微微一笑，道：“送给一个江湖上大名鼎鼎的奇人，这时不先说与你知，你若愿意见那奇人，明日与我同去。”周山民道：“山西省内有什么大名鼎鼎的奇人？是蓝大侠吗？是郝庄主吗？是……”石翠凤“哼”了一声，道：“别胡猜啦，你虽然是大名鼎鼎的金刀少寨主，也不见得能识遍江湖上的奇人。”周山民碰了一个钉子，闷声不响，云蕾笑道：“你们别尽抬杠啦。这么说，明天我和周大哥都跟你去。时候不早，我要睡啦。”推开小门，走进密室。

石翠凤略一迟疑，也跟着走了进去，云蕾柔声说道：“凤姐姐，那边还有一间房子。”石翠凤又羞又气，站定脚步，正想说话，只听得周山民又叫道：“呀！这古墓里面真是别有天地，有如地下宫殿一般，除了这个大厅，还有好几间房子，真是太好啦。你们一人睡一间房子，我睡在大厅替你们守夜。贤弟，你伤势初愈，还要静养，早些睡吧，不要劳神多说话了。”石翠凤面红直透耳根，霍地跳了出来，只见周山民似笑非笑地眼望着她，不再言语。石翠凤恨不得一刀把他劈为两段，气呼呼地推开左边小房的房门，好半夜还睡不着。

第二日一早，三人起来，云蕾和周石二人点头说话，他们二人却是互不理睬。三人弄了早饭，吃过之后，正想出门，只听得远处一声马嘶，周山民跳起来道：“这马来得好快！”话犹未了，马蹄之声已是越来越近，又是两声长嘶，石翠凤“咦”了一声，说道：“好像是那匹白马的叫声！”云蕾面色苍白，摇摇欲倒，周山民拔刀叫道：“好，他倒先寻我们来了，合力斗他！”云蕾伸手拔剑，手指颤抖，宝剑还未出鞘，只听得轰隆巨响，石门已给来人撞开，沙石飞扬，一匹白马飞奔而入！

只听得周山民叫了一声，抢着上前施礼，云蕾定睛一望，那马上的骑客却不是自己意料之中的张丹枫，而是出乎自己意料之外的潮音和尚，一种突如其来的欢喜与失望交织心头，令得云蕾怔怔地站在潮音面前，霎那之间，说不出话。潮音和尚见了女扮男装的云蕾，也是一怔，“咦”的一声，正想问话，周山民急忙一扯潮音和尚的僧袍，将他拉过一边，低声说了几句，潮音和尚猛然哈哈大笑，向云蕾招手说道：“蕾儿，你过来，待我仔细看看，几年不见，你已经长大成人啦！”云蕾叫了一声“师伯”，上前施礼，石翠凤也随在云蕾后面，上前谒见，潮音和尚双眼一翻，向石翠凤扫了一眼，忽而纵声笑道：“好俊的娘儿！蕾儿，你可不能亏待于她。”石翠凤裣衽问好，潮音忽又笑道：“人长得怪俊，不知你可会弄饭么？”石翠凤一愕，周山民接口说道：“弟嫂聪明极啦，岂止会弄饭，还烧得一手好小菜。”潮音和尚笑道：“好极，好极！我两日之间，走了七八百里，肚子饿极啦，快给我去烧菜弄饭！”石翠凤愕然想道：“你肚子饿也不该如此无礼，我爹爹也从没用过这种口气向我吩咐。”潮音和尚把马系好，大马金刀地坐了下来，又催促道：“山民贤侄，你也去帮帮我的侄妇弄饭，放三斤米，菜不要太多，有六七样便成！”潮音和尚毫不客气地差遣，把石翠凤弄得哭笑不得，心道：“怎么云蕾的义兄、师伯，全都是这样不近人情的怪物！”碍着云蕾情面，只好撅着嘴儿到里面弄饭。

周山民亦步亦趋地也跟了进来，石翠凤气恼之极，勃然发作，怒声说道：“不要你来帮我。”周山民笑道：“嘘，小声。你不知道云蕾的师伯是个出名的莽和尚吗？你若和我在这里吵架，叫他知道，一定在云蕾面前说你。”石翠凤果然不敢大声，板着脸儿，瞅了周山民一眼。周山民又笑道：“再说那和尚胃口真大，六七样菜还说不多，你一个人弄得了吗？”石翠凤一想果是道理，只是气恨不过，张头出去，对着潮音和尚的背影狠狠地啐了一口。周山民又嘘了一声道：“他们师叔侄在那里说话，你不要打扰他们。这个莽和尚的脾气当真不好，你可要小心。”石翠凤气得几乎要哭出声来，怒道：“好呀，你们叔侄兄弟，就我一个是‘外人’，我去问云蕾去！”外面潮音和尚猛然咳了一声，石翠凤说说而已，可还不敢真的发作，只好与周山民一道烧菜弄饭。

周山民心中暗笑，他是故意做好做歹，好让潮音和尚与云蕾一道放心说话。殊不知云蕾却也是别有心思，好让周山民多和石翠凤一起。周石二人进入里面弄饭之际，她便将在黑石庄入赘之事，细说与师伯知道，把潮音和尚弄得笑个不停。笑完之后，忽然正色说道：“你倒开心，我可为你在蒙古气得死去活来！”

云蕾吃了一惊，只听得潮音和尚问道：“蕾儿，你还记得你是哪一年和爷爷回到中国的吗？”云蕾道：“记得，那是正统三年。”潮音道：“今年呢？”云蕾道：“今年是正统十二年。”潮音和尚叹了口气道：“好快啊，霎一霎眼便是整整十年。十年之前，我和你的三师伯谢天华在雁门关外击掌立誓，一个抚孤，一个报仇。我负责将你带回小寒山交给四妹抚养，他负责远赴蒙古，将奸贼张宗周刺杀，为你复仇。这事情你师父想必早已对你说了？”

云蕾目有泪光，答道：“早已说了，多谢师伯们为我操心。”潮音和尚又叹口气道：“你多谢得太早了。”顿了一顿，往下说道：

“我与天华师弟以十年为期，约定今年在雁门关外一个地方相见。不料到期他却不来，道路传言，说他生死莫卜，还有人说，他已被张宗周擒了，于是我遂匹马单骑，远赴胡边，深入瓦剌。天华师弟如有不测，这报仇的事儿，只好由我担承。”

云蕾插口说道：“我师父说谢师伯武功卓绝，智勇双全，想来该不至于遭人毒手?”潮音和尚冷冷一笑，说道：“谢天华确是武功卓绝，要不然我已替你报了仇了。”云蕾愕然问道：“二师伯此话，令人难解。”潮音和尚拍的一掌，将玉儿斫掉一角，大声说道：“我也是十分不解呀!”又是一声长叹，往下说道：“我潜入瓦剌，暗中打听多时，总打听不出天华师弟的下落，想要复仇，那张宗周有澹台灭明保护，门禁又极森严，焉能轻易下手? 我在瓦剌度日如年，心焦极了。不意，到了上一个月，却忽然听到一个消息，说是澹台灭明已不在张宗周左右，大约是给那奸贼差遣到什么地方办事去了。我打听属实，于是选择了一晚月黑风高的晚上，单身闯入张贼的右丞相府。

“那张贼的丞相府好大，他也真会享受，竟在漠北苦寒之地，建起像江南一带的园林，相府中的房屋，也都是苏杭两地的楼台亭阁格式。我摸了半夜，捉到了一个小厮，才打探出张贼住在花园东角的一座楼中。

“这时已是五更时分，可怪得很，张贼竟然还未睡觉，独自坐在房中写字，低首挥毫，丝毫没有注意到窗外有人要取他的性命。我掌心早已扣了三枚金钱镖，一看机不可失，立刻用连珠手法，取他‘将台’、‘璇玑’、‘金泉’三道大穴。我的钱镖在三丈之内，百发百中，莫说他在凝神写字，即算武艺高强之辈，有所防备，也难以一一躲开。

“不料钱镖一发，只听得叮、叮、叮，连声疾响，三枚钱镖都在他的眼前落下。那房中有复壁暗门，张贼身一靠墙，立刻躲了进去，我跳进去一抓，只抓裂了他的一幅衣角，就在其时，有人突然跳出，一掌将我推得仆倒桌上，蕾儿，你猜那人是谁?”

云蕾冲口说道：“莫非是澹台灭明没有外出，故作圈套?”说了之后，猛然想起上月月初，自己在雁门关外，还曾和金刀周健合战过澹台灭明，甚是怀疑，接着说道：“可是澹台灭明怎能有分身之术？但若非澹台灭明，又有谁有那么高强的武艺？”

潮音和尚冷冷一笑，大声说道：“若是澹台灭明，那倒毫不足怪，这人却是与我情如手足的同门兄弟谢天华！”云蕾惊道：“是三师伯？”潮音道：“不错，是谢天华！这才把我气得死去活来。我喝问他道：‘十年之约，你忘记了吗？你是复仇还是事仇？’他瞪我一眼，刷、刷、刷，一连三剑，将我迫出屋外，紧紧跟踪追出。在同门之中，他的武功最强，我明知不是他的对手，可是这时恨极气极，反转身来，便要和他拼命！

“可怪他在屋内那样狠心，在屋外却并不动手，避我数招，却忽地低声说道：‘你知道张宗周是什么人？’我怒极骂道：‘凭你如何说法，总不能把张贼说成好人！’劈面又是一刀，轻身夜行，不便携带禅杖，我带的乃是短刀，使来甚不趁手，哪能斫得他着？只斫了两刀，猛听得他低说了声：‘好糊涂的师兄！’忽地欺身直进，一伸手就点了我的软麻穴，将我背了起来。这时相府内已是人声鼎沸，守夜的武士都已惊起，他背着我窜高纵低，转弯绕角，转瞬之间，便到了园中一个静僻的角落，那里有一个精致的马厩，他从马厩中牵出一匹白马，解开我的穴道，低声说道：‘多年兄弟，难道你还不知我的为人？快走，快走！’我不肯上马，对他说道：‘你若不与我说个明白，我决不走！’他面色一变，忽然厉声说道：‘你若不走，休怪我手下无情，不但要走出相府，我限你三日之内，离开蒙古，否则取你性命！’我大怒挥刀再斩，刀却给他抢去折断，一下子将我抛上马背，喝道：‘你真的不想要命了么？’我绝料想不到他如此反面无情，自思：他既如此弃信背义，我白送了性命，有谁知道他是本门叛徒？不如权且避开，以后再找他算账。那匹白马神骏非凡，不听人骑，幸而我还有点功夫，强力将它制服，骑马冲出相府，背后数十百骑，纷纷追来，声势汹汹，只听得那些人都在喝骂：‘好大胆的贼人，居然敢偷了丞相的宝马！’哈，原来这白马竟然是张贼的坐骑，怪不得如此神骏，它被我制服之后，放开四蹄疾跑，真如追云逐电一般，不消多久，便把那些人都撇在后面，再也追赶不上。那一晚我虽被气得死去活来，却也意外地得了一匹宝马。”那匹白马就系在厅中，似乎知道潮音和尚说它，又嘶了一声。云蕾细看，这匹白马和张丹枫那匹“照夜狮子马”甚是相像，只是颈上多了一撮黄色的鬃毛，想来都是同一马种。

潮音和尚道：“蕾儿，你在出神想些什么？”云蕾道：“三师伯若是甘心事仇，又焉肯将张宗周的宝马也送了给你？”潮音道：“所以我是十分不解呀！若非这匹宝马，我也逃不出蒙古。”云蕾摇头道：“此事实是费人疑猜！那张宗周是什么人？难道——”潮音“啪”的一掌，又将玉几打掉一角，怒道：“那张宗周是奸贼世家，历代在瓦刺为官，助瓦刺整军经武，图谋吞并中华，这样一个天下皆知的大奸贼，你说他还能是好人吗？”云蕾想起爷爷被折磨，在冰天雪地里牧马廿年之事，心痛如割，颤声说道：“他是万恶不赦的奸人，是我家的大仇人！但，你看他是不是另有来历？”潮音眼珠一转，忽然似想起什么事情似的，从袋中掏出一团纸团，展开说道：“那晚我行刺张贼，一击不中，被天华一掌将我推开，恰巧仆倒在张贼的书案上，我随手一抓，拾起了这团纸团，就是那晚张贼所写的。我想那奸贼深夜不眠，所写的可能是什么机密文书，就把它带回来了。可恨他写得那么潦草，我斗大的字虽还认得几个，就认不出这龟儿子写的是什么东西。你给我看看，每一行都是七个字，不多不少，一共只有廿八个字，莫非不是什么文书，是什么诗呀词呀之类的玩意吗？”云蕾忍俊不禁，噗嗤一笑，将那张纸接了过来，细细一看，沉吟不语。潮音问道：“这龟儿子写的是什么？”云蕾道：“是一首诗。”念道：“谁把苏杭曲子讴？荷花十里桂三秋。哪知卉木无情物，牵动长江万古愁！”也正是张丹枫展图感慨，曾经对云蕾吟咏过的那首诗。

潮音眉头一皱，道：“那奸贼深夜不眠，写的就是这样的一首诗吗？什么愁不愁的，长江怎么会愁呢？哼，不通，不通！”云蕾忍不住又是噗嗤一笑，道：“这是宋朝一个名诗人的诗，长江自古以来是南北交战的战场，我看这首诗感慨很深。”潮音尴尬笑道：“那么就算是我这老粗不通，你给我说，他写这首诗是什么意思？”云蕾沉吟半晌，忽道：“这本是宋朝谢处厚写的一首诗，但头一句和尾一句都给张宗周改了一个字。原诗头一句是‘谁把杭州曲子讴?'给他改成'苏杭'，末一句本是'万里愁'，给他改成'万古愁'，末一句是将'地域之愁'改为'时间之愁'，那是伤心人别有怀抱，不必去理会它。头一句本来只是说杭州的，他却硬添上一个苏州，这可是为什么呢？嗯，宗周，宗周，宗周……"潮音奇道："你尽念这奸贼的名字做什么？"云蕾忽道："你说那张宗周的相府，建筑有像江南一带的园林，我没到过苏州，但亦知苏州的园林最是有名，不知那张贼所经营建筑的，是不是与苏州的园林一个模样？"潮音道："正是一样，看来张贼特别喜爱苏州。"云蕾想得出了神，又低头念道："宗周，宗周，宗周……"

潮音和尚惊道："蕾儿，你中了邪么？"这霎那间，张丹枫给她说过的一个故事从心头闪过，云蕾突然抬起了头，道："我明白了，张宗周乃是张士诚的后代！"这时距朱元璋开国，不过七八十年，张士诚的事迹还流传民间，潮音怔了一怔，道："张士诚？就是与太祖争夺江山的那个张士诚吗？"云蕾道："张士诚在苏州称帝，国号'大周'，张宗周的名字，不是明明说出他所'宗'的仍是他祖先所建的'大周'，而不是朱元璋所建的大明吗？"潮音和尚奇道："你这小丫头，怎么转弯抹角想到这么多东西？好像猜哑谜一般。"云蕾低首沉思，对他的话，如听而不闻。

潮音和尚大声说道："管他是不是张士诚的后代，他助瓦剌入侵，总不是好东西！"云蕾苦恼万分，道："二师伯说的是！"心中再翻起与张丹枫一路同行的种种情事，想道："张丹枫坚决逃出蒙古，想来不是他父亲那一路人。但谢天华师伯，侠义名传天下，若张宗周果是万恶不赦的奸贼，他为何不将他刺杀，反而护他？"这种种疑团，真是百思莫解。但不管张宗周、张丹枫是好是坏，他们总是云家的大仇人，是云蕾爷爷留下血书，指名要斩尽杀绝的人！

潮音和尚叹了口气，又道："我绝想不到天华师弟鬼迷心窍，居然会助这奸贼。我如今与他兄弟之情已断，此次回来，就是准备去恳求师祖，请他提早三年准你的师父下山。你师父的武功与天华在伯仲之间，我与她联手，那就定能将他杀掉！"云蕾猛又想起自己下山前夕，师父替她置酒饯行，醉后所吐的衷情。师父面壁十年，还念念不忘天华师伯，可知他们相爱之深，若然师父知道此事，不知道多伤心呢！

潮音和尚又笑道："他送我这匹马正用得着，骑它到小寒山去，用不了一个月头。这真是一匹宝马呀，哈，哈！"

两人谈了半天，石翠凤与周山民已在里面弄好饭菜，端了出来。周山民将饭菜放好，也跑去端详那匹白马，啧啧的赞赏不休，潮音和尚大碗酒大块肉的倒入口中，风卷残云，不消片刻，连那三斤米饭也吃个精光，搓搓肚皮笑道："好侄媳妇，你的手艺不错呀！饭烧得香，菜也做得美！"石翠凤气尚未消，淡淡一笑，撇过头看那宝马。潮音和尚又笑道："这是匹宝马，但还有比它更好的宝马，我和尚这回可认栽了！"周山民善于相马，奇道："什么，还有比它更好的马？"潮音和尚道："是呀！世上居然还有比它更好的马！山民贤侄，你用金刀寨主的名义，与石英联名传下了绿林箭，此事我前天方知。山西省黑道上的成名人物，我都认得，我和尚素来好事，便骑着白马去打听，原来你们所要追捕的也是一个骑白马的书生，这人可真是胆大包天，现在已干下震动绿林之事！"

云蕾、周山民、石翠凤耸然动容，齐声问道："他干了什么事？"神色各各不同。潮音和尚中指、食指相搭，"嚓"的一声，赞叹道："周贤侄，你们所要对付的白马书生是何等样人，我先不问，看他的行径，可真是英雄本色！一般的人被绿林大豪传下绿林箭追捕，躲避都来不及，他却先找上门去啦！"周山民诧道："找上门去？他找了谁啦？"潮音和尚道："只怕接到你绿林箭的人，他都去找啦！我前日到蓝大侠处打听，他刚接到那白马书生的留刀寄简，约他七日之后到'震三界'毕道凡家里相会。"周山民、石翠凤惊起叫道："震三界毕道凡？"云蕾虽然不知道"震三界"毕道凡是何等样人，但看他们惊异的神情，自必是非常的人物。

潮音和尚道："正是震三界毕道凡。你说他可不是吃了狼子心豹子胆吗？我辞别了蓝大侠，下午到龙寨主那里，他也刚接了那白马书生的留刀寄简，也是约他在七日之后到'震三界'毕道凡的家里相会。蓝大侠与龙寨主都是武林中响当当的角色，武艺岂是寻常，竟然被他偷进家中，留刀寄简，传声示警之后这才发现，这白马书生的本事，实是足以骇人。"云蕾初遇张丹枫时，被他几次戏弄，见识过张丹枫的轻功本领，倒也不觉奇异，周山民、石翠凤已是矫舌难下。

潮音和尚续道："我好奇心起，仗着马快，便去追踪这个白马书生，在崞县以北的平野，发现了他的踪迹，我飞骑急追，只听得他一路笑声不绝，遥遥喊道：'你也接到了轰天雷的绿林箭吗？恕我不知你安窑何处，立寨何方，未曾拜访，七日之后，你也到震三界毕道凡家里去吧！'原来他把我也当成是追捕他的人啦。我的马快，他的马更快，不到一顿饭的工夫，只见旷野平畴之上，只有一个白点滚动，追不上啦！晚上我赶到代县之西郝庄主那里，才知他在黄昏时候，也接到了那白马书生的留刀寄简，看来他那匹白马比我这匹白马，要快了半日脚程！"

周山民道："震三界毕道凡在黑白两道之外，行踪诡秘非常，这白马贼人新从蒙古而来，怎知他的住址？"此言一出，潮音和尚与石翠凤都同感惊奇，面有异色，潮音和尚是听到"蒙古"二字而惊奇；石翠凤则好似诧异周山民也居然知道震三界毕道凡的身份。

潮音和尚道："毕道凡在河北、山西二省交界之处，一个名叫'获鹿'的小村庄居住，我也是前日刚从蓝大侠处得知。他从蒙古远来，却怎的对中原的成名人物，都知得清清楚楚？此事实是可疑，唔，莫非……"欲说又止。云蕾抢着问道："你们尽说震三界毕道凡，这震三界究竟是何等样人？"此一问也，有分教：

引来伏虎屠龙手，道破孤臣孽子心。

欲知后事如何？请听下回分解。

第九回　滚滚大江流　英雄血洒
悠悠长夜梦　儿女情痴

潮音和尚道："你不问，我也想说。这震三界毕道凡一家，乃是武林中行事最怪的一家。他家父传子子传孙，都守着一条怪异透顶的家规：凡是男子，到十六岁成人之时，都要削发为僧，做游方和尚，做了十年之后，才准长发还俗，可是还不能成家立室，又要做十年叫花，做满十年叫花之后，才许结婚生子。所以毕家的男子，若要结婚，最少得在三十六岁之后。毕家人丁单薄，数代单传，或许与结婚之迟，也不无关系。毕道凡武功高强，神出鬼没，十年为僧，十年为丐，后来又还俗隐居，在僧、丐、俗人之中，都有过许多奇行异迹，因此得了'震三界'这个美名。周贤侄，这毕道凡乃是跳出了僧丐俗三界之外，又不在黑白两道之中的一个怪人，难道他也会接你们的绿林箭，伸手管这种闲事吗？"

周山民道："我怎敢将绿林箭传与他。若得毕老前辈出手相助，正是我所欲也，不敢请耳。"石翠凤问道："你请我爹联名传下了绿林箭，到底为了何事？那白马小贼究是何人？"周山民微微一笑道："为了替你的丈夫报仇！那白马小贼是人奸贼张宗周的独生儿子，也是我云蕾贤弟的大仇人！"顿了一顿，沉吟半晌，说道："我看毕老前辈多半会出手相助。可惜我不知道他便住在获鹿，否则我当请石老前辈与我爹联名写信与他。"石翠凤忽道："云相公，那白马小贼真是你的大仇人吗？"云蕾面色苍白，道："嗯，是，——是的。他是我家的大仇人！"石翠凤柳眉一展，笑道："那么你该谢我才成。"掏出了一封火漆密封的信，道："我爹早已想到他了。你们不敢请他，我替你们去请。”周山民一眼瞥去，只见信封上端端正正写着：“震三界毕道凡兄台亲启。”拍掌笑道：“石老前辈果是顾虑周详，早就想到这一着棋。这小贼今次真是自投罗网，贤弟，你可以亲手报仇了！”

石翠凤得意洋洋说道：“我一回到家中，他便写了这封信要我立刻送去。我奇怪他为什么这样急法，原来是要替你复仇。好爹爹，他把我蒙在鼓里，不肯将那小贼来历说与我知，原来那小贼竟是你的大仇人！等会儿咱们一同赶去，也教你认识认识那大名鼎鼎的震三界毕道凡！”云蕾心头一震，问道：“你看过这封信吗？”石翠凤道：“你没听我说，我爹将我蒙在鼓里吗？若我早看了这封信，还不明白？现在，这封信不用看也猜得出他写什么，当然是请那震三界拔刀助你了。”云蕾满腹疑团：石英并不知道张丹枫是她仇人，自己又亲眼见过他对张丹枫是那么一副如仆人对主人的神气，他岂会写信叫毕道凡去杀张丹枫？这封信说的是什么？实在难以料测！石翠凤诧道：“云相公，你在想什么？我爹为你传下了绿林箭，又请人替你报仇，你还不高兴吗？”

云蕾强颜笑道：“我高兴极啦！石姑娘，你爹和那震三界毕道凡是至交吗？”石翠凤道：“不，他是我爹的对头！他可强横霸道得很呢，我还没见过谁敢像他那样欺负我的爹爹！”此言大出众人意料之外，潮音和尚叫道：“谁说毕道凡强横霸道？”云蕾道：“嗯，他怎么欺负你的爹爹？”周山民叫道：“既是如此，你爹怎么还给他写这封信？”

三人纷纷质问，石翠凤辗然一笑，道：“他欺负我爹，可是我爹就顶佩服他！你问他怎样欺负我爹吗？说起来这已是十数年前之事了！

“那时我还是一个七八岁的小孩子，虽然年幼无知，当日的情景可还记得清清楚楚。有一日，我家门外来了一个恶丐，家人给米他不要，给钱他也不要，口口声声要我爹给一件宝物与他。谁不知道我爹是做黑道上的珠宝买卖的，家人以为他是来讹诈勒索，有人便动手打他，哪知他动也不动，打他的人便给弹到数丈开外，后来我才知道，这是‘沾衣十八跌’的上乘内功。

“那日我爹正教我读书写字，家人进来禀报，说有这么一个来历不明、口气奇大的恶丐。我爹的面色一下子变得惨白，挥手说道：‘好，请他进来。他进来后，谁也不许到内间半步，就是我给他打死了，你们也不准进来！’又叫我躲到卧房去不要出来。我听爹那么说，害怕极了，可是我还是不听他的话，待那恶丐进来之后，我就躲在外面的屋角偷看。

“那恶丐相貌奇特，乱发如蓬，面如黑锅，拿着一根叫花棒，就如凶神恶煞一般，进来之后，坐在我爹对面，一双怪眼，闪闪发光，瞅着我爹，好久，好久，两人都不说话。

“我爹叹了口气，走入内室，取了许多珍宝出来，堆在他的面前，说道：‘毕爷，我的家当都在这儿了。’那恶丐一声冷笑，将珍宝都扫在地上，道：‘轰天雷，你和我装疯作傻做什么？我家屡代寻访，已找了几十年了，而今我查得确确实实，那东西就在你这里，你还不给我拿出来么？’我爹道：‘东西也不是你的，凭什么要给你？’那恶丐冷笑道：‘难道是你的不成？你知否它的来历，怎敢说我不是它的主人？’我从未见过有人敢用这样的口吻对我爹大声说话，我爹倒像求恳似的，对他说道：‘这件宝物，就算你沾上点边，也不能说全是你的。我受人所托，家当可以不要，这东西可请毕爷放开手吧！’那恶丐勃然发作，站了起来，大声说道：‘家当，家当！谁要你那点家当？这东西你是给还是不给？’我爹道：‘不给！’那恶丐冷冷一笑，将叫花棒滴溜溜舞了一个圆圈，道：‘好呀！你既不给，那我可要领教领教你独步天下的蹑云剑法了！’

“我爹道：‘既然如此，那就恕我放肆啦！’拔出剑来，跟他狠打，那时我还未学剑法，只见我爹似疯虎一般，剑光霍霍，俨然是一副拼命的神气。那恶丐的一条叫花棒，被裹在剑光之中，却是伸缩自如，有如一条怪蟒，把我看得眼花缭乱！

“他们狠打狠拼，过了一顿饭的工夫，还是未分高下。忽听得那恶丐一声喝道：‘你给不给？’‘嘣’的一棒打中我爹肩头，我爹叫道：‘不给！’出其不意‘刷’的挺腰还了一剑，也在他肩头划了一道伤口。那恶丐叫道：‘好汉子！’挥棒又打，过了一阵，只听得又是‘嘣’的一声，那恶丐一棒挥去，将我爹摔了一个筋斗，我爹哼也不哼，爬起身来，又跟他斗，不多久，也将那恶丐刺了一剑，那恶丐与我爹一样，亦是哼也不哼，狠打狠斗，斗到后来，地上都是鲜血，我爹先后摔了好几个筋斗，额角也给叫花棒打得皮开肉裂。虽是如此，那恶丐可也占不了便宜，不但乱草一般的头发都给剑光削短，身上也受了好几处剑伤，斗到后来，两人都已筋疲力竭，那恶丐又打了我爹一棒，我爹也刺了他一剑，两人都倒在地上，爬不起来。我害怕极了，先头不敢出声喊叫，现在可哇的一声哭了出来，我爹在地上滚了几下，挣扎叫道：'好，毕爷，你拿去吧！我认输了！'声音颤抖，非常可怕。那恶丐道：'不，你没有输。你忠于所托，确是我生平仅见的一条硬汉，那宝物你就暂时留着吧。我不和你硬要。你今后若有什么为难之事，值得将那宝物交换的，只要你一开口，我无有不尽力而为。'爬了起来，包扎好伤口，用叫花棒当作拐杖，跄跄踉踉地走出门口。我爹可爬不起来，我出去叫，家人才敢进来，将他抬到床上，养了半个多月，伤才养好。刚能走动，他就扶着墙壁到藏宝楼去，在那幅画前独自流泪，我整日不离他的左右，那日我也偷偷跟去，都瞧见啦。那时，我年纪小，不敢问他。长大之后，问他他也不说。"云蕾心中一动，问道："是哪幅画？"石翠凤道："就是我们成亲之日，你在楼上所见的那幅巨画。"云蕾"唔"了一声，不再言语。

石翠凤续道："我爹后来常对我说，那恶丐其实不是恶人，而是一个奇侠，言下之意，对他竟似十分佩服。我就不肯相信，那日如此欺负我的爹爹，强横霸道之极，怎么还不是恶人？我爹做黑道上的珠宝买卖，风险极大，有好几次碰到身家性命的危难，其时总对我说起那个当年的恶丐，今日的'震三界'毕道凡，说是此事若有毕爷相助，便可化险为夷，说是如此，我爹可从未曾向他求助。云相公，今日我爹为你，居然肯写信给他，可知他爱你逾于自己，比对我还要深厚得多。我而今也不管他是好人还是恶人，是奇侠还是怪物，总之只要他肯拔刀相助为你报仇，我便满心高兴，再也不念他的旧恶。"

云蕾出神思索，对石翠凤的话竟似不闻。潮音和尚接口说道："震三界毕道凡此人，你说他凶恶确是恶到了极点，你说他良善却也良善到极点。廿多年之前，我和他见过一面，那时他与我一样，是个和尚，还未曾蓄发还俗，也未曾做叫花子。

“那时我技业初成，浪荡江湖，是个吃四方的游方僧人。一日到了安徽凤阳，那是太祖皇帝朱元璋的故乡，有首歌谣道：‘说凤阳，道凤阳，凤阳本是好地方，自从出了个朱皇帝，十年倒有九年荒。大户人家卖粮食，小户人家卖儿郎，奴家没有儿郎卖，背起花鼓走四方。’可知凤阳虽是‘帝乡’，却非但没有沾着皇帝的光，反而给皇帝定下来的苛捐杂税，弄得民不聊生，一遇荒年，百姓就要四处逃荒。那年也是荒年，凤阳十室九空，灾情十分严重。但却有一处地方富丽堂皇，穷奢极侈，你道那是个什么地方，那是一间寺院！”云蕾奇道：“寺院？寺院不是和尚住的地方吗？”潮音道：“不错，寺院是和尚住的地方，可是那间寺院的和尚，却不与洒家一样，他们是有钱有势的大和尚！在这里说话不必忌讳，我朝的太祖朱元璋少时曾削发为僧，他就是在那间寺院出家的。那本是一间小寺院，朱元璋做了皇帝后，那寺院可就大兴土木，成了名闻天下的大寺院啦。因为皇帝曾在那里出家，所以叫做皇觉寺。

“皇觉寺的僧人横行霸道，这且不必说了，他们既不持戒律，也不守清规，趁着荒年，竟然大批买入逃荒人家的女儿，养在寺院之中淫乐。我在凤阳一路听得那些灾民谈起卖女儿给寺院之事，这个说得了五百钱，那个说得了三百钱，这些钱还不够买十天的口粮。还有些是迫于无法养活女儿，不给钱也要求寺院要的。我听了心头火起，天下竟然有这样的寺院，这样的和尚，连我这个狗肉和尚的面子都给他们丢清光啦！

“那时我不到三十岁，火气比现在更大，也不管它是什么皇觉寺，拽起禅杖便跑去找那住持和尚大骂一通。哪知那些和尚个个都会武功，住持尤其是个中高手，全院和尚都跑了出来，要将我生擒活捉，凌辱处死。我和他们斗了半天，打死了好几个，可是寡不敌众，斗得力竭筋疲，看看就要遭他们的毒手。

“正在吃紧，外面忽然又来了个游方和尚，手敲木鱼，口宣佛号，大声叫道：‘清平世界，朗朗乾坤，你们这班佛门败类，敢在这里害人么？’一面念着阿弥陀佛，一面动手杀人，杀得死伤遍地，我看着也心软了，便道：‘师兄，饶了他们吧！’那和尚道：‘别间寺院的和尚可饶，这间寺院的和尚我恨之入骨！你发慈悲就让我一个人动手。’他一刀一个，竟然来了个斩尽杀绝。皇觉寺里挂有一张比人还高的明太祖朱元璋的画像，可笑得很，寺院里挂皇帝的像，那像中的皇帝，却又不敢画成是削了发的和尚。那游方和尚在朱元璋的画像之前大笑三通，呸的一口浓痰就吐在像上。

“这乃是大逆不道的惊人举动，洒家虽然也恨欺压良善的官府恶霸，见他对皇帝的画像如此侮辱，心中也不禁大为震惊。这和尚道：‘你不必害怕，朱元璋未做皇帝之前，也不过和咱们一样，他怕人提起他做过和尚，我还恨他玷污了和尚这个称号。你敢杀这些淫僧，为什么就不敢恨这个纵容淫僧，曾为和尚的皇帝？’他说得火起，竟将那画像一把撕了下来，扯得粉碎。我被他当头一喝，如闻佛法，不再惊恐，合十大笑道：‘痛快！痛快！’

“那和尚道：‘杀人痛快，救人可极麻烦。做人也不可只图痛快而畏惧麻烦。’皇觉寺中藏有女子甚多，她们的父母已四散逃荒，加以路途不靖，放她们出去也无从寻觅。那和尚道：‘救人须救个彻底，你我理该护送她们，替她们找到家人。’他说得对极，杀人易，救人难，我们足足花了两个月的工夫，才将那些女子一一送回到她们的父母兄弟手上。至于皇觉寺中的财物，自然也都分给了灾民。这件事情，乃是我下山之后所积的第一件功德，此生再也不会忘记。

“我与那和尚相聚两个多月，意气相投，彼此印证武功，也不相上下，遂结为知交。这个和尚便是今日的‘震三界’毕道凡，我可真想念他，可惜自那次别后，便一直没有见过。”

云蕾听得出神，潮音和尚的故事固然动听，故事中的毕道凡更惹她思疑，听潮音和尚说来，宛如见到毕道凡唾吐朱元璋画像时的那副神气。他为什么那样憎恨明朝开国的皇帝？实是费人疑猜。云蕾蓦然想起了张丹枫，想起了张丹枫提到朱元璋时的那副憎恨神气，顿觉一片惘然，思潮更乱。

只听得周山民笑道：“潮音大师，这回你可以见着他了。一个毕道凡已足够那小贼应付，再加上你老，任他三头六臂，插翼难飞。

哈哈，贤弟，你的大仇定能报复，你爷爷在九泉之下也可瞑目了。”云蕾双目发直，凝视远方，竟然不答周山民的话，连潮音与石翠凤也觉甚为奇怪。

日影近午，潮音和尚一跃而起，说道：“距那白马书生之约，只有四日，咱们该赶去了。”四人鱼贯走出墓穴，云蕾仰望万里晴空，宛如做了一场恶梦。

潮音和尚的白马最快，云蕾的红鬃战马次之，潮音放松马缰，与云蕾并马而行，故意把周山民与石翠凤留在后面，石翠凤自是极为不悦，可亦无可奈何。

傍晚时分，到了忻县以东的一个小镇，碰到了两拨人马，一拨是太谷的火神弹郝庄主，一拨是饮马寨的蓝寨主，潮音和尚与周山民都和他们熟识，彼此招呼，都是同到震三界毕道凡家赴会去的。潮音和尚一行四人便和他们同包下一家最大的客店。潮音和尚要了三间房子，他自己与周山民同住一间，却叫石翠凤与云蕾各住一间，在众目睽睽之下，石翠凤哪敢道半个不字。

这一晚云蕾翻来覆去睡不着觉，忽听得门外有人轻轻弹了几下，云蕾问道：“谁呀？”门外石翠凤的声音低低答道：“是我。”云蕾怕她闹出笑话，只得戴好头巾，披上外衣，把门开了，但见石翠凤泪痕满面，和身扑入怀中。云蕾轻轻将她扶起，坐在床上，问道：“你怎么啦？”石翠凤秋波一瞥，如怨如怒，说道：“云相公，我可不是低三下四之人，我可受不了这口闷气。”云蕾道：“谁给气你受啦？”石翠凤道：“你的师伯与你的义兄，怎么总像有意离间咱们似的，他们简直不把我当作你的妻子看待。是不是他们嫌我配不上你，要替你另选佳人？”云蕾忍不住噗嗤一笑，道：“你想到哪里去啦？他们实是一片好心。”石翠凤怒不可遏，道：“好呀，他们要替你另选佳人也是一片好心？我有什么失德之事，你就存心要把我休了？”潸然泪下，云蕾手足无措，道：“什么话，什么话？你越扯越远啦！我几时说要把你休了？”石翠凤道：“那，你，你——”一连几个“你”字，含羞说不下去，云蕾心道：“弄假成真，这回怎生是好？”正说得句“你听我说，我那义兄——”石翠凤“呸”的一声，截着说道：“你那义兄，再提你那义兄，我就马上回去找爹爹来评理。你是娶我还是娶你的义兄？哼，哼，我最恨你那义兄！”云蕾尴尬之极，把心一横，就想将真相说与她知，忽听得门外一声咳嗽，周山民的声音说道：“贤弟，你与谁说话呀？”云蕾如获救星，一把将石翠凤推开，道：“周大哥来了，你快出去吧，抹干眼泪，别叫他瞧着不雅。”石翠凤这一气非同小可，反身奔出门外，却又不料恰恰与周山民撞个满怀，她恨得一手将周山民推得几乎跌倒，自回房中，蒙被过头，在被中偷哭。

云蕾见周山民深夜到来，甚是惊讶。只听得周山民道：“贤妹，你我亲如家人，有话不妨对我尽说。你可是有什么难解的心事么？”云蕾心头一震，强笑道：“有呀，你不看到石姑娘对我纠缠么？这就是难解的心事。这心事我解不开，只有靠大哥你替我解啦。”周山民面色一变，只听得云蕾又道：“石翠凤实是一个好女子，与你门户相当。大哥，你与她一路同行，难道对她没半点意思吗？”周山民面色一下子变得难看之极，心中如打翻了一个醋瓶，料想云蕾定是看上他人，故此要将石翠凤让与他承受。云蕾心地纯真，哪料得到他如此想法，见他面色陡变，不觉怔着。只听得周山民说道：“云妹，你别瞒着我啦，你是另有心事。”云蕾嗔道：“什么？”周山民瞧她一眼，忽道：“那张宗周的儿子与你一路同行，对你可好？”云蕾身躯抖颤，道：“很好！”周山民道：“可是他是你家的大仇人！”云蕾道：“这事情不用你来提醒，我爷爷的血书说得明白。”周山民道：“说些什么？”云蕾道：“要我将张家的人，不论男女老幼，全都杀绝！”

周山民紧迫问道：“可是他对你好！”云蕾道：“好与不好都是一样，我、我、我怎能违背爷爷临死的遗言！”哽咽着说不下去，这霎那间真情流露，周山民心凉了半截，可是听她坚决要守爷爷的遗言，却也放下了另外一半怕她以敌为友的顾虑。见云蕾身躯颤抖，目蕴泪光，忍不住又爱又怜，又是伤心，伸手去扶，猛然间手臂一麻，有如给大蚂蚁叮了一口，只听得外面潮音和尚大声叫道：“好贼人，好胆量，洒家在此，你也居然敢找上门啦！”周山民心头一震，拔出腰刀，跳出屋顶。只见在皎皎月光之下，一个面如冠玉的书生，似笑非笑，迎风而立，可不正是自己传下绿林箭所要追捕之人！那蓝寨主和郝庄主都已现出身形，伏在檐角。潮音和尚又叫道："我不与小辈动手，我替你们去制服他那匹白马，你们小心，不要让他逃了！"周山民叫道："蕾弟，快来！"郝庄主郝宝椿号称火神弹，一扬手就是三粒火珠，迎面射至，那书生身形飘飘，全都避过；蓝寨主蓝天石抽出判官笔，双笔一点，左右斜飞，跳上前去动手，那书生仍不拔剑，左手划了半个弧形，右掌一扬，一招"长河落日"，连守带攻，将蓝天石迫开两步；周山民一刀疾斫，那书生身形好快，脚跟半旋，拢指一拂，周山民猝不及防，手腕被他拂了一下，登时红肿。屋内云蕾早已赶到，青冥宝剑扬空一闪，作势欲刺，月光之下，只见张丹枫目中似闪泪光，云蕾咬实牙根，刷的一剑刺出，只听得张丹枫叫道："我都听到了，你原来这样恨我吗?"身形一晃避开，并不还击。周山民叫道："刺他大穴，不要留情。"郝宝椿又发火弹，三下夹攻，张丹枫长吟道："微躯原可归尘土，其奈恩仇未了何！"猱身疾进，闪过了云蕾一剑，照着蓝天石面门呼的一掌，蓝天石急急闪开，张丹枫一跃跳下，周山民叫道："快追！"云蕾如醉如梦，身不由主，随着众人追下。

张丹枫撮唇一啸，似是招呼那匹"照夜狮子"，但听得里许之外，马声长嘶，潮音和尚跨上白马，拦截张丹枫那匹白马。两匹白马，竟似十分熟识，此嘶彼应，"照夜狮子"竟是不肯过来。张丹枫又是一声长啸，那匹"照夜狮子"昂首人立，潮音和尚照着马颈一掌，那马给他扫中，狂嘶一声，四蹄屈地。张丹枫心痛如割，骂道："贼和尚，敢伤我宝马！"双掌连环疾扫，可是蓝郝周云四人已将他围在垓心，他急切之间，又不能拔剑，竟是冲不出去。

潮音和尚笑道："你没有宝马，看你如何逃得出去?"话声未了，他坐下那匹白马猛然怒嘶，前蹄一起，潮音和尚几乎给它掼下马来。这匹马被潮音和尚收服多时，本已听他使唤，甚为驯服，这时骤然狂怒，大出潮音和尚意料之外！

潮音和尚哪里知道，张丹枫那匹"照夜狮子"，正是他所骑的这匹白马所生。张宗周疼爱儿子，所以让他骑年轻力壮的"照夜狮子"，潮音和尚打伤了"照夜狮子"，他的那匹坐骑狂怒发作，昂首跳跃，抛不落潮音和尚，就索性发力向前飞奔。潮音和尚虽是武功高强，力能伏马，可是他既不愿打伤自己的坐骑，被它驮着发力狂奔，急切制它不住，晃眼之间，竟给它驮了奔出数里之外！

那匹照夜狮子马神骏非常，痛过之后，一声长嘶，猛然跃起，飞冲过来。张丹枫大笑道：“好，好！”蓝天石双笔急落，郝宝椿金鞭倒卷，周山民一刀斜奔，三人抱着同一心思，都是意图截着张丹枫，不让他去抢马。张丹枫身形一展，向云蕾所守的方位一冲，云蕾咬牙一剑，剑锋却又是斜斜地从张丹枫面门掠过，说时迟，那时快，那匹照夜狮子马已猛冲过来，周山民迫得斜退避开，张丹枫一跃上马，郝宝椿猛发暗器“火灵珠”，暗器去势虽疾，那匹宝马更快，竟都落在马的后面。只听得那白马书生遥遥叫道：“恕不奉陪，三日之后再见！”笑声蹄声，飘散空际，眨眼之间人马俱杳。

云蕾呆若木鸡，蓝天石、郝宝椿、周山民三人也都垂头丧气。过了好久，潮音和尚才制伏了自己那匹坐骑，缓缓而回，见众人情状，苦笑道：“咱们今晚都栽了。说不得三日之后，我也要出手了。”

第二日绝早，群雄结伴西行，石翠凤经昨晚一闹，既是生气，又是伤心，竟不再和云蕾说话。周山民一路思量，经过昨晚的阵仗，他已深知张丹枫的武功实在云蕾之上，张丹枫情知她是仇敌，也不忍伤她，足见两人已是互有情意。他一路思量，闷闷不乐，也不再去招惹云蕾。云蕾倒乐得耳根清净，只是心中的苦闷，却是与日俱增。

三日之后，到了获鹿，毕道凡所居的山村，山环水绕，形势甚为险峻。潮音和尚一马领先，通名入见，只见毕家之中已是群雄毕集，都露出了焦急的神情。潮音与毕道凡廿余年不见，自是狂喜不禁，各道思念。宾主坐定，接到绿林箭、被张丹枫约来的绿林群豪都迫不及待，纷纷向周山民探问，所要对付的白马书生究竟是何等来历。

毕道凡道：“令尊金刀寨主与我虽未曾会面，却久已肝胆相照，他所要追捕的定是万恶不赦之徒，只看那贼人今日的布置，已是居心险恶之极，你不必细说，我也要与他动手。”一眼瞥去，只有石翠凤是个女子，毕道凡拈须笑道：“恕我眼拙，不知绿林道中出了一位女中豪杰。”周山民代答道：“这位姑娘正是轰天雷的掌珠。”石翠凤上前施了半礼，朗声说道：“家父有信问候。”毕道凡大喜笑道：“轰天雷有事吩咐，我赴汤蹈火亦在所不辞，这封信我已等了十多年了！”拆信一看，面色忽然一变。

云蕾心中七上八落，不知信中说的究竟是什么，只见震三界毕道凡看了又看，把信慢慢折起，放入怀中。周山民正想说那白马书生的来历，毕道凡眼光一瞥，缓缓说道：“你不必先说，我有分数。”眼光瞥到云蕾，周山民道：“这位英雄是潮音大师的师侄，亦是石老英雄的女婿。”毕道凡道：“轰天雷的女婿都来了，可惜他没有来！这段公案只恐还是无法了断。”双眼一翻，昂首朝天，黑渗渗的面上透出红光，座上群雄屏神静气，只听得他干笑一声，向云蕾、翠凤招手说道：“都随我来！”又缓缓说道：“若然那白马书生突然来袭，潮音师兄，你暂代我应付。”他虽是还俗已久，对潮音和尚仍用昔日称呼。

云蕾、翠凤跟他穿廊绕屋，走上一座小楼，小楼挂有一幅画，城廓山水，花树扶疏，与石英家中那幅宛如出自一人手笔，只是比石英那幅却小得多。尚未坐定，一个小孩跑了进来，指着那幅画道：“爹爹，给我，给我玩！”小孩年约七八岁，生得粉雕玉琢，甚是可爱。毕道凡捻须一笑，将那幅画取了下来，掷给孩子道：“拿去！今日可见真画，这幅赝品，我也不必宝贝它了。”孩子取了那画，又笑又跳，出去自玩，想是他已向父亲求过多次，今日方才到手。

毕道凡目送孩子下楼，微微一笑，道：“石姑娘，那年我到你家之时，你也和他一般大小。你还记得吗？”石翠凤道：“我爹卧床两月，此事我怎能忘了？”

毕道凡叹了口气，道：“我当日甚是凶恶，你直至今日，还记恨我么？你爹爹可对你说了没有？”石翠凤道：“我爹倒一点也不恨你。今日若得你出手相助报仇，我也要向你道谢。”毕道凡诧道：“报仇，报什么仇？”石翠凤奇道：“爹爹信中还未说得清楚吗？那白马书生乃是云相公的大仇人！”毕道凡看了她一眼，问道：“是么？”云蕾面色苍白，道：“石姑娘说得不错。只是复仇之事，我可不愿假手他人！”毕道凡道：“好，好志气！我可想不到其中还有许多情事，倒教我为难了。”石翠凤道：“什么？没有想到！我爹爹信中写的究竟是什么？”

毕道凡淡淡一笑，半边脸朝着翠凤，沉声说道：“今日我约你到来，乃是要给你说一个故事，这个故事，你爹也未知得周全。

“很久很久以前，有一个老和尚，精通武功，妙悟世法。其时正是异族入主中华，天下混乱，有两个结拜兄弟，大哥是私盐贩子，弟弟是小叫花子。两人都胸有大志，要举义兵驱逐胡人。那老和尚却比他们都抢先一步，在淮西先竖起了义旗……”

云蕾忽抢着道：“这老和尚有两个徒弟，就是这个私盐贩子义兄和叫花子义弟。”毕道凡目光一闪，微微笑道：“你也还知得不全，那老和尚不是有两个徒弟，而是有三个徒弟。这残缺不全的故事，是谁说你听的？”

云蕾道：“实不相瞒，便是今日你们所要对付之人。他本要与我说三个故事，第一个故事的开头一段与你适才所说无异，第二个故事我已自知，第三个故事他尚未说。”石翠凤好生惊异，看那毕道凡倾神在听，面不改容，却似早在意料之中。只听得毕道凡接口说道：“那就是了。他比我知得更多，我今日所说，也许还只是他第三个故事的一半。”石翠凤面色沉暗，瞅着云蕾，似是埋怨“他”一直将自己蒙在鼓中。

毕道凡道：“此事他既说了一些，我也就不必藏起姓名。那私盐贩子是张士诚，那小叫花是朱元璋，那老和尚便是他们的师父叫彭莹玉。

“彭莹玉还有一个徒弟叫做毕凌虚，此人熟读兵书，多谋足智，曾跟彭莹玉走遍天下，扮过各种身份的人，也曾做过和尚，做过叫花。

“朱元璋在未投入红巾军之前，曾在他师父的义军之中，做过一个小首领。此事想那人已对你说了。其时元兵如百足之虫，死而不僵，在一时并起的群雄之中，彭莹玉兵力不大，给元军败过几次，形势甚险。朱元璋野心极大，在一次兵败势危之时，将师父卖与元军，自己却一把泪一把鼻涕地冒充好人，收拾残局，将师父的部属带到当时声势最大的红巾军中，想用红巾军作为本钱，争夺天下。

“朱元璋以为师父必死，其实未死，在元军将他解上北京的途中，毕凌虚万里追随，多方设计，终于把他救了。其中经过曲折复杂，在此我也不必细说。

“其时中原已成混乱之局，彭莹玉师徒二人回不了江南，乃另组义兵，图谋复起。但北方尚是元军的根据之地，彭毕二人正图起义，便给元军大举围攻，在一次战役之中，彭莹玉受了重伤，临死之时对毕凌虚道：‘人生难免一死，我而今死在沙场，胜于死在缧绁之中多矣。只是还有一件未了之事，得你替我去办。看今日之势，汉族重光，已是必然之局。天下群雄，能登大宝者，据我看来，必是你的两个师兄，非朱即张。他人断难问鼎。朱元璋雄才大略，却是刻薄寡恩，倒不是我恨他出卖过我，我实是不欲他为皇帝，重苦黎民。我自小流浪江湖，周游天下，对各处山川险要，用兵攻守之地，了如指掌，曾画有一份军用的天下详图，谁得此图，便可图王霸之业。你替我将这份地图，交与张士诚吧。’

“毕凌虚受了重托，冒绝险万难，间关南下。可惜他来得迟了，来到江南之时，朱张争雄之局已变，张士诚被困在苏州一隅，眼见即将被灭。张士诚不愿被困而死，乃作乾坤一掷，约了朱元璋在长江中作最后的生死决战。

“毕凌虚劝他保全实力，冲出逃亡，张士诚大笑道：‘我怎能失信给小叫花！’当晚叫了一名画匠，画下了苏州的风景图。张士诚酷爱围棋，当晚还神色如常，与毕凌虚饮酒下棋，下到天明，画亦绘就，这图画得十分详细，山丘城塔，尽都画在里面。张士诚将多年积聚的珍宝与及他师父彭和尚所绘的那份详细地图，都藏在一个隐僻的地方，在画上做下了记号，叫一个亲信带这幅画与他的儿子连夜逃亡。毕凌虚大为感动，不愿离开危城，最后在长江一战，竟先张士诚战死。他有一个小儿子随着乱军逃出，幸得保全。

“张士诚所藏的珍宝也还罢了，那幅军用地图可是无价之宝，若然有人得了，大可与朱元璋的子孙再争天下，再决雌雄。”

石翠凤听得惊心动魄，问道：“那幅画呢？”话声未毕，忽听得“嗤”的一声，一枝蓝色火箭冲天直上，有人叫道：“那白马书生来了！”

毕道凡从容不迫，缓缓站立，微笑说道："这幅画就在石姑娘你的家中，现在或许已到了这白马书生的手里！"石翠凤张目结舌，只听得毕道凡又微笑说道："你爹的信就是要我见见这位白马书生，既非有事求助，更非请我报仇。一切事情，都任从我的主意处置。只是我还有数事未明，可惜你的爹爹又不肯前来见我。今日之事，倒教我难于处置了！"

云蕾怔怔出神，但听得张丹枫的笑声已远远传至。毕道凡道："这位白马书生倒是可人，值得去见见他！"左手携了云蕾，右手携了翠凤，缓缓下楼。

云蕾心急如焚，出到外面，高呼酣斗之声，已是惊心动魄。把眼看时，但见潮音和尚已与张丹枫斗在一起。

潮音和尚的外家功夫登峰造极，早已名满江湖，绿林群豪，环立如堵，看这两人在圈中恶斗，潮音和尚碗口般大的禅杖使得呼呼风响，那书生身形飘忽，剑势如虹，剑杖交锋，一时间分不出谁强谁弱。

两人斗了半个时辰，潮音和尚一声大喝，禅杖抡圆，呼呼猛扫，有如蛟龙出洞，倒海翻江，张丹枫剑势一收，踏着五行八卦方位，步步后退。毕道凡微笑道："潮音师兄的伏魔杖法大有长进。这白马书生的剑法，我可是从未见过。"说话之间，二人又斗了十余廿招，潮音和尚步步进迫，忽听得"当"的一声，火星飞溅，潮音和尚的禅杖已给剑削了一个切口，绿林群豪，惊起叫道："好宝剑！"

潮音和尚霍地一跳，随手一抖，那根碗口大的禅杖直弹起来，这是伏魔杖法的杀手神招，加上潮音和尚几十年的功力，猝然使出，如戳如扫，霎忽之间把张丹枫上下左右几路，全都封住，云蕾触目惊心，骇然而呼，忽听得潮音和尚一声大笑，张丹枫的剑飞上半天。

绿林群豪，欢声雷动，忽见潮音和尚禅杖一收，托地跳出圈子，张丹枫身形掠起，翩如飞鸟，将宝剑一把接着。潮音和尚叫道："你师父虽属可恨，你却是我本门小辈，我岂能以大压小，由你去吧！"绿林群雄大为惊诧，纷纷议论。毕道凡微笑道："事情越来越妙，这白马书生怎么又成了潮音师兄的同门晚辈了？禅杖被削，宝剑脱手，他们师伯师侄，倒打了一个平手，有趣，有趣！”

张丹枫手抚剑柄，潇洒自如，朗声说道：“晚辈张丹枫前来赴约，敬请毕老英雄一见。”郝庄主与代县的独行大盗邝冲性子最为暴躁，毕道凡尚未出声，他们已越众而出，一个手使长鞭，一个手舞铁牌，长鞭卷地，铁牌压顶，两般兵器，风雨袭来。张丹枫横剑当胸，身子滴溜溜一转，并不出招反击，郝邝二人正待换招，但见张丹枫身形一闪，已从兵器夹击的缝隙中钻了出去。只听得毕道凡叫道：“都不要动手，张兄请随我来！”声如洪钟，震慑全场。绿林群雄心中都道：“定是震三界要亲自与他较量了！”

但见毕道凡缓步前导，将张丹枫带到后面花园，假山湖石围绕之中，有亭翼然，亭中石案之上，摆着一盘围棋，棋子疏疏落落，想来是还未下完的一局残棋。

毕道凡叫家人斟了两壶酒来，说道：“名将喜棋，高人赏画，古今同好，兄台也有兴致下一盘么？可惜老朽这里，无画可赏！”

张丹枫微微一笑，一揖说道：“晚生不才，闻弦歌而知雅意。晚生随身携有卷画，虽非名家手笔，或许亦可一观。”将取自石英家中的那幅巨画高挂亭中，毕道凡瞥了一眼，忽地长叹一声，低声说道：“江山无恙我重来。当年写这幅画时，想亦有人下棋饮酒，张兄，你家学渊源，请持白子。”

两人这一番举动，大出众人意料之外。传绿林箭是何等紧张郑重之事，他们却在这里赏画下棋。潮音和尚也诧道：“这师侄我亦从未见过，震三界怎么知道他家学渊源，擅于下棋？”云蕾在他身边，忽地回头说道：“他自然知道。这幅画画的可是苏州风景么？”潮音诧道：“你未到过苏州，你又如何知道？”石翠凤在旁也冷冷说道：“他自然知道。”

亭中两人一面饮酒，一面下棋，群豪远远观看，纳闷异常。毕道凡持黑子先下，起手布出“燕双飞”的局势，张丹枫第一步棋，却丢在棋盘当中，直占“天元”之位。围棋术语有云：“金边银角石肚子。”意思是保持边角乃是上乘，抢当中腹地，却是易受入侵，中看不中吃的。毕道凡起手所布的“燕双飞”之局，便是保持边角的战略。不料张丹枫竟不与他抢夺边角，径占当中。毕道凡赞道：

“兄台豪气，果是凌驾前人，竟不屑与我争一隅之地么?”凝思良久，始下一粒，张丹枫却是信手便下，毫不思索，下了半个时辰，棋盘中棋子还是疏疏落落，毕道凡汗涔涔下，忽然站起身来，将盘中棋子一扫，惨然说道：“这局棋我不能再与你争了!”

张丹枫一笑起立，道声：“承让!”将画卷下。绿林群豪耸动，毕道凡瞥了一眼，忽道：“张兄，非是老朽不知进退，你既约了这么多好朋友来，老朽也不能不随俗例，要请教兄台几路剑法。”张丹枫目光闪闪，毕道凡此语，颇似出乎他的意料，但仍是神色自若，一揖说道：“既然如此，请毕老前辈手下留情。”

毕道凡从墙角取了一根木棒，笑道：“这叫花棒还用得着!”毕道凡的棒乃降龙木所造，坚逾金铁。张丹枫在下首立了个门户，毕道凡知他不肯先手出招，棍尖一指，道声“留神接招”，手起一棒拦腰扫去，张丹枫道个“好”字，霍地晃身一跳，降龙棒在他脚下一掠而过，他身形未落，剑光已起，一招“白虹贯日”，便向毕道凡“华盖穴”刺到，毕道凡也叫声“好!”降龙棒往下一沉，一招“平沙落雁”，斜拍脉门，正击双胫，一招三式，用得十分老辣，张丹枫猛缩身形，身随剑走，突出一招“日月经天”，剑光如虹，横掠而过，将毕道凡的攻势全部破解。毕道凡赞道：“张兄剑法果然妙绝天下!”蓦地将降龙木棒一个顺势反抽，疾如骇电，看似张丹枫避无可避，他却忽地反身一剑，身法之快与剑招之妙，都配合得恰到好处，恰恰从木棒斜边长身而出，宝剑一抬，碰个正着，火花飞溅，铿锵有声。毕道凡似吓了一跳，抽棒看时，张丹枫已刷的一剑从他颈侧穿过，毕道凡偏身立棒，呼的又旋过来，绿林群豪心中都叫好险。潮音和尚却在诧异，这一剑剑尖只要略略一偏，就可刺中，难道是张丹枫的劲力还不能控制自如?

毕道凡却知道他有意让了一招，一看降龙木棒，并无缺口，哈哈笑道：“你的宝剑与我的叫花棒两无伤损，不必顾忌。”木棒一展，盘、打、挑、扑、圈、抖、敲、撞，施展棍棒神打八法，舞弄得出神入化，张丹枫打点精神，细心应付，只觉他的棍棒带着一种无形的劲力，有如天风海雨，迫人而来。原来若论身法轻灵，乃是张丹枫稍胜，若论内力的沉劲，却是毕道凡高强。斗了三五十招，张丹枫使了一招“龙门鼓浪”，剑势排空而至，强劲之极，看看剑锋已是触及降龙宝棒，忽地被毕道凡横棒一带，身不由己，躬腰欲倒，扑向斜方。只听得呼的一声，毕道凡一棒从他脊骨上扫过，张丹枫反身一跃，跳过一边。绿林群豪心中都道：“可惜可惜!”潮音和尚却在诧异，这一棒只要略略一沉，便可将张丹枫脊骨敲碎，难道以毕道凡那样的功力，劲力尚还不能控制自如?

张丹枫却明白是毕道凡还让了一招，持剑踌躇，正欲设法探问毕道凡真意所在。忽听得毕道凡哈哈大笑，持棒迫来。正是：

剑光映出当年恨，犹未敲残一局棋。

欲知后事如何？请听下回分解。

第十回　一局棋残　英雄惊霸气
深宵梦断　玉女动芳心

张丹枫横剑当胸，只听得毕道凡哈哈笑道：“兄台剑法妙绝，老朽可以放心了！”突然伸棒一搭剑身，张丹枫只觉一股黏力往外扯去，宝剑只好顺势一展，剑棒相交，并竖空中，形似一个“人”字，这是武林中化敌为友的表示，群豪相顾诧然。毕道凡眼光一扫，朗声说道：“张兄是我世交，天大的事情，请冲着小老儿的薄面，揭过去吧！”哈哈大笑，掷棒于地，携着张丹枫的手，亲自送出门外。

周山民双眼圆睁，绿林群雄也都耸然动容，但见毕道凡神色凛然，与张丹枫携手并肩，对旁人神色毫不理会，这是江湖上最隆重的护送方式，旁人虽有不满，碍着毕道凡的面子，此际也不敢公然发话。

门外白马欢跃嘶鸣，张丹枫手抚剑柄，俯腰一躬，道声：“多谢老伯。”飞身上马，朗声吟道：“中州风雨我归来，但愿江山出霸才，倘得涛平波静日，与君同上集贤台。”眼光一与云蕾相接，立刻纵马奔驰，诗声摇曳之中，白马已闪电般奔出数里之外。

毕道凡双目闪光，呆然远望，忽而翘起拇指，大声赞道：“好气概，果然胜似前人，不枉石英替他守了几十年。”蓝寨主蓝天石越众而出，问道：“这白马少年端的是何来历？轰天雷与金刀寨主联名发出的绿林箭，难道是无的放矢么？”

毕道凡移眼望着翠凤，微笑说道：“石姑娘，你现今该明白了吧？我的师祖彭和尚传下三个徒弟，二弟子朱元璋贵为大明的开国皇帝，大弟子张士诚战死长江，这白马少年便是他的后代子孙，三兄弟中最不济的是我这支，世世代代还是当年本色。”

群豪未听过毕道凡的故事，纷纷问道：“什么？什么？”“那白马少年竟是张士诚的后人？”“轰天雷石英和他又是什么关系？”石翠凤叹口气道：“嗯，我明白了，我家祖先敢情就是张士诚当年托他保守那幅巨画的亲信。可是他、他是我云相公的大仇人呀！”

毕道凡皱眉说道：“所以我说尚有数事未明，此事就是其中之一。你爹爹的信中也未有提及。云相公，他是怎么和你结仇的？”

云蕾面色惨白，目中蕴泪，久久说不出话，绿林群豪疑问惊诧之声不绝于耳。毕道凡道：“都到里面说吧。”回到客厅坐定，毕道凡将以前说过的故事，约略再说一遍，叹口气道：“当年三兄弟并举义旗，后来是一人独占天下，老实说，我心中亦是不服。我家数代传下的家规，每个男丁，都要做十年和尚，十年乞丐，这一来固是纪念前人，二来也是借此云游天下，访寻那幅与国运极有关系的画卷，好再与朱元璋的子孙一较雌雄。可是如今不必我再费心了，我的儿子也不必再做和尚，再做叫花啦！”

蓝寨主问道：“毕老英雄此话是何意思？”毕道凡惨笑道：“以前虬髯客有志于天下，与李世民下一局棋，棋未下完，就抹乱棋子，说这天下不能再争了。我虽无虬髯客的霸气，可是以前也还不自量，还想在寻得画卷之后，再逐鹿中原。可是如今也心甘情愿，愿输给张丹枫啦，这幅画找到它的真主人了。你们都听见张丹枫临去的吟诗，那是何等气魄，不问可知，他定是按图索骥，要发掘他祖先当年的宝藏，与那幅无价之宝的地图，再举义旗，重图帝业，又一次与朱家争夺江山了！”

周山民不能再忍，一跃而起，冷冷说道：“只恐他要把江山奉送外人！”毕道凡瞠目道：“你说什么？”周山民道：“毕老前辈你还不知道么？这白马少年的父亲张宗周在瓦刺官拜右丞相，瓦刺入侵已迫在眉睫，他单骑入关，不是奸细，还能是什么？只恐比奸细更为危险。试想他若取得那幅军用地图，国中险要之地，了如指掌，献与瓦刺，按图进兵，中国怎能抵敌？”毕道凡神色大变，道：“你话可真？”周山民道：“半点不假！我父子举起日月双旗，拒汉抗胡，天下共知。这等大事，岂容说谎！就是这位云相公的血海深仇，也因张宗周这个大奸贼而起！蕾弟，你说与诸位英雄听听。”云蕾泪咽心酸，被周山民一迫，“哇”的一声哭了出来，话语说不出口。周山民急道：“蕾弟你别伤心。毕老前辈与列位英雄定能替你作主，我代你说了吧。”将云靖牧马胡边，归途遇害等等情事说了，毕道凡颓然倒在椅上，半晌说道：“怪不得我家数代访寻张士诚后代，都是一点线索都找不到，原来是远赴漠外去了。”蓦地起立，长须颤抖，愤然说道：“张士诚竟然有这等不肖的子孙？看张丹枫的气概豪情，他、他怎能是个奸贼？”周山民道：“有其父必有其子，只凭外表怎能断定他的为人？”毕道凡红面变紫，双睛炯炯，好像要喷出火来，大声说道：“如此说来，那是我的错了不是？”周山民一噤，潮音和尚接口说道：“老大哥，我说是你错了，那张宗周确实是个大奸贼，我也曾深入瓦剌，身受其害！”毕道凡被他直说，顿时像一个泄了气的皮球，垂下头来，喃喃说道：“是我错了？真的是我错了？”

周山民见他气焰稍减，又鼓勇说道：“毕老前辈，这次只恐是你一时不察，被那奸贼所利用了，想那张丹枫约了列位英雄到你家来，必是算定可以拿你作为挡箭之牌，让你替他化解，使得绿林英雄此后不再与他为难。”毕道凡哼了一声，道：“若他真是奸贼，我定要亲手将他毙了。”目光闪闪，面上充满疑惑的神情，周山民听他话语，似是仍未深信，正想再说，忽见毕道凡走出门外，大声叫道：“人来！”吩咐一个家丁道：“你快去打探，我派去的人回来了没有？”反身转入客厅，忽地说道：“如此说来，只恐目下就有一场大祸！”

绿林群雄争相问道：“什么大祸？”“有我等众人在此，什么事不能担当？”毕道凡道：“列位有所不知，我家乃是大明天子的世仇，朱元璋在生之时就曾颁下密令，要将张家与我毕家的后人斩草除根。我家世代为僧为丐，除了上面说两个原因之外，还有一个原因就是借此避祸。祖宗保佑，数代以来，还未给朝廷发现踪迹。

“也许是我闯荡江湖，虚名招祸，数年之前，已发现有鹰犬对我注意，于是我遂避居此一荒村，潜踪匿迹。不料十数日前，村中又发现有陌生人来过，听村中人说，那些陌生人还曾问过我的来历，这些人想来定是朝廷的鹰犬无疑。实不相瞒，我本定在数日之前就举家搬迁，只因那张丹枫指定今日要在我家与诸位相会，故此耽搁下来。若然给京师的朱皇帝知道绿林群雄在我家聚会，派遣高手，前来围捕，岂不是要给他一网打尽吗？”

听了此番话后，绿林群雄，疑心更起，在客厅中给张丹枫打败过的“火神弹”郝宝椿首先说道：“事情有这样巧法？我看这是那白马小贼有心布下的陷阱！”毕道凡沉吟不语，蓝寨主亦道：“此事实是叫人疑心！”毕道凡道：“张士诚的子孙怎会与朝廷站在一起？”周山民道：“张宗周父子既能作瓦剌的奸细，也就能作朝廷的奸细。如此之人，什么事情做不出来？”潮音和尚亦道：“是呀，张宗周与奸宦王振曾有书信往来，此事我亦知道。”毕道凡拈须沉吟，半晌说道：“我本对他无甚疑心，听得周贤侄说破他的来历后，却教我难于判断了。咳，两件事情联在一起，确是令人思疑，莫非他真是用的缓兵之计，阻止我家搬迁，好令朝廷鹰犬有时间到此捕人么？呀，知人知面不知心，难道这次我真的看错了人？走了眼了？”毕道凡为人精明果敢，此次却是他平生第一次难于决断的事情。

周山民怒气冲冲，大声说道：“此事何必猜疑，定是那张丹枫所布的陷阱。咱们且商量对付之策吧！”绿林群豪又纷纷议论，有的说要等待官军前来，和他厮杀一番，有的说不如先避开的好，避开之后，再广传绿林箭，叫南北的黑道英雄都共同去对付那个张丹枫，一定要令他处处荆棘，寸步难行。

毕道凡坐立不安，听绿林群豪纷纷议论，几乎全都是对张丹枫不利的，只有云蕾一人，独坐一隅，目蕴泪光，却不发话。毕道凡疑心大起，想道：“若说有仇，此人与张丹枫仇恨最深，何以他不说话，莫非其中另有别情？”想过去与云蕾单独谈话，屋中人声如沸，嘈嘈杂杂，谁人的话都听不清。毕道凡皱了皱眉，蓦听得远处一声马嘶，有人叫道：“那白马小贼又回来了！”片刻之后，马铃叮当，越来越近，毕道凡急急奔出门外，只见一骑飞来，果然是张丹枫那匹白马！

只见张丹枫神色仓皇，满头大汗，一跃下马，抢着说道：“世伯快走！”毕道凡双眼一翻，冷冷说道：“好呀，你还有什么花招？”张丹枫怔了一怔，面色倏变，仰天狂笑道：“悠悠苍天，知我谁人？毕爷，此刻我也不愿多费唇舌，要你信我。我只求你快走，官军离此已不到十里了！”毕道凡料不到官军来得如此之快，怒道：“好呀，我就拼着血溅黄沙，好成全……”毕道凡气愤之极，想说的本是“好成全你奇功一件”，眼角瞥了张丹枫一下，忽见他衣裳染血，满面焦急的神色，却不似假冒得来，这话说了一半，又咽回去。只听得张丹枫又道：“我在村外十余里地，碰见官军，我仗着马快，斫了两人，抢回来给你报讯。”

忽地里“蓬”的一声，“火神弹”郝宝椿人未跃出，暗器先发，一枝蛇焰箭挟着一溜蓝火，向张丹枫劈面射来，说时迟，那时快，门内群雄，一涌而出，饮马川的蓝寨主首先发话道：“好小子，你当我们是三尺孩童，任由你戏耍么？”不由得张丹枫分辩，已有四五个人上前动手，绿林群豪纷纷喝骂：“好小子，花言巧语，骗得谁来？”“先把他宰了，再杀官兵！”“想一网打尽，可没那么容易！”虽众口异词，但却都是认定张丹枫与官军一路，上前动手的越来越多，竟把张丹枫围在垓心，剑气刀光，不分皂白，纷纷向张丹枫身上招呼！

只听得叮当数声，近身的几口兵刃已给张丹枫的宝剑削断，周山民一推云蕾，叫道：“快快上前，用你的宝剑对付他！”云蕾身不由己，拔出宝剑，闯入人丛。只见张丹枫白衣飘飘，在刀枪剑戟丛中，东窜西闪，高声叫道：“你们看我那匹宝马，若然我是官军内应，肯让它如此受伤么？”那匹照夜狮子马臀上中了两箭，还插在那里，想是被官军追赶时放箭所射，武林之士最爱宝剑名马，更何况这匹并世无二的“照夜狮子”？将心比心，张丹枫自当是爱如性命，而今为了赶着回来报讯，竟无暇替宝马拔箭疗伤，围攻的群雄有一半已放松了手。

“火神弹”郝宝椿叫道：“焉知这是不是苦肉之计？”仍然挥鞭猛进，只听得“喀嚓”一声，鞭梢又被宝剑削去一段，周山民叫道：“快上！”云蕾一剑奔前，迎面一招“玉女投梭”，张丹枫面色苍白，并不还招，身形一个盘旋，闪了开去。郝宝椿见他如此，越发认定他是胆怯情虚，挥舞钢鞭，上打“雪花盖顶”，下打“枯树盘根”，只听得又是“喀嚓”一声，张丹枫宝剑略挥，竟把钢鞭从中截断，剩下半截，舞弄不得。云蕾如醉如狂，手指抖索，青冥剑扬空一闪，欲刺不刺。只听得张丹枫大叫道：“火已燃眉，你们还不快快逃跑，与我纠缠作甚?”蓝寨主喝道：“呸，你想拿官军吓唬老子？咱们都是在官军的刀枪下长大的!”把手一挥，又率群雄围上。

张丹枫长剑一展，划了一道圆弧，挡着群雄兵刃，高声叫道：“这是从京城来的锦衣卫，你当是普通的官军么？看样子，只怕是京师的三大高手，全都来了!”锦衣卫指挥张风府，御前侍卫樊忠，内廷卫士贯仲，这三人以前都是武林人物，身手非凡，天下闻名，合称京师三大高手。群雄听了不觉都是一怔，这时那匹白马正在负痛长嘶，被潮音和尚的禅杖隔住，冲不过来。毕道凡心中想道：“这白马神骏非常，快逾追风，竟然也中了敌人两箭，能射伤这匹白马的人，即非三大高手，也是非常人物，这书生所言，宁可信其有，不可信其无。”只听得张丹枫又叫道：“锦衣卫的后面还有大队的御林军，若说只是捕捉毕爷一人，何须用这许多人马？若然御林军分兵去袭各位的山寨，各位不在，如何应付?”此言一出，绿林群雄更是耸然动容，有一小半已争急上马，匆匆向毕道凡拱手告辞，驰归山寨。

周山民大怒叫道：“好个奸贼，危言恫吓，你又不是御林军的指挥，如何知道他们用兵之计？除非你就是与他们合谋之人!”张丹枫仰天哈哈一笑，随手一招“八方风雨”，长剑一挥，荡开了蓝天石、郝宝椿与周山民等人的兵器，大笑说道：“枉你爹爹曾是边关名将，你即未读过兵书，也当知道一点兵法，为将之道，当知料敌察势，固己防人，最不济也当知道权衡轻重。即算我是你所说的‘奸贼’，试问大敌当前，你们为我一人而冒基业毁灭之险，这不是愚笨之极吗?”不待张丹枫说完，围攻的群豪又有一半散去，周山民涨红了面，怒道：“我的山寨不在此处，也不怕官军围袭，我还要再领教领教你的剑法，蕾弟上啊!”云蕾一剑格开张丹枫的宝剑，周山民迈步就是一刀，张丹枫微微一笑，左手捏着剑诀，并未张开，随手一拂，只听得当啷一声，周山民刀已堕地。

毕道凡看在眼里，听在心中，暗暗点头，心中说道："若然张丹枫真个动手，周山民不死也得重伤。围攻他的各路寨主，兵刃十九都要被他削断。"那匹白马被潮音和尚所阻，叫声不绝，毕道凡纵步奔前，口中作马叫之声，左手一招，突然一个飞身，跳近那匹白马，白马竟似甚有灵性，知道来人并无恶意，四蹄踏地，不再跳跃。毕道凡轻抚马颈，右手一伸，快如闪电般把两枝箭拔下，迅即把藏在掌心的金创药替它敷上。毕道凡老于江湖，江湖客应通晓的各种杂学，他无不内行，驯马医马，更是擅长，令潮音和尚看得目瞪口呆。

周山民拾起单刀，仍与蓝天石等人恋战不退，云蕾面目毫无表情，左一剑右一剑地跟着周山民向张丹枫乱刺，忽听得毕道凡朗声说："张兄，你的宝马来了，你快快走吧！"

周山民吃了一惊，把眼看时，只见毕道凡正把潮音和尚拉开，让那匹白马冲了过来。郝宝椿急道："纵虎容易捉虎难，毕老英雄，请你三思。"只听得毕道凡又道："张兄，你今日的好意我心领了，你的马所伤非重，快快跑吧！"蓝天石愕然停手，云蕾闪过一边，即周山民也退后了几步。

但见张丹枫微微一笑，吟道："数代交情已可贵，相知一面更难能！毕老伯，你不必管我，快快逃跑。"毕道凡道："我举家大小，还有些物事需要收拾，你先跑吧！咄，蓝寨主，郝庄主，周贤侄，你们也快跑吧！张丹枫今日之事，你们不必管了！"

蓝天石一言不发，上马便走。郝宝椿呆立当场，一片茫然。周山民持刀踌躇，正想说话，忽听得万马奔腾之声，已如潮水般倏然涌至，随即听得响箭声、呐喊声震荡山谷，毕道凡面色一变，向管家的吩咐了几句，凄然说道："叫你们跑你们早不跑，现在跑可难了！"

小村在群山包围之中，只见山道上三条人影疾冲而下，随后是几十骑马匹自谷口鱼贯而入，自山上奔下的三人竟赶在马队前头，先到村庄，听那山谷外的马蹄声，想必还有数以千计的御林军围在外面。

毕道凡打了个哈哈，迎上前道：“毕某几根老骨头何堪一击？累得三位大人莅临山村，真是幸何如之！”为首三人，当中的那个军官剑眉虎目，不怒自威，正是锦衣卫的指挥张风府，家传“五虎断门刀法”天下无双，左边的那人面如锅底，短须若戟，乃是御前侍卫樊忠，右边的那个面色焦黄，双眼凸出，却是大内的高手贯仲。樊忠与毕道凡十余年前在江湖上曾有一面之缘，首先说道：“毕大爷，咱们都是奉上命差遣而来，你可休怪，就烦你走一趟，咱们绝不会将你难为。”毕道凡冷冷一笑，正想出语回敬，忽听得张风府纵声大笑，抢先说道：“樊贤弟，你这可不是废话吗？想那鼎鼎大名的震三界是何等人物，焉能束手就擒？咱们还是爽爽快快地直说了吧。毕大爷，今日之事，非迫得动手不成，就请亮出兵器，赐教几招，你若闯得过我的宝刀，那么天大的事情，我一肩挑起，放你逃跑便是。至于在场的绿林道上英雄，正是相请不如偶遇，说不得也请一并动手啦。至于不是绿林道上的朋友，那咱们决不滥捕无辜，要走请便。”横眼一扫，忽地扬刀一指，说道：“咦，这位秀才大爷，却是哪条线上的好汉？”张丹枫笑道：“你是捕人的指挥，我是捉鬼的进士！”张风府大笑道：“那么说来，咱们可也要较量较量啦！”贯仲适才在途中乃是先行，白马就是他射伤的，瞥了张丹枫一眼，叫道：“哈，原来你也在此，妙极，妙极，这匹白马可得给俺留下来啦！”张弓搭箭，弯弓欲射。

樊忠爱马如命，叫道：“贯贤弟，休再射它，生擒为妙。”率领士卒，上前捕马，忽地哎哟连声，几名锦衣卫士手臂关节之处，如被利针所刺，痛得泪水直流。贯仲叫道：“原来你还会发梅花针，来而不往非礼也，看箭！”弯弓一射，箭似流星，嗖的一声，劲疾非常，张丹枫不敢手接，身形一闪避过，那枝箭余势未衰，射到潮音和尚面前，潮音禅杖一摆，铿锵有声，火花飞起，那枝箭斜飞数丈，这才掉下。潮音大怒，挥手叫道：“周贤侄，咱们冲出去！”禅杖横挑直扫，闯入锦衣卫士丛中。樊忠手挥双锤，迎头磕下，只听得“当”的一声巨响，潮音的禅杖给磕得歪过一边，樊忠的虎口也震得疼痛欲裂，双锤几乎掌握不住，樊忠在宫中有大力士之称，与潮音换了一招，正是功力悉敌，棋逢对手，登时恶战起来。

毕道凡仰天打了个哈哈，取出降龙棒叫道：“张大人承你瞧得起我，咱们也较量较量！”张风府扬刀笑道：“好极，好极！咱们就依江湖规矩，单打独斗一场，你若闯得过我的宝刀，我有话在前，无人将你拦阻。”说话口气，自负非凡，毕道凡大怒，信手一棒，疾若奔雷，张风府斜身绕步，反手一刀，劲风疾迫，刀棒相交，各退三步，毕道凡叫道：“好！不愧是京师第一高手！”手腕一翻，降龙棒刷的又打过去，张风府刀尖迎着木棒轻轻一点，借着木棒之力，身形骤然飞起，刀光一闪，从空劈下，这一招厉害非常。毕道凡临危不乱，突然使出“铁板桥”的绝顶功夫，左足撑地，右足腾空，头向后仰，缅刀刷的一下从他头顶掠过，毕道凡右足一挑，一个“鲤鱼打挺”，翻身就是一脚，张风府的刀险险给他踢飞，赞了一声：“震三界果是名不虚传！”招式一换，一个“连环三刀”，疾如风雨，竟把毕道凡迫得连连后退！

那边厢贯仲也与张丹枫动了兵刃。贯仲使的是三节软鞭，招数精奇，他还不知张丹枫是何等样人，意存轻敌，手起一鞭，“乌龙绕柱”，脚踏中宫，毫无顾忌地向张丹枫手腕便绕，意欲将他宝剑夺出手去。张丹枫“嘿嘿”冷笑，手腕一沉，剑锋刷的反弹而起，剑光一绕，立把软鞭削去一截，身形微动，更不换招，第二剑、第三剑已连绵发出。贯仲吓了一跳，但他也是一名高手，在绝险之际，突使险招，不退反进，蓦然使出擒拿手法，反臂一抓，张丹枫回剑一削，他的软鞭已撤了回来，拦腰便扫，张丹枫寸步不让，身如垂柳，左右摇摆，手底毫不放松，刷刷刷又是一连三剑，贯仲软鞭虽长，却是沾不着他的衣裳，反给迫得退了几步。张丹枫着着抢先，挥剑强攻，但迫切之间，却也不能突围而出。这时两边已成了混战之局，锦衣卫已冲入毕家，吓得鸡飞狗走。

张丹枫把眼看时，只见潮音和尚与御前侍卫樊忠恰恰战成平手，毕道凡却是连走下风。张风府那口刀乃是百炼缅刀，在兵刃上先不吃亏，功力上两人都差不多，但张风府占了年壮力强的便宜，一口刀有如神龙探爪，飞鹰展翅，着着都是进手的招数，毕道凡迫得转攻为守，使出潜龙护宝盘旋十八打的棒法，将门户守得十分严密。虽然如此，但久战下去，却是定必吃亏。

张风府、贯仲、樊忠三人都是单打独斗，其余的人则已成混战之局。张丹枫再把眼看时，只见云蕾仗着宝剑之威，削断了许多锦衣卫的兵刃，掩护周山民与郝宝椿等人，且战且走，渐渐冲到了潮音和尚的跟前。

樊忠与潮音正在高呼酣斗，忽见青光一闪，云蕾的宝剑旋风般地奔前心急刺而来，樊忠双锤一分，左锤护身，右锤迎敌。云蕾的剑法以奇诡善变见长，樊忠一锤击去，满拟将敌人的宝剑击飞，不料陡见青光疾闪，似左忽右，急急变招迎敌，左锤却给潮音的禅杖封住，打不出来。说时迟，那时快，只听得刷的一声，樊忠肩头已着了一剑，樊忠大吼一声，左锤甩手飞出，云蕾顿觉劲风贯胸，急闪开时，但见那锤直飞出数丈之外，轰的一声巨响，撞在山边岩石之上，打得石片纷飞，而樊忠也趁着一掷之威，纵身跳出圈子。

云蕾虽把樊忠打退，但给锤风一迫，有如突然间给千斤重物一压，气也几乎透不过来，知道厉害，不敢再迫，与潮音和尚急急闯出。那匹红鬃战马飞奔过来，云蕾一跃上马，仗剑向前开路。

张丹枫见云蕾即将脱险，心中大喜，精神倍长，刷刷两剑，又把贯仲迫退几步，大声叫道："毕世伯，扯呼！"毕道凡闷声不响，挥棒力战，对张丹枫的说话，如听而不闻。张丹枫眉头一皱，再把眼看时，只见云蕾一马当前，左有潮音和尚，右有石翠凤、周山民、郝宝椿等绿林好汉跟在后面，看看就要闯出重围，张丹枫心道："此时不走，更待何时？"又大声叫道："留得青山在，不怕没柴烧。毕老英雄，并肩子闯啊！"毕道凡仍是闷声不响，如听而不闻，一根棒盘旋飞舞，恋战不休。

张丹枫猛然醒起，毕道凡和张风府比斗之时，曾被张风府出言所激，若然不能从张风府宝刀之下闯出，换言之即是若不能将张风府打退，则他断不肯逃跑。所以现在虽处下风，却仍是依着江湖上单打独斗的规矩：既不肯认输，那就不死不休！

张丹枫心中烦躁，想道："这个关头，还争这口闲气作甚？"但他知道毕道凡脾气，纵许自己上前助他打退敌人，他也未必肯走，正自踌躇无计，忽听得一个孩子叫道："放我下来，我也要打强盗！"原来是毕家家丁正在与官军混战，毕道凡的独生儿子背在管家的背上，挣扎着嚷要下来。

张丹枫心念一动，嗖地飞身而起，如箭离弦，三起三伏，闯入锦衣卫士丛中，长剑挥舞，云涌风翻，如汤泼雪，一般卫士如何拦挡得住？只见他杀入垓心，陡地伸臂一抓，将毕道凡的儿子夺了过来，管家的啊呀一声，张丹枫叫道："你们快往外闯！"手起剑落，斫翻几人，迅即又杀出去，蓦地撮唇一啸，那匹"照夜狮子马"被官军围捕，正在左冲右突，听得主人啸声，发力一冲，雪蹄飞处，踏倒两人，张丹枫突然把那孩子往马背上一抛，叫道："坐稳了！"那孩子虽然只有七八岁，胆子甚大，抓住马缰，让那白马驮着便跑。

张丹枫身形快极，转身一掠，飞一般的掠到毕道凡前面。这时正有几名锦衣卫士挺枪搠那白马，白马嘶鸣，孩子哇哇大叫。张丹枫大叫道："毕老伯，你还不去照顾孩子！"剑尖一吐，招走轻灵，当的一声，搭上了张风府的缅刀。毕道凡长叹一声，虚斫两刀，奔出垓心。张丹枫又是一声长啸，那匹白马去势顿缓，毕道凡一手三暗器，打伤了那几个挺枪搠马的兵士，纵上马背，抱紧孩子，白马一声长嘶，扬蹄疾走，霎忽之间，已是突围而出。

张风府勃然大怒，断门刀一个旋风急转，张丹枫只觉一股潜力扯着剑尖，宝剑几乎脱手飞出，心中暗道："此人果是名不虚传，功力非凡，不愧称为京师第一高手。"长剑往前一探，也暗运内力，解了那绞刀之势，剑锋一转，当的一声，将缅刀削了一个缺口，张风府吃了一惊，忽地笑道："不怕你的宝剑！"刀锋一偏，倏地又搭上了剑身，用力一旋，张丹枫剑被"粘"上，展不出宝剑的威力，却是纵声笑道："好呀，咱们较量较量！"手腕一抖，剑锋一翻，又脱了出来。忽听得弓弦疾响，白马狂嘶，贯仲高声叫道："大哥快追，毕老贼跑了！"张风府蓦然醒起，这是张丹枫"围魏救赵"之策，刀锋忽转，纵身奔出，张丹枫挺剑急刺，张风府突地反手一掌，掌挟劲风，迎胸劈至。张丹枫迫得闪身，胸口给掌风所震，竟是辣辣作痛，吃了一惊，急忙运气护身。只见张风府已抢了一骑快马，疾追那匹"照夜狮子"。

张丹枫心中笑道："我的宝马虽然连中两箭，谅你也追它不上。"只是毕道凡虽脱出重围，他却又被围困，那樊忠已舞锤急上，与他交手。樊忠双锤重八十斤，宝剑削它不得，更加上锦衣卫的围攻，竟是脱不了身。要知樊忠既能与潮音战个平手，与张丹枫自亦是伯仲之间，张丹枫想马上突围，哪里能够!

云蕾等人本已脱出重围，忽听得后面叫声，云蕾回眸一瞥，见张丹枫陷入苦战之中，芳心一惊，贯仲骤的一箭射来，云蕾正在失神，宝剑拨箭稍迟，竟给他一箭射中马颈。

云蕾猝然仆倒地上，未及起立，身后的锦衣卫士发一声喊，已是一拥而前，刀枪并戳。云蕾单掌按地，陡地打了一个圈圈，剑光掠处，有如平地上涌起一圈银虹，只听得一片断金戛玉之声，戳到胸前的几柄刀枪一齐折断。云蕾一跃而起，贯仲手提三节软鞭，如飞赶到，手起一鞭，拦腰缠腕。贯仲领教过宝剑的厉害，利用软鞭的伸缩自如，这一鞭扫得恰到好处。云蕾横剑削它不着，软鞭已如一条毒蟒似的奔到前心。好个云蕾，肩头微动，身形略矮，翩如飞雁，从鞭梢下一掠而出，刷的一剑，仍是强攻，贯仲斜窜三步，手腕一顿，鞭梢一带，呼的又圈回来。两人换了数招，未分高下，鞭声剑影，打得个难解难分。按说两人本是旗鼓相当，可是云蕾气力较弱，二三十招一过，气喘汗流，渐感不支。贯仲哈哈大笑，攻势骤盛，十余名锦衣卫士中的高手散布四周，布成圆阵，防备云蕾逃走。

另一边张丹枫陷入重围，宝剑被樊忠双锤迫着，讨不了便宜，又要应付其他人的兵刃，也是险象环生。酣战中忽见云蕾堕马，心中大急，蓦然一个转身，反手一剑，敌着樊忠的双锤，左手一抓，将一名卫士的衣领抓着，一把举将起来。这一招用得实是险极，若然差了毫厘，身上怕早被围攻的卫士搠十个八个透明窟窿！张丹枫拿捏时候，妙到毫巅，一击成功，胆气顿壮。说时迟，那时快，樊忠正趁着他转身之际，双锤横击过来，却不料他已抓起那名卫士，大喝一声，回身便挡，樊忠双锤急缩，张丹枫右手挥剑，左手就将抓着的人质作为兵器，一阵旋风急舞，挡者辟易，霎忽之间，冲出重围。樊忠紧追不舍，张丹枫一声大笑，喝道："接着!"将那名人质反臂掷出。樊忠还真不能不听他的命令，迫得抛了双锤，接过伙伴，只见张丹枫在大笑声中，又已闯入了堵截云蕾的圆阵。

云蕾正在吃紧，陡见张丹枫一剑飞来，蓦然一阵心跳，羊皮血书的阴影在她眼前一晃，这个可憎可恨可喜可爱的“仇人”又来援救自己了，该把他当作朋友还是该把他当作敌人？该接受他的救助还是“宁死不屈”？芳心忐忑，正自打不定主意，迷茫中贯仲一鞭扫下，云蕾惊起之时，鞭影已到头上。

但见剑光一闪，耳边有人叫道：“小兄弟，快快出招！”云蕾随手一剑，只听得“喀嚓”两声，贯仲那三节软鞭断为四截！贯仲适才与张丹枫斗过一百余招，虽然处在下风，可还未曾落败，满心以为合众卫士之力，对付两人，亦是绰有余裕，哪料双剑合璧，威力暴增，只是一招，就鞭折人伤，慌忙急走。张丹枫拖着云蕾，双剑左右并展，随意所施，无不妙绝，片刻之间，十余名卫士都中剑受伤，倒地不起！

张丹枫拖着云蕾，且战且走，樊忠手舞双锤，迎面而来，贯仲叫道：“二哥，小心！”张丹枫、云蕾双剑齐出，倏地合成一个光环，樊忠大吃一惊，无可抵敌，急将双锤一抛，滚地一个大翻，车身滚出一丈开外，只觉头顶一片沁凉。饶他滚得如此之快，护头盔亦被削掉，连头发也被削去了好大一片。

樊忠几曾吃过如此大亏，翻身跃起，勃然大怒，挥手喝道：“用马队冲！”数十名锦衣卫士跨上战马，分成四队，纵横驰骋，齐向张云二人冲来。他二人武艺纵算再高，也难抵敌这样狂风暴雨般奔来的马队！

张丹枫叫道：“快快上山！”与云蕾施展绝顶轻功，向后山飞奔。毕家门前距山脚约有一里之地，两人将到山脚，已被快马追及。张丹枫突然抓起云蕾，往山上一抛，前头那匹快马人立扑来，张丹枫足尖点地，身躯笔直蹿起，那马扑了个空。就在这一瞬之间，张丹枫已飞上马背，将马上那名卫士横抛出数丈之外。这还是张丹枫一念慈悲，要不然若将他掷于地下，怕不被马队践成肉饼？那匹马去势极疾，片刻已冲到山边，张丹枫在马背一个飞身，抓着山边一棵大树的树枝，打秋千似的往前一荡，落下之时，已在山坡，只见云蕾正在半山张望。

其时已是暮霭含山，天色微暗，山上怪石嶙峋，马队不敢冲上，只围在山下呐喊，樊忠传下号令，将谷口外的御林军调了一部进来，强弓劲弩，守住山脚，哈哈笑道："看你能在山上困得多久?"张云二人山上瞭望，但见山下四处旌旗招展，这座小山已全给御林军包围住了。

张云二人恶斗了大半日，这时只觉又饥又累，春日阴晴无定，日间阳光普照，黄昏之后却忽然下起雨来。张丹枫道："小兄弟，咱们找个地方避雨去，我身上还带有干粮。"云蕾默声不语，头扭过一边。张丹枫道："那边有个山洞。"一把拖着云蕾便跑，肌肤相接，只觉云蕾手心冰冷，料知她心中必是惶恐不安。

那"山洞"其实只是两块大岩石夹峙而成的缝隙，岩石上有虬松盘结，雨点却也飘不进来。石缝中恰恰可容两人，张丹枫将云蕾拖入山洞，两人面面相对，心跳之声，各自可闻。张丹枫轻轻叹了口气，道："小兄弟，咱们两家的冤仇真是无法可解吗?"暮色黯淡，更兼是下雨的阴天，张丹枫微侧身躯，看不见云蕾面上的表情，但闻衣裳悉索，剑环抖动之声，知她正在手摸剑柄。张丹枫又叹口气道："不是冤家不聚头，小兄弟，你把我杀了吧，死在你的手上，我死而无怨!"

蓦地一声雷响，电光一闪，照见云蕾惨白的面色，也照见她眼角的两颗泪珠。云蕾倚着岩石，手拈衣带，宝剑悬在腰间，露出了短短的半截，想是她轻轻抽动，却又立即把手移开。电光一闪即灭，石洞迅又归于黑暗。

黑暗中但闻云蕾喘息之声，良久良久，仍不见她说话。张丹枫取出干粮，说道："小兄弟，你吃点东西。"云蕾身倚石壁，动也不动。张丹枫甚是悲痛，却故意扮了个鬼脸，嘻嘻笑道："小兄弟，这次我不说你食白食啦，吃一点吧!"张丹枫故意提起初见之时的笑话，实是想逗她说笑。忽地"啪"的一声，云蕾将他递过来的干粮拍落地上，张丹枫苦笑一声，将干粮捡起，随手搁在一瓣凸出的石瓣上。

云蕾亦是满腹辛酸，欲哭无泪，黑暗中只听得张丹枫叹了口气，缓缓说道："报仇，报仇，冤冤相报，究竟何时得了？我的祖先与朱元璋争夺江山，亦是留下遗书，要后代子孙替他报仇，我家的报仇，可不只是要后人凭血气之勇去刺杀敌人，而是要重夺大明天子的江山！”

云蕾打了个寒战，心道：“这样的报仇可真是古往今来最惨酷的报仇，若然张家报得此仇，岂非要杀人盈城，流血遍野？”又想道：“若然张丹枫是为了报仇，而勾结瓦剌胡兵入寇，抢夺江山，那他可就是万古的罪人，我亦容他不得！”思潮起伏不定，手指又抓紧了青冥宝剑的剑柄。

只听得张丹枫续道：“我的祖父逃到瓦剌，那时蒙古势力衰微，内部分裂，明兵时时闯进蒙古草原劫掠，明朝又要他们年年进贡，岁岁来朝，他们亦是愤恨得很，所以他们也要报仇。咳，人与人，国与国，都有那么多的冤仇，我真不知道为什么他们不能平等相待，和平相处？”

云蕾心中一动，张丹枫续道：“先祖和瓦剌先王都想报仇，向大明报仇，这么样他就在瓦剌为官啦。瓦剌一天天强盛起来，先祖的官也越做越大，到了我的父亲，不但承袭了先祖的官位，后来更升任了右丞相。

“我父亲记着先代之仇，对朱元璋的子孙以及忠于明朝的人都恨之入骨。三十年前你的爷爷出使瓦剌，口口声声以明朝的大忠臣自居，我爹一气之下，就迫他到冰天雪地里去牧马廿年！”

云蕾牙齿咬得格格作响，忽地转念一想：“我爷爷为了身受牧马廿年之苦，就要杀尽张家所有的人，那么明朝抢去了他先人的江山，也就难怪他们如此愤恨，累及我的爷爷。可是这种种是非恩怨，我们后辈可管不着，爷爷要我报的仇我又怎能置之不理？”

云蕾抓紧剑柄，心乱如麻，只听得张丹枫又道：“你爷爷在冰天雪地里牧马廿年，始终不屈。后来我的父亲也有点佩服他啦，我父亲也曾对我说起你爷爷的故事，说是当你爷爷私逃回国之时，他实是事前知道，故意不派兵阻拦，让他们逃跑的。我爹还说，当时他曾遣澹台将军送给你爷爷三道锦囊，可以救他性命，可惜你爷爷不信，辜负了他一片苦心。”云蕾将信将疑，仍然不作一语，手指仍然抓紧剑柄。

张丹枫叹了口气道：“我父亲对你爷爷确是太过，后来的好意也就难怪你爷爷不肯相信，先人欠债后人还，呀，我也难怪你这样恨我！

“瓦剌一天天强大，明朝不敢欺负它，反了过来，反而被它欺负了。十年之前，我的师父到瓦剌来，听说他本来是要替你爷爷报仇的，后来却做起我的师父啦。他教我记得自己是中国人，千万不能与中国为敌！师父来后，我爹爹的性情也好像有些改变了，我常常见他深夜捶胸，中宵绕室，自言自语地说道：‘报仇，报仇，该不该这样报仇？’神情很是可怕。我有一两次上去劝他，他却又瞪着眼睛说：‘孩子啊，你可得记着先人的如山仇恨！’

“我此次实是瞒着父亲，私逃回来的，事情只有我师父一人知道。中原武林的种种情形，也是我师父对我说的。我是中国人，我绝不会助瓦剌入侵，可是我也要报仇……”云蕾冲口说道：“怎样报仇？”张丹枫道：“我入关之后，细察情形，明朝其实已是腐败到极，要报仇我看也不很难，我若找到地图宝藏，重金结士，揭竿为旗，大明天下不难夺取！”云蕾吃了一惊，道：“你想称王称帝？”张丹枫笑道：“皇帝也是常人做，一家一姓的江山岂能维持百世？不过我抢大明的江山，也不只是就为了做皇帝……”云蕾道：“就为了报仇吗？”张丹枫道：“也不只是就为报仇，若然天下万邦，永不再动干戈，那可多好！”顿了一顿，忽然一阵狂笑，吟道：“人寿有几何？河清安可俟？焉得圣人出，大同传万世！哈，哈，若能酬素愿，何必为天子？”云蕾在黑暗中虽是看不清他的面容，也可想见他的狂态，忍不住接口说道：“做不做皇帝，那倒没有什么稀罕。只是你若想抢大明九万里的江山，不管你愿不愿意，只恐也要弄至杀人盈城，流血遍野，何况现在蒙古又要入侵。你若与大明天子为仇，岂非反助了瓦剌一臂？”张丹枫怔了一怔，忽地柔声说道：“小兄弟，你的说话也有道理。小兄弟，大哥听你的话，你说不让我做皇帝我就不做皇帝。小兄弟，你说吧，我就听你的话。”声调温柔，言语甜蜜，云蕾面上一热，身子往里一缩，手掌往外一推，怒道：“谁要你听我的说话！”张丹枫道：“怎么啦？又生气了？”云蕾再也不说一句话，张丹枫叹了口气，手触岩石，搁在石瓣上的干粮已全被云蕾吃光了。原来适才云蕾听张丹枫说话，听得出了神，不知不觉地拿起干粮来吃，到省起“不该”吃时，已是吃到最后的一块了。

张丹枫暗暗偷笑，黑暗中但见云蕾一双眼睛有如黑夜明星，闪闪发亮。张丹枫柔声说道："小兄弟，你该睡啦！"给她低唱催眠小曲，云蕾本觉疲倦，吃饱之后，听他柔声催眠，睡意顿浓，眼皮慢慢地阖了下来。张丹枫提剑坐在洞口，替她守卫，其时骤雨已过，但黑夜之中，官军也不敢闯上山来。

张丹枫亦是疲倦之极，但为了卫护云蕾，撑着眼皮却是不敢睡觉，忽听得云蕾叫道："大哥，大哥……爷爷……爷爷……"张丹枫应了一声，回头一望，云蕾又不叫了，听她鼻息均匀，原来是说梦话。张丹枫脱下外衣，轻轻地披在她的身上，仍然坐在洞口提剑守卫。

云蕾正在梦中，梦中见张丹枫仰天长笑，忽然又手抚画卷，痛哭高歌，云蕾觉他甚是可怜，上前扳他肩膀，忽地爷爷持着那根饰有旄毛的竹杖，颤巍巍地走来，插入两人中间，举起竹杖便打，云蕾道："大哥救我！"爷爷手里的"使节"忽然又变了羊皮血书，爷爷将那块羊皮往她头顶一罩，骂道："谁是你的大哥，你快快把他杀掉！"血腥味阵阵扑来，云蕾非常难受，喊又喊不出来，一惊而醒。

但见洞口曙光透入，云蕾定了定神，发觉自己身上披着张丹枫的外衣，面上发烧，心头发酸，取下外衣，轻轻走出，只见张丹枫坐在石上，剑尖抵地，头向下垂。原来张丹枫一夜未睡，实在熬不住了，所以临到天亮之际，打了个盹。

羊皮血书的阴影又在心头扩大起来，云蕾手抚剑柄，心道："若然此际刺他一剑，倒是绝好时机。啊，啊！我怎能如此想法，爷爷啊，爷爷啊！不要迫我，不要迫我啊！"朦胧中似见爷爷持着使节走来，就像梦中那样情景，用严厉的目光瞪着自己，难道是还在梦中？云蕾咬咬指头，感觉痛苦，这不是梦，可是她又多愿永在梦中，永不醒来。梦中虽是难受，也比不上醒来面对"仇人"之时的难受啊！"我放弃了这个绝好时机，不杀张家的人，爷爷在九泉之下会怪我么？"云蕾手抚剑柄，迈前两步，忽然又把手指送入口中一咬，剧痛中顿时清醒，爷爷的影子消失了，她把剑一下按入鞘中，将长衣轻轻地替张丹枫披上。

张丹枫动了一下，蓦然伸了个懒腰，笑着站起来道：“嗯，小兄弟，你这样早就醒来了？为什么不多睡一会儿？”云蕾咬着嘴唇，面色苍白，张丹枫凝望着她，目光充满柔情，又带着无限怜惜，云蕾激动得几乎哭了出来，转身不敢再看张丹枫。张丹枫叹了口气，往山下看时，只见数十名锦衣卫士杂着御林军，三五成群正趁着清晨气爽，上山搜索。

几十名卫士容易对付，可是山下旌旗招展，怎能冲出重围？张丹枫踌躇无计，只见敌人分头上山，已到山腰，张丹枫一把拖着云蕾，躲到一块大石之后。

官军越来越近，忽听得张风府大声叫道：“出来，出来，我已瞧见你们了！出来，我有话说。”张丹枫打了个突，这张风府是京师第一高手，想不到他这样快又回来了，他亲自率人包围，想冲出去更是无望！

张风府缅刀一指，又大声叫道：“躲躲藏藏，算得什么好汉？”话声未了，只见山头人影一晃，张丹枫衣袂飘飘，自岩石之后一跃而出，拔剑大笑道：“张大人武功盖世，率领千军万马，居然攻上此山，确实算得好汉！”

张风府面上一红，道：“你不必激我，这山下虽有众多军马，你们也尽管冲着我张某一人！”张丹枫宝剑一晃，笑道：“妙极，妙极，那么请划下道儿！”张风府瞟了他们一眼，忽道：“看你们二人并非黑道上的人物，和那震三界却是什么交情？”张丹枫道：“这个你不必管，闲话休提，咱们且斗个三五百招，你若不能胜我，又待如何？”张丹枫自忖：若论功力的深厚，自己实不如他；若论剑术的精妙，则自己却要稍高半着，在三五百招之内，只怕谁也胜不了谁。他知道张风府乃是京师第一高手，为人自负之极，所以用说话将他迫住。

张风府又瞧了二人一眼，笑道：“不必单打独斗，你们二人一齐上来！”张丹枫冷冷说道：“那么京师三大高手，今后就只剩下两人啦！”意思是说，若然他敢以一敌二，那就必死无疑。张风府笑道：“那却也不见得！你们二人武功我都见过，若说单打独斗，你大约可接我三五百招，你划这个道儿，我可不上你当。”张丹枫一怔，心道："这人果是厉害，知己知彼，和我所见竟是完全相同。"便道："那便不以三五百招为限，咱们一对一的厮拼，随你划出道来。"只听得张风府续道："至于你这位伙伴的武功，大约只可接我百招。这样吧，你们二人一齐上来，在五十招之内，你们若能取胜，那么我便保举你们做今科的武进士，不必再考试啦。"张丹枫大笑道："我们二人要胜你易如反掌，何须五十招，在五招之内，我们若然不能取胜，任由你的处置。若然在五招之内，我们胜了，我们也不稀罕什么进士状元，咱们绿水青山，后会有期！"此话意思，即是说在五招之内，假若他们二人胜了，张风府可得任由他们逃走。

你道张风府何以定要坚持与他们二人相斗？原来张风府昨日追不上毕道凡，回来之后，见樊忠、贯仲二人都负了伤，惊问其故，樊贯二人说及张丹枫与云蕾联剑之威，言下尚有余怖。张风府听了，甚是惊奇，心中想道："他们二人，以那白马书生武功最高，但亦不过比樊忠、贯仲略胜一筹，联起手来，在五七十招之内，打败樊忠、贯仲，也还不算稀奇，岂有在一两招内就能大胜的道理?"张风府乃是武术名家，平生潜心武学，闻说有什么特异武功，便想见识，为人抱负却是与普通的卫士不同。

张风府自思，自己断无在五十招之内落败之理，一听张丹枫说只须五招，不禁狂笑，缅刀扬空一劈，朗声说道："好吧，那第一招来了，接刀！"刀光飘忽，似左似右，一出手便以"流星闪电"的招数，分袭二人。

云蕾独倚岩边，如醉如痴，说时迟，那时快，但见张风府刀光闪闪，掠到面门。张丹枫大急，叫道："小兄弟，快快出招！"剑随声到，手起一剑，"拦江截斗"，抢到云蕾前面，招架张风府的缅刀。张风府那招流星刀法，本是分袭二人，刀剑相交，铿锵一声，刀锋往前一荡，余势未衰，仍照着云蕾劈去。云蕾这时才出招相抗，剑锋一圈一抖，将张风府的缅刀封出外门，身子也不由自主地倒退几步，摇摇晃晃。这还是因为有张丹枫替她先挡了一下，要不然云蕾的剑早已给他震飞！

张风府哈哈大笑，道："原来联剑之威，也不过如此！小心，接刀！我第二招是'八方风雨'，你们双剑必须同出才行，休说我不告你!”云蕾没精打采，平日秋水般的眼睛也像失去了光辉，张丹枫大急，悄声说道：“小兄弟，你虽恨我，也要先打退此人，留得性命，你才能向我报仇呀！傻兄弟!”说时迟，那时快，张风府缅刀扬空一闪，但见银光如雨，千点万点，遍洒下来，这一招是“五虎断门刀”的精华所在，比刚才更为厉害！云蕾心中感动，双睛蕴泪，青冥宝剑往前一指，划了半个圆弧，双剑一合，陡见剑光暴长，有如双龙交剪，瞬息之间，把碎雨般的刀光迫得雨收光散。张风府撤招叫道：“好，果然是有点道理！再接一招!”骄气受挫，这第三招他可不敢预先说出了。

张丹枫面露笑容，道：“小兄弟，出手要更快一些!”张风府迈前一步，缅刀一推，左右斜撇，这一招名为“分花拂柳”，柔中带刚，却是半守半攻之着。张丹枫一声长笑，剑诀一领，出手如电，但见云蕾随手一挥，青冥剑也急随而出，张风府招数还未使开，已给双剑封住，不由得大吃一惊，强力一个“大弯腰，斜插柳”，把攻势全改为守势，硬生生地将缅刀撤了回来。张云二人都觉剑尖如给一股劲力黏住，虽然是瞬息之间即将他这种内功柔劲化解，但张风府亦已脱了险境，跄跄踉踉地斜窜出一丈开外，吁吁喘气。

张丹枫暗赞一声：“此人果不愧是京师第一高手。”但见张风府脚步不丁不八，横刀当胸，守着门户，双眼睁圆，显见心中甚是惊异。张丹枫眉头一皱，心道：“此人确是江湖老手，他全采守势，我们只剩下一招，这一招未必能将他打败!”张风府用上乘刀法，护着全身，心中稍定，又高声叫道：“我已占先走了三招，还有一招，该让你们先走了！好，来呀!”张丹枫瞥了云蕾一眼，只见她目光闪闪，又恢复了平日的光辉，正在全神贯注，凝视敌人。张丹枫发一声啸，两人同时飞起，双剑齐伸，两道银光，凌空下刺，张风府身躯一矮，横刀往上一挡，说时迟，那时快，但见双剑急落，银虹交剪，倏地伸展开来。

张风府一个翻身，刀光一转，倏地腾身飞起，张丹枫绝料不到他在双剑环攻之下，居然敢出此险招，暗叫一声：“不好!”只恐一击不中，又要给他兔脱，那就满了四招，自己只好认输了。张丹枫出剑稍前，招数已经使尽，虽然眼见敌人从自己剑底飞身蹿上，也不能再出招击刺，正在心急，忽见云蕾宝剑前指，剑光一伸，张风府大叫一声，跌翻地上。原来云蕾出剑稍后，剑势未尽，剑尖刚刚碰着张风府的脚跟，就在这稍纵即逝之际，将他击倒！

张丹枫又惊又喜，心中暗暗奇怪：按说以张风府的功夫，那一跃纵，只要去势稍快，云蕾的剑尖就落了空，不知何以他好像还未尽展所能。

只见张风府一个“鲤鱼打挺”，从地下一跃而起，苦笑一声，挥手说道：“双剑合璧，果是神奇！你们走吧。”贯仲在旁说道：“大哥，如此轻易，便放他们走了？”张风府道：“君子一言，快马一鞭，放他们走！”贯仲嗫嗫嚅嚅，尚欲进言，张风府道：“他们又不是黑道上的人物，放了他们，也没什么罪责，何必贪领一功！”贯仲面上一红，道：“大哥既然一力担承，咱们没有话说。”张风府传下将令，让张云二人安然下山，不准拦截。

张丹枫施了一礼，张风府道：“咱们两次交手，尚未知道你的姓名，你到底是从哪儿来的？”张丹枫懒洋洋打了个哈欠，道：“你老子姓张，咱老子也姓张。此张虽不同彼张，五百年前是一家。我尊你一声大哥，为弟的疲倦得紧，这里人多嘈杂，不好睡觉，恕不奉陪啦！”张丹枫亦庄亦谐，贯仲气得面皮变色，张风府却是不以为意，大笑道：“亦狂亦侠，有这样一个同宗兄弟倒也不错，好，你走吧！”张丹枫朗吟道：“尚有江湖本色在，将军亦是可人儿。绿水青山，后会有期，我去了！”携了云蕾，径自下山，扬长而去。

一路上云蕾默不作声，走出五七里地，已把官军远远甩在后面。面前是一条三岔路，张丹枫又打了个哈欠，搭讪说道：“小兄弟，咱们该找个地方歇息啦！正中这条路通往正定，左边这条路通往栾城，咱们还是往正定去吧。”云蕾衣袖一拂，冷冷说道：“你走你的，我走我的！”张丹枫怔了一怔，道：“你就这样恨我吗？”云蕾避开他的目光，脸皮紧绷，道：“多谢你几次救命之恩，但咱们两家之仇，无法可解。咳，谁叫我的爷爷早死，想劝他回心转意，已是不能。祖先留下的遗命，子孙怎能违背？咳，这是命中注定……”张丹枫道：“我不信命。”云蕾道：“不信又待如何？……好，你走吧，你若走东，我就走西！”张丹枫黯然说道：“你既定要报仇，何不痛快下手?” 云蕾眼圈一红，踏上正中那条路，头也不回，疾往前跑。正是：

留有血书阴影在，恩仇难解最伤心。

欲知后事如何？请听下回分解。

第十一回　半夜袭番王　奇情叠见
中途来怪客　异事难猜

云蕾往前疾跑，只听得后面一声长叹，张丹枫的声音说道：“见了你惹你伤心，不见你我又伤心。呀，你伤心不如我伤心。小兄弟，你好好保重，去吧，去吧！”云蕾心中一酸，强忍着泪，也不回头。只听得后面诗声断续，随风飘入耳中，听清楚了，却是“相见争如不见，有情总似无情”两句。云蕾十七岁有多，从未想过男女之情，听了诗声，面上一红，细细咀嚼这两句话，心道：“难道我真是陷入情网中了？”陡觉神思飘忽，一片迷惘，从面上红到耳根。脚步却是不敢停留，转眼之间，又跑出数十丈地，再回头时，张丹枫的影子又不见了。

到了正定，夕阳尚未落山，云蕾投了一家最大的客店，要了房间，关上房门，呼呼便睡。也不知睡了多少时候，忽听得锣声铛铛，有人大声呼喝，店主人一间房一间房的拍门叫道：“小店已被官家征用，客官请搬到别家去吧，房钱柜上退还，事非得已，客官包涵则个。”官府征用，住客虽是万分不满，可亦不得不搬。

最后才来敲云蕾的房间，云蕾早已整好行装，开了房门，对店小二道：“你不必说啦，我走便是。”店小二道：“实是对你老不住。”眼光忽上忽下，打量云蕾，云蕾好生奇怪，道：“你看什么？”店小二道：“我看客官不是本地人，这个时分去找客店怕有麻烦！”云蕾道：“什么？怎的麻烦？”店小二关上房门，小声说道：“客官可知道官家为何征用小店吗？”云蕾道：“刚才人声嘈杂，我听不清楚。”店小二道：“听说是招待蒙古使臣，圣上派有御林军统领亲自护送呢。今日晌午时分，正定的客店就接到衙门通告，说是若有可疑的陌生人投宿，一定要报给公差知道。所以我怕客官到别间投宿，会有麻烦。”云蕾笑道：“那么何以你们又敢收留？我不可疑么?”店小二忽道：“客官真姓，是不是一个‘云’字?”云蕾投宿之时，用的乃是假名假姓，闻言不觉一惊，手腕一翻，扣着店小二脉门，低声喝道：“你是谁?”店小二道：“客官别惊，都是自己人。你若不信，有位客人留下一样东西给你，你一看就知道了。”云蕾心想：“若然自己行藏破露，迟早难免动武，不放他走，亦是于事无补。”便松开了手，让店小二走出门去。

过了片刻，店小二和掌柜一同走进，掌柜的取出一个小包，用丝巾包住，递过去道：“云相公，这就是那位客官留下来给你的信物。”云蕾轻轻解开，只见裹着的乃是一支碧绿珊瑚，共分九瓣，绿色晶莹，云蕾一见，不觉呆了。这支珊瑚正是自己送与石翠凤作为聘礼的那支珊瑚，不觉失声问道：“她也来了，她在此么?”掌柜的道：“石姑娘昨日曾到此处，详细说了云相公的面貌，叫我们留神，云相公果然投宿小店，这可真是巧啊!”

云蕾做声不得，想起石翠凤一片痴情，竟是摆脱不了，不由得暗暗叫苦。掌柜的道：“实不相瞒，小店乃是海阳帮的产业，暗中招待江湖上各号人物，轰天雷石老前辈与我们都是老相识。石姑娘昨晚匆匆经过，留下此支珊瑚，请你明日绝早，一定要到青龙峡候她！到时自然有人带你前往。”云蕾只得点了点头，问道：“那么，我今晚宿在何处?”掌柜的道：“我当你是自己人，只是委屈相公将客房让出来，住到账房里去。”云蕾喜道：“好极，好极！我也要看看蒙古使臣的威风。”

云蕾吃过晚饭，又假寐一回，养足精神，只听得门外蹄声得得，人马声喧，客店中人，都跑出去迎接，云蕾不敢露面，从门缝里张望，只见四个军官陪着七八个蒙古人走进客店。走在中间，被众人群星捧月般地拥着的那个蒙古人特别令人注目，云蕾一看，认得此人正是以前偷袭周健山寨，曾和自己交过手的那个番王。

这间客店是城中最大的客店，房间甚多，四个御林军官逐个房间细细察看，又问掌柜的道：“没有闲人了么?”掌柜的道：“长官明察，小店幸蒙征用，怎敢收留闲人?”军官尚欲进内间细查，那蒙古番王大声笑道：“统领不用如此小心了，中国虽大，能与我们抵敌的人物只怕还未曾有！若然有人暗算，那就是他自寻死路，也不必劳动诸位相助，只须负责掩埋尸体便行了。”四个御林军官一齐哈腰说道：“是，是！贵国武士，天下无敌，是卑职过于小心了。”云蕾在里面好不生气，心中暗道：“等一会儿，我倒要你们知道厉害!”

一众人等各自安歇，只有两名蒙古武士与两名军官轮班守夜。云蕾换了夜行衣服，听得敲了三更，悄悄地穿窗而出，伏在檐角，将梅花蝴蝶镖扣在掌心，只等那两名蒙古武士背向自己之时，就发镖将他们射死。

忽见屋顶上白影一闪，云蕾吃了一惊，扭头看时，微风飒然，人影已掠身而过。那人蒙着黑色面巾，穿的却是白色长衣，在黑夜之中，特别刺目。云蕾想起当日张丹枫夜入黑石庄也是这般打扮，心头鹿跳，急忙打了个手势，那蒙面人转过身来，双手一挥，指指外面，示意叫她快走!

云蕾未及细看，那人已倏地跳下，只听得两声惨叫，那蒙面人出手如电，霎忽之间，已把两名蒙古武士一齐打死。云蕾暗中赞道：“好个大力鹰爪的金刚手法！我可没曾见丹枫用过这种手法呀?到底是他，还是不是他?”

正在云蕾猜度之时，在内间守夜的两名御林军官已是闻声跳出，这蒙面人一声不响，身形一起，双臂斜伸，向两名军官腰胁的软麻穴疾点。

左首那名军官应声倒地，右首那名军官武功不弱，一招“手挥琵琶”，连消带打，竟自避了开去。那蒙面人低声喝道：“炎黄子孙，何苦为胡儿卖命!”声音甚低，云蕾在外面听不清楚，只是奇怪此人何以骤然又改用点穴手法，不用他那手金刚大力手的杀手神招?

只见蒙面人手法一变，那名军官凛然急退，蒙面人向中间房急闯，正是那蒙古番王所住的房间，未到门前，房门忽然大开。只听得里面哈哈大笑，人影一晃，一股劲风已疾扑出来，蒙面人身不由己疾退三步，云蕾定睛一瞧，竟是澹台灭明！他早已入关，不知何以现在又和蒙古使臣一道。那蒙面人一退复进，只见澹台灭明一个旋身，反手一送，那蒙面人又给摔倒，但仍是一跃即起。云蕾不禁出声叫道："快走！"三枚蝴蝶镖向澹台灭明上中下三路一齐打去，澹台灭明双袖一挥，蝴蝶镖半途落地，说时迟，那时快，那蒙面人又扑上来，澹台灭明双掌齐出，"噼啪"两声，四掌相抵，那蒙面人跄跄踉踉给震得退后数步，却并未跌倒。澹台灭明赞道："能接我一掌，也算得是一条好汉！"

三度交锋，那蒙面人都吃了亏，似已知道不敌，转身跳上墙头，正在身形纵起之时，先前那名军官，正在近处，忽地取出一条软鞭，向上一卷。云蕾大怒，蝴蝶镖又脱手飞出，这名军官可没有澹台灭明那样本事，给蝴蝶镖打中手腕脉门，软鞭落地，登时晕倒，蒙面人已飞身跳上墙头，掠上瓦面，低低说声："多谢！"疾驰而去。云蕾一怔，这声音，这背影都好似什么时候，见过一般，可又不像是张丹枫的！

云蕾这一出神寻思，那几名随来的蒙古武士和御林军官已是一齐惊起扑出，云蕾眼睛一瞥，只见澹台灭明正向着自己藏身之处发笑！云蕾骤吃一惊，险险跌倒，只听得那些蒙古武士纷纷问道："贼人呢？"澹台灭明突然一个旋身，向云蕾相反的方向发了一枝响箭，说道："贼人党羽甚多，留下两人护卫王爷，其余的随我去追！"

这一下大出云蕾意料之外，澹台灭明分明是已发现自己，何以却又将同伴引开？真是百思不解。这时店内乱成一片，云蕾悄悄溜了下来，只见那店小二站在暗角，向她招手。云蕾走了过去，那店小二道："快随我来，趁乱逃跑。"云蕾随他溜出后面暗门，却喜无人知晓。

小城城门没有关闸，那店小二一直将她带到城外一个土岗，道："五更时分，有人来接。"云蕾松了口气，道声："好险！"月色星光之下，只见那店小二露出诡秘的笑容，说道："石姑娘交代，叫相公记得带着那支珊瑚见她，相公可藏好没有？"

云蕾好不心烦，想道："正是一波未平，一波又起。"吭声闷气答道："知道了！"店小二见她色变，不敢取笑。约摸过了半个更次，只见两骑马疾奔而来，一骑有人，一骑却是空骑，近前一看，原来是火神弹郝宝椿。

火神弹郝宝椿对张丹枫敌意最浓，云蕾对他实是无甚好感，但此际劫后重逢，却也感到喜悦。郝宝椿抱拳施礼，问道："你也逃出来了？那白马小贼呢？那日的军官是不是他带领来的？"云蕾冷冷说道："是他舍命救了毕老英雄，毕前辈没对你说么？"郝宝椿一愣，道："真有此事？我还未见着毕老英雄，石姑娘叫我领你去后，再马上去找他。"云蕾道："毕老英雄现在何方？"郝宝椿道："听石姑娘说，毕老英雄脱险之后，全家在饮马川蓝天石的老家安歇，离此不过十来里路。嗯，东方将白，咱们该赶路啦！"

郝宝椿请云蕾上马，自己在前引路，马行甚快，黎明时分，到了一处山谷。郝宝椿道："这就是青龙峡了。"长啸三声，只听得里面也有人发声相应，郝宝椿道："石姑娘已先来了，你进去吧，我还要去见震三界毕老英雄。"

云蕾弃马入山，不一刻，山坳处转出一人，正是石翠凤。只见她泪水满面，疾奔上来，一把抱着云蕾道："咱们又见着了！"云蕾扶她轻轻坐下，笑道："你绝早约我会面，想来不只是为了谈情。"石翠凤薄怒含嗔，横她一眼，抹抹眼泪，说道："老天保佑，咱们幸而重见，可是周大哥，周大哥……"云蕾惊道："周大哥怎么啦？"石翠凤道："我错怪你的义兄了，周大哥实是好人！"云蕾急道："快说，周大哥怎么啦？"石翠凤道："那日你堕马受围，咱们想回来抢救，已被隔断。后来那张风府追毕道凡不上，却截着我与周大哥二人。我们二人不是他的对手，十余招后，我被他刀背一拍，打落马背，看看就要被他所擒，幸得周大哥舍身相救，一跃下地，竟冒着被马蹄践踏之危，拖着张风府的后腿狠命便咬，张风府一刀将他拍晕，抓上马背，大约是赶着回去治伤，便不顾得再追我了。"

云蕾与周山民之间，虽曾闹过不愉快的事情，却是情如骨肉，闻言大急，说道："咱们可得想法救他才是。"石翠凤道："我约你到此，就是想法救他呀！你听我说，还有一桩奇怪之事。我脱险之后，前日在嘉县住宿，半夜时分，忽被一个蒙面人惊起，将我引出郊外，看他身手武功，在我之上，却又并不对我伤害。引到郊外，便自去了。我满腹狐疑，第二日才知道那晚嘉县城中，官差捕快一齐出动，半夜搜查客店，盘问行人，听说是要迎接什么贵人，所以预先防范。那人引我走出客店，想是事先得知消息，出于一片好心。”云蕾大是奇怪，喃喃自语道：“蒙面人，蒙面人？他的身段像不像以前偷入你家中的那个、那个白马书生？”

石翠凤道：“黑夜之中，我没看清。再说我也从未联想到那白马书生，是以无从比较。”云蕾不觉面泛桃红，道：“我知道嘉县所要迎接的什么贵人就是那班蒙古人。只因嘉县是个大城，所以要预先一日盘查客店。”石翠凤奇道：“你怎么知道？”云蕾道：“昨日我也见着那蒙面人了。此事以后再谈，你先说你的。”石翠凤道：“昨日我碰到了爹爹的朋友，得知震三界毕道凡亦已脱险，我便去找他，谁知他也见着了那个蒙面人，而且蒙面人还给他留下了一封信。毕道凡说：‘这人真像第二个张丹枫，却不知是不是他？’毕道凡刚到蓝家，蒙面人便现迹留书，毕道凡因为刚刚脱险，因此也就无心追他。”云蕾道：“信中说的是什么？”石翠凤道：“那蒙面人的信说道：他知道瓦剌使臣前往北京，为首的是个亲王，大约是向明朝提出什么条件去的，大明帝国与瓦剌邦交虽是濒于破裂，大明天子可还想极力弥缝，是以对瓦剌这班使者极是奉迎，保护唯恐不周。他信中又说，已知道周大哥落在官军手里，是以建议我们冒险去截这批蒙古人，若能擒到番王，那就更是一举两得。一者可以拿来交换周大哥，二者是免得朝廷向瓦剌低首求和。信中还说，青龙峡地形最险，可以在此地伏击，到时他或者也可相助一臂之力。”云蕾道：“毕老英雄意思如何？”石翠凤道：“毕道凡知道周大哥被擒，亦是焦急非常，但若要再传绿林箭，广约各路英雄，却是远水不救近火。毕道凡想不出别的法子，因此也愿照那蒙面人所说，冒险一试。他叫我们轮流在此瞭望，以防意外。等下他亲自率人前来。”

云蕾沉吟不语，想那澹台灭明勇猛无比，劫人之计只恐难行。忽听得石翠凤道：“那店小二可将珊瑚交与你了？”云蕾道：“交了。”石翠凤道：“趁着时候未至，我可要问你一事。”云蕾道：“何事?”石翠凤道：“一路前来，你对我如何，你自己心里知道。咱们虽是挂名夫妻，其实你何曾将我作妻子看待?”云蕾急道：“这个时候说这个干吗?”石翠凤道：“我闷了多日啦，我是急性儿，此事不能不问清楚。”云蕾拿她无法，见朝阳已出，料那批蒙古使者即将来到，更是无心与她纠缠，眼珠一转，忽地笑道：“凤姐姐，我明白你的意思啦。你叫店小二将珊瑚留交与我，乃是……”故作猜度之状，石翠凤接口说道：“乃是想问明你的心意。你若不欢喜我，这珊瑚你收下来再送别人。你若……”云蕾也截住她的话道：“凤姐姐，这支珊瑚是我给你的礼聘，岂能再送别人。我现在再亲手交与你啦!”石翠凤芳心大慰，接过珊瑚，只听得云蕾好像漫不经意地说道：“嗯，周大哥实是好人，我的话可没有半点骗你。”石翠凤一怔，低头看见那支珊瑚第三瓣花叶上所刻的“周”字，面色一变，正欲说话，只听得峡谷外马声嘶鸣，一行人走了入来。

云蕾与石翠凤隐身石笋之后，只见一小队官兵在前开路，那蒙古番王与澹台灭明并马而行，走进山谷。石翠凤悄声说道：“糟糕，他们这样早便来了。毕道凡可还没来呢。”那番王揽辔扬鞭，顾盼自雄，忽听得有人唱着蒙古民歌，迎面而来。歌道：

“我是草原的兀鹰，
我的翅膀扇风云，
朝飞斡难河，
夜宿喀林城，
飞了三个月，
飞不出大汗的手心!”

这首民歌，乃是蒙古人歌颂他们的英雄成吉思汗的，番王听了，大为高兴，想不到在此地遇到本国之人，而又听到这首蒙古人最引以为荣的歌词，便停下马来，对澹台灭明笑道：“重振大汗的威风，可得要看我们了。”叫人请那“蒙古人”前来相见。只听那人又唱道：

“大汗只手覆大地，
他的生前享荣名，
而今死了归黄土，

占地不过是一坟。”

这几句歌词虽用蒙古话唱出，却是他自己编的，番王听了，面色一变，待他近前，立即问道：“你是蒙古来的吗？这支歌后半截我没听过，你是从哪儿听来的？”那人头戴蒙古毡帽，帽沿两块羊皮垂了下来，掩了两边面孔，只露出口鼻和一双炯炯有神的大眼睛，这是蒙古牧人的普通服饰，可是在这春风骀荡的中原之地，却是显得不伦不类，十分怪异。那人哈腰说道：“是我特地编来唱给你听的。”手腕一翻，登时抓着了那番王的寸关尺脉门三寸之处。

澹台灭明早有防备，只见他手肘一撞，那人拖着番王滚地便倒，手指扣实，仍是不肯放松。澹台灭明出手如风，飞起一脚，踢他腰胁，右手往下一抓，那人就地一滚，避开了澹台灭明的飞脚，澹台灭明的长臂已抓到他的头颈，那番王武功不弱，趁这时机，左手反击，膝盖又顶他小腹。那人背腹受敌，迫得双手一松，跃了起来，接了澹台灭明一掌，身躯虽给震得摇摇晃晃，可是手底却毫不放松，呼呼呼接连拍出三掌，竟然敢与澹台灭明厮拼。施展的招数竟然是外家拳登峰造极的一种功夫：大力金刚重手法！

云蕾惊奇不已，道：“这就是那个蒙面人！”面目虽看不清，却似是见过的熟人，可又想不起来。只见澹台灭明捷步似猿猴，出拳如虎豹，将他迫得步步后退。但他掌风虎虎，或按或劈或戳，每一招也都狠辣非常，虽然给迫得步步后退，却是步伐不乱。云蕾心想：“此人看来不像是张丹枫，可是能与澹台灭明用真力厮拼了这么多招，武功亦不在张丹枫之下。”又想道：“澹台灭明昨晚放他逃走，何以如今又死力护那番王？”实是不解。

澹台灭明抢了上风，步步进迫，蒙古武士素来知道澹台灭明的厉害，从不要人相帮，有两个御林军官却想讨好，左右分上，施行偷袭，澹台灭明突然停手，大叫：“滚开！”说时迟，那时快，那人趁着澹台灭明停手的霎那，已突用大力金刚手法，将两名军官都甩下山谷，一翻身又与澹台灭明相斗！

斗了数招，澹台灭明大喝一声，扑腾一拳，在他肩头重重击了一下，那人倒跃一丈开外，摇摇欲倒。澹台灭明住手大笑，蒙古武士围上前来，将他擒捉。忽听得一声呼喊，迎面杀出数人，前队官军登时大乱，正是毕道凡与蓝天石、郝宝椿等人杀了前来，官军抵挡不住！

澹台灭明一跃上前，左拳右掌，一招“横云断峰”，拳掌兼施，拳击前心，掌劈颈项，向毕道凡便下杀手。毕道凡降龙棒滴溜溜一转，棍尾点他章门要穴，棍尖戳他面上双睛，毕道凡有“震三界”之名，在降龙棒上下过数十年功夫，何等厉害。澹台灭明叫声：“好！”陡然一缩，变掌便拿，毕道凡扑了个空，几乎给他抓着。幸而功夫老到，脚下使出“千斤坠”的功夫，立刻钉牢地面，横棒一扫，将澹台灭明的招数化解开去，心中也是大感惊奇。

那人趁着混乱之际，击倒数人，杀出重围。云蕾一皱眉头，甚觉不解：此人有胆气孤身袭击番王，何以此际有人相帮，却又独自逃走？那人疾走如风，恰是对着云蕾藏身的方向奔来，云蕾蓦然跃出，叫道：“你是谁？”那人竟然劈面一拳。云蕾身形一闪，拔出宝剑，叫道：“不助朋友，乃是不义，咱们再杀入去吧！”那人见了云蕾拔出青冥宝剑，双目闪闪发光，忽然也拔出一口刀来，向云蕾劈面一刀，这一下大出云蕾意外，宝剑向上一撩，那人只发了一招，立刻飞身便走。石翠凤扑出来道：“真是怪人！”云蕾一瞥战场形势，道：“且莫管他，咱们去助毕老英雄。”

澹台灭明空手与毕道凡斗了十数招，各自讨不了便宜。澹台灭明叫道：“好，你是我此次入关之后所见的第一条好汉，我也要动兵刃啦！”虚晃一拳，拔出双钩，当胸一立，只听得铿锵一声，毕道凡的降龙棒已给双钩弹开，澹台灭明双钩一个回旋，左钩右指，右钩左指，把降龙棒迫得团转抵御，兀是抵御不住。云蕾叫声“不好”，拔剑闯入，虽然削了几口兵刃，可是却给两名蒙古武士缠住。那两名武士一使铁搠，一使链子锤，都是难于削断的重兵器，急切之间，闯不过去。蓝天石、郝宝椿、石翠凤等也都分别被人围住，会合不到一处。

毕道凡展出全身本领，仍是无法脱身，澹台灭明双钩飞舞，俨如蛟龙出海，鹏鸟追云，好几次降龙棒几乎给他夺出手去。毕道凡倒吸一口凉气，心道：“不意我逃出朱明魔爪，却会死在胡儿之手。”

正在吃紧，忽见官军纷纷惊叫逃避，轰隆之声，震撼山谷，云蕾抬头一看，却原来就是那作蒙古牧人打扮的怪客，上了山顶，把一块块磨盘大的大石推下山来！青龙峡在两山夹峙之中，山高峡窄，大石滚下，声势骇人，若给碰着，难堪设想。官军登时大乱，四处窜走，蒙古武士，也吓得慌了。云蕾精神大振，反手一剑，将那名使铁搠的武士刺伤，游走奔前，向澹台灭明连攻数剑，澹台灭明张目喝道："又是你这个娃娃！"左钩一封，将青冥剑黏出外门。毕道凡叫道："今日难占便宜，咱们撤走！"降龙棒一招"力敌千钧"，挡了澹台灭明一招，与云蕾转身便走。澹台灭明追上两步，忽然一块大石滚到跟前，澹台灭明收了双钩，身躯半蹲，双臂一接，奋起神力，将那块大石掷到半山，恰恰与另一块滚下来的大石碰个正着。轰隆一声，沙石纷飞，官军固然免了伤害，毕道凡等人也趁着沙石弥空之际，急奔上山。

澹台灭明尚欲再追，那番王心惊胆战，急忙止住他道："澹台将军，穷寇莫追！"实是怕另有埋伏，所以要留他在身边壮胆。

毕道凡等人奔上山头，高声叫道："好汉留步！"那作蒙古牧人打扮的怪客，待他们上到半山，忽然一声长啸，从背面下山，待毕道凡等上到山顶之时，他已经逃逸无踪了。

毕道凡道声："真怪！"翻下高山，正午时分回到蓝家，大家纷纷议论那个怪客，都猜不透他的来历，只有一点，大家异口同声肯定的是：这怪客一定就是那蒙面人。

毕道凡道："不但此人怪异，那胡儿也怪。我们逃出之时，郝老弟走在最先，若然他那块大石不掷上山，落后十丈八丈，郝老弟实是危险非常。"郝宝椿道："也许是他为了避免官军受伤，所以如此。"云蕾笑道："那人不是'胡儿'，他叫澹台灭明，实是在蒙古长大的汉人。"毕道凡皱眉说道："我虽恨极朱元璋的子孙，但相助胡人，而且居然以'灭明'为号，更是可恨。"云蕾又说出昨晚澹台灭明故意让她逃走之事，众人又是议论纷纷。

毕道凡道："那怪客的来历，咱们以后再查，澹台灭明是何用心，咱们也先别管，当今的急务是：如何救出山民贤侄。"众人都想不出好的法子。云蕾道："既然无计可施，那就只有硬干：半路截劫囚车。”郝宝椿道：“官军势大，又是京师三大高手押解，只怕劫人不成，反遭折损。”毕道凡道：“且打听再说。”

傍晚时分，探子回来报道，张风府留下贯仲领大部分的御林军和锦衣卫协助地方“扫荡”各个山寨，他和樊忠只领着五七十名御林军，将擒获的俘虏押解上京，明日可能经过此地。毕道凡喜道：“好，咱们明日便去与他硬干一场。”正是：

龙争虎斗挥戈处，又见离奇古怪情。

欲知后事如何？请听下回分解。

第十二回　峡谷劫囚车　变生不测
荒郊驰骏马　祸弭无形

云蕾这晚翻来覆去不能入寐，想起周山民落入敌人之手，甚是担忧，心道：“我明日便是拼了性命，也要救他。”脑海中忽然现出周山民要她改口以兄弟相称时的腼腆神情，想起他一路上隐隐透露的情意，又不觉甚是惶恐不安，想道：“要我舍命救他，那还容易；若要我接受他的情意，那却是万万不能!”隔房透过石翠凤咳呛的声音，想她亦是心事重重，未曾入睡。云蕾想起石翠凤的一片痴情，又不觉哑然失笑，脑海中周山民与石翠凤的影子并在一起，暗自笑道：“好，就是这样，把他们拉在一起，什么麻烦都没有啦!”可是，真的就什么麻烦也没有了吗？周山民与石翠凤的影子刚刚消失，张丹枫的影子却又悄悄地爬上心头，这不止是更大的“麻烦”，这还是难解的“冤孽”，云蕾突觉一片茫然，不能再想，也不敢再往下想了。

第二日一早起身，毕道凡已是布置停当。云蕾出到厅中，只见院子里一片黑压压的人群，毕道凡说道：“我们已打听清楚，张风府与樊忠只率领着五十名御林军，押解着六辆囚车，其中有一辆特大的囚车，车子行时，张风府的坐骑不离左右，看得很紧，车中的囚犯想必就是山民贤侄。咱们虽来不及传下绿林箭，蓝兄弟的庄丁和附近的兄弟，凑合起来也有四十多人，尽可够用。张风府虽然厉害，由我和云相公去对付他，大约也还对付得了。青龙峡形势绝险，昨日蒙面怪客山顶滚石那手法儿，咱们也可采用。”蓝天石道：“自山顶滚下大石，不怕砸坏了囚车么？”毕道凡道：“不必滚下大石，用鹅卵大的石头，飞石乱打那队官军，只要将他们的队形扰乱，叫他们要分神应付，那就行啦。郝庄主、石姑娘，你们领十多名兄弟爬上山顶，就这样办吧。官军中午时分大约可到青龙峡，咱们现在该动身啦！"

众人出了大院，纷纷上马。云蕾傍着毕道凡并辔奔驰，忽然问道："毕老前辈，你怎么不骑那匹白马？"毕道凡笑道："归了它的主人啦。"云蕾道："什么？张丹枫几时又见了你了？"毕道凡道："这照夜狮子马真是天下罕见的名驹，极有灵性，那日它听主人吩咐，驮我脱险，脱险之后，它就连声嘶鸣，再也不服我骑啦。我知道它是想念主人，就将它放了。"云蕾道："你怎知它一定能找到主人，若给坏人截了岂不可惜？"毕道凡一笑说道："一般好的战马，也知道寻觅主人，何况是这匹天下罕见的照夜狮子？再说，没有擒龙伏虎的本事，谁又截得它住？"云蕾本也知道那匹白马的灵异，可是因为心中悬挂张丹枫，不免多所顾虑。毕道凡说了话后，忽又微微一笑，道："云相公，若不是石姑娘说过，我真看不出你和张丹枫竟是不共戴天的大仇人！"

云蕾面上一红，拍马加鞭，避而不答。毕道凡好生奇怪，料知其中必有别情，却也不再发问。

不一刻，进入峡谷，毕道凡按照原定之计，指挥众人埋伏。眼看日头渐渐西移，忽听得前面把风的人传下话道："来了，来了！"众人捏紧兵器，只见一队官军，押着六辆囚车，缓缓走入峡谷，毕道凡对云蕾道："就是中间那辆。"忽见张风府在马上扬鞭大笑，叫道："要劫囚车的这可是时候了！"

毕道凡、云蕾同吃了一惊，这张风府竟似早有防备！箭在弦上，不得不发，霎时间，伏兵尽出，只见张风府将御林军摆了一个圆阵，护着正中的那辆囚车。毕道凡一马当先，率队急冲，那五十名御林军都是百中选一的精锐，圆阵变化无方，首尾相应。蓝家的庄丁虽然骁勇，却是冲不过去。

但听得张风府哈哈大笑，朗声说道："震三界毕老头儿，前日给你侥幸逃脱，怎又自投罗网来了？"毕道凡哼了一声，冷冷说道："看是谁自投罗网？"蓦地一声长啸，顿时山鸣谷应，林鸟惊飞！

这是叫山顶诸人动手的讯号，山顶上郝宝椿发一声喊，现出身来，说时迟，那时快，忽听得挟风呼啸的暗器破空之声，三柄飞锥联翩飞至，郝宝椿叫声："不好!"迫得将石头向上掷出，打落飞锥。但见对面山峰出现了一队官军，将石头纷纷抛掷过来，其中还夹有飞镖、飞锥、弹丸之类的暗器，为首的乃是与张风府并称京师三大高手之一的御前侍卫樊忠。他所发出的飞锥最为强劲，火神弹郝宝椿虽是暗器名家，也不得不小心应付，其他诸人更是给闹得手忙脚乱，双方掷石作战，哪还腾得出手来打下面的官军?

张风府得意之极，又是哈哈大笑，扬刀说道："为将之道，岂能不审察地形，防患未然。震三界你武功虽强，却是少读兵书!"毕道凡大怒，降龙棒滴溜溜一转，迫退诸般兵器，猛然伸手一抓，施展大擒拿手法，将一名官军摔稻草人般的直甩出去。云蕾刷刷两剑，将御林军的铁甲划破，宝剑威力惊人，御林军虽然身披铠甲，也给逼迫两边闪开。毕道凡与云蕾一用掌力，一仗宝剑，竟然闯进重围。

张风府把手一挥，圆阵一变，索性将二人放入，却把其他人众截在阵外，张风府背靠囚车，缅刀一指，笑道："震三界，咱们再斗三百回合!"斜眼一瞥云蕾，又笑道："好极，好极，你也来了!好吧，你们两人就一齐上吧，我可不要别人相帮。"毕道凡面上一热，挥棒说道："今日之事，咱们都是为了朋友，拼着两胁插刀，管你人多人少，我都和你拼啦!"一招"风虎云龙"，棒挟劲风，当头劈下。

张风府凝身不动，一个"夜战八方"招式，缅刀疾发，架开降龙棒，迫退青冥剑，刷刷刷还了三刀。毕道凡暗叫一声"惭愧"，换了一个招式，用缠身十八打的棍法，盘旋滚进，云蕾剑走轻灵，也着着抢攻。若然以一敌一，张风府胜在气力，要比毕道凡稍高一筹，而今加上云蕾，斗到三十招开外，张风府渐感不支，云蕾觑个正着，一剑搠去，张风府迫得斜闪数步，云蕾身法快极，趁此空档，一掠疾过，飞身跃上囚车。

云蕾一颗心剧烈跳动，想不到竟然这样容易便告得手，想那张风府并非庸才，何以竟会独自抵敌，不要官军防护?即是自负，亦不应轻敌如斯。不过她亦虽有所疑心，但此时此际，已不容细心推想，一跃上车，立即揭开帐帘，只见有一人蜷缩内里，车内光线微弱，看不清楚，云蕾惊喜交集，颤声叫了句："周大哥!"剑交左手，右手往里一探。

忽听得"嘿嘿"两声冷笑，车内那人突然坐起，手腕一翻，已把云蕾脉门扣住，云蕾这一惊非同小可。那人喝道："进来吧!"用力一扯，云蕾身不由已，跌进车内，扑倒之时，宝剑一拉，将车帐割断，阳光透入，忽又听得那人叫道："咦，原来是你!"似是颇为惊诧，云蕾心灵手敏，应变快捷，剑柄反手一点，那人松手避开，与云蕾双双跃出车外。

阳光之下，只见那人戴着遮风皮帽，双眼外露，炯炯有神，竟然就是昨日假扮蒙古牧人，袭击番王的那个怪客!两人对面站立，相距不过咫尺，云蕾看得真切，那眼光神态，身材肥瘦，和前晚那蒙面人又正是一人。

云蕾喜出望外，急忙问道："你可知道周大哥在哪一辆囚车?"在云蕾心中，以为此人既曾献计叫毕道凡截劫番王，又曾得他暗中相助，必是自己人无疑。哪料此人忽然又是一声冷笑，道："谁知道你的周大哥!"左手划了半个圆弧，猝然用大力金刚手法硬抢云蕾手中的宝剑。

这一突变，更是出于云蕾意外，猛不及防，那人手指已堪堪触及，相距更近，忽见他双眸炯炯，手指一划，招数将发不发。云蕾疾的一剑，那人似是猛然吃了一惊，手指一弹，只听得铿锵一声，弹着剑背，云蕾虎口发痛，几乎把握不住，心中暗惊：此人的金刚大力手法，果是不同凡响!

只听得张风府又是哈哈大笑，朗声说道："毕老头儿，你看可是谁自投罗网!"接着一声叱咤，一声怒骂，刀棒相交，声震耳膜，想是毕道凡怒不可遏，使出气力，下了重手。

云蕾第二剑第三剑又已连绵发出，那人双掌翻飞，随着剑尖舞动，掌风挥处，每将剑刺方向迫歪。云蕾剑法急变，青冥剑一圈一转，只听得嗡然一声，久久不绝!

云蕾的"百变玄机剑法"，奇诡快捷，天下无双，此际被迫使出绝招，上八剑，下八剑，左八剑，右八剑，每次连刺八剑，都是一气呵成，上下左右，霎忽之间，刺了三十二剑。那人掌力虽然遒劲，却跟不上剑招的快捷，好几次险险被她刺中。但不知怎的，云蕾总觉这人似曾相识，虽然不知是在什么时候、什么地方见过，心中却有一个亲近的感觉，好几次应该可以刺中，都是不期然而然的剑尖一滑，贴衣而过，连自己也觉得万分奇怪。

上下左右追风八剑自成一个段落，三十二剑刺完，势道稍缓，那人显是知道肉掌不能应付，嗖的拔出腰刀，左刀右掌，立即抢攻。只见他刀光闪闪，用的全是快手，出掌却是舒缓自如，越来越慢，一快一慢，各有妙处。用快刀斩乱麻之势，把云蕾的攻势打乱，又用掌力震歪云蕾的剑点，叫她宝剑之威，无法施展，这样一来，立即反客为主，转守为攻。云蕾剑法虽极精妙，却也只有招架之功，仅能自保。那人的刀法虽然凌厉，也还罢了，那掌力却是越来越劲，把圈子渐渐扩大，直把云蕾迫出八尺开外，近身不得。但说也奇怪，有好几次云蕾遭遇险招，那人的刀风掌势，也是掠面而过，沾衣即退，也不知他是有意无意，就恰像云蕾适才对他一样。

云蕾剑法加紧，全神应付，只见那人目光闪动，虽是在急攻之中，却是不停地打量自己。云蕾心中一动，刷的一剑，拦刀拒掌，喝问道："你是谁?"那人还了一招，也喝道："你是谁?"云蕾一怔，道："你先说!"那人面有异色，也道："你先说!"云蕾心道："我的来历如何能说与你知?"但却又急于知道此人的来历，略一迟疑，又挡了三招，坚持说道："你先说!"说话神情，活像一个负气固执的孩子。那人眼珠一转，神色更是诧异，似乎是碰着一个童年时候的朋友，回忆她当年的神情，拿来与现在印证一样，左刀右掌，都迟缓下来，目光不住地在云蕾面上扫来扫去。云蕾迫上一步，那人忽又嗖嗖两刀，将云蕾隔开，坚持说道："你先说!"正在纠缠不清，忽听得毕道凡大叫一声："今日风紧，并肩子扯呼!"云蕾斜眼一瞥，只见毕道凡已是全然陷在下风，被张风府刀光罩着，形势甚是危险。外面援兵，又给官军的圆阵挡着，闯不进来。

云蕾大急，剑走连环，疾抢数招，那人掌力加紧，就如一道墙壁，拦在中间，急切间如何闯得过去。那人又叫道："你到底说不说?”云蕾心中生气，闷声不响，挥剑与他抢攻，霎忽之间，又斗了三五十招。云蕾功力本来稍逊，只仗着剑法精妙，所以才不致处在下风，勉强打成平手。此际因担心毕道凡而不免分神，更是感觉不支，不但抢攻不成，反给迫得连连后退！

正在吃紧，忽见谷口那边尘沙大起，张风府喝道：“谁敢闯道?”猛然间只听得怪笑之声震撼山谷，八骑健马迎面奔来，为首两人，服饰怪异，一黑一白，相映成趣，云蕾不觉惊叫一声，这两人可不正是白摩诃与黑摩诃！中间四人就是曾到黑石庄的那四个珠宝买手，后面两个缠着头巾的妇人，却是黑白摩诃的波斯妻子，这八人策马驰骋，全不把厮杀双方放在心上。

黑摩诃快马先到，张风府勃然大怒，喝道：“滚下马来!”凌空一跃，搂头就是一刀。黑摩诃一声怪笑，绿玉杖往上一戳，直刺丹田气穴。张风府大吃一惊，想不到这个怪人竟具如斯身手，身子凭空扭转，脚尖一勾马镫，身落马背，左右连环两刀，快捷无伦。黑摩诃也不禁大吃一惊，想不到这个军官竟然如此厉害，绿玉杖一横，向张风府胸前猛推，张风府横刀架住，不相上下。黑摩诃杖尾一抖，使劲一挑，张风府飞身落马，只得半边屁股坐在马上，形势远不如黑摩诃有利，求胜心切，突把右手一松，待得黑摩诃身子前倾，左掌蓦地往前一探，使出擒拿手绝招，只一抓就抓着了黑摩诃的小臂。

张风府大喜，正待用劲，骤然间忽觉所抓之处，全不受力，黑摩诃的手臂滑似游鱼，突然扭曲，弯了过来，啪的一掌打到张风府面门。张风府哪想得到黑摩诃使的是印度瑜伽功夫，肌肉可以随意扭曲变形，骤不及防，掌风已然扑面，张风府一声大叫，足踹马镫，身如飞箭离弦，凭空射出数丈之外，安然落地。黑摩诃本是十拿九稳，一掌打空，也不觉骇然!

这几招急如电光石火，毕道凡尚未想到来人来历，黑摩诃又已飞马冲来，毕道凡叫道：“哪一路的朋友？毕道凡这厢有礼。”毕道凡有“震三界”之名，满以为说出名头，江湖上的朋友无有不知，哪料黑摩诃又是一声怪笑，喝道：“什么黑道白道？给老子让路，滚开!”快马横冲直闯，毕道凡迫得伸棒一拦，那马前蹄飞起，黑摩诃一杖下戳，棒杖相交，毕道凡的降龙棒给震得歪过一边，黑摩诃的绿玉杖给他一荡一带，也几乎跌下马来。黑摩诃叫道：“好，你也是一条好汉！闪开便罢！”从叫“滚开”而到请他“闪开”，已是十分客气。毕道凡骤遇强敌，却是收棒不住，第二棒又已是一招“横江截斗”，打向马身，黑摩诃大怒，绿玉杖往下一按，将毕道凡的降龙棒按住，突然一松，毕道凡几乎仆倒，为马所践，急急飞身窜开，只见那匹马四蹄飞起，已从自己头上一跃而过。

黑摩诃与张风府、毕道凡纠缠之时，白摩诃的快马亦到，直向云蕾与那怪客交手之处冲来。云蕾心中一凛：黑白摩诃曾在古墓之中给自己与张丹枫联剑打败，若他记着前仇，这可怎生得了？

白摩诃一眼瞥见云蕾，忽地一声怪笑，马头一拨，改向与云蕾交手的那个少年一冲。那人大怒，横掌一拨，呼的一声击中马腿，那马前蹄屈地，那人劈面就是一刀，白摩诃将白玉杖一撩，白玉杖乃是宝杖，坚逾精钢，那人却不知道。只听得铿锵一声，刀锋反卷，那人手腕一翻，反手一刀背拍去，白摩诃玉杖一圈，只听得又是当的一声，那口刀向天飞去。白摩诃道：“你能挡我一杖，饶你不死，闪开！”玉杖一指，对云蕾道：“你不是这人对手，还不快逃！”双腿一夹，那匹马跳了起来，疾奔而去！

原来黑白摩诃被张云二人联剑打败之后，赌赛输了，墓中珠宝已非自己所有，灰心丧气，遣四个买手到南方了结账务，本拟回转西域，从此不做珠宝买卖，哪知张丹枫后来慷慨地把珠宝全数发回，两兄弟十分感激，有了资本，便再做了两宗大买卖，这次由南而北，八匹马驮了许多珠宝，准备越喜马拉雅山偷卖给印度王公，却想不到在此地遇到两方混战。

黑白摩诃自成一路，黑道白道全不买账，更兼驮着珠宝，恐被官军截住，故此更是横冲直闯，见路即走，只因心感张丹枫还宝之恩，这才助了云蕾一手。

不但黑白摩诃武艺高强，他们的波斯妻子与跟从他们的四个买手也全非庸手。八匹马在峡谷中乱冲乱闯，两方人马都被迫得纷纷躲闪逃避，毕道凡见机不可失，一声呼啸，带领众人爬上山峰。黑白摩诃一阵怪笑，官军虽让开了路，他们却不急着奔驰出去，又在峡谷中乱搅了好一会子，拦着官军，等云蕾等人爬上半山，这才呼啸而去。

张风府大怒，要重整圆阵，追击敌人，已是不及。只听得黑白摩诃向山上遥呼道："小娃娃，你那个朋友大娃娃在前头等着你呢。你为什么不和他一道？"云蕾知道黑白摩诃口中所说的"大娃娃"指的乃是张丹枫，心中一跳，几乎要发声相问。毕道凡问道："这两人是谁？"云蕾道："西域黑白摩诃。"毕道凡惊道："原来是这两个魔头，久已闻名，今始见面。想不到咱们却靠这两个魔头脱了一场灾难，只是山民贤侄未能救得，如何是好？"

山上郝宝椿等人尚在与官军掷石作战，毕道凡会合诸人，翻下山背，回到蓝家，又已是黄昏时分。这次救人不成，反遭败绩，众人俱是闷闷不乐。谈起前日扮作蒙古牧人，今日躲在军中设伏的那个怪少年，更是议论纷纷，猜不透他的来历。

毕道凡一看天色，道："张风府等人今晚必在城中住宿，咱们最少该探出周贤侄生死如何，再作打算。看那张风府诡计多端，用的只恐是金蝉脱壳之计，周贤侄是否在六辆囚车之中，咱们也不知道。"

众人想及那张风府如此厉害，都不觉默然。毕道凡缓缓说道："咱们这群人中，云相公要数你的轻功最好，城中最大那间客店乃是咱们自己人开的。"云蕾甚是机灵，一点即透，道："是啊，白日里明刀明枪截劫不成，咱们晚上去给他们捣个小乱，最少也能探个虚实。想那张风府武艺虽高，轻功却是未臻佳妙。若有不测，我就给他一个溜之大吉，他未必追得上我。"当下议定，云蕾去探虚实，毕道凡在客店外面策应。

晚上二更时分，两个人悄悄溜入城中，城中早已有人接应，张风府这班人果然在那家客店住宿。云蕾靠着店小二的带引，从客店后门溜入，问明了张风府所住的房间，歇了一会，养好精神，听得敲过三更，换了夜行衣服，正想登上屋顶，忽听得客店外马蹄之声甚急，倏忽到了门前，客店内已有御林军的军官出去迎接。

店小二道："云相公你且待一会儿。"提了水桶饲料出外，约莫过了一盏茶的时候，外面闹声已止。店小二回来报道："看情形这

萍踪侠影

张凤府手中持着一卷文书，缓缓说道：“今次俘获的贼人，我还没有一个个审问，也不知其中有无此人。若然是有的话，我自然照康总管的意思。……”

是八百里加紧的飞骑传报，只不知是什么文书，如此着紧！”古代传递文书，最急的叫做“八百里快马加紧”，每一驿站都备有专门递送这种文书的快马，上一站送文书的快马到时，立刻换骑，一站站地递送下去，一日之间，总要换十四八匹快马。所以尽管那些马不是千里马，在十二时辰之内，跑七八百里却也并非难事。

云蕾一怔，道：“你怎么知道？”店小二道：“那位送文书的公差刚下坐骑，马匹就累得倒地，要用两个人的力，才把马头抱起来喝水。”云蕾略一沉吟，道：“那也正好，我就顺便探探这是什么紧要的文书。”

张风府住在靠南的一间大房，云蕾用个“珍珠倒卷帘”的姿势，勾着屋檐，向下窥望，只见房中果然坐着一个公差，张风府手中持着一卷文书，缓缓说道：“今次俘获的贼人，我还没有一个个审问，也不知其中有无此人。若然是有的话，我自然照康总管的意思。嗯，你今日辛苦了，快去歇息，明日回京去吧。这文书副本我另外派人送给贯仲。”

公差道声：“谢大人恩典。”告辞之后，只见张风府往来踱步，眉头打结，显然是有什么重大的心事，蓦然叫道：“来人啦！”把门外守夜的一个军士叫了进来，低低吩咐几句，遣他出去，一个人在房中搔头抓腮，忽地把文书打了开来，云蕾凝神下望，一张画像首先映入眼帘。

云蕾一眼掠过，险险叫出声来，画中人像非他，正是自己要来图救的周山民。只听得张风府喃喃自语道：“先把他的琵琶骨穿了，再把他的眼珠子挖了，却还要留着他与金刀寨主讨价还价，哈，这一招可真阴损到极啦！”

云蕾听得大吃一惊，心中想道：“若然他们如此折磨山民大哥，那么我今夜可要豁出性命，与他同归于尽了。”掌心扣了梅花蝴蝶镖，身上直冒冷汗。

只听得脚步声渐渐来近，云蕾心道：“定是他们押解山民大哥来了。”不料进来的却只是一人，云蕾定睛一看，又险险叫出声来。

来的是一位少年军官，就正是日间曾与云蕾交手、前晚偷袭番王的那个怪客。只听得张风府道：“千里兄，这事可好生难决啊！”

那少年军官问道："张大人何事难决？"张风府不先答话，却忽地迈前两步，与那少年军官正面相对，微笑说道："你是十七日离开京都的，怎么前晚才来见我？"那少年军官微现窘态，目光移开，强笑答道："我中途遇雨，马又不行，是以迟了。"张风府哈哈一笑，道："是么？"那少年军官面色陡变，退后一步，手按几桌，道："张大人疑心我了？"张风府又打了个哈哈，道："岂敢，岂敢！"忽地沉声说道："你补锦衣卫为时虽然未满一月，咱们可是肝胆相照，是么？"那少年军官以袖拭汗，道："张大人忠肝义胆，我是无限佩服。"张风府又迫前一步道："不敢见疑，还请实告。前日在青龙峡中偷袭蒙古使臣，你是不是也有一份？"那少年军官挺立答道："大人明察，不止有我一份，我实是主谋之人！"张风府道："你可知道他们是朝廷的贵客，若有差错，可能引起两国干戈么？"那少年军官毅然答道："张大人，你可知道他们此来，是要我们大明朝廷割地赔款的么？与其屈辱求和，何如誓死一战？"张风府道："不管如何，你以朝廷军官的身份，袭击外国使者，这罪名可不小啊！"那少年军官道："大不了也不过是凌迟碎剐，张大人，你就是因此事难决么？一人做事一人当，我绝不连累于你。张大人，我而今束手受缚，你可以放心了吧！"

张风府忽地又是哈哈大笑，道："千里兄，何必愤激如斯？我说的难决之事，与你丝毫无涉。"此言一出，那少年军官似是极感意外，讷讷说道："那、那、那又是为了什么？"

张风府徐徐展开文书，指着那画像说道："你可知道此人是谁？"那少年军官面色又是一变，却道："这不是大人此次擒获的强盗之一吗？"张风府道："我是想问你知不知道他的身份？"那少年军官略一迟疑，忽地一口气答道："他是雁门关外金刀寨主周健的唯一爱子！听说十年之前，周健叛出边关，被满门抄斩，就只逃出这个儿子。"张风府睨他一眼，道："你年纪轻轻，知道的事情可真不少啊！"

那少年军官虎目蕴泪，道："张大人……"张风府截着说道："从今之后，你我兄弟相交，请直叫我的名号好了。"那少年军官道："张大哥，实不相瞒，金刀周健实是我家的大恩人，至于何事何恩，恕我现在不能奉告。”

张风府道：“我也看出你身世有难言之隐，这个不谈。周健的儿子被我们擒了，你说该怎生发落？”那少年军官道：“兹事体大，小弟不敢置喙。呀，金刀寨主虽然是叛了朝廷，可是他在雁门关外屡次打败胡兵，倒也是有功于国呀！他就只剩下这个儿子了，若然押解至京，审问出来，只怕也是难逃一死，那可真是惨哪！”他虽口说“不敢置喙”，其实却是非常明显地说出了自己的意思，想用说话打动张风府之心，将周山民速速释放。

张风府微微一笑，道：“不必押解至京，也不必有劳朝廷审问，康总管早就知道他的身份，但却也未必至死。”那少年军官道：“适才送来的八百里加紧的文书，说的就是此事么？”张风府道：“是呀！我所说的难决之事，就在此了。康总管耳目真灵，已知周健的儿子偷入内地，也知道我们此次擒获了不少绿林中有头面的人，就是还不知道周健的儿子是否也在俘虏之列。所以飞骑传报，要我们留意此人。若是已经擒了，就把他的琵琶骨凿穿，把他的眼珠子挖掉，叫他失了武功，别人也就不易将他救走。然后康总管还要把这个残废之人作为奇货，要挟金刀寨主，叫他不敢抵抗官军。”那少年军官失声说道：“这一招可真毒呀！”张风府道：“你我吃皇恩受皇禄，普通的强盗，咱们手到擒来，领功受赏，那是心安理得。可是周健父子可不是普通的强盗，要不是他们，瓦剌的大军只怕早已长驱侵入了。”那少年军官双目放光，喜道：“张大人，不，张大哥，那你就将他放了吧！我若早知道你有这心思……”张风府笑着截他的话道：“就不必费这么大力气去袭击番王了，是不是？千里兄，我早猜到你袭击番王，乃是一石两鸟之计。你不欲与我公然作对，在我帐下偷放此人，所以想假手毕道凡那一帮人，将番王擒了，用来交换，可是这样？”那少年军官道：“大哥，你说得一点不错！”

张风府笑容忽敛，道：“放了此人，说得倒很容易，你难道不知道康总管的厉害吗？我这锦衣卫指挥固然做不成，你想中今科的武状元，那也休想了。”少年军官默然不语，良久良久，愤然说道：“我这武状元不考也罢，只是累了张大人的功名！”张风府道：“何况不止是掉了功名，只恐性命也未必能保。”那少年军官显得失望之极，冷冷说道：“张大人还有什么吩咐？”张风府道：“你到外边巡夜，除了樊忠一人之外，其他的人都不准出入。你可不许轻举妄动。”那少年军官道：“在你大哥，不，在你大人的手下，我就是敢‘轻举妄动’，也逃不脱你的缅刀，大人，你放心好啦！”张风府挥手一笑道：“不必再说气话，你去吧！”云蕾在檐角偷瞧，见那少年军官悻悻而去，心中也是好生失望。

张风府又把亲兵唤入，低声吩咐了几句，遣他出去，不久又带了一个人入来。

这人乃是樊忠，张风府把文书给他看了，只见他双眼一翻，浓眉倒竖，大声说道：“大哥，你可还记得咱们昔日的誓言么？”张风府道：“年深日久，记不起了！”樊忠怒气上冲，拍案说道：“真的就忘记了？”张风府道：“贤弟，你说说看。”樊忠道：“拼将热血，保卫邦家。咱们是不愿受外敌欺凌，这才投军去的。为的可不是封妻荫子，利禄功名！”顿了一顿，又道：“我本意是到边关上去，一刀一枪，跟胡兵拼个痛快，偏偏皇上却要留我做内廷卫士，这几年可闷死我啦。”歇了一歇，又道：“咱们不能到边关去亲自执干戈以卫社稷，反而把力抗胡兵的金刀寨主的儿子害了，这还成什么话？”张风府道：“咱们还有什么誓言？”樊忠道：“有福同享，有祸同当！”张风府道：“好，那目下就有一桩大祸，要你同当！附耳过来。”在他耳边说了几句，樊忠突然一揖到地，道：“大哥恕我适才鲁莽，你交代的事万错不了！”转身走出，张风府喟然叹道：“只怕你的二哥不是同样心肠。”樊忠道：“哪管得许多。”头也不回，大步走出。

云蕾心道：“原来这两人倒也是热血汉子。”正想跟踪樊忠，看他干的什么，忽见张风府朝自己这方向一笑，招手说道：“请下来吧！你倒挂檐上这么些时候，还不累么？”云蕾微微一笑，飘身落地，拱手说道：“张大人，咱们是朋友啦。”张风府道：“你是为了救周山民而来的，是么？”云蕾道：“不错，你们的话我都听见啦，就烦你把他交与我吧。”张风府一笑说道：“交你带他回去？这岂不要惊动众人？事情败露，你就不为我设想么？”云蕾一怔，想起现下形势已变，已经不必硬来，自己考虑，果欠周详，不觉面有尴尬之色。张风府又是微微一笑，道："樊忠此时已把你的周大哥偷偷带出去啦，我叫他们在北门之外等你。"云蕾大喜，便待飞身上屋。张风府忽道："且慢！"云蕾转身说道："还有何事？"张风府道："你那位骑白马的朋友呢？"云蕾面热心跳，颤声说道："他有他走，我有我走，怎知他到了何方？"张风府好生诧异，道："你们二人双剑合璧，妙绝天下，岂可分开？你那位朋友器宇非凡，令人一见倾心。你若再见他时，请代我向他致意。"云蕾道："我也未必能见着他，好，我记下你的话便是，告辞了。"张风府又道："且慢！"

云蕾甚觉烦躁，回头道："还有何事？"张风府道："那震三界毕道凡现在何方？"云蕾吃了一惊，心道："莫非毕老前辈的行藏亦已被他窥破？"久久不答。张风府一笑说道："你不肯说，也就算啦。烦你转告于他，他可不比金刀寨主，我奉皇命捕他，万万不能徇私释放，看在他也算得是一条好汉，请他远远避开，免得大家碰面！好了，为朋友只能做到如此地步，你走吧！"

云蕾飞身上屋，想那张风府的行径，甚是出乎自己意外。想起这样一位本来具有侠义心肠的热血男子，却为皇帝一家一姓卖命，又不觉替他十分不值。陡然又想起自己的爷爷，为了保全大明使节，挨了多少年苦难，却终于血溅国门，不觉喃喃自语道："愚忠二字，不知害了多少英雄豪杰！"云蕾年纪青青，本不会想到这些千古以来令人困惑的问题——忠于君与忠于国的区别，在封建社会之中，若非有大智慧之人，实是不易分辨清楚。只因她与张丹枫多时相处，不知不觉之间，接受了他的观念与熏陶，故此敢于蔑视她爷爷那代奉为金科玉律的忠君思想。

云蕾心内思潮起伏，脚步却是丝毫不缓，霎忽之间，出了客店，飞身掠上对面民房，但见斗转星横，已是四更时分，毕道凡本是在客店外面替她把风，这时云蕾纵目四顾，却是杳无人影。云蕾轻轻击了三下手掌，毕道凡伏地听声的本领十分高明，若然他在附近，这三下掌声定能听见，过了一阵，既不闻掌声回应，亦不见人影出现。云蕾不觉倒吸一口凉气，心里着慌。毕道凡到哪里去了？他是江湖上的大行家、老前辈，断无受人暗算之理，即说是他见了周山民，也应该等自己出来，一齐回去，于理于情，断不会不见云蕾，便悄悄溜走。那么，毕道凡到底到哪里去了？

云蕾四下一望，吸一口气，施展绝顶轻功，在周围里许之地，兜了两个圈子，细心搜索，仍是不见人影，心中想道："难道是张风府发现了他的踪迹，预先布下埋伏，将他擒了？不会呀，不会！那张风府一直就在里面，除了张风府之外，御林军的军官没一个是毕道凡的对手，即算是张风府，也非斗个三五百招，不易分出胜负。那又怎会毫无声响，便被捉去之理？若说不是御林军的军官，另有高手，将他暗算，那么能不动声息，而能将毕道凡劫去的人，武功实是不可思议。当今之世，也未必有这样的人。"云蕾越想越慌，索性直往北门奔去，哪须一盏茶的时刻，已到了城外郊区，这是张风府所说，樊忠与周山民等她之处。云蕾击掌相呼，登高纵目，但只见星河耿耿，明月在天，寒蛩哀鸣，夜凉如水。休说不见樊忠与周山民二人，整个郊野都像睡去一般，寂静得令人害怕。

云蕾又惊又怒，心道："莫非这是张风府弄的玄虚，我怎能听他一面之言？敢情他根本就没有释放山民大哥？但他却又何必骗我来此？"云蕾满腹疑团，百思不解，折回身又向城中奔去。

到了客店之外，忽见外面大门虚掩，更是惊诧，索性推门进去，门内院子本来系有十余匹马，这时只见每匹马都状如人立，前面两蹄高高举起，踢它不动，亦不嘶鸣，在月光之下更显得怪异无伦，令人毛骨悚然。

云蕾定一定神，想起这是黑白摩诃制服马匹的手法，更是大感惊奇：这两个魔头，黑白两道全不买账，人不犯他亦不犯别人，在青龙峡中，他们虽曾暗助自己一臂之力，却也只是狂冲疾闯而过，未与官军作战，缘何却要深夜到此，作弄官军？

云蕾料知若是黑白摩诃到此，必然尚有下文，飞身上屋，凝神细听。这客店里连住宿的官军在内，总有六七十人，却竟自听不出半点声息，连鼾声也无，冷森森清寂寂，简直有如一座古坟。云蕾飞身落下内院，想找客店中的伙计，只见房门大开，那曾经给自己带过路的店小二，熟睡如死，推他捏他，毫无知觉；探他鼻端，却是有气；试行推拿，又不似被人点穴。再看另外几间客店伙计自己住的房间，也尽都如此，连那个武功颇有根底的掌柜，也是瘫在床上，缩作一团，犹如死去一般。云蕾心想："闻道江湖上有一种采花贼常用的迷香，嗅了迷香，可以令人熟睡如死，莫非是中了迷香?"盛了一碗冷水，喷那掌柜，只见他手臂微微抽动了一下，仍是不醒，又不似是中了迷香。

云蕾纵再胆大，这时也心慌了，跑出外面。但见每间房都是房门大开，住房间的军官与在大厅上打地铺的官军，一个个都是沉沉熟睡。有的手脚伸开，形如一个"大"字；有的半靠着墙，双目紧闭，头垂至肩，似是正欠身欲起，却突然中了"妖法"，就此睡去；有的嘴巴张开，面上表情千奇百怪，好似刚刚张口大呼，就突然给人制住。云蕾吓得冷汗直冒，大叫一声，四面墙壁挡着声音，回声嗡嗡作响，云蕾如置身坟地之中，除了自己，就再也没有一个生人。

云蕾定了定神，想那张风府武功极高，那少年军官亦是一把好手，纵然是黑白摩诃到此，也未必能占上风，怎会一下就给他们弄成这个光景？云蕾再奔到后院，看那六辆囚车，只见车门铁槛，全给利器切断，车中更无半个囚人，黑白摩诃使的又不是宝刀宝剑，那么这却又是何人所做的手脚?

难道张风府也曾给来人暗算不成?云蕾越想越疑，又向张风府所住的那间房奔去。满客店房门大开，只有张风府这间房门紧闭，云蕾一脚踢开房门，张风府也不见了!

再一看，只见墙上用黑炭画着两片骷髅头骨，那是黑白摩诃的标记，难道张风府给这两个魔头害了？地下却又无半点血迹。再者以张风府武功之高，纵然不敌黑白摩诃联手之力，料想也该有一场激战，房中器物却是一一完整，台不翻，椅不倒，完全不像动过手的样子。此事真是万分不可思议!

云蕾再细看时，只见与画有骷髅头骨的对面墙壁上，还画有两样东西，一行大字。

正中画的是一个长臂猿猴，面目狰狞作攫人之状，左面画的是一柄长剑，剑尖刺着一朵红花，还有两朵白花联结两旁，显得十分诡异。那行大字是：铁臂金猿三花剑，要削摩诃黑白头！施暗算不是英雄，有胆者请到青龙峡一战!

云蕾念道："铁臂金猿三花剑"，想起师父给她讲过的当代武林人物，点苍派领袖凌霄子的两个师弟，一个号称铁臂金猿龙镇方，一个号称三花剑玄灵子，各有特异的武功，辈分极高，为人在邪正之间，但近十余年，已在点苍山上潜修上乘内功，绝迹江湖。再说他们与黑白摩诃风马牛不相涉，因何却会在张风府的房中，留字挑战？看这情形，似是黑白摩诃先到，铁臂金猿与三花剑后来。

一连串的怪事弄得云蕾不知所措，推开房门，走到外面，再到外巡视，行到后院侧门，忽又发现一桩怪事。

只见那少年军官横刀当胸，前足提起，似是正在飞奔，却忽然给人用"定身法"定住，瞪着双眼，喉头格格作响，甚是骇人。这形状就正如云蕾在石英家中所见过的那四个珠宝买手，被张丹枫封闭了穴道的情形，一模一样！

"他也来了？"云蕾心头乱跳，登时呆住，那少年军官虽然不能转动，目光却是定定地瞪着云蕾。云蕾想起张丹枫点穴之法，自己能解，大着胆子，在他脊椎下的"天璇"、"地玑"两处穴道，各戳一下，那少年军官一声大呼，手足转动，突然一刀向云蕾劈来！

云蕾大吃一惊，险险给他劈中，飞身一闪，拔剑护身，只听得那少年军官喝道："兀你这厮，原来与奸贼乃是一伙！"云蕾挡了一剑，怒道："你何故恩将仇报？"那少年军官道："那奸贼的阴毒手法，偏偏只你能解，你和他若不是一师所授，也定是至交友好，他才会将解穴之法教你，你还能狡辩么？"云蕾心中生气，刷刷刷还了三剑，道："你好无礼，若然我有恶意，何必救你？"那少年军官道："那你与他是何关系，快快道来！"云蕾怒道："你是我的何人，我要听你话？"那少年军官劈了两刀，收招说道："你知道暗算我的乃是谁人？他是瓦剌右丞相张宗周的儿子呀！看你行径，也是一名侠客，你如今知道了他的来历，就该助我报仇。"云蕾心道："我早已知道了他的来历，何待你说！"却好奇问道："你与他究有何仇？"那少年军官道："说来话长，我不止与他有仇，他的一家大小，我都要杀个干净！再说他既是大奸贼张宗周的儿子，偷入中国，还能怀有什么好意么？你既是江湖侠士，你也该与他有仇！"云蕾打了一个寒噤，在他话中，隐隐闻到羊皮血书那种血腥味道，越看这少年军官越觉面熟，不觉一阵阵冷意直透心头，身躯颤抖，牙关打战。

那少年军官凝神望她，道：“你怎么啦?”

云蕾强自压制，定神答道：“没什么。”那少年军官道：“好啦，咱们打架也打得乏啦，我与你和解了吧。你告诉我你的来历，我也告诉你我的来历。”云蕾道：“我不必你告诉，我知道你是从蒙古来的。”那少年军官道：“你怎么知道?”云蕾道：“你前日偷袭番王，扮那蒙古牧人，神情语气都像极了。”那少年军官淡淡一笑，道：“是么? 我祖先两代，本来就是蒙古的牧人。”咚的一声，云蕾跌倒地上。她的爷爷在蒙古牧马廿年，她的父亲为了营救爷爷，在蒙古隐姓埋名，过的也是牧羊的生活，不错，他们都曾在蒙古做过牧人，不过不是自愿的罢了。

这霎那间，好像有道电流通过全身，云蕾战栗之中神经全都麻木了。“他是我的哥哥，不错，他准是我的哥哥。啊，他真的是我的哥哥么?”云蕾入京，为的就是探听哥哥的消息，可是，如今遇着了，她心底下却又希望这人不是她的哥哥。他说起张宗周父子之时，是多么的恨啊，若然他真是自己的哥哥，知道自己与张丹枫的交情，那又将发生何等样的事情? 云蕾不愿报仇么? 不是，羊皮血书的阴影始终在她心上没有消除，她喜欢张丹枫，她也恨张丹枫，可是她又不喜欢别人也恨张丹枫，就是这么古怪的矛盾的心情。

云蕾咕咚一声，倒在地上。那少年军官喝道：“你是谁?”错综复杂的思想，波浪般的在她心头翻过：“暂时不要认他! 假如他不是哥哥，岂非泄露了自己的身份。何况他又是一个军官。”云蕾像在水中沉溺的人，抓着了一根芦草，抓着了这个可以暂时不认哥哥的“理由”，一跃而起，道：“我是来找周山民的人。”

那少年军官好生诧异，道：“我知道你是来救周山民的人，三更时分，你第一次来时，伏在张大人的屋顶，我已经瞧见啦，不过我不喝破罢了。我问的不是这个——”云蕾道：“你问别的我就不说，你不知道事情有缓急轻重吗? 你瞧，你这里闹成这个样子，亏你还有闲情与我问长问短。我问你，我的周大哥呢? 谁到过这里了? 你和张风府的说话我也都听见啦，我知道你也是想救山民大哥的。”

那少年军官似是瞿然醒起，道：“是啊，咱们先进里面瞧瞧去，张大人不知道为什么不见出来?”顿了一顿，忽道：“其实我与你说的也不是闲话，你真像一个我所要找寻的人，可惜你是男的。呀，这话说来可长，非得一天一晚说不明白，咱们以后再好好地说。”

云蕾已移动脚步，走在前面，不让他瞧见自己面上的神情，淡淡说道：“里面闹成什么样子你还不知道吗？你们的兵士全给人弄得像死人啦。你的张大人也不见了。”

那少年军官“啊呀”一声便往里跑，见了里面的景象，也不禁毛骨悚然，进了张风府的房间，看了两面墙上所留下的骷髅、猿猴、宝剑等标记，骇然说道：“果然是他们来了！”

云蕾道：“他们，他们是谁？”那少年军官道：“黑白摩诃和大内总管康超海的两个师叔。”云蕾道：“啊，原来铁臂金猿龙镇方与三花剑玄灵子乃是大内总管的师叔，那么恭喜你们，你们又添多两个高手了。”那少年军官甚是不乐，道：“你可不知其中利害，若然铁臂金猿与三花剑知道是我们释放了周山民，张大人性命难保。”云蕾道：“周山民真的是已释放了？”那少年军官道：“我起先以为张大人不肯释放，谁知他暗中已有安排。他是叫樊忠悄悄带人出去的。”云蕾道：“可是周山民与樊忠现下也不知生死如何。”将自己所遇的奇事说了。那少年军官叹口气道：“这种意外，谁也料想不到。”云蕾正想发问，那少年军官接下去道：“樊忠与周山民偷偷从后门溜走，我在那里把风巡夜，忽然夜风之中吹进来一股异香，我急忙止着呼吸，已吸进一丁点儿，那异香好生厉害，只是吸进少少，就立刻全身酥软。蓦然间一条黑影飞下墙头，正是张丹枫这个奸贼，我在蒙古认得他。他一出手便用他那邪恶的点穴功夫，我屏住气不敢呼吸，也不能叫喊，交手五六招，吸进去的迷香，药性发作，再也支持不住，以至给他点了穴道。”云蕾心道：“原来如此。怪不得他这样快便着了张丹枫的道儿。可是张丹枫为什么又要作弄他呢？”那少年军官接下去道：“我给他点了穴道，里面闹得如何，已是全无知晓。也不知过了多少时候，外面忽然又飞进两个人来，一个是熊腰猿面的老者，一个是腰悬长剑的道人，两人试着给我解穴，却无法解开，那人骂声‘脓包’就进去了。其实他们枉为点苍派的长老，解不开别派的点穴，又何尝不是脓包？两人进去之后不一会就联袂而出，恨恨然大骂黑白摩诃，飞一般地又越墙走了。嗯，他们若遇着这两个魔头，可有一场好打。”云蕾道：“咱们且往青龙峡的方向去找寻他们。”那少年军官道了声好，走出前院，见那些马匹的怪状，又好气又好笑，骂道：“这两个魔头连马贼的阴毒手法也使出来啦，亏我在蒙古多年，对于治马的功夫还懂一手。”边说边替马推拿拍按，舒散血脉，不久就将两匹战马治好，与云蕾驰出城外。

这时四野鸡鸣，天将近晓，到青龙峡的路上，只见几条马蹄痕迹，交错纵横。两人飞马驰驱，跑了一阵，青龙峡已隐隐在望，到了一条岔路，忽听得左边道上，远远传来兵刃交击之声，而右边道上，远远又见一人一骑，正在疾跑。那少年军官道：“我往左边，你往右边，分头探道。”云蕾纵马上道，跑了一程，与前面那骑渐渐接近，云蕾吹了一声胡哨，那骑马突然勒住，拨转马头，疾奔而来，马上的骑客正是御林军的指挥，有京师第一高手之称的张风府。

云蕾举手招呼，张风府勒住马头，疾忙问道：“你那位朋友呢？”

云蕾蓦地一怔，说道：“你见着他了么？我刚刚从你那里来。”张风府沉吟半晌，道：“那么此事就真奇怪了，他为什么引我出来，在这荒野上捉迷藏、兜圈子？”云蕾问道：“什么？是他引你出来的么？那黑白摩诃呢？”张风府道：“你是说昨日在峡谷之中所遇的那两个怪物？我没有见着他们。我送你走后，正在房中静坐，思考如何应付这事的后果，忽听得有人轻轻在窗外敲了三下，说道：‘宗兄，我来啦！’此人轻身功夫，真是超凡入圣，连我也听不出来。我一跃而出，只见他已在屋顶微笑招手。什么？你还问他是谁？自然就是你那位骑白马的朋友啦。他叫什么？嗯，张丹枫。此人行事真是神奇莫测，我实是想与他交纳，立刻追上前去。那人晃一晃身，便飞过两间屋顶，身法之快，无以形容。我猜想他是不便与我在客店之中谈话，所以引我出去。我追过了两条街口，只见两匹马在转角之处等着。张丹枫道声：‘上马！’飞身先骑了那匹白马，我也跳上了另一匹马，飞驰出城。我以为他定然停马与我说话，谁知他仍是向前飞跑，我唤他他也不听，追他又追不上。待不追时，他又放慢马蹄，在这荒野上引我转来转去，真是莫名其妙。”云蕾道：“现在呢?”张风府道:“他已经过了那边山坳了。我听得你在后面呼唤,就不追他啦。嗯,你刚从我那里来?可有人知觉么?”云蕾笑道:“还说什么知觉?你的人全给黑白摩诃弄死了!”张风府跳起来道:“黑白摩诃有这样大的胆子?”云蕾道:“不是真的弄死,但却与死也相差不多。”将所遇的异状一一细说。张风府听得客店中人都沉睡不醒,用冷水喷面也没效果,沉吟说道:“唔,这果然是黑白摩诃的所为了。西域有一种异香,乃是最厉害的迷药,名为‘鸡鸣五鼓返魂香’,非待天亮,无药可解。若到天亮,自会醒转。虽然邪气得紧,却是对人无害。看这情形,张丹枫是与黑白摩诃联手来的,由张丹枫引我走开,再由黑白摩诃施放迷香。咦,我自问与黑白摩诃无冤无仇,与张丹枫也有一段小小的交情,为何他们却与我开如此这般的一个大玩笑。”

云蕾道:“我亦是十分不解呀!”再把在客店中所见的奇怪情形,细说下去。张风府听到铁臂金猿与三花剑联袂而来,不觉面色大变。云蕾道:“他们不是你们的自己人吗?你害怕怎的?”张风府摇了摇头,惨笑说道:“你且别问,先说下去。”云蕾一口气将所遭遇的怪事说完,张风府听得那少年军官也着了道儿,不觉苦笑。云蕾道:“那少年军官不知何以如此恨他?”云蕾自是隐着张丹枫的身份不说。张风府沉吟半晌,道:“看那张丹枫器宇轩昂,当不会是个坏人。云统领何以恨他,这事我倒要问个明白。”云蕾听得一个“云”字,不觉面色惨白,摇摇欲坠。张风府急忙伸手相扶,道:“你怎么啦?”

云蕾拨马避开,定了心神,道:“没什么。那军官叫什么名字?”张风府道:“姓云名唤千里,你问他作甚?”千里二字合成一个“重”字,云重正是幼年就与云蕾分手的哥哥。云蕾此时更无疑惑,心中又是欢喜又是惊惶。欢喜者乃是兄妹毕竟重逢,惊惶者乃是他与张丹枫势成水火。只听得张风府又道:“你们可是相识的么?”云蕾道:“他像我幼年的一位朋友。嗯,他是什么时候回来的?”张风府道:“回来?咦,你也知道他是从蒙古回来的么?他到御林军中未满一月,我以锦衣卫指挥兼御林军都统,正好是他上司。相处时日虽浅,却是意气相投。据他说,他的祖先两代,都是留在瓦剌国的汉人，饱受欺凌，所以逃回。他立志要做一个将军，好他日领兵去灭瓦剌。所以先在御林军混个出身，准备考今年特开的武科，若然中了武科状元，那就可遂他的平生之愿了。”云蕾不觉叹口气道：“他想做官报仇，只恐未必能遂心愿。张大人，你休怪我直说，真正抵御胡虏的可不是大明朝廷。”张风府默然不语，半晌说道：“你所见也未必尽然，我朝中尽有赤胆忠心誓御外侮的大臣，阁老于谦，就是万流景仰的正直臣子。”云蕾不熟悉朝廷之事，当下亦不与他分辩。

张风府见云蕾甚是关心那个少年军官，好生奇怪，正想再问，忽听得一声马嘶，张丹枫那骑白马又奔了回来。张风府叫道：“喂，你弄的究竟是什么玄虚？你的好友在此，不要再捉迷藏了吧！”张丹枫白马如飞，霎忽即到，先向张风府道声：“得罪！”再向云蕾说道：“你好！”云蕾扶着马鞍，冷冷说道：“不劳牵挂。”

张风府见二人神情，并不像是好友，奇异莫名。可是急于知道他的用意，不暇多管闲事，便率直问道：“张兄，你我也算得上有段交情，何以你与黑白摩诃到我住所捣乱？”张丹枫仰天大笑，吟道：“一片苦心君不识，人前枉自说恩仇。我问你，你可知道什么人来查探你么？”张风府面色一变，道：“你也知道了么？铁臂金猿龙镇方和三花剑玄灵子也来了。”张丹枫道：“可不正是，他们因何而来，难道你还不明白么？”

铁臂金猿与三花剑乃是当今大内总管康超海的师叔，这康超海乃点苍派领袖凌霄子的首徒，两臂有千斤神力，外家功夫登峰造极。只因他长处宫内，保卫皇帝，所以在江湖之上，声名反而不显。他不忿张风府有京师第一高手之称，曾三次约他比试，每次都输了一招，口中虽说佩服，心中却是不忿，所以暗地里常排挤他，张风府亦是明白。康超海的职位比张风府高，张风府对他甚有顾忌。

张丹枫一番说话，说得张风府面色大变，喃喃说道：“莫非是康超海将他的两个师叔请来，暗中想加害于我？”张丹枫笑道：“何须暗中加害，现下你就有痛脚捏在他的手里。”张风府道：“什么？”张丹枫道：“铁臂金猿与三花剑本来不是为你出京，可是却刚好撞上你的事情。你欲知个中原委么？”张风府道：“请道其详。”张丹枫道："黑白摩诃买了一宗贼赃，乃是京中某亲王的传家之宝：一对碧玉狮子，单那镶嵌狮子眼睛的那两对明珠，就价值连城，这事情闹得大了，康超海自知不是黑白摩诃的对手，所以请两个师叔出山相助查缉。他们料定黑白摩诃必是逃回西域，是故一路北来。却刚好你也在这一带，所以顺便就将你监视上啦。无巧不巧，你捉了金刀寨主的儿子，你还未知道他的身份，康总管已是得人告知，周山民的身价可更在那对玉狮子之上，能擒获至京，便是大功一件。康总管立刻将追赃之事抛过一边，一面飞书传报，一面请他的两个师叔连夜赶到你那里提人。周山民前脚出门，他们后脚赶至。"张风府惊呼道："若然他们知道我将周山民释放，这事可是灭族之祸。"张丹枫笑道："他们已被我用计引开，这事情他们永不知道。"张风府道："啊，你原来是用黑白摩诃为饵，引开他们。你竟然能指使这两个魔头，佩服，佩服！可是你们在客店之中的那场捣乱，却又是为何？"张丹枫道："他们虽不知道周山民是你释放，但失了重犯，这罪名可也不小哇！张大人宗兄，你熟读兵书，当知黄盖的苦肉之计。"张风府恍然大悟，在马上抱拳施礼道："多谢大恩，没齿不忘！"云蕾尚未明白，禁不住问道："你们弄的究竟是甚玄虚？"张风府道："他们打开囚车，放走囚犯，我自然难逃罪责，可是来的若是极厉害的敌人，我们人人受制，那就是说我已尽力而为，只因力所不敌，并无佯败私放的嫌疑，那罪名就减轻了。"张丹枫道："不但如此，以你的声名，本来战败已是有罪，但若来袭的敌人，把本事比你更高的人都打败了，那么康总管也就不好意思降罪你啦。"张风府道："那就是说你们准备给铁臂金猿与三花剑一点厉害尝尝了，你们准能打败他们么？"张丹枫笑道："你且细听！"

只听得山坳那边一阵阵高呼酣斗之声，似是正向这边追杀过来，张丹枫道："还有三里路程，张大人，我还要送你一点薄礼。"张丹枫手中提着一个红布包裹，圆鼓鼓的好像内中藏着一个西瓜。张风府接了过来，打开一看，内中藏的竟是一个人头，张风府面色大变，手起一刀，向张丹枫迎面劈去，嘴中骂道："你为何杀了我的二弟，这难道也是苦肉之计吗？"云蕾在旁，也看得清清楚楚，这正是与张风府、樊忠合称京师三大高手，内廷卫士贯仲的头颅！

张风府这一刀乃是在急怒攻心之下劈出，威势猛捷无伦。只见张丹枫大叫一声：“哇哇不得了！”整个身躯，飞了起来！正是：

又见张郎施妙计，一场大祸弭无形。

欲知后事如何？且听下回分解。

第十三回　戴月披星　苦心救良友
移花接木　珍重托珊瑚

张风府这刀虽是毕生功力之所聚，但张丹枫早有防备，随着刀风，直晃出去，手舞足蹈，故作惊慌失措之状。张风府越发大怒，骂道："你故意来将我戏弄，是何居心?"张丹枫哈哈一笑，说道："你不谢我也还罢了，怎么颠倒骂我？你看这是什么?"随手一抛，抛过一封朱漆封口的文书。文书分量甚轻，竟给他在数丈之外，像发暗器一样的抛掷过来，内家劲力之深，虽是张风府那样的高手，也不觉吃了一惊。

拆开一看，这文书竟是贯仲秘密送呈康总管的，内中将出差以来，张风府的一言一行都写在里面，张风府在五招之内败与张云二人，又不准旁人帮手等事，都有记录。周山民如何被擒，如何被他混在囚犯之中带走等事，更是写得详详细细。张丹枫道："贯仲早已认出周山民，不过他不说与你知。他当日来不及写信，就密遣心腹，飞报上京，不过对你尚无大碍，若这封信给康总管见了，可是有所不便!"

张风府掷刀长叹道："二弟本是贪心利禄，却不料他卑劣如斯!"兄弟情深，眼泪滴下。云蕾忍不住道："这样的人，你还哭他作甚?"张风府道："到底是兄弟一场，我不怪你杀他，你走吧!"山坳那边追杀之声越来越近，张风府将头颅包好，挂在马鞍，背向张云二人。张丹枫突然抽出宝剑，刷的一剑刺去，云蕾惊呼道："你干什么?"但见张风府痛得哇然大叫，回过头来，眼中神色，惊骇之极!

这一剑只削去了张风府左臂一片皮肉，并无大碍。张风府又惊又怒，刚说得一个“好”字，只听得张丹枫低声说道：“快拾起缅刀，与我交手。”张风府恍然大悟，立即拾起缅刀，与张丹枫打作一团，左臂鲜血，一点一点地滴在地上，也顾不得止痛包扎。

云蕾不觉失笑，心道：“张丹枫真是精灵古怪，这苦肉之计，却也把我吓了一惊。”试想张风府若不被“敌人”刺伤，居所被袭，失掉重犯等事，那就不好交代。

张丹枫边打边低声笑道：“你适才砍我一刀，没有砍着，我刺你一剑，却把你刺伤，你服了我吧。”张风府被他弄得哭笑不得，刀法散漫，不料张丹枫真真假假，剑法一紧，竟如狂风暴雨般的杀来，张风府左臂受伤，险险被他刺中要害，迫得认真抵敌。

只见山坳转角之处，一伙人打得翻翻滚滚，直迫过来，前面的是黑白摩诃，后面的一个老汉一个道人，却正是康总管那两个师叔。黑白摩诃边走边战，虽败不乱。

三花剑玄灵子忽见张风府被一个白衣少年杀得手忙脚乱，负伤力战，不觉惊疑交并，心道：“这少年是何方神圣，年纪轻轻，居然能将张风府打得如此狼狈，难道是康超海言过其实，故意将张风府的本事夸张了么?”立即虚晃一剑，舍了黑白摩诃，飞身抢到前面，叫道：“张大人，你且退下，待我取他!”

玄灵子是点苍派有数人物，出手果是不同凡响。只见他长剑一挽一送，登时飞起一朵剑花，手法不变，剑尖又已左右虚刺两剑，又飞起两朵剑花。他每一出手，都是一招三式，两虚一实，飞起的剑花也是一大两小，所以有“三花剑”之称，等闲人物，挡不了他三招两式。

张丹枫叫道：“啊呀，不好了!”玄灵子冷笑道：“你知道不好了么?”振剑一挥，但见三朵剑花，齐飞过去，张丹枫脚跟一旋，团团转转，竟然随着他虚刺的两剑，直转过去，虽是三花盖顶，却是毫发无伤。玄灵子吃了一惊：这份轻功，可是人间罕见。不敢轻视，上下前后左右，疾刺六剑，每剑又分为三式，虚虚实实，变化无穷，剑花错落，有如天上繁星，任是绝顶轻功，也难躲闪。

忽听得张丹枫哈哈大笑，陡见一道白光，有如神龙夭矫，从满空飞降的剑花之中直穿出去。张丹枫拔剑出鞘，快捷异常，待得玄灵子看出这是宝剑之时，张丹枫的剑锋已削到他的手腕。玄灵子若是反剑抵御，兵刃必然被他削断，云蕾看得血脉偾张，忍不住叫声："好啊！"

忽见玄灵子手腕一翻，白光忽地停住。原来是玄灵子的长剑搭上了张丹枫的剑身，双剑相交，彼此黏住。张丹枫也不禁大吃一惊，这玄灵子变招的快捷与功力之深厚，果然还在张风府之上。

张丹枫再走险招，手劲一松，让玄灵子的劲力迫来，宝剑陡然移开，弯腰一剑，刺玄灵子下盘肾水命门要穴。玄灵子长剑呼的一声，从他头顶削过，招数未曾使老，忽地向后一仰，饶他避得如此快捷，袍角也被削去一截。这两招双方都使得险极，张丹枫若不是冒险突攻，头颅一定被他长剑穿过！

玄灵子连使数招，占不了便宜，勃然大怒，长剑一个盘旋，施展杀手神招，但见剑影纵横，剑花乱舞，虚虚实实，叫人目眩神迷。张丹枫心道："在百招之内，我可以与他打成平手，若战到百招之外，我的武功可就要泄底啦！"将宝剑舞起一团白光，护着全身，高声叫道："单打独斗，何时方能了结？喂，你还有一个伙伴，叫他一齐来吧！喂，黑白摩诃，放开这个糟老头儿，你们走吧！"

玄灵子的师兄铁臂金猿龙镇方，以一敌二，正被黑白摩诃杀得吁吁喘气，冷汗直流，忽感压力一松，黑白摩诃同声笑道："算你命大，我的小朋友保你不死。放你走啦！"龙镇方大怒，尚待进招，黑摩诃一杖飞来，龙镇方斜闪两步，招数刚刚递出，哪知黑白摩诃这对孪生兄弟，心意相通，他们平日又配合有素，停招进招，都似预先约定一般，龙镇方向左一闪，白摩诃刚好抢先一步，踏上那个方位，白玉杖在龙镇方背上一敲，大笑道："打你这不知进退的老猴儿！"大笑声中，两兄弟扬长而去。只气得铁臂金猿几乎晕倒地上。

白摩诃这杖沉重异常，饶是铁臂金猿内功精纯，运气三转，仍是觉得肋骨隐隐作痛。张丹枫笑道："老猴儿，被打断脊骨了么？"铁臂金猿是成名了几十年的人物，几曾受过今日之气？大吼一声："小贼欺我太甚！"怪兵器往地下一撑，身形扑腾飞起，竟在横空交击的剑气之中，突然下袭。

铁臂金猿的兵器形似龙头拐杖，可又比普通的龙头拐杖多了两样东西，一样是在拐杖的尖端，伸出一个形如手掌的东西，五支明晃晃的利钩，有如手指，可以勾刺撕拉；拐杖上又长满尖刺，整支拐杖，除了手握的龙头把手部分，其余都不可接触，舞动起来，确是有如毛茸茸的猿臂，作攫人之势。

张丹枫独战三花剑玄灵子已感吃力，铁臂金猿突然来袭，有如空中伸下怪手，天灵盖几乎给拐杖尖端的铁掌抓着。张丹枫吃了一惊，剑诀一指，剑光飘忽，一招“分花拂柳”，似东似西，分袭二人，铁臂金猿一声低啸，倏忽连进三招。猿臂般的怪兵器竟随着剑光飞舞，扑击擒拿，张丹枫也不觉暗暗道好，心道：“这铁臂金猿果然名不虚传，在苦战黑白摩诃，挨了一杖之后，居然还是这般了得！”玄灵子的三花剑也骤然加紧，剑剑直取要害，张丹枫应付为难，却是哈哈大笑道：“妙极，妙极！两个老贼一齐打发，省了多少功夫！小兄弟上啊！”云蕾木然不动，忽见张丹枫一个踉跄，险险被玄灵子的长剑钉住，刚一闪身，又几乎给铁臂金猿的怪兵刃勾着咽喉，真是险象环生，令人惊心动魄。张风府退下一边，看得十分心急，见云蕾迟迟不上，几乎要替张丹枫催出声来。

忽见青光一闪，云蕾挥剑疾上，张丹枫一声欢呼，白光暴长，似千里洪波，溃围而出，青光白光，一合之后，忽如一道光环，四边扩展，双剑合璧，威势暴增。铁臂金猿与三花剑只觉敌人的剑势，有如排山倒海般地直压过来，吓得连连后退。玄灵子尚待觅隙进击，但双剑合璧，首尾相连，天衣无缝，攻守俱妙。玄灵子不进击也还罢了，一剑插进，双剑忽地一合一绞，只听得一片断金戛玉之声，玄灵子的长剑给交叉截为四片，不是缩手得快，手指也几乎全被削掉。铁臂金猿大吃一惊，怪兵刃急往外封，只听得喀嚓一声，双剑齐下，拐杖尖端的铁掌亦被削了，铁臂金猿这招用得太急，铁掌被削，陡然一震，身躯险险扑倒。张丹枫哈哈大笑，道：“真是不知进退的老猴儿！”飞起一脚，正正踢在敌人的膝盖骨上，铁臂金猿定不着身形，一个翻身，跌出五六步外，“咕咚”一声，双脚朝天，大腿竟给自己的怪兵器碰着，被拐杖上的尖刺戳伤十几处伤口！

铁臂金猿与三花剑在江湖上是何等威名，不料不过十招左右，就被两个少年杀得大败，兵刃被削，人亦受伤，狼狈十分，颜面无光。不待张云追来，立刻翻身便走。

张丹枫仰天大笑，挥手叫道：“小兄弟，快快追啊，捉这两个老猴儿！”铁臂金猿与三花剑吓得魂不附体，跑得更疾，其实张丹枫不过是吓吓他们，若然真个追赶，他们就是没有受伤，也定必被张丹枫赶上。

张风府故意大呼小叫，作挥刀力战，抵御强敌之状，待铁臂金猿与三花剑去得远了，这才噗嗤一笑，向张丹枫谢道：“我今日受你一剑，甚是值得。他日至京，还请到舍下相会。”将京中的住址说了，又道：“张兄，云兄，你们双剑合璧，天下无敌，可合而不可分，朋友之间，纵有什么意气，也该消除才是。”张风府哪知二人之间的恩恩怨怨，只道是他们闹了别扭，所以特加劝解。他虽说的二人，却是单独面向云蕾，云蕾面上一红，低首不语。张风府心中奇道：“这位云相公亦是侠义之士，何以未语先自含羞，倒像一个未出过门的闺女？”正想婉言再劝，张丹枫道：“你瞧，他们来了！”

只见云重与樊忠从山坳转了出来。原来樊忠昨晚刚刚将周山民带出后门，就冷不防被张丹枫与黑白摩诃制服，其后张丹枫引开张风府，黑白摩诃用迷香迷倒了御林军，在附近埋伏，恰恰赶上时候，待铁臂金猿与三花剑在客店中走出之时，便引他们到青龙峡附近厮杀。樊忠也被他们擒到青龙峡，缚在一棵大树之上。黑白摩诃在青龙峡谷口与强敌厮杀半夜，不分胜负（这也是铁臂金猿与三花剑为何在十招之内就败给张云二人的道理，不然，按他们的功力，总可以抵挡到廿招以上的）。云重与云蕾在三岔道口，听到左面道上的厮杀声，便是他们所发。待云重赶到之时，已是天光大白，只见樊忠被缚在树顶，飘飘荡荡，铁臂金猿、三花剑与黑白摩诃高呼酣斗，插不进手去。云重爬上树顶，将樊忠解下，樊忠被缚得久了，手脚都已麻木，云重替他推血过宫，手术尚未做完，铁臂金猿与三花剑又已被黑白摩诃引开。

待樊忠完全恢复之后，再赶来时，铁臂金猿与三花剑已被张云联剑打得大败奔逃。

云重见了张丹枫，蓦地一声怒吼，挥刀疾上，眼中就像要喷出火焰一般。张风府心中奇道："何以云统领如此恨他？"樊忠也挥动双锤助战，张丹枫身形飘飘，力战二人。云蕾心中痛苦之极，独倚崖边，眼睛发直，显得十分惶惑，一片茫然。

张风府喝道："住手！"樊忠先收了双锤，云重左刀右掌，却仍是连连进招，叫道："大哥！此人是奸贼张宗周之子，不能放他。"张风府吓了一跳，樊忠又举起双锤，张风府道："三弟休得妄动，昨晚接连的意外之事，实是他救了我们。待我问明。"扬刀喝道："张丹枫，云统领所言是虚是实？"张丹枫仰天狂笑，吟道："堪笑世人多白眼，莲花原自出污泥！你看我的行事，还不知我的为人吗？何必要喋喋不休，查问我的家谱？"

张风府一愣，心道："是啊！他即是张宗周之子，又有何干？"大声喝道："云统领住手！此人对我们实是一番好意，不可以怨报德！"云重呼呼两掌，叫道："大哥你有所不知，此人乃是我家的大仇人！有仇不报，岂是丈夫？"张风府勃然发作，怒道："好吧，你报你的仇，我不管你！"云重施展大力金刚手法，狠狠扑击，忽听得"当啷"一声，左手单刀已被张丹枫的宝剑削断。云蕾一声惊呼，飞身一掠，青冥剑当中一格，将张丹枫的宝剑格开，张丹枫本就无意刺伤云重，趁势收招，跳出圈子。张风府见云蕾跃出，起先以为他们是联剑对付云重，不由得大吃了一惊，急也连忙跃出，陡见云蕾横剑格开，先是一怔，随即笑道："好好，冤家宜解不宜结，你格得好！"一把拖了云重，说道："你已见过真章，还不走么？"云重狠狠地盯了张丹枫一眼，心中暗恨自己学艺不精，十年苦功，竟打不过仇人的儿子，被张风府拖开，也只好随他而去。

云蕾一剑格开，忽地"哇"的一声哭了出来，跌倒地上，云重已转出山坳，回头望她一眼，心中甚是疑惑。张风府怕他再回去纠缠，笑道："你管别人的闲事做什么？"拖着云重，走出山谷。

云蕾抬起头时，已看不见云重的背影，不由得哀哀痛哭，低唤："哥哥！"忽觉张丹枫轻抚她的秀发，在耳边柔声说道："小兄弟，哭吧，哭吧！哭个痛快，你就舒服啦！”他这么一说，云蕾反而不哭了，翻身坐起，推开张丹枫的手，说道：“我哭我的，谁要你管！”

张丹枫笑道：“小兄弟，你这是何苦来？世间多少事令人伤心，你哪有这许多眼泪？”云蕾被他勾起心事，泪又滴下。张丹枫道：“其实人生最多也不过百年，多少大事情还做不完，个人恩怨又何必如此看重？”

云蕾一跃而起，怒道：“你倒说得风凉！”张丹枫见她已肯开口说话，心中大慰，又道：“我爹叫你爷爷牧马廿年，这确实是对你们不起，可也无法挽回。你爷爷之死，却与我家无涉，我再三说及，你都不信我么？”云蕾想起这羊皮血书，乃是爷爷在牧马之时便已写了，可见爷爷纵是不被奸人害死，也要自己报仇，更是伤心泪下。

张丹枫叹了口气，道：“你哥哥的大力金刚手法，功力非凡，我听师父说过，当今天下，擅长大力金刚手的，只是有限几人，尤以董师伯最高，看来你哥哥乃是董师伯的高足。”说完之后，又长长叹了口气。云蕾忍不住说道：“我哥哥的武功正是董师伯所授，这也惹了你么？你唉声叹气，却是为何？”张丹枫道：“想我们三人，都是同门手足，原应亲若一家。而今却被死去了的人，隔开了我们活着的人，令我们彼此相仇，大家都不快活，这岂不可哀！”云蕾如受一棒，急急避开张丹枫投掷过来的目光，心中思潮起伏，黯然不语。

张丹枫又叹了口气道：“你既不肯相谅，那么咱们还是分手了吧，免得彼此伤心。”云蕾忽道：“且慢。”张丹枫回头说道：“嗯，你本是冰雪聪明，而今可想得通透了？”云蕾又避开张丹枫的目光，道：“你我之间，已是无话可说。周大哥呢，你将他劫到哪里去了？毕老前辈呢，你可见着他么？”张丹枫心中暗笑，说是“无话可说”，偏偏还有那么多话，笑道：“山民大哥对我敌意甚深，我已将他击倒了。”云蕾道：“什么？”张丹枫笑道：“他被樊忠带出后门之时，铁臂金猿与三花剑已将来到，我怕他们撞着，事情就要弄糟。是以劝毕老前辈与他速速乘我的白马离开，他不肯听，我只有将他的穴道封闭，由黑白摩诃先去阻铁臂金猿与三花剑一程，三人同乘白马，不须一刻，便将他送到蓝家。我的点穴手法，有轻有重，轻者过了一个时辰，可以自解，而今他大约已在蓝家喝压惊酒啦。”云蕾又是佩服，又是惊奇，却淡淡说道：“你一晚之间，竟做了那么多事。”张丹枫道：“我的白马日行千里，这算得了什么？”

话说完了，云蕾又是黯然不语，再度避开张丹枫投过来的目光。这时旭日东升，已在青龙峡上空，布成了缤纷夺目的锦幕，春色将残，杂花生树，梨花如雪，晓日金光，映出山容花色，美丽清幽。张丹枫忽然摸出了一封信，道：“烦你交给翠凤姑娘。”云蕾并不回头，反手接信，她明知与张丹枫不免一别，是以强自压制，免得多瞧一眼，多增一分伤心。张丹枫叹了口气，骑上白马，缓缓走出山谷，马蹄踏着零落的花瓣，放声歌道：

“杨柳丝丝弄轻柔，烟缕织成愁。海棠未雨，梨花先雪，一半春休。　　而今往事难重省，归梦绕秦楼。相思只在，丁香枝上，豆蔻梢头。”

这是宋人王雱怀念改嫁了的妻子的一首小词，而今由张丹枫唱出，却别有伤心之处。云蕾听得如醉如痴，心道：“我虽然恨你，但我这一世绝不另嫁他人。哎呀，老天爷对我何其残酷！”

歌声回旋，花瓣零落，张丹枫的影子又不见了。云蕾凝着泪珠，沐着阳光，跟着也走出了山谷。

正午时分，云蕾回到饮马川寨主蓝天石的老家，周山民果然喝过了众人给他摆的压惊酒，正在与群豪谈论。毕道凡一见云蕾，哈哈笑道：“昨晚我丢下你一人先走，本是挂心，可是一想到有张丹枫暗中照应，我就无顾虑啦。”言下之意，对张丹枫竟是十分佩服。蓝天石也道：“咱们费尽心思，救不了人，张丹枫一来，事情便轻轻易易地办妥了。此人行事，真是神奇莫测。”对张丹枫敌意甚深的郝宝椿也道：“看来此人也是个热血汉子，咱们以前可错怪他了。”正是口有所道，皆是道及张丹枫。周山民看了一眼云蕾，道：“可惜他是云相公的仇人，要不咱们真该好好与他结纳。”云蕾面晕红潮，默然不语。石翠凤道：“云相公，救出山民大哥，你也有功，你怎么不说话呀？”

云蕾道：“我有什么功劳，我不过是棋盘上任由摆布的一只小卒罢了。”石翠凤好生不悦，道：“谁人能摆布你？”云蕾其实是心有所思，冲口而出，被她一问，不觉哑然失笑，却又黯然说道：“我是说我是由命运所摆布，不能自主。”众人相顾愕然，不知她何以没头没尾，突然说出这样的话。周山民忽道：“真是的，你与张丹枫结下宿世之仇，岂不正是命运的摆布？”要知周山民虽是对张丹枫渐有好感，但一想起云蕾对张丹枫所藏的深沉情感，便不觉黯然自伤。

石翠凤道：“你们怎么像和尚谈禅似的说个不休。云相公，你是不是还要进京？”正想说要跟“他”同去，云蕾忽道：“嗯，我几乎忘记了，有一封信要交给你。”石翠凤道：“是谁的信？”云蕾道：“是张丹枫交与我的。”石翠凤道：“张丹枫何以有信给我？这倒奇了。”又道：“你与他既是有仇，却又如同好友一般，这也真奇！”边说边拆开信，叫道：“原来是我爹爹的信。咦，有什么急事要我回去？云相公，这信封里还套有另外一封信是交与你的，不，是托你转交给阁臣于谦的，呀，这可不是他的字迹呀！”再看下去道：“原来交给你那封信又是另一个人写的，怎么要这样辗转相托呢？”云蕾接过那封信一看，信封上那几个字写得龙飞凤舞，托云蕾转呈阁老于谦。云蕾的心卜卜地跳，这字迹竟然是张丹枫的！是张丹枫怕自己不肯接受这份人情，还是其中另有深意？

石翠凤看完了信，好生失望，说道：“爸爸有事要我回去，你又要进京，咱们不知何时再见？”云蕾正喜摆脱了石翠凤的纠缠，笑道：“有缘自能相见。”众人都当作是这对小夫妻打情骂俏，不觉哄然大笑，把石翠凤弄得粉面通红。

第二日，群雄各自分散东西，毕道凡到华山避祸，周山民也不敢在关内久留，准备仍回山寨。云蕾单身匹马，独自入京，石翠凤与周山民送她一程，依依不舍。将分手时，云蕾忽道：“凤姐，你先回去，我与周大哥有几句话说。”石翠凤眼圈一红，若是往日，定然生气，又要骂云蕾心中只有义兄，没有她了。只因周山民曾舍命救过她，脾气发作不出，只好咽下闷气，独自回去。

周山民道：“我以前把张丹枫当作奸贼，如今看来，他倒是个浊世的奇男子。你到京中探个明白。若然你的爷爷不是他家害的，牧马廿年之仇，似也不必杀他一家报复。”周山民昨晚想了一夜，想起各有缘分，各人情有所钟，不觉心灰意冷，他本是侠义之人，伤心之后，胸襟反觉比前开阔，是以说出了这番说话。云蕾听了大为感动，说道：“此事后谈。我有一件东西要送给你，不，这本来就是你的东西。”说罢取出一支珊瑚，递过去道：“现在这珊瑚也该物归原主啦!”周山民见了，面色一变，道：“你、你这是什么意思?”正是：

接木移花施妙手，姻缘有定莫强求。

欲知后事如何？请听下回分解。

第十四回　罗汉绵拳　将军遭险着
金刚大力　怪客逞奇能

这珊瑚乃是云蕾送与石翠凤的聘礼，周山民如何敢接？云蕾格格一笑，说道："这本来是你家的东西嘛，我不过借来一用罢了，现在物归原主，岂不应当？"周山民微愠说道："云妹，咱们分手在即，你何苦与愚兄开这个玩笑？"云蕾面色一端，忽然庄容说道："大哥，我有一事求你，你肯是不肯？"周山民道："你我情逾兄妹，若愚兄力所能及，赴汤蹈火，亦所不辞。"云蕾笑道："此事不费吹灰之力。"

周山民不是笨人，见此神情，已然醒悟，心中又是恼怒，又是悲凉，想道："你另有意中之人，这也罢了，却何必行这移花接木之计？你岂不知，曾经沧海难为水，除却巫山不是云吗？"正想发话，只听得云蕾说道："那石姑娘对我一片痴情，实是可怜。我岂能长此相瞒，误了她青春年少？"周山民怒道："此事与我何干？"云蕾眼圈一红，道："我无父无母，有了为难之事，不求你还求谁呢？我这件麻烦事，只有你可以代为解决。叔祖和轰天雷石英又是相识，最适当不过啦！"周山民道："什么，你这不是强人所难吗？"云蕾道："你知道我求你什么？我又不是要你马上成亲，你急什么？我只求你收回这支珊瑚，到有了适当的时机，代我向石姑娘言明真相，这也不肯么？"周山民见她说得可怜，而所求的事情又并不悖乎常情，无可推托，只好收了。云蕾愁眉一展，含笑道谢，跨马便行。周山民怔怔地目送她的背影，思潮起伏，心头有一股说不出的味儿，惘惘然也不知是酸是苦，是爱是悲！

云蕾一路无事，数日之后，到了京师。北京自金代中叶（公元一一五三年）建为中都，已具京城规模，到明成祖自南京迁都至此，悉意经营，建成了世上无双的名都。云蕾进得城来，但见紫禁城内殿宇连云，鳞次栉比，市内街道宽广，百肆杂陈，说不尽一派繁华气象。云蕾先觅了一间客店住下，心中想道："我在京城没有一个熟人，那于谦是一品大臣，怎知他肯不肯见我？而且我也不知他的住所。"又想道："我既知那少年军官便是我的哥哥，而他刻下又在京都，我应先找到哥哥才是正理。"蓦然间她脑海中又现出哥哥那副对张丹枫仇恨的眼光，不觉叹了口气，心道："当日匆匆忙忙，无法对哥哥说得明白。这世上到底只有他是我的亲人，我便拼着受他责骂，都把心事说与他听好啦！可是若哥哥要我一同报仇，那又如何？张丹枫几次救了我的性命，我又岂能伤害于他？呀，也只有见一步行一步啦！"她知道了哥哥下落的喜悦，与对"复仇"的担忧混在一处，悲喜交织，有如春蚕作茧，无法自解。可是哥哥总是要认的啊！到哪里去找哥哥呢？这倒不是难事，她自然而然地想起了张风府来。

张风府以前曾对她说过，说若然她与张丹枫有机会到北京的话，定要请他们到他家中作客，曾留有地址给她。云蕾在客店中住了三日，渐渐摸熟了北京的道路，第四日便按址来到了张家。

张家虽还算不上是富贵人家，住宅亦颇宽广，从外面看去，只见一道围墙，墙内树木扶疏，里面只有四五间平房，云蕾不觉纳罕：怎么留了这么多空地？继而一想，心道："是了，那张风府乃是锦衣卫的指挥，家中自然少不了有宽广的练武场所。"

云蕾叩门求见，那管门的将云蕾仔细打量，好一会子，慢吞吞地道："小哥，对不住了，我家大人今日不见外客。"云蕾气道："你怎知他不肯见我？"那管门的道："张大人早有吩咐，这几日除了御林军和锦衣卫的同僚之外，余人一概不见。"云蕾道："我是你家大人邀请来的，怎么不见？"那管门的又打量了云蕾一眼，摇摇头道："我不相信！"神气之中，显有轻视之心，好像是说："你这个小哥儿有什么来头，我家大人会邀请你？"云蕾一气说道："你不给我通报，我就自己进去了！"手握铁枝栏栅，用力一摇，指头粗的铁枝竟然向内弯曲。这一手大出那管门的意料之外，改容说道："小哥儿不必动蛮，我给你通报便是，见与不见，那可得看张大人了。"

过了一会，那管门的独自出来，说道："云相公，我家大人请你进去。你从右边的石路直走，再向左拐一个弯，有一道虚掩着的石门，你推门进去，我家大人在场子里边。我还要在此看门，恕不带引你了。"边说边打开栏栅，让云蕾进内。云蕾余怒未息，心道："这张风府好大的架子，在青龙峡之时，说得似乎甚够朋友，今日我登门求见，他竟然不来接我。哼，到底是一个官儿。"

云蕾气愤愤地走到了场子外边，心中正在思量如何对张风府说话，忽听得内面一阵刺耳的笑声："嘻嘻，哈哈，哼，小心了！"这笑声竟然是澹台灭明的笑声。云蕾吃了一惊，推开石门，只见场子周围挤满了御林军的军官和锦衣卫的武士，张风府站在前列，见云蕾进来，遥遥点首示意，场子里澹台灭明正与一个武士比试，双掌相抵，忽然大笑两声，左脚闪电一勾，那名武士扑通倒地。

澹台灭明笑道："再来，再来！"又一名武士跳上前道："我也领教领教澹台将军的绝技！"澹台灭明道："好极，好极！"那武士挺腰坐马，"蓬"的一拳直捣出去，使的是十八路长拳的功夫，看他拳势如风，颇见功力，双足钉牢地面，犹如打桩一般，下盘功夫更见沉稳。澹台灭明推了他两掌，只推得他上身摇晃，竟未跌倒。

云蕾大为奇怪，澹台灭明乃是护送番王的瓦剌使者，怎么却在张风府的家中与中国武士比起武来？张风府聚精会神地观看，云蕾不便找他谈话，只得杂在人堆之中，听众武士嘁嘁喳喳的谈论。

云蕾听众人谈论，才知道是这么一回事：原来澹台灭明到京多日，与众武士颇有往来，自然免不了谈论武功，各夸技艺。澹台灭明久有瓦剌第一武士之称，有些人便想见识见识他的武功，澹台灭明人颇爽快，兼之他也想见识见识中原武士的武功，便请张风府代邀京中好手，彼此"印证"（即比试之意）。本来武林之士，彼此印证武功，事情极是寻常，可是因为澹台灭明乃是瓦剌国的第一勇士，这便暗含了"两国之争"的成分在内，武士之中有爱国心的，无不争着出来，以击倒澹台灭明为荣，因此气氛弄得甚为紧张，实非澹台灭明始料所及。

比试已进行了三日，澹台灭明连败京中八名高手，竟是所向无敌。今日乃是最后一日，若然仍是无人能够抵敌，中国武士的面子，可就要丢光了，所以大家心情，更是紧张沉重。

场中与澹台灭明比试的这位武士，乃是御林军的副统领，名叫杨威，有一身横练的铁布衫功夫，自信可以挨得住澹台灭明的掌力，这时已拆了十余廿招。杨威用的是十八路长拳的功夫，硬拳硬马，拳拳挟风，威势亦颇惊人，澹台灭明用的是一套平平常常的“铁琵琶”掌法，轻描淡写地将杨威的重拳一一架开，斗到了约三十来招，只见杨威汗如雨下，拳法渐乱。澹台灭明一笑道：“杨统领，你也歇歇吧!”身躯霍地一翻，啪啪啪连环三掌，把杨威双拳分开，倏地欺身一撞，将杨威撞得跌倒尘埃。澹台灭明道声“得罪”，将杨威扶了起来，笑道：“这是第十场了，还有哪位赐教么?”

张风府再也忍受不住，跃出场心，抱拳说道：“我来领教领教澹台将军的高招!”澹台灭明哈哈笑道：“久闻张大人是京中第一高手，这回幸逢对手，真是大快生平。”言语之中，虽是对张风府推崇，其实甚为自负，这一战，乃是两个“第一”之争，若然张风府输了，其他的人也不用再比试了。

张风府道声“领教”，与澹台灭明对面立定，左拳右掌，拳抵掌心，向前一拱，这乃是名家比武的见面礼仪，其实内中却是暗藏劲力，以逸代劳。澹台灭明自是识货之人，微微一笑，双掌一合，还了一礼，手未分开，就是一招“白猿探路”，照着张风府的天灵盖劈下。张风府拳掌一分，斜身上步，右掌横挡，左掌一挥，霎那之间，还了两招，澹台灭明虚虚实实，那一掌将劈未劈，蓦然手指一划，势捷如电，一个变招，双指径点张风府的腰胁软骨。这一下若然给他点中，张风府立刻要瘫痪倒地。但张风府也是久经大敌之人，一见不妙，立刻趁势前扑，竟不换招，掌力直迫澹台灭明前心，这乃是拼个两败俱伤的险着，澹台灭明若然给他打中，最少也要呕血当场!

澹台灭明叫道：“这一招倒打金钟，果是高手!”话声未了，只见他身形飘动，不知怎的，一下子就反踏中宫，直抢过来，反手一掌，猛切张风府的手腕，众武士不觉哗然惊呼。只听得啪啪两声，两人双掌一交，各自斜跃三步。照一般交手情形，一合一分之后，双方多半会各立门户，蓄劲待敌，众人方松了口气。正待看他们后着如何攻守，却不料澹台灭明身子一倾，庞大的身躯竟似一根木头般地倒压下来，双掌呼呼齐发，脚跟尚未立稳，居然就势抢攻，身法招数之怪，实是武林罕见！

这两拳避无可避。但见张风府小臂划了半个圆弧，双掌缓缓往外推出，澹台灭明来势极猛，张风府出掌舒缓，看来实似无可抵御，连云蕾也不觉触目惊心。忽听得澹台灭明叫道："好一个绵掌功夫！"身躯似弹簧般忽然弹起，挺然直立，哈哈一笑，双掌一分，将张风府的招数化开，霎眼之间，又进了三招！

原来张风府亦自知功力不及澹台灭明，但好在他学的乃是内家正宗的功夫，在"绵掌"上有非常造诣，绵掌讲究的是以柔克刚，练到最神妙的境界，可以轻轻一掌，击石如粉。张风府虽然还未到这个境界，可是内劲暗藏，就势反击，澹台灭明的重手法，也竟然给他举重若轻地化解开了。

武士中的高手不觉欢然喜跃，但云蕾却是暗暗担心。只见三招过后，张风府神情贯注，看得出极是紧张，而澹台灭明则仍是神色自如，也不见他怎样用力，却是每一掌都挟着风声，既似轻描淡写，又是狠辣猛扑。原来若练到最高的境界，那自然可以"以柔克刚"，但若双方功力有所距离，那柔劲防身的功夫，却也未必挡得了金刚猛扑！

两人一柔一刚，进退攻守，打了一盏茶的时候，仍是未分胜败，但张风府已渐渐额头见汗，众武士还未觉得什么，云蕾却已知道不妙。她虽然也未看出张风府有何败象，但心中暗想："张风府的武功与张丹枫在伯仲之间，在古墓之中，澹台灭明与张丹枫试招，张丹枫只能挡到五十多招，张风府功力虽比张丹枫稍高，看来也绝不能挡到七十招。而今他们已厮拼了将近五十招，只怕张风府就要难逃一败。"

张风府也自知不妙，再挡了七八招，更觉呼吸迫促，自思："若然败了，声名还不打紧，中原武士的面子岂不给我丢光？"心中一急，竟然冒奇险，拼全力，把内家劲力都运到掌心，澹台灭明呼的一掌横扫过来，又是一下千斤重手法，张风府突然掌心一缩，大喝一声，掌力尽吐。高手较技，最怕一掌扑空，给人反击，若然是别人遇此，“刚极易折”，不待对方反扑击中，就要手腕脱臼。

但澹台灭明是何等样人，焉能如此轻易受算？他一掌虽然扑空，掌力却如排山倒海般直奔过去，方圆一丈之内，全在他掌力笼罩之下。张风府料不到他功力如此深湛，这一来弄巧反拙，自己的杀手神招，反变成了孤注一掷的硬打硬接，只觉胸口如受千钧之力，呼吸受阻，全身发热！幸而他刚才掌心一缩一登，内劲先敛后发，已把澹台灭明的掌力卸了一半，要不然更是难于抵挡。

这时双方各以真力相接，变成了骑虎难下之势，澹台灭明也暗暗吃了一惊。原来张风府虽然功力较低，但他的绵掌功夫，却是内家的上乘功夫，刚柔兼济，也是武林一绝，澹台灭明的掌力和他一接，竟被胶着，摆脱不得。澹台灭明暗暗叫声“苦也”，自己虽无伤人之心，但处此形势之下，掌力收不回来，而且张风府的绵掌功夫也非同小可，高手较技，到了“死拼”之时，又不能相让，迫得全力施为，不让对方的掌力发到自己的身上。

二人这一厮拼，旁观高手无不触目惊心，但见二人各自沉腰坐马，掌锋相接，四目瞪视，状如斗鸡。片刻之后，张风府发出微微的喘息之声，额上沁出汗珠，手掌不住地左右摆动，似是在消解敌人凶猛的攻势，看神情，显得十分吃力。到了此际，旁人纵想上前拉开，也无人有此功力。

云蕾看得呆了，暗想：“似此形势，若任由他们厮拼下去，张风府不死也得重伤，自己又无法相助。”想起张风府虽是朝廷军官，却还算得上是个热血男子，不由得替他大为着急。再过片刻，张风府喘息之声更粗，稍解武艺之人，都已看出他到了绝险之境，再过须臾，便要生死立判。登时全场静寂，连一根绣花针跌在地下，也听得见响。

忽听得有人轻轻咳了一声，场中心不知怎的突然多了一人，脸色焦黄，三绺长须，约摸有五十上下年纪，身穿直裰大褂，拿着一把破蒲扇，俨如刚刚从田间耕作回来的乡下老汉。众人全神贯注，竟不知他是如何进来，都不禁大为惊诧。只见他一晃眼间，就到了两人跟前，轻声笑道：“两位大爷累啦，歇一歇吧！”声音语调虽有不同，所说的话，却和澹台灭明刚才调侃那个被打的武士一样。澹台灭明心中一震，只见那个怪老头子闪电般地将破蒲扇在两人当中一隔，嘶嘶嘶一阵连珠密响，那破蒲扇登时裂成无数碎片，一丝丝倒垂下来。张风府大叫一声，倒跃出一丈开外，澹台灭明也摇摇晃晃，倏地双掌一收，面上现出无限惊奇之色。

要知怪老头儿这一手实是非同小可，竟然借着破蒲扇一隔之力，将两人的内家真力，全都卸在扇上，而自己却毫发无伤。这种卸力化劲的功夫，非唯施用者本人要有深湛的武功，而且要运用得恰到好处，刚好趁着两人换气之际，这才能一举见效，要不然自己本身就有生命之险！

众人正在惊奇，只听得澹台灭明哈哈大笑，朗声说道：“今日始得幸会高人，我澹台灭明倒要请教了！”那貌似乡下老头的怪客提着那把破烂不堪的蒲扇，颤巍巍的惶恐说道：“澹台将军休得说笑，我这个乡下老汉懂得什么把式啊！”澹台灭明面色一沉，说道：“老先生真不肯赐教么？”对面三尺，拢指一划，只听得声如裂帛，那把扇十数条扇骨都齐根断了，就如一下子给利刃削断一般！众人看得大惊失色，心中又是纳罕非常，惊者乃是澹台灭明这手“铁指铜琶”的功夫，已到了登峰造极的境界；纳罕者乃是看到那怪客适才一举而分开二人，举重若轻，看来毫不费力，而今何以又全不抵御，竟任由澹台灭明还以颜色。

其实众人有所不知，那怪客适才那横空一隔，实是半凭巧劲，半凭功力，将澹台灭明与张风府两人的内家真力都卸到扇上，让他们相激相撞，互相抵消，是以才得毫发无伤，只毁了一把蒲扇。而今澹台灭明突然出手，实乃出乎他意料之外，仓猝之间，只能运气护身，不及兼顾那把扇子了。这种上乘武功的奥妙之处，只有张风府一人能够理解，心中感慨万分，暗自想道：“当真是天外有天，人外有人，我素来以武功自负，而今看来，不但澹台灭明远胜于我，即这貌不惊人的老汉也胜我多多。看这两人各具神通，鹿死谁手，殊未可料。”心中不禁忐忑不安。要知澹台灭明乃是瓦剌使者，张风府等人与他比试，原意不过是想挫折他的威风，叫他知道中国有人，万不敢置他于死；但这怪客不知是何等来历，他与澹台灭明都是一等一的高手，双方武功，深不可测，一交上手，只怕必有死伤，这怪客又不是朝廷中人，动起手来，当无所顾忌，而且即算有所顾忌，到了紧要关头，性命相搏之际，就像自己刚才与澹台灭明一样，谁也不能相让了。张风府心中想道："若然澹台灭明丧命，这祸事难以收拾，但若这老汉丧命，他曾经救我，我又焉能坐视？呀，我刚才与澹台灭明交手，有他能够分开，若然他们二人交手，又有谁能够分开？"

众武士与张风府同一心思，好奇之心，令他们希望这二人交手一试，但一想到其中利害，又希望这场比试比不成功，场中数十对眼睛，都看着那怪老头儿。张风府心中不住地道："快别比吧，快别比吧。"

那怪老头儿将蒲扇一扬，忽道："你将我的扇子毁了，我不要啦，送给你吧！"那"蒲扇"其实只剩下了一根扇柄，只见他双指一弹，扇柄疾如流矢，径射澹台灭明额角的"天灵穴"，这一下，澹台灭明也是猝不及防，相距太近，闪已不及，听那刺耳的裂帛之声，不亚于一枝利箭。澹台灭明大叫道："好一个弹指神通的功夫！"

众武士齐都失声惊叫，只见澹台灭明在间不容发之际，双手缩入袖中，长袖一挥，"波"的一声，衣袖穿了一个大洞，那根扇柄疾如流矢穿过场心，"嚓"的一声钉在一棵柳树上。澹台灭明叫道："指上的功夫，彼此都见识过了，我再领教你掌上的功夫。"一跃而起，身未落地，已是连环两掌，相继拍出。那怪老头儿双掌往外一推，叫道："啊呀，你怎么真的要打我这个乡下老汉？"澹台灭明在半空中一个转身，"哼"的一声，脚一沾地，立刻又是一拳，那怪老头儿双手合成半环，如抱婴儿，往外一送，叫道："打折我这老骨头啦！"双方拳掌其实还未相交，但那两人的衣裳、头发已全都给那拳掌之风，吹得飘飘摇动！

张风府骇然失色，想不到这两人不出手则已，一出手竟然就是以真力相拼！但见那澹台灭明迅如怒狮，飞身力扑，一掌接着一掌，连环猛击；那怪老头儿身如水蛇，四周游走，突然一个翻身，闪电般一掌拍出。澹台灭明大叫一声，双拳齐出，拳掌一交，庞大的身躯震得飞了起来。那怪老头儿也“哼”了一声，倒跃三步，摇摇晃晃！澹台灭明面色大变，叫道：“大力金刚手的功夫，算你天下无双！老英雄，我交你这个朋友，你可肯将姓名来历赐告么?”那怪老头儿又是“哼”的一声，冷冷说道：“乡下人不敢高攀!”左掌一挥，右脚飞起踢他腿弯的“白海穴”，澹台灭明大怒喝道：“你当我当真怕你不成!”左拳一伸，右掌一拿，那怪老头儿倏地变招，冷笑道：“天野老怪的两宗看家本领都抖出来了，好一个铁琵琶手与罗汉拳的功夫呀!”澹台灭明的师父名叫上官天野，以铁琵琶手、罗汉拳、吴钩剑、一指禅、飞蝗针五样功夫并称武林五绝，四十年前，即已与云蕾的师祖玄机逸士齐名当世，武林后学提及他的名字也诚惶诚恐。澹台灭明见这怪老头儿居然敢对自己的师父不敬，越发大怒，拳如铁锤，掌如利刃，攻势越发凌厉！

那怪老头儿貌虽狂傲，心中可实是不敢轻视，一掌护身，一掌迎敌，用大力金刚手将罗汉拳与铁琵琶手迫住，两人越打越快，石走沙飞，圈子越展越大，围观诸人，身不由己地都给掌势拳风迫得连连后退，站到离场边数尺之地。罗汉拳本来是很平常的一种少林拳法，铁琵琶手也并不难学，可是到了澹台灭明手里，威势却煞是惊人，拳掌兼施，攻守并用，两种普通的武功配合起来，循环反复，变化无穷，竟是极寻常处才显出极深奥的功夫。那怪老头儿不论是拳来也好，掌来也好，拳掌齐来也好，都是以右掌横直迎击，出掌之势，也变化无端，或侧面一劈，或正中一切，或以重手法激得呼呼风响，或轻飘飘地拍出，声息毫无。但每一掌都是最厉害的金刚手功夫，不论轻发重发，都有千钧之力！以澹台灭明那样强劲的攻势，也如洪水遇着长堤，百般冲击，都冲不破。但怪老头儿的大力金刚手却也破不了澹台灭明的铁琵琶手与罗汉拳。

澹台灭明适才与张风府之战已令观战的武士看得瞠目结舌，但若与怪老头儿这一战相比，则刚才之战，简直有如儿戏，不可相提并论。与张风府之战不过是想挫折对方，而且强弱分明，虽“险”不“烈”；而这一战则双方直似以性命相搏，所用的全都是最上乘的武功，厮拼了数百招还看不出谁强谁弱。有时明明看澹台灭明一拳已打到怪老头儿身上，却忽地给他轻轻一掌拨开；有时明明看到是怪老头儿占了上风，金刚手已封闭了四方退路，但不知怎的却又忽地给澹台灭明免脱，而且突施反击。众武士看得目眩神迷，看到紧张精彩之处，简直令人不敢透气！

云蕾心中啧啧称奇，暗思："看这怪老头的金刚手功夫，果然是神妙得不可思议，素闻我大师伯的金刚手天下无对，莫非他就是我的大师伯么？"玄机逸士门下五人，除云蕾的父亲早死之外，其他四人各得一门绝艺，论武功剑法是三弟子谢天华最强，但论到火候功力之深，却要数大弟子董岳的金刚手功夫登峰造极。云蕾又想："我听师父说过，大师伯和三师伯都是文武全才，一表仪容，若然是他，怎的会是这副乡下老头的模样？而且他十余年来云游蒙藏，又怎么会突然出现京都？"

云蕾正在忖度思量，忽见场中形势又是一变，澹台灭明与那怪老头儿倏地分开，适才是运掌如风、出拳如电，圈子越展越大，而今却是慢腾腾地你一拳我一脚，圈子反而越缩越小，有时甚至相对凝视，都不动手，突然大喝一声，彼此同时跃起，换了一招，又倏地分开。表面看来，形势没有适才猛烈，实则是各以平生绝学相拼，每一招每一式都含着杀机！张风府等识货的高手看得目不转睛，有时看到怪老头儿一掌劈下，澹台灭明似已无可逃避，但却忽地一下子轻描淡写地化开，在他未出招之前，众人都想不出如何招架，待出招之后，又都心中同声赞叹："啊，这一记寻常的招数，我们却都没有想到！"其实最寻常又正是最不寻常，众人因见双方的杀手厉害，在后一招未应之前，尽从复杂繁难的化解招数上想，却不知双方都是顶儿尖儿的角色，最复杂的招数也瞒不过对方，反不如本着正宗的拳理，随机应变，大家都想先保持着不败，然后反攻。可是这样一来，端的是各以真才实学相拼，最为损耗内力，战不多时，只见两人头上都如顶着一个大蒸笼似的，头顶热腾腾冒气。张风府大惊失色：这样下去，一定两败俱伤，但却又无从解拆！

澹台灭明一生来未遇过如此强劲的对手，心中也不禁暗暗发慌。他的性子较为急躁，虽然明知此际变招，极为冒险，但又不愿似此僵持下去，各受内伤，于是当着那怪老头儿以大力金刚手运劲猛迫之际，陡然大喝一声，招数大变，左拳右掌，又如暴风迅雷般地疾卷过去，比起刚才更是惊人！

那怪老头儿“啊呀”一声，连连后退，但见他脚踏九宫八卦方位，虽退不乱，仍是一掌护胸，一掌迎敌，看是只守不攻，但却潜具极大的反击之力。澹台灭明狠攻不下，还屡被金刚掌力迫退回来，不由得心头一震，想道：“我纵横廿余年，除了一个谢天华堪称敌手之外，就是这个老头儿了，谢天华的剑法自是天下无双，但功力深湛，却还似是这老头儿稍胜。咳，难道他也与谢天华一样，是我师父大对头的门下弟子么？”三十余年前，澹台灭明的师父上官天野曾与玄机逸士互争武林盟主之座，在峨嵋之巅，斗了三日三夜，不分胜负。上官天野这才遁迹蒙古，在塞外收徒，另立宗派的。

澹台灭明心有所疑，但此时此际，正是生死搏斗的紧张关头，哪容发问。那怪老头儿年纪虽比澹台灭明大了十年，却是内劲悠长，气力毫不输蚀。只见他守中带攻，单掌翻飞，或拍或抓，挥洒自如，把大力金刚手的功夫发挥得淋漓尽致。澹台灭明倒吸一口凉气，心中叹道：“呀，还是一个僵持之局！”急攻不下，招数又变，左手罗汉神拳右手铁琵琶掌，或此攻彼守，或此守彼攻，拳掌相引，有如长江大河，滚滚而下，绵绵不断，将门户封闭得十分严密。要知这是上官天野苦心独创的绝技，将两种寻常的拳法构成一种最不寻常的武功，配合起来，极见神奇，天下无人能破！澹台灭明自思，我不急攻，看你能奈我何？拳来掌往，双方又恶斗了三五十招，仍是一个不分胜负的相持之局，两人头上的热气越发冒得浓了。

场中武士看得十分紧张，心情也是矛盾之极，他们大半盼望那怪老头儿获胜，给中国武师争一口气（其实他们不知，澹台灭明也是汉人）。但看这形势，若要分出胜败，只怕总有一方伤亡，澹台灭明如有不测，后果难以收拾！大众一心，正在患得患失之际，忽见那怪老头儿身形不动，左手划了个圆弧，右掌一握一放，呼的一声推了出去，一个回身侧步，趁着上一招的余势，又轻飘飘地拍了一掌。澹台灭明长拳一架，那怪老头儿突然一个转身，守护前胸的左掌猛然反掌一击，喝一声：“着！”这三掌轻重接替，正反互用。

澹台灭明接第一招时，觉得有一股大力迫来，正在用力相抗，陡然对方一松，劲力竟似在一霎时间消失得无影无踪，一个扑空，那怪老头儿第三记怪招突发，以护身的左掌，反手一掌，这一掌有摧山裂石之功，实是无以抵挡！

怪老头儿接连三掌，竟把澹台灭明攻守俱备、严密异常的拳法破开。云蕾看得呆了，心道："除了我的大师伯还有谁人有此功力？"不禁高叫了一声："妙啊！"忽见澹台灭明肩头一沉，"蓬"的一声，如击败木，竟中了那怪老头儿一掌。张风府大叫一声："不好！"与数名高手，同时跃出，说时迟，那时快，澹台灭明肩头下沉，怪老头儿的手掌竟似给他牵引下去，未及抽起，澹台灭明已突地横腰一击！

那老头儿"哼""哈"两声，身形倏然飞起，竟从众武士头顶掠过，转眼之间，就从墙头飞出，拦也不及。云蕾只觉他的眼光曾向自己射了一下，不由得心头扑通一跳。

张风府适才拼命与澹台灭明相抗，气力兀未恢复，跃出场时，稍为落后，两名武士抢在前头，正想将澹台灭明扶起，澹台灭明盘膝坐在地上，动也不动，见两人抢来，忽然肩头一摆，左右两掌斜推。只听得"啊哟"两声，两名武士都给掌力震得跄跄踉踉地倒退数步，肋胁作痛，不禁同声叫道："什么？"

张风府猛然醒悟，急抢上前，将后面的武士拦住，说道："澹台将军正以最上乘的内功运气护身，大家不要扰他！"澹台灭明脸上含笑，向张风府微微点了点头，似是对他赞赏。

原来怪老头儿最后那掌，以大力金刚手法全力劈下，澹台灭明本来不死也得伤残。幸他也是个功力极高、惯经风浪的人，在绝险之际，肩头一沉，硬接了金刚手。这一沉将金刚掌力卸了一半，他身上穿有护身金甲，金甲也给震裂，但五脏六腑却幸而得免震伤。那怪老头儿大约也是料不到他如此应着，金刚手给他肩头一沉之力所引，来不及撤掌护身，竟也给他一记铁琵琶拦腰横扫。幸而澹台灭明正在运劲护身，力分则薄，这反击之力，不及平常掌力十之二三，要不然这怪老头儿恐怕不死也得重伤。饶是如此，他飞出张家之后，也吐了一口鲜血，回到寓所，也要静坐半日，才能运功恢复。

澹台灭明虽然得免内伤，元气却已大耗，外伤更是不轻，当下不敢说话，盘膝静坐，行气活血。张风府瞧他一眼，对众武士道："比武之事已了，诸位请回府吧。"众武士只恐澹台灭明有所不测，牵连到自己身上，乐得让张风府一人料理，于是一个个地陆续退出，只有三数名武士，面有异容，兀自不走。云蕾等得不耐烦，正欲上前相见，忽见留下来的两名武士，同声对张风府道："时候尚早，澹台将军亦未复元，俺两兄弟权且留些时……"张风府截着道："不敢有劳两位。"那两人续往下道："俺两兄弟一者是想在此陪伴澹台将军，二者是想趁此时机，继续今日的盛会，领教领教张大人的刀法，彼此印证一下武功，谅张大人不至于不屑赐教吧。"

张风府一瞧，心中暗自嘀咕。原来这两人乃司礼太监王振的心腹武士，王振在当今皇上还是太子之时，曾教过太子读书，而今以司礼太监的身份，掌握大权，陷害忠良，势力极大。这两名武士乃是同胞兄弟，名唤路明、路亮，家传六十三路混元牌法，这种牌法本是一手持盾，一手持剑，可以冲锋陷阵，亦可以短兵相接。这两兄弟，却一人练剑，一人练盾，两人合使混元牌法，比一人更厉害。张风府今次本来没有邀约他们，他们却擅自混了进来。

张风府一听，便知路家兄弟来意不善，要知张风府正在恶战澹台灭明之后，气力自然打了折扣。可是当着澹台灭明的面，张风府又不愿将这个原因说出，拒绝路家兄弟的挑战，当下慨然说道："既然两位有此雅兴，张某只好奉陪，咱们彼此印证武功，点到为止，胜败不论。"路家兄弟笑道："这个自然，是胜是败，都乐得一个哈哈。"两人左右一分，各自抽出盾牌利剑。

云蕾好不烦躁，心道："好端端的又比什么武?"可是自己乃是外人，不便劝阻，只好在旁观望。只见张风府抽出缅刀，道声："进招吧!"路明道："张大人先请!"张风府知道他们已布成了攻守两利之势，以逸待劳，不肯示弱，笑道："那么得罪了!"缅刀扬空一闪，用"五虎断门刀"中的"截"字诀，横刀截斩路明的手腕。只听得"当"的一声，路亮的盾牌倏然伸出，迎着刀锋便砸，张风府早知他有此一招，刀碰铁牌，顺势弹起，青光闪处，一招"红霞夺目"，刀锋直取路亮的咽喉。路明利剑一挥，抢攻硬削张风府的臂膊，张风府回刀一格，将他的攻势一举化开。

路明一看，盾牌与刀锋相接之处，竟给戳了一个小指头般粗大的凹陷，不禁骇然，心道："我只道他已疲累不堪，却还有如此气力。"不敢怠慢，将盾牌舞得呼呼风响，掩护兄弟进攻。这路家六十三路混元牌法，厉害之处，全在这面盾牌，砸、压、按、劈，善守能攻，确有几路独门手法。至于那口剑不过全在盾牌掩护之下，施行攻袭。不过因他有盾牌掩护，可以全采攻势，威力无形中就增加了一倍。

若在平时，这两兄弟自然不是张风府的对手，可是如今张风府气力尚未恢复，武功打了折扣，他又想以快刀斩乱麻的手法速战速决，不到一盏茶的时刻，已抢攻了三五十招，哪知路家兄弟配合得十分之好，带攻带守，竟令张风府不能各个击破。三五十招一过，张风府气力不加，路亮盾牌一挺，一个"迅雷贯顶"，向张风府当头打下。张风府知他牌沉力猛，这一下子，少说也有七八百斤力量，若然自己气力充沛的话，这七八百斤之力，自然算不了什么，可是在气衰力竭之时，却不敢硬架硬接了。哪知张风府这么一闪，路亮的铁牌如影随形，追着缅刀硬碰硬压，立刻把张风府迫得处在下风，路明的利剑攻势骤盛，如毒蛇吐舌般随着铁牌进退一伸一缩，剑剑不离张风府的要害。

云蕾尚未知内中含有危机，看得十分纳罕，心中想道："这是怎么回事？看来可并不像只是印证武功啊！"忽见路亮霍地塌腰虎伏，一个旋转，盾牌翘起，一招"横扫千军"，拦腰便劈，张风府急忙一个"龙形飞步"，从铁牌之下掠出，一甩腕，还了一招"螳螂展臂"，刀锋下斩敌人双足，哪知真个是"螳螂捕蝉，黄雀在后"，招数刚刚使出，路明却突然从侧面一剑刺来！

云蕾惊叫一声，手指急弹，将一枚"梅花蝴蝶镖"飞出，路明这一剑刺出，满拟在张风府的身上搠个透明的窟窿，不料"铮"的一声，剑尖突给梅花蝴蝶镖打中，歪过一边，未看清暗器来路，急忙按剑一闪，正待喝问，云蕾也正想跃出，忽见那澹台灭明突然飞身跃起，叫道："我还要再打一场，你们两位既然要留此伴我，为了酬谢盛情，我就舍命陪陪君子吧！张大人，请你退下！"话未说完，人已飞到，他运气九转，气力已充沛如常。只见他左手一拿，右掌一劈，呼的一掌，竟把路亮的铁牌震得飞上半空，路明的那口利剑也给他劈手夺过，拗为两段，路家兄弟惊得呆了。说时迟，那时快，澹台灭明一手一个，倏地将路明、路亮举了起来，喝声："去！"一个旋风急舞，将二人掷出数丈开外，痛得他们狂嗥惨叫，眼前金星乱冒，晕了过去。

澹台灭明仰天狂笑，说道："有生以来，今日打得最痛快了！"向张风府点头一礼，又向云蕾打了个招呼，道："我还要找那老头儿去，少陪了！"迈开大步，走出张家的练武场。

张风府慌忙上前察看路家兄弟的伤势，只见路明给摔断了两根肋骨，路亮跌断了两只门牙，澹台灭明这一摔用的乃是巧劲，只令他们受了外伤，并不妨及性命。张风府给他们敷上金创止痛之药，两人唧唧哼哼，一跛一拐地自行回去。

张风府叹了口气道："呀，真是料想不到！"云蕾道："什么料想不到？"张风府道："我一向不受王振的笼络，这两人乃是王振的心腹武士，看来刚才之事乃是王振的指使，有意加害于我了。"云蕾想不到京师的武士也是各有派系，互相忌克，但她另有心事，不愿多问。只听得张风府问道："嗯，你那位朋友张丹枫张相公呢？"云蕾面上一红，道："在青龙峡之后，我们就分手了。"张风府道："可惜，可惜！要不然，你们二人在此，双剑合璧，定可将澹台灭明打败。这三日来他连胜十场，幸有那怪老头儿挫折了他一下锐气，但各自受伤，也不过是打成平手。呀，这次可真是丢了我们京师武士的面子了。"云蕾见他甚是难过，笑道："你也并没有败给澹台灭明呀！"张风府道："幸是那怪老头儿来得及时，要不然不说落败，连性命恐怕也丢了！这怪老头儿也不知是怎样进来的？这么多武士，竟没一人发现，给他挤进了场中。"顿了一顿，又道："这澹台灭明也怪，刚才若不是他那么一插手，恐怕我也难逃暗算。嗯，说起来我还要多谢你那枚梅花蝴蝶镖！"

云蕾急不及待，无心多说闲话，张风府话声一歇，她立即问道："张大人，我今次入京，实是有一事要求你相助。"张风府道："请说。"云蕾道："你部下那位姓云的少年军官呢？求你请他来与我相见。”张风府眨眨眼睛，甚是奇怪，道：“你入京来就是为了此事么?”

云蕾道：“不错，就是为了此事。”张风府道：“你与云统领有何亲故，怎么我从未听他提过?”云蕾道：“彼此同姓，是以渴欲一识。”张风府心道：“天下同姓者甚多，这理由可说不通。”云蕾又道：“若张大人有事，请将云统领的地址告知，我自己去找他也是一样。”张风府忽然微微一笑，说道：“这事情且慢慢商量，请进内边去说。”云蕾心道：“这事情有甚商量，告诉我不就完了。”但自己乃是客人，不便多所诘问。

张风府带云蕾走出练武场所，让云蕾进客厅坐定，叫家人泡了两壶好茶，道声：“告罪，我进去换换衣服。”经过与澹台灭明那场恶斗，张风府身穿的青色箭衣竟给澹台灭明用“铁指铜琶”的功夫撕裂了好几处，而且衣上沾满尘沙，连头发也是一片黄色。云蕾心中有事，未说之前，还不觉得，既说之后，仔细一瞧，见张风府就像经过沙漠、长途跋涉的旅人一样，衣裳破碎，满面风尘之色，果然十分难看，不禁笑道：“那澹台灭明真是厉害，好在是你，还经受得住。”

张风府进去换衣，云蕾等得好不心急，好不容易才等到张风府出来，急忙问道：“张大人，那云统领究竟住在何处?”张风府慢条斯理地整整衣服，坐了下来，啜了口茶，这才含笑说道：“云统领可难见到啦!”云蕾吓了一跳，问道：“什么？他遇了什么意外么?”一种对亲人关切的感情，自然流露，张风府瞧在眼里，又微微笑道：“是有意外，不过这‘意外’乃是好事，他给皇上看中，已调到内廷当侍卫去了，轻易不能出宫，所以说难于相见。”云蕾大急，道：“你也不能唤他出来吗?”张风府道：“现在他已不归我所统属，自然不能。”云蕾道：“这却如何是好?”张风府道：“你若想见他，半月之后，或者可有机会。”云蕾道：“愿闻其故。”张风府道：“半月之后，今年武举特科开试，千里兄已报了名，想他武艺超群，娴熟兵法，当有武状元之望。若他中了武状元，皇上自然赏以军职，赐邸另居，不必再在宫内当侍卫了。”

云蕾好生失望，当下便想告辞。张风府却留着她谈话，追忆当日在青龙峡之事，又夸奖了一顿张丹枫，说是全凭他的智计，金刀周健的儿子和自己才得以两保全。云蕾每听他提起张丹枫，心中就是“卜”的一跳，张风府都瞧在眼内，心中极是纳罕，忽问道：“张丹枫果是张宗周的儿子么？”云蕾道：“是的。”张风府道：“那就真是出于污泥而不染了。看他所作所为，实是一个爱国的男儿，可笑千里兄样样都好，就是对张丹枫却固执成见，切齿恨他。”云蕾心中一痛，说不出话。张风府忽又问道：“你也是从蒙古来的吗？”云蕾道：“我小时候在蒙古住过。”张风府道：“那么与千里兄的身世可差不多，你可知这次来的番王与澹台灭明是什么样的人么？”云蕾道：“我未满七岁，就离开蒙古，蒙古的事情，知得甚少，大人为何特别问这二人？”

张风府道：“朝廷近日有一件议论未定之事，甚是令人奇怪。”云蕾想起自己乃是平民，不便打听朝廷之事，并不追问。张风府却视她如同知己，并不顾虑，往下说道：“这番王名叫阿剌，在瓦剌国受封为‘知院’，即是‘执政’之意，权势在诸王之上，而在太师也先之下。这次来朝，与我国谈和，提出了三个条件：一是割雁门关外百里之地，两国以雁门关为界。二是以中国的铁器交换蒙古的良马。三是请以公主下嫁瓦剌王脱脱不花的儿子。阁老于谦力争不能接受此三条和约，说是中国之地，寸土不能割让，铁器让与瓦剌，他的兵备更强，更是养虎贻患，万不能允。至于以公主和亲，虽是皇室内部的事情，但有伤‘天朝’体面，亦是以不允为宜。”云蕾道：“于谦是个正直的大臣，公忠为国，有何奇怪？”张风府道：“于谦力主拒和，那自然毫不奇怪。奇的是奸宦王振也不主和。王振暗中与瓦剌勾通，我等亦有所闻。雁门关外百里之地乃是金刀周健的势力所在，朝廷管辖不到，王振恨极周健，十年来屡有密令交与雁门关的守将，准他与瓦剌联兵，扑灭周健。我们都以为他这次乐得做个‘顺水人情’，将雁门关外之地割与瓦剌了，谁知他也不允。再说到以中国铁器交换蒙古名马之事，十余年来，王振就在暗中做这买卖。”云蕾道：“也许是他内疚神明，不敢公然资敌。”张风府笑道：“王振此人，挟天子以令百官，又在朝中遍植党羽，他有什么事情不敢做，连皇帝也得看他颜色。再说当今皇上，甚是怕事，若然王振也主和的话，这和约早已签了。”云蕾道：“朝廷之事非我所知，我也想不出其中道理。”张风府道：“还有更奇怪的呢。王振非但也不主和，而且竟主张将这次蒙古的来使扣下，倒是于谦不肯赞成。王振素来暗助瓦刺，这次竟会有此主张，朝廷百官，无人不觉奇怪。”云蕾想起自爷爷出使瓦刺，被扣留下来，在冰天雪地牧马廿年之事，不禁愤然说道：“两国相争，不斩来使，本来就不该扣留。”张风府道：“这事理我也明白，不过扣留使者之说，出于王振口中，总是令人大惑不解。”

坐谈多时，天色已暮，张风府命家人备饭，并对云蕾说道：“云相公在什么地方住，不嫌蜗居的话，请搬到舍下如何?”云蕾想起自己乃是女子，诸多不便，急忙推辞。张风府心道：“此人怎的毫不爽快，倒像一个未出嫁的闺中少女，远不及张丹枫的豪放快人。”晚饭之时，云蕾问起于谦地址，张风府笑道：“你想见于大人么?他这几日忙于国事，就是他肯见你，恐怕门房也不肯放你进去。”但到底还是把于谦的地址说了。晚饭过后，云蕾坚决告辞，张风府挽留不得，送他出门，又提起张丹枫，笑道：“若然你那位朋友也到京都，等千里兄中了武状元，我一定要做个鲁仲连，替他摆酒与千里兄谈和。你自然也要来作个陪客。”

云蕾尴尬一笑，道：“张大人古道热肠，我先多谢你这席酒。”辞别了张风府，独自回到客店。

这一夜，云蕾辗转反侧，不能入睡，一会儿想起了哥哥，一会儿又想起了张丹枫。想起自己只有这么一个哥哥，而今远道来京，偏偏他又调到宫内去当侍卫，虽说等他中了武状元，可以相见，但事情到底渺茫，他中不了又怎么样?中了之后，另生其他枝节又怎么样?不禁暗自叹道：“我怎生如此命苦，连这世上唯一的亲人也见不着。”心中想起了“唯一的亲人”这几个字，不知怎的，忽然又想起张丹枫。张丹枫虽然不是她的亲人，但云蕾每次想起他的名字，不知怎的却总有一种亲切之感，耳中又响起张风府的话，不禁苦笑叹道：“你哪里知道我家与他仇深如海，想劝我兄长与他和解，这苦心只恐是白费了。”

想起了张丹枫，又联想到于谦，云蕾摸出张丹枫托她转交于谦的信，对着信封上那几个龙飞凤舞的字，如见其人。云蕾心道："张丹枫初次入关，怎会认识于谦？却写信介绍我去见他？"但想起张丹枫为人虽然狂放，做事却甚缜密，从来不出差错，也从来不说谎话，他既然能写这封信，其中必有道理。又想道："反正我也没有别的门路去见于谦，不如就拿这封信去试试。嗯，门房若不放我进去又怎么样？难道也像在张家一样，硬要闯进去么？于谦是一品大臣，海内钦仰的阁老，这可不能胡来呀。呀，有了，反正我有一身轻身的本事，就晚上悄悄去见他吧。"

第二日云蕾养好精神，晚上三更时分，换上夜行衣服，悄悄溜出客店，按址寻到于家。在云蕾想像之中，于谦乃是一品大臣，住宅必是崇楼高阁，堂皇富丽，哪知竟是一个平常的四合院子，只是后面有一个小小的花园，要不然就与一般小康之家的住宅毫无两样。

云蕾心中叹道："到底是一代名臣，只看住处，就可想见他的为人了。"当下轻轻一跃，飞上瓦面，几间平房，一目了然。只见靠着花园的那间房子，三面都糊着纱窗，窗棂纵横交错，分成大小格式的花纹，每一格都有一方小玻璃镶嵌着，显得甚为雅致，玻璃内灯光流映生辉，案头所供养的梅花，疏影横斜，也贴在玻璃窗上。云蕾心道："雅丽绝俗，真不像是富贵人家，这间房子一定是于谦的书房了。房中还有灯火，想他未曾睡觉。"放轻脚步，走近书房，忽听得房中有谈话之声。云蕾一听之下，心头有如鹿撞，这竟是张丹枫的声音。这该不是梦境吧？他怎么突然又来到这儿？云蕾昨晚还梦见他，而今听到他的声音了，却又不想见他。可是真的不想见他吗？不，她又是多么渴想见他一面啊，呀，只是这么偷偷瞧他一眼也好。

云蕾轻轻走近，偷偷一瞧，纱窗上映出两个人影，其中之一果然是张丹枫！正是：

碧纱窗上灯儿映，犹恐相逢是梦中。

欲知后事如何？请听下回分解。

第十五回　奸宦弄权　沉冤谁与雪
擂台争胜　侠士暗飞针

云蕾瞧见碧纱窗上，现出张丹枫的人影，不觉呆了。过了好一会子，才从迷惘中清醒过来，急忙迎着透有花香的晚风，吸一口气，强摄精神，伏在窗外静听。

只听得张丹枫道："脱脱不花虽然是瓦剌国君，军权却操在也先手上，另外阿剌知院也有一部分兵力。所以瓦剌其实是三家分立的局面。王振这次主张扣留阿剌，我看是出于也先的授意。"于谦道："这却是为何?"张丹枫道："借刀杀人，消除劲敌。我知道也先此人，野心极大，以成吉思汗的继承者自居，他迟早必然篡位，阿剌与瓦剌国君脱脱不花比较接近，他先除了阿剌，将来篡位容易得多。"于谦叹道："听君之话，顿开茅塞。可叹我朝对于敌情，毫不知晓。"张丹枫道："若然瓦剌发生内讧之事，这就是明朝之福了。"一声苦笑，仰头望向窗外，云蕾急忙缩身藏在花中，心中想道："张丹枫与明朝天子乃是世仇，他却肯为明朝设想。"只听得张丹枫又道："澹台灭明其实乃是在瓦剌土生的汉人，他与阿剌知院亦相处甚好，我昨日已与他相见，求他以大义劝服我的父亲，推波助澜，从中点火，促成瓦剌的内讧。"于谦道："令尊肯么?"张丹枫道："实不相瞒，他确有抢夺大明江山之志，但他也未曾忘记自己乃是汉人。所以此事是成是败，难以逆料。"于谦忽道："世兄何以不亲自回去劝说令尊。"张丹枫道："我此次入关，还有一件极紧要之事，要取得一件关乎国运的宝物，是以不能即刻回去。"于谦又道："期望瓦剌内讧，究竟是个未可知之数，瓦剌入侵却已迫在眉睫，这却如何是好？”张丹枫道：“中国之大，数十倍于瓦剌，若能万众一心，何虑强敌？”于谦道：“怕的就是不能万众一心！”张丹枫道：“骠骑将军郭登，兵部主事杨洪，御林军大统领张风府等都是一心为国的可用之人，大人可以早为布置。王振气焰虽高，权势虽大，但忠奸之辨，到底深入人心，到了国运存亡之际，大人振臂一呼，自必四方响应，王振一奸宦耳，焉能螳臂当车，毁灭国脉？”于谦叹口气道：“成败难知，我只求尽一己之力罢了。”张丹枫道：“邪不胜正，无可疑惑！”于谦道：“世兄见事甚明，深谋远虑，实是当世奇才，何以不肯为朝廷所用？”张丹枫一笑说道：“人各有志，再说男儿报国，又何必立于朝廷？”于谦不觉默然。张丹枫自知说得过分，又一笑说道：“似大人是朝廷柱石，那自然又当别论。”

云蕾在外面听得张丹枫与于谦侃侃而谈，剖析敌情，策划国事，一片报国的丹心，揭然如见，不觉又是惊奇又是欢喜。惊奇者乃是张丹枫的行事，人所莫测；欢喜者乃自己果然不曾看错了人，张丹枫果然是个一腔热血的奇男子。顿时间忽觉得两家的积怨，“祸延后代”，实等于鸡虫之争，甚是无谓。

只听得张丹枫又道：“我此次入京，冒险谒见，承大人深信不疑，异日若有所需，粉身碎骨，无以为报。”于谦道：“为了莽莽神州，世兄报国即是报我。”张丹枫道：“男儿当报国，何必再叮咛。夜已深，大人也该安歇了，晚生告辞。”

于谦沉吟有顷，忽道：“你我何日再见？”张丹枫道：“当见之时我自会前来相见。”于谦道：“古人语云：白头如新，倾盖如故。（羽生注：这两句话的意思是有些人做了一辈子的朋友，大家头发都白了，却还似初相识的一样，彼此并不了解。有些人只在路上相见一面，停车下来，揭开车盖交谈，却似多年的老朋友一般。所以友谊的深浅，并不在于时间的久暂，而在于了解与不了解。）此话真是不假。我到了晚年，还能结识世兄这样一个忘年知己，实是大快平生。世兄琴棋诗画，无一不佳，我前日得了一幅赵佑的《梁父吟图》，烦世兄替我写一首诗，以为他日之思，世兄可肯慨允？”张丹枫道：“长者有命，岂敢推辞？就用郑思肖的诗句好了。”云蕾在外面听得

于谦道："世兄见事甚明，深谋远虑，实系当世奇才，何以不肯为朝廷所用?"张丹枫一笑说道："人各有志，再说男人报国，又何必立于朝廷?"

狼毫扫纸如春蚕食叶之声，想见他运笔如飞的豪概。不一刻，只听得于谦吟道：

“愁里高歌梁父吟，犹如金玉戛商音。
十年勾践亡吴计，七日包胥哭楚心。
秋送新鸿哀破国，书行饥虎啮空林。
胸中有誓深如海，肯使神州竟陆沉。”

于谦读完之后，击节赞道：“寄托遥深，的是好诗。不知此诗也是世兄心胸的抒写么？”张丹枫忽地一阵狂笑，重复吟道：“胸中有誓深如海，肯使神州竟陆沉？晚生无酒亦醉，请大人恕我狂态毕露。后会有期，请大人不必送了。”接着便听得于谦开门，张丹枫脚步走出之声。

这霎那间，云蕾情思纷乱，见呢还是不见，一时间实是难以决定。只听得张丹枫已走出书房，正在请于谦留步，云蕾突然想起张丹枫的说话：“当笑便笑，当哭便哭，何必强抑？”想道：“那么我亦应当见便见，何必顾虑人言？”气血上涌，心头如焚，正待一跃而出，忽觉背后微风飒然，腰间似给人碰了一下，云蕾把手一摸，那把师父所赐的青冥宝剑竟已给人拔去，只剩下了一个剑鞘。云蕾这一惊非同小可，不敢叫喊，反身一跃，双掌左右一扫，忽然手臂一酸，眼前人影一晃，云蕾空有一身武艺，竟然冷不防给人点了麻穴，挟起便跑，喊也喊不出来，耳边似依稀听得张丹枫叫道：“放他下来，放他下来。小兄弟，小兄弟，果真是你么？”张丹枫似是从后面急速追来，可是那人脚步快到无以形容，云蕾给他挟着，就如腾云驾雾一般。张丹枫的轻功已是江湖罕见的上上功夫，而那人竟比张丹枫还快，片刻之间，已把张丹枫甩在背后。

云蕾又惊又恼，却是挣扎不得，忽觉那人在自己背上拍了下，随即把自己轻轻放在地上。云蕾顿觉气血流通，四肢活动，正想发作，抬头一看，只见把自己挟来的人，竟是昨日所见用大力金刚手将澹台灭明打伤的那个怪老头儿！

云蕾骂声已到口边又吞了回去，那怪老头儿将青冥宝剑捏在手中反复把玩，一双炯炯有神的眼睛，盯着云蕾，蓦地发声问道：“你的师父是不是川北小寒山的飞天龙女叶盈盈？”云蕾道：“正是。”那怪老头儿叹了口气，说道：“我已有十余年没见她了，见剑如见人，她既肯将青冥宝剑付托与你，想来你师祖要她做的两件事情都做好了。”十二年前，飞天龙女犯了与谢天华私相授受剑法之罪，被玄机逸士罚她在小寒山面壁一十五年，并限她在十五年间做两件事情：一件是要练成两种最难练的武艺；一件是要调教出一个精通“百变玄机剑法”的徒弟，此事云蕾曾听师父说过。此时听这怪老头儿提起，对他的身份再无疑惑，急忙叩头请安，问道：“你老可是金刚手董大师伯么?”

那怪老头儿正是大力金刚手董岳，闻言哈哈一笑，说道：“你这女娃儿也聪明得紧，昨日我在张风府家中见你背着这把宝剑，已在留神，只因见你女扮男装，不敢相认。果然你是我的师侄。你可知道我为何不许你动手么?”云蕾茫然问道：“什么?”心想：“我可并没有想与谁动手呀。”董岳道：“你刚才不是想跳出去刺杀那个张丹枫么？你若杀他，你就错了。”云蕾给他误会，哭笑不得，却将错就错问道：“怎么错了?”董岳道：“那张丹枫虽是张宗周之子，但听其言而观其行，却是赤心为国之人。我昨日与澹台灭明恶斗之后，晚上曾到蒙古番王所住的礼宾馆去探听，正听得张丹枫与澹台灭明说话。原来他们二人正在商量一件机密大事，这事你不必知道，总之是对中国有利的便是了。因此我本来想再打澹台灭明一掌的，也饶了他了。”云蕾心中暗笑道：“此事我早已知了。”董岳续道：“试想你若杀他，岂不是铸成大错。再说你的武功也不是他的对手，唔，你还没有见他露过本领吧?”云蕾道：“曾见过一鳞半爪。”董岳皱眉说道：“唔，那就更不该了。武林侠士不该徒逞血气之勇，应该量力而为。你叫什么名字?”云蕾说道：“我叫云蕾。”董岳“啊呀”一声，道：“踏破铁鞋无觅处，得来全不费功夫，原来你就是云重的妹妹，这真是太妙了！唔，怪不得你明知不敌也要刺杀张丹枫了。”

云蕾哭笑不得，董岳又道：“昨晚我听得张丹枫说今晚要来会于谦，故此我也跟来，但路上另有点小事阻搁了一下，到了于家，他正走出，不知他们说了些什么？你听到吗?”云蕾无心细说，道：“我也听不清楚，只听得什么瓦剌啊，中国啊，要弄得瓦剌内讧啊等等，啰里啰唆，记不得那么多了。”董岳道：“唔，那就是了。听说云重也在此地，你们兄妹见过面了么?”

云蕾黯然说道：“哥哥已被调进宫中当侍卫了。”董岳叹了口气道：“这孩子志向不差，但他以为先要在朝廷图个出身，然后才能为祖父报仇，为国家雪耻，这想法却错了。”云蕾道：“权臣当道，李广无功，大师伯说的是。”这两句是董岳写给金刀周健信中的说话。董岳道：“嗯，那封信你也看过了。可惜重儿就不明白这个道理。这么说来，我们是难以见到他了?”云蕾道：“半月之后，或有机会。”将张风府的推测告诉董岳。董岳道：“我此次突然回来，乃是为了一件紧急之事，要见你的师祖，所以连慕名已久的金刀周健也无暇拜访。这次经过京师，顺便探听一下重儿的消息，也不能久留的。你见到哥哥时，可将我的说话转告于他。”云蕾点头答应。董岳又道：“你们要报张家的世仇，按武林惯例，此事我不能管。但张丹枫乃是我辈中人，而且上代之仇亦与他无关，若能化解就化解了吧。不过你哥哥乃是长子，报仇之事，你该听他的意思。我的话你只须告诉他，让他考虑。”武林中的惯例，凡涉及父母祖先之仇的，即师父尊长亦只能劝解，不能用命令去阻止不报，是以董岳有这番说话。

董岳又道：“至于那张宗周是好是坏，我尚未知。天华三弟困在胡宫，他的确实消息，亦不知道。我这次去见你的师祖，想请他提前放你师父下山。”云蕾道：“二师伯此时怕已到小寒山了。”将潮音和尚的讯息约略说了一下。董岳笑道：“好，好！我们四个同门，看来又要在胡边干一番惊天动地的事业了。只怕将来你的师祖亦要被牵动下山。”玄机逸士闭门封剑已三十余年，云蕾还没有见过他，心道：“若要牵动他老人家下山，这一定是极为难极棘手之事。”长辈之事，不敢多问。董岳一看天色，道：“已快四更啦，明早我便要离京，你住在哪儿，我不送你回去啦。”云蕾道：“我住在客店，大师伯你请便，我也不送你啦!”他们这时身在郊外，立足之处，旁边有个水潭，月光照下来，水光闪耀，潭中照出二人的影子。董岳忽然叹了口气，说道：“在冰天雪地里消磨了十余载光阴，连头发也斑白啦！咳，时间过得真快，想当年与你师父分手之时，你师父还像你如今一样。”云蕾心中一动，想起师父与三师伯的情孽牵连，对大师伯的说话，似解不解。抬头看时，大师伯已去得远了。

云蕾一个转身，不回客店，又向于谦家中奔去，到达之时，听得刚刚敲了四更，只见于谦的书房，灯火犹自明亮。云蕾奇道：“咦，他还没有睡觉！”悄悄走到房前，轻轻敲了几下，于谦把房门打开，含笑说道：“云姑娘，你请进来，我等你已经等得久了！”云蕾女扮男装，一路上无人识破，见于谦一见面便称她“姑娘”，不禁怔着。于谦微微笑道：“张丹枫早已把你的事情、你的相貌都告诉我啦，你到现在才来见我么？”

云蕾看他亲切的笑容，就如同自己的亲人长辈一样，不禁泪如雨下，拜倒地上。于谦俯身将她扶起，说道：“我点翰林那年，是你爷爷做的主考，不嫌有僭的话，我可要叫你一声侄女。”云蕾听他提起爷爷，更是伤心，抽噎说道：“我爷爷是怎样死的？当真是皇上御旨赐死的么？伯伯你可知道内情？”

于谦叫云蕾坐下，给她倒了一杯热茶，道：“你且揩干眼泪，听我细说。”云蕾拭泪聆听。于谦叹了口气，说道：“你爷爷遇难那年，我已做到兵部侍郎，听得雁门关外传来你爷爷的噩耗，文武百官，无不惊奇悲愤，大家都说你爷爷羁留异国，在冰天雪地里牧马廿年，始终坚贞不屈，真是节比苏武，古今罕见，如此冤死，人天共愤。有一个不怕死的御史，就上了一本奏章，替你爷爷申诉冤情，请皇上昭雪，更正罪名，另加封赠。皇上看了奏本，竟然说道：‘云靖死了吗，朕也不知道呀，待朕回去问问，你的奏本，且先搁下吧。’说罢就下令退朝，大臣刘得新忍耐不住，挺身而出，追入御书房问道：‘那么赐死云靖的诏书，不是圣上写的吗？’皇上支支吾吾，司礼太监王振闻讯赶来，说道：‘皇上，你自己写的诏书也忘记了吗？’皇上忙道：‘啊，是、是、是朕写的诏书。他是什么罪赐死的，让朕想想。’王振在旁说道：‘他身为使臣，腼颜事仇，是以赐死。’皇上道：‘对，对！是为了这个罪名赐死的！’刘得新大骂王振道：‘明明是你这厮假传圣旨，害死忠良，却将恶名推给皇上，叫皇上失尽人心！’王振老羞成怒，立刻发作，将刘得新捕下天牢，捏了一个罪名，要把他处死。满朝文武不服，交章弹劾，后来刘得新才得免一死，削职为民。那个替你爷爷伸冤的御史，也被流放海南，不久就给王振害死了。其他出头弹劾的人，各各受贬，我那时也给贬到江西去做巡按。”

云蕾悲愤之极，道：“好可恨的奸阉，原来我的爷爷是他害死的！他为什么要害死我的爷爷？”于谦道：“后来我们打听出来，原来王振这厮，早已和也先父子有所勾结，将中国的铁器换蒙古的马匹，暗中大做买卖，赚其大钱，听说这些买卖在蒙古都是公开交易的。你爷爷是前朝大臣，极有声望，更兼守节廿年，忠贞不下苏武牧羊，若然回来，必然要整顿朝纲，肃清奸党。我猜想王振一来是怕你爷爷在蒙古已知道他勾通外国的情事，二来是怕你爷爷回朝之后，对他不利，是以假传圣旨，先下毒手！他是司礼太监，皇上的印玺也在他手上，内外章奏，除了是大臣亲自抱本上朝所奏的外，都要经过他的手，他要假传圣旨，那是易于反掌。”

云蕾听了之后，在悲愤之中，不由得想起了当年张宗周叫澹台灭明送给他爷爷的三个锦囊。

要知这三道锦囊，来得十分奇怪，所以云蕾当年虽然年幼无知，但长成之后，潮音和尚、金刀周健以及后来的张丹枫都曾对她提过。第三道锦囊中便藏有一颗蜡丸，内里有一张字条，是王振写与脱欢（也先之父）、张宗周二人的信，商量以铁器换马匹的买卖的。这一道锦囊推断云靖被捕，叫谢天华入京，将蜡丸交与于谦，参劾王振。这第三道锦囊的推断虽然落空（云靖不止被捕，而且是被立刻害死），但总算是张宗周的一番好意。云蕾想道：“若然这颗蜡丸当年交与于谦，王振的羽翼及势力都尚未如今日之盛，有了真凭实据，把他扳倒，也说不定。”

于谦话说完了，叹口气道：“云大人沉冤未雪，但有你这样一个好孙女儿，九泉之下，也可瞑目了。”云蕾想起爷爷的惨死，愤火又生，击掌誓道：“我不把这奸贼碎尸万段，誓不为人。”于谦摇摇头道：“云姑娘，这个时候，我却不赞成你去报仇。”

云蕾愤道：“老伯这话，是何用意？”于谦道：“王振此时权倾朝野，邸中甲士如云，这也罢了。军中将领，也有许多是他的干儿，现在咱们正要全力对付瓦剌入侵，若操之过急，只怕反会误了大事。俗语有云：千夫所指，无疾而死。罪恶满盈，又哪能有好下场。将来他奸谋更露之时，就是你不去亲自报仇，也自会有人将他除掉。再说你虽精通武艺，却是孤掌难鸣，最少也得见了你的哥哥再说。”

云蕾一想这话也是正理，当下默然不语，泪湿衣衫。于谦缓缓起立，将玻璃窗格推开，意味深长地道：“嗯，天就要亮了。蕾侄，你住在哪儿?”云蕾道：“我住在客店。”于谦道：“客店人杂，你单身一人，又是女扮男装，想必诸多不便，不如搬到我这儿吧。我这儿消息也灵通一些。”云蕾道：“既然老伯吩咐，侄女儿也不客气了，待我回去收拾，立刻搬来。”隔房有一个清脆的女孩子的声音叫道：“爹，你又一晚没睡觉吗?”

于谦笑上眉梢，道：“就睡啦。”对云蕾道：“我的女儿催我睡啦，你快搬行李来吧。我常常因为事忙熬个通宵的，这也没有什么，就是冷淡了这个孩子。”云蕾见他们父女的亲爱情状，不禁又想起了自己的爷爷与爹爹。于谦的年岁和十年前的爷爷差不多，可爷爷对自己却没有于谦那样慈祥。

云蕾回去结了店账，搬到于家，于谦的女儿叫做于承珠，今年不过九岁，聪明伶俐，活泼非常，云蕾改回女装，承珠直追着她叫姐姐。云蕾和她甚为相得，自此就在于家住下来。云蕾住到于家，心中还隐藏有一个希望，希望张丹枫会再来会见于谦，可是一连住了半个月，张丹枫却没有来过。至于那番王和澹台灭明，也早在云蕾搬到于家之后的第六天，就因谈和失败而归国去了。

住到半月之期，云蕾想起了张风府所说的今年武举特科，不住地问于谦消息，于谦总笑着道：“乖侄女，别心急，你哥哥若然出考，我总叫你见着他便是。”云蕾问道：“已经开考了吗?”于谦道：“现在还是初试，人多着呢，待我到兵部查查，看你的哥哥成绩怎样。”又过了五天，一日早晨，于谦突然把云蕾叫到跟前，笑道：“你想见哥哥吗?”云蕾跳起来道：“伯伯你今儿就带我去见他吗?”于谦道：“是呀！可你要委屈一下。你扮作我的随从，我带你到校场看比武去。”

云蕾这一喜非同小可，急忙又换了男装，扮成于谦的僮仆。原来今日乃是最后的一道考试，让通过复试的人比武定武状元。本来武试没有要举子互相比武的，但因为今科是特科，为的是招揽天下奇才异能、武艺高强之士，因此在通过了第一场的考弓马，第二场的考兵法之后，还要来一场比武。这是大内总管康超海的主张，说既是特开的武科，就应以武艺为主，武艺有多种多样，不止限于弯弓驰马，盘刀弄枪，若不比试，焉能识别真才？皇帝祈镇在宫中正自闷得慌，一听有热闹可看，这可乐了，立刻准了康超海所奏，索性命人在校场里搭起擂台，又在四边搭起看台，除了自己亲临之外，还叫各部尚书和大臣们也陪着去看。康超海这个主张其实也藏有私心。原来他有两个师兄弟也参加今科武试，他的两个师兄弟武功甚高，但对于兵法策论，却是平平，是以康超海想叫他们在比武这一场大显威风。

校场周围有御林军把守，场中搭起五个看台。于谦带了云蕾和兵部、户部各大臣在东边的看台，皇帝和各亲王、太监占着正面的那个看台。于谦悄悄说道："你瞧，那个穿着龙袍，背后列有一排武士的人，便是当今皇上了。皇上左边站着那人，便是太监王振。"云蕾狠狠地盯了王振一眼，把他的相貌牢牢记着。

参加比武的举子在擂台下面的凉棚休息，未上擂台之前，看台上可看不到。于谦对云蕾道："今年的特科，虽说是任何人都可参与，但除了现有军职之外，其他的人还需要有一个三品以上的武官做保人，所以皇上敢放心来看。"云蕾心道："原来如此。那江湖上真正有极大能为之人，断乎不会来了。"

只听得"咚，咚，咚"三声鼓响，比武开始。云蕾紧张之极，聚精会神地看那跳上擂台比武之人，却是两个陌生的粗鲁男子，两人演出单刀对花枪，不一刻使单刀的赢了，接连又比试了三对，云蕾的哥哥都没有出现。败者淘汰，胜者继续主擂，连胜了两场之后，可以休息，让其他各对先比，待比完之后，再来一个复赛。云蕾也无心记他们的名字，第四对比完之后，站在台上耀武扬威的得胜者是一个身高七尺，魁梧奇伟的人，手使两柄铁锤，甚是神气。

兵部尚书与于谦同一看台，说道："这位是我们兵部新提拔的将军胡大庆，两臂有千斤之力。这次特科，应试者甚多，通过前两场考试的也有九十六人，本来都应该参加擂台比武的。皇上说要看就看最精彩的，又想在一天之内看完，所以昨天先在兵部举行了一场淘汰试，从九十六人中挑出廿四人。胡将军在淘汰试中的成绩好极了。”

于谦微微一笑，他知道这个胡大庆乃是兵部尚书的亲戚，兵部尚书自然望他得胜。擂台前的旗牌官叫道：“第九号举子林道安上台！保人礼部主事李顺。”这样一叫，众人就知道这号举子并非现职军官。云蕾不觉一怔，只见一个举子手摇折扇，跳上台来，他虽然穿了武举规定的服饰，戎装披挂，但相貌斯文，有如女子一般，手摇折扇，配着那身戎装，更显得不伦不类。这人正是轰天雷石英一个好友林庄主的儿子，数月之前曾向石翠凤求婚，给石翠凤用计打败的那个林道安。

林道安抱扇一揖，阴声怪气地道：“胡将军手下留情。”胡大庆暗叫一声：“倒霉，哪里来的这样一个不阴不阳的怪物!”锤头一摆，喝道：“什么留情？这里是朝廷抡元之所，你当是玩耍么？还不快亮出兵器?”林道安娇声说道：“晚生的兵器，就是这把扇子!”胡大庆大怒，呼的一锤劈下，他哪知林道安的点穴功夫又准又狠，只见折扇一合，扇头一指，径奔胡大庆胁下的软麻穴。胡大庆身躯高大，转动不便，两柄大铁锤虽使得呼呼风响，却拦不住林道安，数招一过，只听得“咕咚”一声，胡大庆水牛般的身躯倒在台上。林道安一脚将他扫下擂台，笑道：“晚生承让了!”

皇帝祈镇看得好不开心，笑道：“妙啊!”王振道：“下一场更妙呢，皇上快看!”只听得旗牌官叫道：“第十号!”跳上来的高举一面铁盾，却是王振的心腹武士路家兄弟中的弟弟路亮，他们两兄弟参加比试，哥哥路明在昨日的初次淘汰赛中就给一个不知来历的少年打败，只有他参加复试。

路家的混元牌法，虽然要剑盾合使才见精妙，但只有一面铁盾，也够林道安应付了。路亮把铁牌展开，就如在身前摆了一面屏风，林道安哪里攻得进去。两人斗了三五十招，路亮故意卖了一个破绽，铁盾一摆，让开一线的空隙，林道安的点穴法见隙即入，已成自然，扇柄倒转，立刻点他胸际的“璇玑穴”。哪料铁盾突然一合，“咔”的一声，把林道安的描金铁扇当中震断，林道安折了扇子，如乞丐丢了化子棒，没得舞弄，急急跳下擂台。

王振眉开眼笑，皇帝奉承他道：“公公的武士果然本事！”只听得旗牌官又叫道：“第十一号举子沙无忌上台，保人御林军副统领杨威！”云蕾又是一怔，想不到这个心狠手辣的绿林大盗，曾向石翠凤求婚不遂的沙无忌，居然搭上御林军的线，也来参加比武。

沙无忌一跳上台，毫不客气，双掌一错，便道：“俺就用这对肉掌接你这面铁牌！”路亮大怒，铁牌一挺，立刻当头压下，喝道：“好，你就接吧！”牌挟劲风，少说也有七八百斤气力。沙无忌一跳跳开，劈面还了一掌，路亮一看，沙无忌掌心漆黑，那是毒砂掌的功夫，不禁大惊，急忙把铁盾收回护身。说时迟，那时快，只见沙无忌出手如电，“啪”的一掌，在他肩头一按，路亮大叫一声，登时滚下擂台。本来路亮武功不弱，若以铁盾护身，沙无忌的毒砂掌虽然厉害，也打不进去，但沙无忌工于心计，一跳上台，就激他出手，乘其不备，一掌奏功。

路亮未到三招，就被打下，王振气得面色铁青。卫士总管康超海笑道：“公公不必生气，下一场就要叫这小子受不了，兜着走！”只听得旗牌官叫道：“第十二号陆展鹏上台，保人大内总管康超海！”

只见一个五短身材的精悍汉子跳上擂台，他腰缠金丝软鞭，却不解下，微微笑道：“你的毒砂掌果然厉害，我就让你先打三掌！我若闪避，就算我输！”沙无忌一怔，只听得陆展鹏连连催道：“打呀，怎么不打？这是比武的擂台，你若不打，就给我滚下台去！”沙无忌心中想道：“我这毒砂掌厉害非常，难道他练得周身毒气不侵么，我可不曾听说过有这种本领。”他心中气极，却是不动声色，冷冷说道：“我这手掌有毒，陆爷你得当心！”话声未了，倏地一掌拍向面门，他想：“打在身上有衣物隔着，只怕他另有化解之法，打你面门，难道你的面皮也练有功夫？”哪知一掌拍出，陆展鹏肩头一耸，朝他的手肘一撞，沙无忌痛入心肺，手臂也吊了下来，但他好不狠毒，拼着口气，趁势向陆展鹏胁下死穴一抓，若给他抓着，金刚罗汉也受不了。云蕾这时也看得出神了，心中正想这一抓若不许还手可怎生化解？忽听得沙无忌惨叫一声，陆展鹏身形未动，沙无忌已捧着断臂，滚下擂台！云蕾大惊失色，这正是江湖上罕见罕闻的“沾衣十八跌”的上乘内功！心中想道：“有这样的高手参加今科武试，只怕我的哥哥未必抢得了武状元!”

这陆展鹏正是康超海的师弟，武功与康超海不相上下，这时正在洋洋得意，忽听得旗牌官又叫道：“第十四号举子上台!”云蕾一看，又喜又惊，此人非他，正是她的哥哥云重!

陆展鹏举手笑道：“云统领也来了，请亮兵器!”云重入御林军没有多少时候，但武功出色当行，已隐隐有与京师三大高手并驾齐驱之势。陆展鹏不敢轻敌，解下金丝软鞭，抢在上首，立了一个门户。他这金丝软鞭乃用金丝虎筋与千年山藤等物缠成，可以克制刀剑，端的十分厉害，云重使的是一口红毛宝刀，在兵器上先吃了亏。只见陆展鹏打了一个招呼，拉开架式，反手一鞭，就向云重拦腰疾扫!

这一鞭势捷如电，但他快云重也快。只见云重身形一晃，旋风般随着鞭梢直转出去，金丝软鞭看看卷到他的身上，却是差了几寸，连他的衣裳也没沾着。云重反手就是一刀，陆展鹏好生了得，一个“弯腰插柳”，刷！刷！刷！连环三鞭，呼呼风响，卷起了一团鞭影，竟如狂风猛扫，好不惊人。云重纵跃如飞，在鞭影笼罩下抢着进招，陆展鹏见“回风扫柳”的连环三鞭也打他不着，手腕一沉，又使出杀手绝技。只见那软鞭一拐，呼的一声，忽然圈了转来，向云重的手腕疾缠，若给他缠上，这口刀立刻便要脱手。云重“吓”的一声，左手一推，那鞭梢忽然抖得笔直，荡了开去，掌风飒然，印向敌手胸膛，这是大力金刚手的上乘功夫。陆展鹏叫声“好啊”，只见他脚步不动，上身陡然向后移了半尺，左手五指骈指一划，两掌相接未接之际，忽地双方已变招，鞭飞刀舞，又已移宫换位，缠作一团，把人看得眼花缭乱!

原来陆展鹏“沾衣十八跌”的功夫也是极为厉害，虽然制服不了云重的大力金刚手，却也敌得他住，云重的金刚手猛击三掌，都给他卸了猛势，也是吃惊非小。这时双方都展出了平生绝学，斗兵器，斗内功，斗掌法，几种功夫混合运用，只要哪方稍弱，就立刻要震下擂台，性命难保。皇帝看得连连叫好，云蕾却是暗暗心惊！

只见两人刀来鞭往，杀得天昏地暗，兀是不分胜负，双方脚步，都渐见迟缓。云蕾暗想："这一场就算哥哥赢了，也必然累得筋疲力竭，比武规矩，要连胜两场，才能休息。要是下一场又有一个像陆展鹏那样的硬手，这武状元就准得丢了，何况这一场也未必能赢！"

两人斗了一百来招，功力悉敌，双方都甚焦急。云重志在必得，连使险招，金刚手一轻一重，忽快忽慢，寻瑕抵隙，务求制胜。陆展鹏人较老练，不为所动，凝神对付。忽见云重一个跄踉，俯身跌进金丝软鞭舞成的圈子里面，右刀左掌，向陆展鹏上三路急袭，这一招用得险极，若然一击不中，已身不死也伤。陆展鹏道声："来得好！"吞胸吸腹，软鞭倏地往内一圈，既避掌力，又施反击，这招数也是用得狠毒之极，云蕾几乎喊出声来。忽听得陆展鹏"哎哟"一声，云蕾未及看清，只见他已撤鞭跌倒，滚下擂台！原来他刚刚出招反击，手腕忽如给利针一刺，高手较技，哪容遇着意外，幸他闪滚得快，这才不至于毙在大力金刚手之下。他心中暗骂："哼，这小子居然掌心还扣有暗器，受这暗算，真个不值！"可是比武并不禁止暗器，他也做声不得。其实他却不知，这飞针暗器却并不是云重发的！

看台上的云蕾，擂台上的云重，都是大惑不解！只听得旗牌官又叫道："第十五号举子张丹枫上台，保人锦衣卫指挥兼御林军总教头张风府！"云蕾一听，灵魂儿飞上半天，登时呆了！张丹枫竟然也会参加比武，与自己的哥哥争夺状元，此事可真是绝对料想不到！正是：

又见张郎施妙算，神针宝剑解深仇。

欲知张丹枫与云重谁人夺得武状元，请听下回分解。